A canção é você

Arthur Phillips

A canção é você

Tradução de
FÁBIO FERNANDES

JOSÉ OLYMPIO
EDITORA

Título do original em língua inglesa
THE SONG IS YOU

© 2009 by Arthur Phillips
Esta tradução foi publicada mediante acordo com Random House, selo da Random House Publishing Group, uma divisão da Random House, Inc., Nova York.

Reservam-se os direitos desta edição à
EDITORA JOSÉ OLYMPIO LTDA.
Rua Argentina, 171 – 2º andar – São Cristóvão
20921-380 - Rio de Janeiro, RJ – República Federativa do Brasil
Tel.: (21) 2585-2060
Printed in Brazil / Impresso no Brasil

Atendimento direto ao leitor:
mdireto@record.com.br
Tel.: (21) 2585-2002

ISBN 978-85-03-01107-5

Capa: INTERFACE DESIGNER / SERGIO LIUZZI
Foto: TIM HALL / GETTY IMAGES

Texto revisado segundo o novo Acordo Ortográfico da Língua Portuguesa.

CIP-BRASIL. CATALOGAÇÃO-NA-FONTE
SINDICATO NACIONAL DOS EDITORES DE LIVROS, RJ

P639c	Phillips, Arthur, 1969- A canção e você / Arthur Phillips; tradução de Fábio Fernandes. – Rio de Janeiro: José Olympio, 2011. il. Tradução de: The song is you ISBN 978-85-03-01107-5 1. Romance americano. I. Fernandes, Fábio. II. Título.

10-4530

CDD: 813
CDU: 821.111(73)-3

PARA JAN, É CLARO

As Musas são virgens... Cupido, às vezes quando sua mãe Vênus lhe perguntava por que ele não atacava as Musas, costumava responder que as achava tão bonitas, tão puras, tão modestas, acanhadas e constantemente ocupadas... no arranjo das músicas que quando ele as atraía para perto de si afrouxava a corda do arco, fechava a aljava e apagava sua tocha, pois elas o tornavam tímido e o deixavam com medo de feri-las.

FRANÇOIS RABELAIS,
Gargântua e Pantagruel, 3:31

SUMÁRIO

NOTA DO AUTOR 11

PRÓLOGO 15

INVERNO 27

PRIMAVERA 143

VERÃO 195

OUTONO 323

NOTA DO AUTOR

A COMEÇAR PELO TÍTULO (Kern-Hammerstein), este livro incorpora em seu texto diversos nomes de músicas, alguns ligeiramente alterados, por: Adair-Dennis, Ahlert-Young, Joan Armatrading, Chet Baker, Barry-David, Bix Beiderbecke, the Beloved, the Blow Monkeys, David Bowie, Bretton-Edwards-Meyer, Burke-Van Heusen, Eric Clapton, George M. Cohan, Leonard Cohen, John Coltrane, Concrete Blonde, Vladimir Cosma, Elvis Costello, Noel Coward, the Cranberries, Miles Davis, Blossom Dearie, DePaul-Raye, Kenny Dorham, the Dream Warriors, Electronic, Duke Ellington, EMF, the English Beat, Victor Feldman, Femi Kuti, Fine Young Cannibals, Michael Franks, Davie Frishberg, Stan Getz, Gordon-Warren, Jerry Gray, Gruber-Mohr, Haircut 100, Herbie Hancock, Heyman-Green, the Housemartins, Joe Jackson, the Jam, Leoš Janáček, Jane's Addiction, Sharon Jones, Keane, Chris Keup, Kraftwerk, Rohan Kriwaczek, Leiber-Stoller, Curtis Mayfield, Mercer-Herman-Burns, Mercer-Kosma, Mercer-Schertzinger, George Michael, Ingrid Michaelson, Mo' Horizons, Jack Montrose, Van Morrison, Brad Neely, Oliver Nelson, New Order, Orbison-Dee, Charlie Parker, the Pet Shop Boys, Chan Poling, Pomus-Shuman, Cole Porter, Prince, Robledo-Terris, Rodgers-Hart, Roxy Music, Sade, Carlos Santana, Erik Satie, Scrapomatic, Wayne Shorter, Sigler-Wayne-Hoffman, Carly Simon, Paul Simon, the Smithereens, the Smiths, Regina Spektor, Steely Dan, Sting, the Style Council, Styne-Comden-Green, Styne-Merrill, the Suburbs, the Sundays, Swing Out Sister, the The, They Might Be Giants, Tanita Tikaram, Tuxedo-moon, U2, Suzanne Vega, the Violent Femmes, Antonio Vivaldi, Wang Chung e Wilder-Palitz-Engvick.

E "Space Oddity (Major Tom)" é de David Bowie.

AGRADECIMENTOS

Julia Bucknall, Gabriel Byrne, Gina Centrello, Andrew Corsello, David Daley, Tony Denninger, Chris Eigeman, Jodi Ghorchian, Roger Grenier, Jennifer Hershey, Raj Jutagir, Alice Kaplan, Paol Keineg, Anna Lvovsky, Peter Magyar, Jynne Martin, Mike Mattison, Peter McGuire, Daniel Menaker, Courtney Moran, Beth Pearson, ASP, DSP, ELP (por quatro presentes), FHP, FMP, MMP (pelo esforço), OMP, Paulina Porizkova, Mihai Radulescu, Marly Rusoff, Nick e Maryanne Shore, Jake Slichter, Toby Tompkins, Peter Turnley, Nancy Viglione, Donna Wick, Tony Wolberg, Daniel Zelman e, claro, Jan.

O pai de Julian Donahue estava numa gravação de Billie Holiday. Ele adorava a música dela, nos tempos em que era *hip*, não *moderno* (uma distinção que só o fã sabe fazer). Em abril de 1953, licenciado do Exército, quatro dias antes de partir para a Coreia, onde — quem sabe? — sua pesada contribuição para aquele eterno impasse pode ter sido o incremento final do sacrifício militar necessário para equilibrar o jogo, impedir a derrota e consertar a balança, ele pegou o trem de Virginia até Nova York, e viu sua musa se apresentar no Galaxy Theater, que é hoje — se você é do tipo que gosta de rastrear sítios históricos — uma loja de três andares da Banana Republic, com uma foto emoldurada de Holiday na parede amarelo-manteiga no fundo do provador à esquerda.

Ele gastou mais do que podia por uma poltrona na terceira fileira no centro, chegou cedo e viveu noventa dos melhores minutos de sua vida, balançando a cabeça e suspirando, com meio sorriso, até que, sem pensar ou hesitar, surpreso pela força de seu desejo, ele gritou "'Waterfront'!" causando alvoroço durante um quase silêncio depois que os aplausos para "My Man" haviam cessado e Billie conversava com a banda, de costas para a plateia.

— "I Cover the Waterfront!"

Ela olhou por cima dos ombros.

— Alguém disse alguma coisa? — ela ronronou, suave e sacana, e a plateia explodiu em risadas. Ela se virou, deu um passo à frente, protegeu os olhos contra as luzes dos refletores e apertou-os na direção das primeiras fileiras. — Foi você? — perguntou diretamente a ele.

— Sim, senhora.

— Ele também é educado. — A plateia riu. — Um belo soldado branco — ela devaneou.

E em todas as vezes em que ele recontou essa história nos anos seguintes era como se ela então levitasse um pouco, e todos os outros ruídos se dissipassem enquanto a deusa o examinava friamente — a ele extasiado ali na fila do gargarejo, os olhos ao nível dos pés dela, menor que uma criança: um adorador.

— Você tem um pedido, meu bem?

— Senhorita Holiday, eu gostaria muito de ouvir "I Cover the Waterfront".

— É mesmo? — Ela manteve os olhos nele enquanto virava um pouco a cabeça, e disse para a banda: — Bem, rapazes, o soldado grisalho quer "Waterfront", então vamos tocar essa para ele. Não queremos que nos coloque no relatório, não é?

Depois ele se perguntaria, com frequência, se ela, lá em cima, podia sentir o poder que detinha sobre ele.

— Literalmente qualquer coisa — ele diria ao segundo filho Julian (batizado em homenagem a um sax alto cujo primeiro álbum saíra uma década antes do nascimento do garoto, e depois que sua esposa já havia — pela segunda vez, em alguns casos — rejeitado Miles, Charlie, Harry, Dizzy, Percy, Woody, Herbie, Teddy, Jimmy, Lionel, Dexter, Lester, Wynton, Wardell, Hampton, Duke, Count, Chet, Nat, Hank, Thad, Mal, Art, Max, Milt, Biz, João e Illinois) —, eu teria feito qualquer coisa por ela.

Billie contou um-dois-três-quatro e começou o verso logo antes do refrão, com acompanhamento apenas do piano: "*Away from the city...*", um detalhe extra, essa dispensável peça introdutória — a maioria das cantoras não a conhecia, e a maior parte dos instrumentistas nunca a tocara. E o soldado pensava se Holiday, ao sentir que ele era diferente de todos os outros, talvez estivesse lhe concedendo mais do que ela permitiria a suplicantes menores. Ela atacou o refrão, cantou o título, o baixo e a bateria entraram e... poucos fãs aplaudiram, porque só aí reconheceram a canção. E então o pensamento surgiu: ele teria matado por ela com prazer. Na letra, ela esperava à beira d'água, desejando que o navio do amado retornasse. Ela cantava a música que ele estava louco para ouvir, cantava aquilo para *ele*, como se ele, prestes a embarcar para a guerra, fosse o amante pelo qual ela chorava. E esse pensamento vibrou nele como uma flecha que acabasse de se cravar em seu peito: ele mataria o oficial à sua esquerda por ela, ou a jovem à sua direita. Ele sabia que isso era estranho. Não era um homem violento, mas foi assim, como disse mais tarde, que sentiu o amor naquele momento. Depois de ter sido alçado àquele ápice do enlevo musical, olhou para o mundo dos homens lá embaixo e pensou em erradicá-lo.

E a vontade passou. Lá pelo segundo compasso ele conseguiu examinar de verdade o presente e a mulher que o oferecia a ele. Ela cantava de olhos fechados. Ele via o hibisco balançando nos seus cabelos cintilantes, quase podia sentir o seu cheiro. Imaginou desempenhar um papel em algum lugar de sua vida, a tranquilidade que sentiria ao lado de seus amigos negros, a facilidade com a qual se adaptaria à função de empresário eficiente e depois ganharia o direito a longas e gloriosas noites bebendo com a banda, amizade com Lester Young ou Jimmy Rowles, e então eles poderiam sair para a rua vazia, e ele enrolaria a estola de pele no pescoço dela. Se inclinariam um para o outro ao passarem sob a luz do único lampião da rua... e ele murmuraria uma piada sobre como um de seus amigos músicos lembra um cão bassê, e a gargalhada gentil dela se tornaria o som de suas mãos batendo nos bíceps dele, comprimindo o tecido de sua manga... No palco, naquela noite, ela cantou a palavra *stally*, como se tivesse esquecido se era iluminado pelas estrelas [*starht*] ou estrelado [*starry*], e tivesse, em vez disso, forjado um híbrido. O soldado pensou consigo mesmo que a perturbara.

Ela chegou no limite, e ele se perguntou se ainda conseguiria aprender um instrumento e ser capaz de viajar com ela; se preocupou se os rumores do uso constante de narcóticos eram verdadeiros, e percebeu também que a canção — a canção dele — já tinha passado da metade. Não que ele não a tivesse ouvido — ouvira cada respiração, cada estalo do prato da bateria, o repique do tarol, cada batida profunda e o sacudir da madeira quando a mão esquerda do baixista subia e descia pelo braço negro de seu instrumento como a metade de uma hesitante aranha agressiva —, mas a canção não o jogara num êxtase impensado, apenas inspirara todo aquele louco devaneio. Ele imaginava aquela canção tocando durante uma festa ou um casamento, pensava em crianças e em vastos jardins na frente de casa, imaginava "meninos não diferentes de *você*", ele dizia a Julian. Ele pensava em envelhecer em Nova York ou morrer jovem na Coreia, em aprender a tocar jazz ou se destacar na batalha, resgatando seu pelotão. Ela terminou o refrão.

O sax-tenor deu um passo à frente para tocar 16 compassos. Não era Lester Young, "o Presidente", ao lado de quem Billie fizera tantas gravações clássicas, nem Paul Quinichette, seu substituto na velha banda de Basie, conhecido como "Vice-Presidente" pelo modo como ele quase duplicava o som de Young, mas um imitador de Quinichette. Esse sax-tenor, derivativo de um derivativo, fora apelidado de "Chefe do Estado-Maior" por uma das revistas de jazz, provocando cartas discordantes do pai de Julian, que, classificando homens como Getz, Cohn e Sims superiores àquele sujeito, insistia em que ele era, na melhor das hipóteses, "Secretário de Agricultura".

Billie voltou ao *bridge** e cantou o refrão. Quando terminou, abriu os olhos e sorriu na direção da terceira fileira, piscou e soprou um beijo na direção do lugar onde ela se lembrava que o fã estava, mas as luzes dos refletores a cegaram, e o beijo se desviou do alvo um pouco para a esquerda.

A mulher à sua direita virou-se para ele — enquanto ele ainda se deslumbrava por Holiday tanto quanto Holiday se deslumbrava pelas

---

*Parte de uma música que relaciona um verso ou o refrão a outro verso. É usualmente distinguido por uma sutil diferença instrumental. (*N. da E.*)

luzes — e, como se ela própria estivesse estonteada pelo reflexo da cantora no rosto dele, sentiu-se meio zonza também. Ela se apaixonou ali mesmo pelo homem apaixonado pela cantora.

— Você tinha — ela mais tarde contou a ele num inglês com sotaque francês — um rosto tão pleno de felicidade, mas só por um instante, e depois você ficou terrivelmente triste. ("O rosto triste, é, isso mesmo, elas adoram o rosto triste", ele costumava brincar sempre que Julian o pegava sentado sozinho, achando que não era observado, preso sob a dor ou a memória.)

Ele passou aquela noite com ela, e a seguinte, e a outra. Remoeu a ideia de desertar por uma semana ou para sempre, mas, em vez disso, pegou o trem na hora certa e foi para a guerra, que terminou mais ou menos um mês após a sua chegada e apenas algumas semanas após seu ferimento. Ele passou por diversas cirurgias, primeiro para salvar a perna, depois para evitar uma infecção e manter parte suficiente do membro para suportar uma prótese e, finalmente, para salvar sua vida, à custa da amputação da perna.

— Eles a tiraram em fatias, como um salame — ele gostava de dizer. — Na verdade, Sam — ele imitava uma dona de casa indecisa no açougue —, me vê logo um quilo inteiro. Vou receber visitas.

No final daquela última cirurgia, em um hospital do Exército no Japão, com a ameaça de futuras operações ainda pairando, ele despertou, no começo da noite, e viu que tinha recebido um presente. As enfermeiras instalaram um toca-discos no quarto, ajustaram-no para 33 1/3 e encostaram a capa de um LP contra a parede atrás dele: uma foto em close de Billie Holiday de perfil — a mão levantada num gesto gracioso, ilustrando alguma letra, olhos fechados, a boca aberta, cabeça inclinada ligeiramente para trás —, e as letras em caixa baixa da legenda: *lady day at the galaxy.*

Sentia uma dor excruciante (como continuaria a sentir, de modo intermitente, pelo restante de sua vida) e às vezes, por um momento ou outro, não ouvia as pessoas falarem com ele por conta da concentração necessária para conter os próprios sons de sofrimento. Naquele caso, ele só ouviu uma das enfermeiras dizendo:

— ... de Paris.

A francesa enviara o LP para a Coreia, e o pai de Julian jamais tivera a chance de informá-la sobre o ferimento ou a transferência, e o presente (que ela avistara na vitrine de uma loja de discos perto do apartamento de seus pais na rue des Bons Enfants e que escutara uma vez, pasma, foi embrulhado em papel amarelo e protegido com palha) perseguiu o soldado ao redor da Ásia enquanto ele ia deixando pedaços de sua perna pelas viagens, numa tenda perto da linha de combate, em Seul, em Tóquio e naquele subúrbio coberto de neve.

Ele não conseguia se levantar, ainda não podia sequer se mover. As enfermeiras colocaram o lado A do disco para tocar: "Violets for Your Furs", "Glad to Be Unhappy", "Them There Eyes", "My Man". "My Man" fora a música cantada por Billie logo antes do seu pedido, e ele agora estava ali deitado, suando, naquele mês de dezembro, os cabelos empastados na cabeça como os de um recém-nascido, seu curativo úmido e amarelo, os lábios se contorcendo um contra o outro com a chegada de outra febre: "... *For whatever my man is, I'm his, forevermore...* Ora, muito bem. *Muito* obrigada." Ele sentiu vontade, apesar da dor, de gritar "Waterfront!" ao mesmo tempo em que sumiam os aplausos. As palmas se desvaneceram, viraram espuma, e depois nada. O braço da vitrola saltou sobre o espaço preto fundo enquanto deslizava na direção da etiqueta da gravadora com os dois melros empoleirados em linhas telefônicas, que se tornaram um símbolo musical. O sussurro terminou, o braço da vitrola subiu e voltou à posição de descanso, o LP parou de girar, e ele começou a chorar como criança.

Adormeceu chamando desesperadamente as enfermeiras para que virassem o lado do disco, com mais desespero do que havia chamado o paramédico quando se reclinou na terra macia, com os ossos despontando e perfurando sua pele. Acordou, à luz do dia, de um sonho com a francesa tumultuado pela morfina e pela febre, ao som de "Billie's Blues", o número que ela cantara após "I Cover the Waterfront".

— Bom-dia, soldado — disse uma nova enfermeira. — Achei que você ia gostar de um pouco de música. E, nossa, *sempre* é um bom momento para uma *happy hour* — ela acrescentou ao atarraxar uma nova bolsa de morfina.

"Stormy Weather", "Willow Weep for Me" e "Autumn in New York" eram as últimas músicas do lado B. Eles haviam amputado seu passado, não só a sua voz, mas até mesmo ela cantando sua música. Ele se recusou a deixar as enfermeiras tocarem o disco novamente, e jogou fora a carta enviada, com a gentil menção a "um concerto inesquecível". Uma enfermeira levou o vinil rejeitado para casa, feliz por ter músicas novas naquele Japão esquecido por Deus, e ouviu tanto aquele álbum que as músicas acabaram colando ao seu ouvido. Volta e meia ela as cantarolava.

Uma ou duas semanas mais tarde ela estava de serviço, ele estava acordado, e ela assoviou "I Cover the Waterfront" no quarto.

— Essa é minha canção favorita — ele disse triste, e a enfermeira passou do assovio à cantoria, no meio da palavra *terfront*.

Cantou um pouco mais, desafinada, imitando o gorjeio inimitável de Holiday, e ele sentiu algo mover-se em seu peito — não amor, apenas alguma coisa quente, não por ela, mas deflagrado por ela.

Ela trouxe o disco de volta no dia seguinte. Ele estava acordado, mas com o corpo virado para a janela, de lado, como as enfermeiras o haviam colocado para ativar a circulação sanguínea. Sem ser vista, ela colocou o braço da vitrola no começo do lado B. O disco chiou, depois os aplausos começaram a ceder, e às suas costas ele ouviu a própria voz: "'Waterfront'! 'I Cover the Waterfront'!". Uma fração de instante depois, Holiday soltou um pigarro feroz, e o piano cantou o primeiro acorde.

— Toque do começo de novo — ele disse com o rosto apoiado no braço molhado sobre o travesseiro.

— Mas mal começou, meu bem — a enfermeira disse.
— Por favor — ele pediu.

E mais uma vez ele ouviu a própria voz, ressonando de um corpo inteiro a ecoar, cada membro, a voz que ele um dia teve. Eles a haviam mantido na gravação. Sua voz fora importante, necessária para reproduzir a experiência — que jamais seria repetida, mesmo que menor — de estar sentado no Galaxy Theater numa noite específica de abril, vinte meses antes, entre homens e mulheres daquela época (ele explicou anos mais tarde para Julian, evocando 1953 para a imaginação astigmática de 1973 do garoto) e se apaixonar por Billie Holiday (uma figura histórica, vagamente operística ou george-washingtoniana para a criança) e, também, de ficar ao lado de sua futura esposa sem ainda sabê-lo, três minutos e dezenove segundos (mais o tempo daquela conversa com a cantora) antes de você conhecê-la, antes de você ter de se despedir dela, antes de sua perna ser despedaçada e retirada de você em fatias, e sua alegria junto com ela, até o dia em que você voltou a ouvir sua voz, num quarto de hospital, ainda que com vidraça suja e grade aramada, de neve cinza, céu cinza e nuvens de fumaça das fábricas vizinhas.

Ele colecionou o mesmo LP por anos. Amigos lhe davam esse LP em datas comemorativas e momentos tristes. A esposa lhe deu mais dois. Ele presenteava amigos com eles, enviava-os a colegas do Exército. Ele o tocava com frequência em aniversários (do concerto de abril, do casamento deles em junho, da morte prematura da esposa). E depois o disco ficou fora de catálogo por anos, quando o jazz retrocedeu e deixou de ser pop para virar um gênero de *connoisseurs*, e então seu estoque ficou reduzido a dois discos.

Em anos futuros, Julian não conseguiria se lembrar o que seu pai fizera que o irritara tanto, não se recordava de que lição ele julgava dar ao velho. A atitude certamente fora para o próprio bem do pai — Julian se lembrava daquele canto bárbaro mexendo com seu coração adolescente. Ele podia simplesmente ter escondido os discos, ou os vendido a alguma loja na qual poderia — mais tarde, com sábio remorso — resgatá-los. Mas não, havia sido — por razões que ele não conseguia mais lembrar — crucial que seu pai visse, da cadeira de rodas na janela alta no andar de cima, os dois discos serem jogados na fogueira, ver as chamas derreterem o vinil e estourarem a capa até que, na frente, Billie Holiday, no close de perfil, com a cabeça inclinada para trás, cuspisse fogo.

Seria melodramático demais dizer que Julian o destruiu, mas muito bom dizer que o pai voltou a olhar para Julian como se ele nunca tivesse feito aquilo. Nos anos entre o crime e o renascimento do jazz clássico em *compact disc*, um penitente Julian caçou o LP em vinil mas não conseguiu encontrá-lo, e os dois até conseguiram chegar a um ponto em que discutir sobre a falecida mãe de Julian não resultava automaticamente — verbal ou tacitamente — em referências à dessacralização das mais adoradas relíquias que seu pai tinha dela.

Quando a gravadora que comprou o catálogo da Bird on a Wire relançou dois concertos de Billie Holiday como o CD *Summer Holiday*, Julian já perseguira diversas pistas falsas ao longo dos anos, trazendo para casa os concertos errados, versões de estúdio de "Waterfront", até mesmo uma *drag queen* imitando Holiday (*I Am Billie!*, Stonewall Records, 1979). Ele continuou a peregrinação para substituir o LP sem que o pai soubesse, escutando os discos sozinho para protegê-lo de decepções, mas o velho havia descoberto esse último disco no quarto de Julian, e quando este voltou para casa encontrou o pai ouvindo-o, e acreditando claramente que aquilo fora deixado ali como uma piada cruel. Julian lhe mostrou a coleção de compras fracassadas, e seu pai, agora às gargalhadas, conseguiu extrair dele uma promessa filial de que eles abririam e ouviriam os discos juntos dali em diante.

Daí *Summer Holiday*. Em 1985, Julian, de visita à faculdade de cinema, trouxe consigo o CD fechado e um CD player para tocar no velho estéreo de seu pai. Apresentou a mais recente descoberta em uma caixa longa e fina.

— Parece *possível* — disse Julian.

O pai estudou as notas do verso: gravado ao vivo em concerto no State Theater, Minneapolis, 1952, e no Galaxy Theater, Nova York, 1953. Faixa 14: "I Cover the Waterfront".

Sem conversar, desajeitado, Julian suou para conectar o CD player ao resto do hi-fi antigo e produzir qualquer som além de um clique robótico. Foi necessária uma viagem à cidade para comprar um cabo específico, e uma segunda visita a duas lojas diferentes para adquirir um raro e dourado adaptador. Quando Julian retornou, ambas as vezes, seu pai não havia se movido; continuava sentado com o CD fechado no colo. Ele olhava silenciosamente para as próprias mãos enquanto Julian soltava palavrões pouco criativos a cada vez que conectava o cabo errado ou espetava o dedo num grampo escondido.

Ele não deixou Julian pular para a faixa 14, ou sequer para a 10, a primeira canção no Galaxy. Primeiro eles tiveram que viajar para Minneapolis 33 anos antes e ver todo o show onde um homem havia gritado "God Bless the Child!", e Billie respondeu: "Está certo, meu bem, é uma boa ideia." Julian observou o rosto do pai por um concerto e meio. O que ele ainda esperaria sentir? Se os engenheiros com seus fones de ouvido tivessem restaurado toda a conversa, limpado um rolo caindo aos pedaços nos arquivos da Bird on a Wire, será que seu pai gostaria da sensação fugaz de uma esposa, de uma perna, de um futuro à sua frente? Julian olhou para ele: seus olhos permaneciam fechados, mas certamente ele estava acordado, pois esfregava o quadril, a extremidade geográfica de seu lado direito ("o Cabo da Desesperança", ele o chamava), um gesto nervoso mas paliativo de alguma eterna dor. Ele não parecia mais agitado quando os aplausos seguiram à faixa 13, "My Man", nem quando um 14 azul se formou na tela do CD player, e os aplausos rolaram sem interrupções, os aplausos que aninhavam dentro dele o som das próprias mãos, sua empolgação, sua capacidade de amar a cantora prestes a ser desviada e canalizada em direção a sua futura esposa.

Na sala de estar da infância de Julian, suas ações passadas e a história de seu pai esperavam os próximos sons de duas caixas pretas no chão, esperavam para receber o mais novo significado, talvez seu significado final. Se o comportamento de Julian fosse um dia perdoável, não irrevogavelmente cruel, então aquele momento o determinaria. Se a música puder um dia restaurar um passado perdido, então este é o momento. Redenção! Nós a procuramos. Mas a música é diferente: nós toleramos músicas sem redenção. *Será que aquela que eu amo vai voltar para mim?*

INVERNO

Ground control to Major Tom:
Commencing countdown, engines on.

Anúncio do carro Lincoln-Mercury

1

A geração de Julian Donahue foi a pioneira a usar headphone, e ele começou a levar consigo para toda parte a trilha sonora de seus dias quando tinha 15 anos. Aos 23, e novo na cidade, ele vagava pelo Brooklyn Heights Promenade, reclamando-o como sua descoberta e colonizava-o com suas horas e seu walkman. Apaixonou-se pelo horizonte de Manhattan, como o sujeito que vai pela primeira vez a um bordel e se apaixona por uma profissional escolada. Ele devaneava sobre os reflexos da cidade no East River ao crepúsculo, ao amanhecer, ou na noite mais negra, e cada halo de luz — numa torre ou pendurado ao longo das pernas aracnídeas abertas e reluzentes da ponte do Brooklyn — dava pistas de algum significado, que só podia ser compreendido quando tornado audível pela música e codificado em letras. *Toque, walkman, toque, rebobine e me encha de tanta música.*

No fim da noite em que completou seu primeiro trabalho dirigindo um comercial para a televisão, Julian se sentou sob o ar de outono e ouviu Dean Villerman no walkman, olhando para Manhattan. Respirou como se tivesse acabado de voltar à tona de um mergulho profundo, e teve a sensação de que poderia nunca mais ser tão feliz novamente. Essa avalanche de alegria, inspiradora e paralisante, era *nostalgia*, mas nostalgia de quê? Do verdadeiro amor? De uma esposa? De riqueza? A música não era tão específica assim. O "amor" estava na maioria daquelas canções potentes, é claro, mas elas — a música, a luz, a estação — implicavam mais do que isso, porque, traiçoeiramente, Julian tornava-se repleto apenas de desejo pelo desejo. Ele sentia os nervos se abrirem e se virarem para o mundo como girassóis na batida da música, mas esse desejo não podia atingir a liberação; seu corpo se tensionava para a frente, mas independentemente de qualquer objetivo, embora ele não soubesse disso por muitos anos, até que provasse.

Porque anos depois, quando já havia capturado tudo isso — amor, esposa, lar, sucesso, filho —, ele ainda desejava, do mesmo jeito, quando ouvia aquelas mesmas canções, agora num CD player portátil, facilmente repetidas sem a interrupção corta-tesão de rebobinagem (as bobinas gemendo à medida que as pilhas ficavam mais fracas). Ele sentia aquilo tudo novamente. Apertou o play e continuou desejando.

Quando se casou pela primeira vez, Julian se preocupou como se sentiria em relação a canções específicas se o casamento terminasse prematuramente, no caso da morte de Rachel ou de sua infidelidade (sim, ele imaginara isso antes de saber, talvez o tivesse imaginado de modo tão vívido que acabou provocando tudo). E se preparou para perder a música para Rachel, como o preço do amor, o bilhete rasgado na hora da entrada: supôs que, o casamento dando certo ou não, ele jamais encontraria o caminho de volta para a música, aquelas velhas canções seriam esvaziadas de toda promessa ou estariam entupidas demais de tantas lembranças.

Mas não, a música durou mais tempo do que qualquer acontecimento que ela havia inspirado. Depois dos LPs, fitas cassete e CDs, quando o matrimônio estava prestes a decair em seus elementos — pensão e tensão —, as canções o sacudiram e recuperaram todos os seus significados antigos, pré-Rachel, como se elas não só a conjurassem mas também a dispensassem, como se ela tivesse sido completamente a ilusão delas. Ele tornou a ouvir as velhas canções, anos mais tarde no mesmo *promenade* às escuras, quando cada CD que ele já tivera estava agora embutido na maior de todas as invenções humanas, o iPod, tecladas e ao alcance da ponta de seu dedo. As canções agora lhe ofereciam, em troca de tudo o que ele havia perdido, a sensação de que ainda havia a desejar, alguma coisa ainda a se aproximar, e tudo o que acontecera antes fora meramente um prólogo a um amor inimaginavelmente profundo que o tomaria de assalto. A diferença agora seria apenas a de que sua fome de música se tornara mais urgente, menos um prazer do que um desejo diário.

Julian Donahue se casou numa confusão otimista, se separou numa confusão pessimista, e naquele momento vagava na direção de um divorcista pouco confiável, uma terra fria de celibatários. Ele não entendia muito o que ocorrera entre o dia que disse não poder viver sem aquela mulher e o dia em que o último dos pertences dela (e muitos dos dele) deixou a casa dos dois. Se ele se forçasse a recordar, revisitaria discussões, compreenderia que estavam apoiadas em causas interligadas e construídas sobre as ruínas instáveis de desentendimentos anteriores. Viu que velhas discussões haviam sido apenas parcialmente desmanteladas para satisfação mútua ou para a satisfação de ninguém, ou para a satisfação dela (talvez fingida) e alívio dele, ou para a satisfação dele e o ressentimento cada vez maior dela, para o qual estivera cego. Talvez tudo isso fosse dar num terreno pantanoso de incompatibilidade preexistente, apesar de sentimentos mútuos de afeto e desejo que todos os signatários provavelmente sentiam no começo. Obviamente não subestimaria o papel de Carlton, embora fosse mais sábio não pensar a respeito, e ele havia se especializado em podar esses pensamentos fractais antes que eles pudessem florescer.

No dia em que Rachel anunciou a sede insaciável de ausência dele, Julian consultava sua coleção de música, procurando a canção que lhe explicaria, ainda que de modo oblíquo, a atmosfera sombria no seu lar, as duas caixas pretas magnetizadas cercando uma a outra, atraindo e repelindo uma a outra de aposento a aposento.

— Eu quero tocar uma coisa para você — ele disse, se ajoelhando na frente das prateleiras de CDs quando Rachel entrou atrás dele. — Eu estava pensando em Carlton, e...

Ele devia ter estado presente para *alguma coisa*. Ele reconheceu a necessidade imbecil de nunca mais pensar nela mesmo quando fracassava, talvez por conta da energia indispensável para impedir aqueles outros pensamentos. A fotografia ainda no apartamento dizia que houve beijos na Torre Eiffel e crepúsculos em praias douradas; estas ele ainda não jogara fora. Ele havia desenhado o retrato dela uma centena de vezes e a filmara em oito milímetros, e às vezes assistia a esses vídeos quando estava sozinho em casa e com vontade de sentir autopiedade. Quando passava programas sobre animais na TV a cabo, ele colocava o CD *Summer Holiday* e apertava o botão de mute na TV, zapeava com o controle remoto, apertando *video input* sem parar: Rachel dorme de lado, os cabelos espalhados atrás de si e os braços à frente, como se planasse no céu; o urso-polar anda para trás e com ambos os punhos soca o gelo até alcançar a foca; Rachel afasta um mosquito imaginário do rosto; a foca é consumida em oito mordidas; "*I cover the waterfront...*"

Ultimamente ele prestava mais atenção nos animais e menos em Rachel, e às vezes sentia como se todas as questões humanas — mas especialmente a sua própria — pudessem ser suficientemente explicadas pelos coiotes astutos e competitivos e pelas leoas que tomavam conta de seus filhotes e mastigavam gnus e pelas formigas fascistas. Depois de separar-se de Rachel e voltar à vida selvagem, assistia a canais sobre animais por horas a fio porque eles o ajudavam a pegar no sono. Mais tarde, quando protegia as novas estruturas de sua mente necessárias para evitar que a dor invadisse toda a atividade cotidiana, quando podia considerar esses anos e ainda ir para o trabalho, os animais permaneciam. Quando ele era capaz de pensar no passado, considerar e não apenas sentir sua dor, calcular quão completamente Rachel o havia quebrado e descartado, o modo tão abrangente pelo qual eles imaginaram erroneamente um ao outro, os babuínos e as orcas ofereciam uma certa esperança estabilizadora para os anos seguintes, e logo tudo parecia explicável pelo comportamento animal. Equipes agressivas num cenário comercial expressavam um estado alfa ameaçado; aberturas de galerias serviam para reforçar laços de grupos para a proteção de genes semelhantes. Era preciso ser menos propenso à dor de cotovelo, já que nossos primos primatas morriam de trauma emocional ou se recuperavam rapidamente. Filhotes na vastidão selvagem de quase todas as espécies incluíam um certo número inviável, que eram deixados à míngua pela mãe e pelos irmãos, ou simplesmente comidos por eles.

Necessidades que um dia tomaram Julian — como perseguir e capturar modelos de xampu, por exemplo — eram explicadas e desconstruídas por programas de animais. Aquele velho comportamento era simplesmente o que incontáveis guepardos faziam, espalhando suas sementes. Mais e mais vida escorria debaixo dele, reduzida pelas leis imutáveis e hábitos relaxados do reino animal. Espécies inteiras se extinguiam; a nossa também se extinguiria um dia, ou evoluiria para algo irreconhecível, uma espécie superior que não daria mais atenção aos nossos sentimentos obsessivamente catalogados do que nós damos aos desesperos dos *Australopithecus*, e toda essa vã *dor de cotovelo* à qual nos agarramos como tão importante ou trágica seria revelada um dia — por cientistas da TV — pelo que é: simplesmente um comportamento.

2

Nevava e, por isso, Julian teria ficado em casa, mas ele precisava de papel higiênico.

Ele iria até a mercearia da esquina, mas estava nevando pesado, e o silêncio se acumulava rapidamente, então, em vez disso, simplesmente vagou até a Atlantic Avenue, para dentro da noite silenciosa, esquecendo-se da tarefa. Atrás da neve, o ar estava esverdeado, como se um diretor de fotografia tivesse abaixado uma grade pesada à frente da lente de uma câmera. Uma bicicleta trancada despontava um coração branco balouçante de seu selim. Sacos de lixo de rua de aspecto ameaçador vestidos como alegres bonecos de neve. Dois beagles, sem coleira para o passeio noturno, chamavam a cidade como agradáveis muezins, entravam e saíam de banquisas de neve, liam de perto as vastidões brancas da estrada e realçavam áreas de interesse.

Lembrando-se urgentemente da missão original, Julian parou na primeira oportunidade, uma porta de madeira sem placa onde alamedas aplainadas de neve colidiam com água suja, cinza de pegadas de botas. Ele atravessou um buraco na noite, e entrou num lugar de barulho, calor e luz.

— Onde é o banheiro?

O barman-bonsai de músculos atarracados fez um gesto só com o queixo na direção dos fundos do local, onde uma fita azul para pintura no chão e uma fileira de alto-falantes de monitor definiam um palco trapezoidal, ocupado por instrumentos mas não por humanos. Um grito de mulher soou duas vezes, e depois uma terceira vez, até que uma garota abriu seu telefone.

— Eu estou no Rat! — ela gritou para o aparelho. — Cadê você? Eu *sei* que está nevando! — Tranquilamente o mais velho no local por uma ou duas décadas de diferença, Julian virou no hall ao lado do palco. Sob uma única lâmpada e a reprodução de um cartaz de um show de Jimi Hendrix, ao qual ele era velho o bastante para ter ido quando criança, alguém havia escrito uma longa passagem em grego, e depois algum engraçadinho acrescentara em inglês: "Não tem graça, Stavros. Vou dar um chute nessa tua bunda adoradora de Esparta."

Em frente ao telefone havia duas portas, obviamente os toaletes, mas a primeira tinha as palavras pintadas à mão em tinta dourada D. MELANOGASTER sob a figura de alguma espécie de mosca, lavando/ esfregando as patas anteriores, mas sem oferecer evidência de gênero. A segunda porta apresentava a mesma letra delicada, C. SORDELLII, e uma ilustração de, talvez, um ninho de minhocas, ainda menos definidor de gênero, se é que isso era possível. Julian optou pelos vermes, apenas para ser confrontado pelo reflexo de uma jovem saindo de uma privada com porta rosa-néon e fechando o zíper da calça jeans. A imagem das mãos dela nos botões de prata preencheu sua visão, e, em seguida, ela já gritava em cima dele, que se afastava pedindo desculpas:

— Não sabe ler não, porra?

Na parede do urinol anunciaram o calendário do Rat para os próximos shows. Ele não conhecia mais *nenhuma* banda: 12 Angry Mental Patients, The Youthful Mouthful, The Hungarian Veterinarians, Dyscothèque, Lisping Picts, Spermicidal Tendencies, Imaginary Wife, The Long Purples, Home School Classe Slut, The Deranged Curates, Girl Urologist, Weepy Fag.

Pagou pelo uso do banheiro e foi com um drinque para a extremidade do bar mais distante do palco. Ele examinou os CDs demos gravados em casa à venda numa caixa de vinho de papelão amarelo:

Cait O'Dwyer, *Your Very Own Blithering Idiot*. Pensou em ir embora depois da cerveja, na expectativa de dar uma caminhada sentimental com o iPod. A casa noturna continuava enchendo. Ele ia ficando mais velho a cada um que chegava. Já aceitara o fato de que era mais velho que jogadores de beisebol (até mesmo *knuckleballers*, com seus arremessos mais lentos), mais velho que astronautas, mais velho que modelos da *Playboy*, mais velho que astros do rock e diretores que ganharam o Oscar, mas agora ele era lembrado de que era mais velho que gente que ia a casas noturnas para ouvir música ao vivo, como seus pais costumavam fazer. Ele calculou para ter certeza: sim, era mais velho do que seu pai fora naquelas memórias de seus pais saindo para ir à cidade. Lutou com o próprio casaco, e então uma banda subiu ao palco na outra ponta do ambiente. Julian reconheceu os jeans dela da privada no banheiro com porta cor-de-rosa.

As regras daquele jogo não mudaram ao longo dos anos, desde que Julian costumava sair à noite. A banda encenou o ritual arquetípico de afinação: o ruído do conector de uma guitarra encaixando em seu buraco de metal, prestes a entrar no lugar; o baterista ajustando os pratos, testando sua obra com iâmbicos 1-2 — pausa — 1-2; as piadas internas excessivamente hilárias entre baixista e baterista; a tensão de coleguismo distinguindo os que estavam de um lado da fita dos que estavam do outro. Mas até aí nem sombra de artificialidade escurecia a face da cantora quando ela cruzou a fronteira, a última dos quatro, tocou com a ponta da bota de couro o repertório colado com fita no piso ao lado de um alto-falante prostrado diante dela, e falou baixinho para o guitarrista:

— Toca direito, por favor, seu merda.

Ela era, naquela noite, ainda local. Liderava uma banda local num lance local num bar local. Era da vizinhança, apesar do estrangeirismo óbvio: em seu sotaque irlandês ela fez uma piada sobre um restaurante ali na rua que não seguia a vigilância sanitária. Quase metade do repertório era de *covers*, mas a multidão conhecia as canções originais dela o suficiente para gritar junto durante os refrões. Ela cantava de olhos fechados, e os cabelos ruivos escuros caíam-lhe sobre o rosto até puxá-los para trás com ambas as mãos. Julian estava nos fundos, perto da porta, vagamente desconfiado (pelo menos consigo mesmo) por conta de seus incontáveis anos na geladeira, e ela cantou, uma coincidência,

> *You stood in the back*
> *You didn't know why*
> *I could have reached out*
> *I should have reached out.*

Todos aqueles garotos pagavam a ela um tributo em atenção que não pagariam a nenhuma debutante desesperada pelo amor deles. Eles desejavam a atenção *dela*; Julian podia ver isso nos rostos dos garotos, e das garotas. A estrela dela estava em ascensão, e um ressentimento confuso se misturava com o desejo da multidão por ela. Resmungos de desprezo. Dois rapazes ao lado dele podiam ser ouvidos rapidamente entre canções:

— Ela costumava ser tão certinha. Eu a vi no ano passado. Simplesmente não dava *a mínima* para o que você achava — disse um, estudando-a sem intenção, sua cerveja pilsen artesanal, ironicamente batizada, agarrada entre dois dedos ao nível da virilha. Julian já escalara rapazes semelhantes para anúncios de cerveja, exatamente desse tipo.

— Ela mudou? — ele provocou os garotos.

O garoto explicou antes que a guitarra afogasse sua voz:

— Assinou.

A putaria mercantil implícita dela: Julian já ouvira aquilo, naquela primeira noite de neve, a autópsia feita por um adolescente enflanelado, e Julian ajudara a criar aquilo, tudo porque aquela garota irlandesa cantando para cinquenta pessoas (felizes por saírem na neve por ela) assinara um contrato para gravar um CD que provavelmente venderia 118 cópias.

Julian Donahue era um diretor, e ele observava, como um diretor, para ver do que as pessoas gostavam agora e por quê, silenciosamente editava a performance da moça. As bordas externas das mãos dela eram longas e pronunciadas. Elas davam aos seus gestos uma graça e uma expressividade extras. O antebraço intrincadamente pintado e a camiseta branca sem sutiã, de forma que a implicação ocasional dos seios roçando a superfície não vista do algodão (provavelmente acesos como o interior de uma tenda num dia de verão) carregava a força de uma obscenidade sussurrada. Ela segurava o microfone com as mãos e curvava o corpo para a esquerda, uma postura-padrão de rock girl, desde Janis Joplin pelo menos. Julian sabia que ela queria os homens imaginando-a cantar para eles, mas mantinha os olhos fechados ou olhava logo acima das cabeças deles para poder negar essa responsabilidade.

Ele não ia a um show desses há anos, mas eles ainda eram os mesmos. A cantora de *lounge* de Vegas olha cada frequentador do jantar no olho, flerta com um cavalheiro na primeira fileira enquanto o resto da plateia ri, e ninguém se deixa enganar, ninguém corre perigo atrás do brilho das lantejoulas. A rock girl, entretanto, corre perigo, e também o idiota de camisa de flanela que gostaria que ela abrisse os olhos e olhasse para ele. Esses garotos seriam subsumidos num instante, em multidões maiores de outros garotos tendo as mesmas fantasias, nauseados de desejos indistinguíveis dos seus próprios, e eles se ressentiriam disso.

Era quase impossível para Julian formar um julgamento da música real sob essas condições — uma primeira exposição às músicas, distorcidas por amplificadores de *backfeeding*, o claque-claque de copos e garrafas, pessoas gritando para o barman pedindo atenção —, e ele comprou o CD demo porque ela era bonita e para tentar se manter um pouco atualizado para fins de trabalho. Talvez ela fosse alguém que ele devesse ter ouvido falar. Ele ia perguntar a Maile.

A cantora cobriu o microfone e gritou algo para o baixista, chamando sua atenção por algum erro musical. Ele deu um passo para trás, olhando para baixo e para o lado.

— Por acaso, alguém aqui sabe tocar baixo? — ela perguntou para a multidão depois dessa canção. — Seria de grande ajuda para nós aqui. — Até o baixista dela riu, depois fechou os olhos, concordando com a cabeça.

Quando ela ficava um pouco sem fôlego, a camiseta inchava a cada respiração. Julian não era imune a uma jovem e linda mulher inflando como um fole perante uma fogueira laranja, mas seu reflexo depois da atração era procurar o significado biológico da atração, codificado mas apenas temporariamente misterioso. Certo evolucionista inteligente poderia explicar isso: a exibição de uma extensa capacidade pulmonar implica uma capacidade de levar uma prole a bom termo? Expandir o peito é sinal de que a fêmea é quente sazonalmente? Até mesmo uma atriz respirando fundo para se concentrar antes da tomada de um comercial sobre as virtudes de uma ducha higiênica surtiria o mesmo efeito em Julian que aquela cantora, atacando com manobras de jeans rasgados, *back to back* com o guitarrista e provável namorado. Houve um momento, um ou dois dias antes, quando uma garota de balcão de cafeteria subitamente se curvou para trás e se expandiu num prelúdio para um enorme bocejo, e Julian tivera o impulso de espalhar as mãos sobre o acordeão em abertura de suas costelas, e ele compreenderia, um pouco, que deleites prometiam aqueles sapos de pescoço escarlate na TV discernidos no ato erótico ao inflar os pescoços uns dos outros.

Os olhos da cantora estavam agora semicerrados, toldados com uma disponibilidade sonolenta. Ele se deixara distrair por um momento pela capacidade pulmonar, mas logo viu o óbvio: peitos de cantoras sobem; eles transpiram; pássaros canoros jogam as cabeças para trás e se contorcem, uivam, fecham os olhos. Certas mistificações pairam por entre cantoras, mas elas são meramente pessoas de um certo talento, um deles a evocação do desejo sexual por intermédio de métodos que a maioria de nós não consegue duplicar: acasalamento, provocação evolucionária pelo couvert artístico e um mínimo de duas bebidas.

Ele saiu para a rua branca silenciosa, comprou o papel higiênico, voltou para casa, onde seu irmão, novamente um hóspede sem ser convidado, deitava no sofá assistindo a uma reprise de *Jeopardy!*

— Abri um vinho — disse Aidan, e depois gritou para a TV com um certo nojo frio: — Quem são os pictos?

3

— Então ok. Já acabamos, e você está indo *muito bem*. Quero que se lembre como era quando você tocava sem olhar para as mãos. Era ótimo, não? Ah, tenho um presente para você. — Cait tirou um CD da sacola e o deu para a garota. — Na minha opinião, estas são algumas das melhores canções de rock com piano. E a melhor de todas é com uma garota tocando, você vai notar. Todas elas aprenderam primeiro, exatamente como você, escalas, acordes e estudos. Escolha sua favorita entre essas e tente tocar o que ouvir, sem ler nada, como parte dos exercícios, ok?

— Sabe o que o pintinho falou para o outro?

— Não, o quê?

— Piu.

— Ah, muito engraçado. *Tão* divertido. Você podia estar na televisão. Se houvesse um programa de piadas *imbecis*. Diga, quer que eu toque a peça que você escreveu?

A garota balançou a cabeça muito levemente mas muito rápido, como um beija-flor irado.

— Por favor, ah, por favor? — Cait provocou-a. — Por favor? Mesmo? Bom, tudo bem. — Cait colocou as mãos sobre as teclas, tocou apenas na faixa que alcançava sem atravessar na frente da aluna. — Esta é uma canção irlandesa muito antiga que meu pai costumava tocar para mim. Quer ouvir a letra? Não é uma canção muito alegre.

— As boas nunca são, não é? — a garotinha perguntou com toda seriedade, e, quando Cait riu, ela olhou com cara de magoada e perguntou: — Qual é a graça?

— Você. Eu entendi o que você quis dizer, mas você está *errada*. Existem milhões de excelentes canções felizes. Escute este CD. Você vai ver.

— Por que você tem que desistir?

— Ah, gatinha, agora você é que me fará chorar. Eu vou viajar muito, é só. Não seria justo para você nem para as minhas outras aluninhas. Eu ainda vou te ver. E Sarah é uma parceira — ela é uma excelente professora. Você vai adorá-la.

— Ela vai cantar comigo?

— Não. Na verdade, isso me lembra um detalhe. Preciso te avisar. Nunca, em nenhuma circunstância, deixe ela cantar. Ela tem uma voz pavorosa. Mas ela sabe tocar como um anjo qualquer música que você quiser ouvir. Tudo isso, todo o seu livro de Johnny Bach, e todo o seu precioso Elton também. Mas me prometa uma coisa.

— Prometo.

— Você ainda não sabe o que é.

— Eu prometo mesmo assim. É assim que eu sou.

— Ah, então está bem, não vou lhe dizer o que era, e sempre posso dizer que você prometeu, não importa o que eu lhe pedir para fazer.

— Quem diz a *você* o que fazer?

— Fazer?

— Quem diz quando você não está praticando o bastante?

— Boa pergunta. Meus colegas de banda, eu acho.

— E se ninguém comprar o seu disco?

— Uau. Bom, ah, então eu coloco veneno no chá de Sarah num instante e volto para ver se você me aceita de volta.

— Você está nervosa? Como você sabe que não precisa mais de aulas?

— Hoje é o dia das boas perguntas. Bom, eu não toco piano na banda. Não sei. Acho que provavelmente eu *ainda* precise de aulas, mas chega o dia em que você simplesmente se sente pronta, sabe? Ah, ah, ah, agora pare com isso, por favor. Se você ficar chorando, então eu vou realmente começar a fungar também. Aqui, cante isto comigo em vez disso.

4

Algumas semanas antes, Julian Donahue reparara que "What's Left" — uma canção pop que costumava assombrar sua solidão e que tocava em seu estéreo na manhã de primavera em que ele pediu Rachel em casamento — havia sido, por uma consoante, composta perfeitamente para um trabalho próximo. *"You left so fast, you didn'stay to watch me cry"* só exigia um único passo alfabético para chegar a *"watch me dry"*, e depois descrevia com muita elegância um novo limpador de forno, que trabalhava sem pedir nada em troca enquanto seus donos, de acordo com o *storyboard* enviado pela agência, brincavam num parque e dirigiam por uma rodovia numa encosta do Pacífico.

E assim Julian passou o sábado, o dia seguinte à sua descoberta nevada do Rat, num estúdio de gravação no Queens, embora as cachoeiras de gelo derretido atrasassem o engenheiro de som por duas horas e a cantora por três (a banda, felizmente, só existia como um arquivo de computador). Em pé na cabine de controle, Julian apertou um botão, e sua voz passou pela divisória de vidro até o estúdio cinza, levando sugestões desincorporadas para um camaleão vocal de US$ 800 por hora com o rosto de uma freira compungida e o corpo de um monge autoindulgente sobre como ela poderia atingir o mesmo tom de perda dolorida da letra original ao mesmo tempo que mantinha a palavra de venda *dry* — secar, de modo que qualquer mulher que comprasse o limpador *Spray-Go* sentisse o prazer liberador do papel tradicionalmente masculino, o coração mais frio, aquele que podia sair sem arrependimento, indiferente à dor de quem quer que deixasse para trás (marido ou limpador de forno).

Ele se inclinou contra a parede dos fundos da cabine e viu aquela cantora demoniacamente competente girar os comandos de algum painel de controle interno até produzir uma impressão perfeita da voz original da canção, uma pop star de dois hits de vinte anos antes, logo dentro do alcance da nostalgia musical do mercado-alvo. Uma canção podia ser neutralizada fácil assim. "What's Left", que por muito tempo exercera um poder de toureiro matador nos fones de ouvido de Julian, podia ser cantada por uma voz idêntica, sobre uma banda computadorizada porém idêntica, e, com a mudança de uma única letra, ser revelada como um mero conjunto de notas esparramadas e ritmo espasmódico, não mais hipnótica do que qualquer outro jingle de uma caloria.

— Ótimo, Louise. Essa você matou a pau.

Duas semanas mais tarde, ele estava no estúdio para um condicionador de cabelo, vendo o gerente de marca do produto se levantar da cadeira de lona e marchar com urgência mas com delicadeza sobre o piso colorido.

— Não, mas eu realmente preciso dizer isto. — Seu sotaque, a formalidade inabalável, a semelhança com uma toupeira estilosa e seu amor febril pelo produto já eram imitados pelos artistas da agência, aos risos. — O senhor não pode, monsieur Donahue, perdoe a insistência, o senhor não pode iluminar o Produto assim. — Ele se ajoelhou ao lado das massas de condicionador de cabelos no pedestal de vidro. — O senhor, ao lançar esse excesso de azul sobre ele, retira-lhe seus tons identificadores essenciais. — Deixou o outro joelho tocar o chão e colocou as mãos em concha ao redor do condicionador para demonstrar como a cor mudava na sombra.

Julian, Maile (sua assistente de produção nos últimos quatro meses) e Vlada (o diretor de fotografia) conferenciavam, segurando o riso, evitando o contato visual. A tarde se arrastava enquanto Maile, de joelhos perante o pedestal de vidro, borrifava colorizante de alimentos e Vlada passava uma gelatina atrás da outra para contrarregras nas escadas, enquanto o sr. Rousselet, sentado ao lado de Julian, olhava para o vídeo, e as duas beldades profissionais de roupão de banho que em breve lambuzariam as jubas na frente da câmera permaneciam sentadas nos fundos, embaixo de uma placa PROIBIDO FUMAR, e acendiam cada uma um cigarro novo na bituca de ponta alaranjada do velho.

Julian plugou seu iPod no sistema de som do estúdio e sentiu um alívio físico quando a bobajada do dia foi substituída por uma sensação de objetividade. O efeito trilha sonora, como ele aprendera décadas atrás: a música podia injetar significado, lirismo, unicidade no cotidiano. A terceira canção, uma voz feminina: *"'I'd sooner die', she said, she said, and she almost believed it, her little drama."* A música invadiu a sala preta cúbica: a ideia embaraçosa de acreditar demais no pequeno drama de uma pessoa penetrou tudo, aqui rapidamente como o vento solar, ali lenta mas impiedosamente como uma fileira de formigas. Isso afetava como o sr. Rousselet se inclinava para olhar a tela auxiliar de vídeo e depois se agachava diante das cúpulas mamárias cor de malva do Produto e ele próprio borrifava um pouco de cor. A música mudava o modo como as duas modelos se moviam, tocando sub-repticiamente as pontas dos dedos uma da outra em sua nuvem de sombra, assim como Vlada parecia triste olhando, por seu visor, seus modos sérvios tornando tudo ao seu redor trágico e desimportante ao mesmo tempo.

Julian não fazia upload nem download de nenhuma música pop nova há meses, e no começo não conseguia entender a não familiaridade da canção. Não, sim, ele fizera o upload de um CD, o demo daquela garota irlandesa do Rat, duas semanas atrás, e nunca mais ouvira desde então. Isso o pegou de surpresa, naquela tarde no estúdio e depois mais tarde, o brilho do crepúsculo se acomodando sobre a linha do horizonte de Manhattan como uma névoa colorida sobre o condicionador de cabelos, enquanto caminhava com tempo de sobra antes do jantar com um amigo da faculdade de cinema que passava o fim de semana na cidade, um homem que subira rápido em Hollywood até o cargo de diretor de segunda unidade, mas então parou, feliz por fazer cenas bem-pagas de multidão e cortes indefinidamente, quando na escola ele sempre insistira — quase gritando — que um verdadeiro *auteur* só podia trabalhar fora dos estúdios e tinha que escrever, filmar, dirigir e editar tudo sozinho.

O CD demo apresentava um ligeiro ruído, e os níveis eram muito baixos aqui e ali, e o baixo estava quente demais em três faixas, zumbindo em suas orelhas: a autenticidade seca da demo *rough-mix* que garantira o contrato de produção do novo CD, com versões mais limpas daquelas mesmas canções. A guitarra chegava até a estragar o solo de abertura na primeira faixa. A música parava, e uma voz masculina dizia "Ooops". Risos masculinos e femininos, e começaram novamente a canção; deixaram o erro ali, uma forma ousada de abrir um disco de propósito para chocar executivos de gravadora bobos e surdos, e, quando o músico tocou certo da segunda vez, Julian sentiu um zumbido no pescoço e nos rins.

No dia seguinte, a sessão sofreu um atraso quase imediato; Maile lhe apresentou uma modelo, e Julian estudou o rosto dela lentamente, um rosto alugado por ele de uma foto, antes de balançar sua cabeça e a mão dela:

— Obrigado, mas hoje não. Maile, assine a documentação dela com meu pedido de desculpas.

Isso era mais para os gerentes de marketing do cliente visitantes do *set* de filmagem — sonâmbulos corporativos para os quais um dia no meio de câmeras e luzes vendo um diretor dispensar tranquilamente beldades de aluguel caro, danem-se as despesas, era uma das diversões do trabalho, um quê de glamour de diva.

Mas demitir modelos na última hora tornava-se cada vez mais comum, e Julian ultimamente estava frustrando agências de modelos com seus padrões cada vez mais aguçados e a recusa em explicá-los. No começo da carreira, ele percebera que o último teste antes de contratar uma modelo tinha de ser uma busca pelas premonições do envelhecimento. Não sintomas: premonições. Julian conseguia — muitas vezes numa única olhadela — ver como e onde os rostos da maioria das mulheres eram apenas versões temporárias de seus eus mais velhos. Ele podia ver a vergonha em algumas das modelinhos de 19 ou 20; podia ver suas versões de mulheres mais velhas espreitando, enquanto os rostos ideais (e o daquela cantora irlandesa, pensando bem) não davam nenhuma pista, não mostravam vulnerabilidade alguma. Outros contratavam aquela mesma mulher, obviamente; ele não tinha nenhuma exclusividade sobre elas. Mas jamais marcaria a estimada *übermodel* cujo segredo tenebroso ele havia vislumbrado. Apesar dos avanços em computação gráfica, até mesmo os melhores especialistas em retoque não conseguiam apagar de modo confiável a verdade, e por isso Julian manteve seu padrão, seu segredo comercial, e todos os anúncios dele — do prosaico limpador de chão vendido por uma magnificamente linda "dona de casa" identificável pela camisa Oxford de mangas enroladas até a exaltada tomada de máscara perto o bastante para mostrar os poros — produziram no cliente as mesmas sensações paradoxais de perigo e segurança, desejo e exaltação. Ele foi, por anos seguidos, o diretor mais recontratado da cidade, embora raros marqueteiros pudessem explicar o porquê disso.

O problema, entretanto, surgira nos últimos oito a dez meses: existiam poucas mulheres cuja velhice futura (até mesmo beleza mais velha) fosse imperceptível. Ele estava contratando mulheres um pouco mais novas do que costumava, mas o limite inferior era tão grande quanto o superior. Ele não conseguia explicar isso aos frustrados representantes das agências de modelos, porque não queria revelar seus truques, mas a verdade era clara: cada vez mais mulheres pareciam meramente temporariamente bonitas. Ele sabia que isso era com certeza um resultado de

Carlton e Rachel; certos acontecimentos afetam de maneira definitiva a visão de uma pessoa. Ainda assim, ele ficava triste ao ver o efeito, a ameaça cada vez maior a uma espécie de beleza.

Apontou seis possíveis substituições nos catálogos, deu a Maile tempo para checar a disponibilidade, autorizou-a a pagar taxas de urgência e deixou o *set* com um ar sério, mas somente para entrar no trem F e ouvir seu iPod.

E agora Julian está sentado no trem F, num carro quase vazio. Na outra ponta, ouvindo um iPod minúsculo cheio de hip-hop, um jovem negro vestido de modo corporativo balança a cabeça e murmura como um estudante do Talmude. Julian fica ligeiramente afetado pelo rosto da modelo dispensada e pela sua decepção. Ela cheirava a pastilhas de menta que não chegavam a erradicar as evidências de um vômito recente, e dali do banco plástico laranja do trem, ele examina a garota razoavelmente porém não impossivelmente bonita sentada à sua frente. Ela tem um tipo de beleza que ele aprecia, ainda mais levando em conta sua rotina diária de formação e, quadro a quadro, de preservação de uma beleza ridícula, e em seus fones toca uma canção de amor, uma garota diferente cantando, uma irlandesa, e ela canta sobre os vastos campos dourados de possibilidade que se estendem diante dele, ali para ele vagar, onde o sol nunca terminará de se pôr. É fisicamente impossível — com a canção certa — para um certo tipo de homem não sentir (antes que ele se lembre de como pensar) que a garota em frente a ele no metrô ouça e sinta algo também, que ela será uma coestrela na paisagem encharcada de romance. Ela olha para cima agora, um sorriso vem chegando, mas não, ela ouve sua própria música em seu próprio iPod, talvez um réquiem sobre o destino de uma viagem marítima fadada ao fracasso, e Julian fecha os olhos e a letra da canção de Cait O'Dwyer começa a se acomodar na memória.

Ele voltou à superfície de Manhattan na 23rd Street, bem onde começou. Algo parecido com neve começava a cair de um céu azul brilhante. Retornou ao estúdio, onde Maile havia conjurado uma de suas garotas solicitadas. Ele viu a maquiadora umedecer os lábios da modelo italiana. Cada passada do pincel aumentava a suculência madura da garota. Uma quantidade exata de umidade visível era necessária para evocar sexo sem trazer à mente conceitos chatos de biologia e higiene oral.

— Espere. — Ele parou a maquiadora quando ela ia passar para os olhos da garota italiana. — Mais nos lábios. De novo. Mais. De novo. Mais uma vez. Pronto. Obrigado.

5

Em 2006, Ian Richfield e Cait O'Dwyer se conheceram graças a um amigo comum que sabia que ambos haviam fugido recentemente de bandinhas de merda. Combinaram por e-mail de se encontrar no apartamento de Ian. Ele lhe ofereceu uma cerveja, trocaram histórias de guerra, tentaram ver se tinham conhecidos em comum, e então ela disse:
— Bom, vamos tentar — sem muita esperança.

E até aquele instante, Ian costumava se lembrar, qualquer coisa entre eles era ainda possível. Ele imaginou subsequentemente que, quando ela disse, "bom, vamos tentar", ele não diria nada, simplesmente a agarraria, qualquer parte dela que pudesse alcançar e segurar, a levaria ao chão e correria as mãos por cima e por baixo de seu suéter grande demais, a pegaria pela nuca e aproximaria seu rosto do dele, cairia de joelhos, empurraria a face contra a virilha dela.

Não. Ele riu e disse:
— Nossa, escute só você. Tudo bem, chefe, *vamos nessa*, vamos tentar. — E, em parte porque era o primeiro reflexo de suas mãos sempre que ele pegava a guitarra para praticar sozinho e em parte para ver se a irlandesa bonitinha entendia mesmo de música, começou a introdução de "Foxey Lady" de Jimi Hendrix pelo The Cure. Ela assentiu como um cirurgião e pediu que ele subisse um terço. Ele cortou a introdução e ela foi direto no ponto, sem erros, sem perder uma palavra, até citando o improviso do álbum — *"This is a good intro"* —, mas um detalhe a mais: ela o complementou, preenchendo os espaços que ele deixou para ela, ofereceu-lhe ideias. Ela sentou na escada com manchas de tinta que ele

havia roubado de um de seus trabalhos como pintor, mas em seguida se levantou a meio caminho da canção e aumentou tanto o volume dela quanto o dele. "*I won't do you no harm. You've got to be mine, all mine.*" Ele tocou essa música — estudada de um antigo CD de seu tio no mesmo dia em que seus pais lhe compraram uma guitarra elétrica — com uma ferocidade que ele sempre supôs fosse apenas garantida a um músico na frente de uma multidão atenciosa. Fez duas vezes o espaço do solo, mantendo o ritmo se movendo sem baixo ou bateria e sem interromper o fluxo de suas ideias. Quando o burburinho do último acorde ainda baixava até o chão do loft, ele *ainda* podia ter mudado tudo, e, em devaneios recentes autoabusivos, ele tirava a guitarra do ombro, jogava a cadeira dobrável marrom de metal para trás, colava a boca na orelha dela, e suas mãos amassavam seus seios antes que o amplificador tivesse terminado de zumbir.

Não. Ele não fez isso. Houve o momento. Aquele momento chegara e passara para ele, e, quando ele se levantou, desaparecera para sempre. Aquela canção terminara, e ambos sabiam: o som havia sido um múltiplo de ambos, e eles sabiam. Ficaram sentados num longo silêncio enquanto o som que haviam feito viajava até a rua, até o mar, até as estrelas distantes. Somente o zumbido baixinho do amplificador persistia, e ele teve medo (enquanto ela olhava para ele e ele ainda pensava em pular em cima dela) que a pegada de sua guitarra pegaria as batidas do coração dela e as tocaria para ela. Pressionou a língua contra o lábio superior e enrolou a palheta preta com a impressão digital do polegar limpa e cheia de curvas sobre e sob seus dedos. Ela estendeu a mão para pegar os cigarros que não tinha mais em sua bolsa, pois deixara de fumar uma semana antes, e ele foi até a geladeira para pegar mais duas cervejas. Eles escolheram.

A escolha foi mútua, mas tinham motivos opostos: ele era um covarde, ela era impiedosa. Em sua defesa, ele não sabia ser a escolha inscrita eternamente como leis em tábuas de mármore. Essa era a vontade *dela*, reforçada a partir daquele momento com uma disciplina férrea. Se ele soubesse, disse a si mesmo, ele a teria escolhido antes da música, em detrimento de tudo o mais. Teria.

— Que tal "London Calling"? — sugeriu ela.

Ele tocou tudo o que ela quis. Seus vastos e históricos vocabulários de audição — longas educações até aquele momento — se sobrepunham quase sem intervalo. Ele invocava os favoritos cada vez mais obscuros (Cramps, Creeps, Crito's Apology, Crooked Bastards, Crud), e ela quase nunca alegava ignorância, raramente sequer hesitava, simplesmente pedia escalas diferentes até ele começar a compensar o tom dela automaticamente. Ele nunca conhecera alguém que mantivesse o mesmo ritmo dele em número de músicas, quanto mais que forçasse uma confissão de que ele era fraco nas bandas irlandesas canônicas. Ela não sabia tocar guitarra direito, mas cantava melhor que ele em sua parte de uma canção dos Pogues, mantendo o ritmo e depois subindo até a quinta, descendo de volta e depois pausa para dois compassos de murmúrios ininteligíveis.

Ele adorava especialmente como ela lidava com as canções originalmente cantadas por homens, como ela cantava a letra direto (cantor quer garota) e depois colocava feliz, marota, um tom bem lésbico-sensual, ou revertia os pronomes (cantora quer garoto) e depois ela conseguia variar, fazer como uma garota neurótica ou furiosa, sedutora ou engraçadinha. Mas o melhor era quando ela mantinha a letra como de homem, mas de algum modo distorcia seu significado, conservava as palavras mas colocava o barato todo entre aspas, como se estivesse cantando o que um homem havia um dia cantado para ela e agora ela apenas recordasse. "Alison", de Elvis Costello, uma balada perturbada de uma ex-amante ciumenta, se tornou, em sua boca, a defesa e a confissão inconsciente de culpa compartilhada de Alison: *"I heard you let that little friend of mine / take off your party dress"* se tornou tanto o remorso da garota quanto o ciúme do homem.

— Eu tenho brincado com isto aqui, se algo me vem à cabeça — ele disse e tocou um padrão de acordes, e em minutos ela achou algumas palavras e uma melodia que ele desesperadamente queria ter escrito, e então percebeu que jamais poderia ter escrito, nem com todo o tempo, todo o treinamento musical ou toda a terapia do mundo. Ele sugeriu "Infinite Monkeys" como título. Ela sabiamente discordou.

Dois anos se passaram desde aquela primeira tarde em Williamsburg. Eles escreveram todas as canções da banda juntos. Ele colaborou quase igualmente para todas as decisões da banda (*quase* — foi o nome cada vez mais magnético dela que atraiu toda a boa fortuna para eles). E ele ajustara a personalidade ao redor da falta de noção de seus sentimentos por ela, moldando-se ao redor daquela ausência. Como carregasse constantemente uma caixa pesada descendo escadas íngremes, a postura dele começara a refletir sua situação; ele se curvava, arrastava os pés, recuava mesmo quando estava em pé. Cerrava os dentes quando pensava a respeito, ficava nu em frente ao espelho, olhava para o pálido e fino pedaço de carne que lhe cabia, pendurado entre as pernas. Nada havia a ser feito. Uma camada de músculos modernosos adquiridos em academia não acrescentaria nada de importante; o que lhe faltava era algo impossível de obter.

Quando eles tocavam, ele ficava um pouco mais ereto, olhava para ela em busca de pistas, pelo reflexo da música em seu rosto. Algo despertava e roçava por entre os dois no palco, às vezes desde a primeira nota, e essa corrente — até mesmo quando ela se postava de costas para ele e ele olhava para as próprias mãos ou pedais — mostrava parte da energia da banda. Os homens gostavam dela, mas as mulheres — em shows, no selo da gravadora — viam como Cait olhava para ele e entendiam o equilíbrio subjacente, e achavam Ian mais atraente como resultado da atenção dela, como se ela trouxesse o melhor dele para fora, para onde todos pudessem ver. Era ela que ele via quando dormia com algumas daquelas garotas após os shows. Suspeitava que ela já sabia disso.

Fora do palco, ela o colocava no seu lugar com elogios e brincadeiras irônicas de chefe, e ele tendia a não olhar na direção dela quando se falavam. Ele era o único da banda a quem ela chamava pelo nome, o que dava a entender uma estabilidade na posição que era profissionalmente reconfortante, mas pessoalmente debilitadora. Quando escreviam juntos, ou quando um apresentava ao outro algo preparado em particular, sem audiência para absorver o excesso, ele sentia o aposento lotado com seus outros eus, vidas não vividas e correspondências não escritas, felicidades abortadas, e ele não conseguia crer que ela não visse isso também. Ele suava para ornamentar os medos dela, suas histórias de pescador e autorretratos *fake*, e com os restos da energia ele escondia o resto de si mesmo dela. O melhor dele era um desenho de criança que fizera dela num dia de folga.

Ele não tinha ilusão de que aquilo fosse algo meio agridoce ou de algum modo necessário para se fazer arte. Simplesmente queimava. Qualquer um que se sentisse assim tiraria a mão do fogão na hora, mas ele estava preso naquela posição, a centímetros da fonte de sua dor, e não via como sair dali no futuro próximo, porque, se queria ser músico, se queria proteger a única essência profunda e real a seu respeito, a única coisa que ele amava além dela (mas que só ela fazia aparecer na forma mais forte), então seria um idiota se deixasse uma cantora tão obviamente destinada ao estrelato.

E ela? Cait não notava que Ian sofria, ou, se notava, seu conhecimento vinha apenas em flashes, o que ela negava na hora, brincava e mudava de assunto. Ela lembrava a si mesma (na voz de um padre de sua infância) para não ter vaidade demais a ponto de considerar todos ao redor como coadjuvantes em seu drama pessoal. O mais determinante era que dois anos de sucesso a haviam levado a uma superstição impenetrável e infalsificável de que a situação deles — fosse ela qual fosse — funcionava, e mudá-la, talvez até mesmo *pensar* nisso, poria em risco tudo o que ganharam. Fosse qual fosse a porcentagem da boa sorte profissional deles, ela dependia de uma tensão que era sentida de parte a parte mas não era comentada, e era crítica o suficiente para que somente um psicopata mexesse nela. E assim ela nunca fora tão controlada e empresarial como quando estavam sozinhos durante as sessões colaborativas, no mais recente apartamento de Ian (no dela, nunca).

E ele, como coconspirador, prepararia o aposento para a sua chegada com a atenção de um criminoso para não deixar evidências, não deixando um sinal de qualquer outra pessoa em sua vida, sem implicar que houvesse algum espaço convidativo para ela. Se alguém passara a noite ali, todos os vestígios desapareciam ou eram muito bem escondidos antes de Cait chegar. Fotos enfiadas em gavetas, presentes guardados e celular desligado, não apenas colocado no mudo; ele não queria verificar a tela com ela olhando (além disso, se recebesse uma chamada durante o trabalho deles, ela soltaria muxoxos feito um CEO e ficaria batendo num relógio imaginário de pulso). Ele desligava cuidadosamente o volume da velha secretária eletrônica do telefone, que, caso contrário, poderia transmitir pelo aposento os enroscos de sua vida. Quando eles escreviam, ela só acenava positivamente com a cabeça após uma experiência bem-sucedida, ou, depois de um erro, balançava a cabeça negativamente, ria e dizia num sotaque britânico empolado, "Receio que isto seja uma merda". E ele implorava no seu melhor sotaque de historinha triste de Charles Dickens:

— Por favor, mamãe, podemos tentar de novo, por favor?

Ele a considerava impiedosa, em seus momentos de dor, mas também em momentos de felicidade, vivenciados a poucos metros dela mas cruelmente contidos pelas regras criadas por ela: nada poderia evoluir, nada poderia ser consumado, nada reprimido poderia vir à tona, nada previamente aceito poderia ser ignorado. Não se deveria falar a respeito, pois não se poderia mais cantar sobre isso. Em vez disso, ela apenas direcionava a atenção dele ao ar maravilhosamente carregado que eles podiam domar e fazer dançar entre eles.

6

O restante da corrida de uma manhã úmida, forçando a barra por entre as nuvens geladas da própria respiração visível. Como se para provocá-lo em seu temperamento já velho de meses, como um bandarilheiro com um touro velho, o iPod de Julian sugeriu sua velha canção sem falhas, e ele teve de gargalhar no ar frio: *aquela* canção dentre oito mil possibilidades categorizadas. O próprio iPod se sentia à vontade para tirar um sarro da cara dele. No segundo grau, ele descobrira por acaso o campo magnético da canção que não falhava: se ela tocasse inesperadamente na rádio ou numa fita mix, então a noite traria aventuras tranquilamente, uma promiscuidade zen. Se, entretanto, Julian usasse *intencionalmente* a canção para inflar sua confiança caída, ela não surtia efeito; a potência só se tornava disponível por acidente.

A canção uma vez o jogara da vitória para a coincidência e para o milagre ao longo de um único dia. A lembrança desse dia lhe voltava em fragmentos agora, e a primeira peça a chegar não era um dos rostos das mulheres, ou um perfume, nem mesmo a estação ou o tempo do dia em que sua coroa tríplice lhe fora premiada. Não, a primeira recordação foi a sensação contra seu ouvido de um disco almofadado de um fone de modelo antigo. Era laranja (a lembrança seguinte), o que significava que estava conectado ao seu walkman de fita cassete azul metálico, que fixou aquele dia extraordinário antes dos confiáveis CD players portáteis, então foi provavelmente em 1988; ele tinha 23 anos. E somente então, depois de fazer esse cálculo, foi que o dia inteiro retornou, o outubro de Manhattan. Ele havia até — no dia seguinte, sem saber ao certo se ainda vivia no mesmo planeta que todo o resto da humanidade — sugerido a um amigo bartender que deveria existir um drinque chamado Manhattan October, e implorou para financiar a pesquisa e patenteá-lo se seu amigo conseguisse reproduzir num copo a experiência de Julian nas dezenove horas anteriores, a sensação de que seu bem-estar e o bem-estar do mundo todo estavam ligados por intermédio de seus fones de ouvido, e que o reconhecimento dessa conexão sempre o levaria inevitavelmente a encontrar e dormir com alguma estranha.

Ou, naquele dia, três estranhas seguidas. Se tal fato fosse questão de alguma improbabilidade estatística, então duas por dia deveriam acontecer com cinquenta por cento mais de frequência, mas nunca aconteceu. Não, algo impossível ocorreu naquele dia, um meteoro pousando aos seus pés com um sibilar agudo e fervente como o de uma chaleira, um cão bassê lhe desejando um bom-dia repentino, uma garrafa quebrada se reconstituindo. E qualquer homem olharia para aquelas duas últimas décadas, com a mesma canção nos ouvidos, e sentiria uma nostalgia calorosa.

Só que nostalgia como essa requer uma certa identificação entre o que se lembra e o que é lembrado, e, como Julian não conseguia se imaginar sequer conversando com um estranho agora, sequer conseguia se lembrar de ter sentido atração sexual, não sentia nada além de divertimento com o garoto que havia feito *aquilo* há tantas eras geológicas. Ele se lembrava do outro, mas não conseguia ouvir o que ele pensava àquela distância.

Desceu correndo a Atlantic Avenue, passando pela porta sem sinalização do Rat, a neve derretida tornando a congelar em paisagens marinhas prateadas, lembrou-se, por um momento, da voz de Cait O'Dwyer e a colocou sobre a música que realmente ouvia. Duas garotas de 20 anos estavam na calçada, mas, em vez da canção infalível que marcaria certo desejo por elas, sua proximidade de algum modo danificou os circuitos do iPod, e toda a potência vazou da canção, e as garotas se desintegraram assim que ele olhou com cuidado e pensou irresistivelmente em seus estimados impostos.

"Never Gonna Love Anyone (but You)" foi a próxima do *shuffle* (modo aleatório), a primeira vez em eras. Ele costumava tocá-la para Rachel no começo do noivado, como promessa. Julian ficava em pé na cama nova, em cima dela, enquanto ela acordava com ele cantando junto com o CD, exigindo que se juntasse a ele no refrão. Ele também cantava essa canção como um lembrete para si mesmo, algo para provocar o coração, quando descobriu, para sua decepção, que nem mesmo um noivado o transformara num monógamo.

Antes e depois de seu casamento, Julian ainda se permitia buscar atrizes iniciantes e modelos nem tanto que seu trabalho lhe entregava. Vez ou outra provava uma estagiária interessante. Antigamente isso era instigante. Mas quando ficou noivo era apenas evocativo, lembrando negociações anteriores e canções de amor. Romance e sexo tornaram-se, não sem alegria — não completamente —, um exercício agradável de recordação de prazeres anteriores, uma regressão infinita com retornos infinitamente diminutos. Ele ainda rira por entre bebidas e beijos com todas as suas partes em alerta e seu sentido de destino e romance aguçado, e sua mente nunca vagou, ele não ficou olhando a todo instante para o relógio no meio da pegação, saboreou os corpos delas e a vizinhança da atmosfera, os cubos de gelo na água lembrando raios X dentários, as unhas bem-polidas percorrendo levemente os sulcos rosa-claros dos lábios, os escalopes duplos de panturrilhas bronzeadas se juntando sob o *H* musculoso na parte de trás de seu joelho quando ela foi da mesa até a chapelaria, enquanto um pianista nem tão ruim assim juntava num *pot-pourri* "All of Me", "All of You", "All the Things You Are" e "All the Way".

Ele também já havia provado o suficiente àquela altura para saber que não era, pelo menos, o que aquelas canções de nostalgia apontavam, afinal. Mas tal sabedoria nunca impediu a relação seguinte.

Ele sempre desejara ser monógamo. Abraçara essa ideia, em princípio para si próprio, e especialmente com a namorada que virou noiva e depois esposa. Mas sofrer a metamorfose de polígamo para monógamo não era o simples movimento que a música pop lhe prometera. Na verdade, as oportunidades para seduzir outras mulheres só aumentaram depois do noivado, e se multiplicaram de modo ainda mais frutífero após o casamento. Canções publicitárias de amor de verdade se alternavam com música pop do contra que continuava prometendo algum êxtase desconhecido e quase desconhecível nos olhos *daquela* ali (não, espere, *daquela* outra), e ambos os tipos de canção pareciam críveis, mas também pareciam se referir a experiências que ele ainda não tivera; ele ainda não vivia a vida descrita pela música, e (a música apontava) isso era culpa *dele*. Por mais que amasse a esposa, adorasse a companhia dela, esperasse que a união dos dois durasse uma vida inteira, ele nunca se livrava por muito tempo da velha sensação de desejo, desejo por algo que havia acabado, para seu espanto, algo que também não era ela.

Seu irmão, Aidan, ciente de suas infidelidades na época, via Julian como um porco.

— Você está acima dessa gula carnal — ele lhe chamou a atenção, mas Julian argumentou que seu pecado não era exatamente o da gula.

— Então é uma falha da sua imaginação — Aidan fez novas acusações, e essa acusação doeu, embora viesse de um homem que provavelmente jamais tocara numa mulher. Isso feriu Julian porque ele ainda via a si mesmo naqueles dias como um homem de vasta imaginação, um artista, não importava a natureza literalmente comercial de seu trabalho. Mas Aidan estava indesculpavelmente certo: Julian *não* conseguia imaginar — mesmo com Rachel — como tal arranjo existiria à medida que eles envelhecessem, como o envelhecimento iria afetar o sexo e o romance, o que a familiaridade poderia gerar (se desprezo ou algum sentimento menos facilmente imaginável). E, à luz do escárnio de Aidan, as próximas poucas exceções de Julian ao contrato marital foram destruídas, não arte mas fracasso, a repetição desgostosa de um trabalho antes elogiado.

Já no final da vida poligâmica, ele vagou (não pela primeira vez) por um beco fetichista mal-iluminado para ver aonde o levaria (congratulando-se por sua imaginação o tempo todo). Esse último jogo começou com ele dizendo:

— Diga-me o que você está fazendo comigo — exigindo da parceira uma narração passo a passo. Então repetiu: — Me fale de quando você fez isso com outra pessoa — enquanto ela fazia com ele. Depois: — Me fale de alguém que chega de repente e pega a gente, vem na direção do prédio, cuidando da própria vida enquanto você faz isto aqui.

Mais tarde ainda, em sua formulação mais rococó, a garota que ele abraçava, uma dramaturga iniciante que acabou fracassando, narrou uma longa história afastada oito passos do próprio Julian: (1) uma mulher num restaurante sentada sozinha lembrando de uma noite que passou nos braços de (2) um homem tosco (um campeão de *kickboxing*), que, por sua vez, havia mais tarde observado angustiado por binóculos (3) uma mulher no apartamento do prédio em frente nua falando no telefone com (4) um ex-amante que, naquele exato instante, fazia com (5) outra mulher o que a mulher no telefone descrevia para ele, e então, depois, essa outra mulher deixou o apartamento dele e falou de sua aventura para (6) uma amiga íntima, que mais tarde repetiu tudo na sauna de uma academia para várias mulheres seminuas, uma das quais (7) tinha uma atração obsessiva por (8) outra ouvinte no ambiente, que era a mesma mulher que, naquele momento, colocava as mãos em Julian.

Tinha de haver uma última; aquela era a última. E então ele se tornou diferente. Como amiúde se espera mas raramente acontece de fato, o estímulo à mudança de que Julian precisava era a gravidez da esposa, e então o efeito foi rápido como um fóton, uma conversão em micro-ondas de garoto para homem, cachorro para humano, de sem imaginação para imaginativo, enquanto ele se ajoelhava no chão do banheiro e pressionava a orelha na barriga de Rachel. A mudança prometida mas não produzida por seu cortejo, noivado, casamento, lua de mel, montagem da casa, até mesmo a decepção de seu amado irmão com ele, finalmente acontecia. Com esse novo crescimento, os dedos de Julian incharam até sua aliança de casamento não conseguir mais ser retirada.

Como se purgasse antigas toxinas, seu inconsciente começou então a cuspir sonhos ácidos de ciúme. Ele sonhava que Rachel era de uma promiscuidade feroz, e ele, contido por fios invisíveis, a via traindo-o, ou sabia das traições por amigos casuais ou malandros de passagem ou por seus próprios pais, que o humilhavam. Os sonhos o flagelavam. Ele se contorcia, retorcia as mãos em lençóis úmidos, arrancava os cobertores de Rachel até ela bater nele, e ele acordava, a cabeça latejando com o pesadelo e surpreso. Ele jamais sentira ciúmes na vida desperta, pelo menos nunca naquela intensidade, e nem uma vez, assim em brasa, por sua mulher.

De outra forma, o fim do apelo de outras mulheres não era nem doloroso nem — considerando-se quanta energia ele gastara nos últimos vinte anos perseguindo-as e evitando-as — particularmente perturbador. Em vez disso, era como se ele tivesse finalmente desenvolvido anticorpos fortes o suficiente para manter o organismo livre de infecção. Ele jamais esperara ser um velho farrista. Sempre pensou que a fidelidade venceria, e, quando isso acontecesse, com uma pequena foto de ultrassom preto e prata (joelhos colados no queixo, a coluna vertebral de cavalo-marinho, as vértebras tipo colar de pérolas, o punho minúsculo em saudação), Julian olhava para as mulheres que passavam com um sentimento de gratidão e um adeus carinhoso e sem lamentações. Era um sentimento, ele contou mais tarde para Aidan, muito mais próximo do amor do que quando ele havia desejado lhes comprar comida, caminhar com elas por parques, tocar seus rostos. Ele as via e corria para casa, para a esposa, ficava tão ansioso para fazer amor ou acariciar seus cabelos ou simplesmente vê-la manobrar aquela impossível bagagem abdominal pelo aposento. Mesmo quando descobriu, para seu assombro, rindo, que empurrar um carrinho ou usar um *babybag* era de um apelo ainda maior para mulheres solteiras do que uma aliança de casamento ou (segundo um amigo) levar filhotes de beagle para passear, as mulheres não tinham poder sobre ele, e suas risadas eram coloridas pelo alívio.

Durante a gravidez de Rachel e por mais dois anos, Julian teve a permissão de viver em um jardim com grades e muros de vinhas em flor, há muito prometido mas nunca descrito precisamente pela música, e sentiu, naqueles trinta e três meses (noites sem dormir, semanas sem sexo, sem contar as coxas cada vez mais gordas), ser o homem mais feliz da terra. Ele não desejava — não importava a música ao redor — nada além de dias mais lentos e noites sem fim.

— "Waterfront" "I Cover the Waterfront!" — Julian certa vez encontrou Rachel pressionando seus fones contra a armadura listrada de sua barriga. — É o seu avô nos vocais — ela disse, com o queixo no peito, e Julian perdeu o fôlego de tanto amor por ela.

A questão lhe ocorria, naquele momento e depois: se não houvesse criança, será que ele teria se tornado um marido de verdade? Ele se perguntou se Rachel se perguntara o mesmo, embora ele acreditasse, na época, que ela jamais soube de sua chegada atrasada ao casamento. De qualquer maneira, ele acabou se tornando um marido de verdade. Ele a adorava grávida, depois adorou o modo como ela se tornou mãe, mas também adorava como ela ficava quando se encontravam sozinhos, como se ele a estivesse vendo com clareza somente agora, como se a criança a tivesse tornado mais clara ou clareado sua visão borrada, aguçado sua audição para os tons da voz dela.

— O que você está olhando? — ela perguntou, desviando o olhar da enorme tela de cinema encostada aos pés da ponte do Brooklyn, para encará-lo, flutuando no cobertor deles em meio ao mar de gente no crepúsculo de agosto, iluminado por flashes ocasionais dos fogos da Guerra Civil Americana se aproximando da mansão de Tara. Ele olhava para ela, para aquele rosto que subitamente percebera jamais ter visto em detalhes.

— Você é tão... — ele balançou a cabeça e pegou a mão dela.
— É verdade — ela disse.

"Never Gonna Love Anyone (but You)" terminou, e seu iPod ofereceu uma paródia *country-western* de uma estrela pop de Liverpool, "No Inhibition", com o seguinte refrão, *"All my serotonin's done gone been reuptook".* Julian começou a correr.

Ele havia andado de mãos dadas e trocado votos sob um caramanchão de magnólias e estrelas e para o aplauso de amigos e familiares. Ele estava presente quando uma cabeça despontou pela aurora vermelho-sangue da vulva de sua esposa. E ficara sentado, imóvel, polegares afundando na garganta e nos olhos, prontos para rasgar a pele do rosto, quando essa mesma cabecinha se cobriu novamente de musgo e terra rica em sangue. E ele se recuperara desse dia. É possível. Ele pôde. Não inteiramente, mas o suficiente para perceber que não era o único fato que acontecera ou que jamais aconteceria em sua vida, embora ainda houvesse dias, apesar de seus esforços, em que ele mal conseguia esperar que algo acontecesse de novo, e citava trechos de programas sobre animais ou canções para si mesmo e entrava no chuveiro, apenas entrava e saía do chuveiro.

Correndo do chuveiro para tocar para ela a canção em sua cabeça, da última vez em que ele tentou, superexcitado, pulando de um chuveiro em lágrimas para tocar para ela a canção que consertaria tudo: qual era a canção? Que canção poderia explicar absolutamente tudo? Essa urgência de fita mix, a citação bem-apanhada, a canção para atingir a nota certa e expressar o que ele não conseguira; era um mito de comédia romântica, e, como todos eles, inútil assim que magoassem um ao outro o suficiente. (Naturalmente, seu trabalho era encher as ondas aéreas com mitos ainda menos plausíveis, de que a alegria e o amor eram passíveis de ser encontrados em potinhos de iogurte e fixadores de cabelo, por exemplo, embora, para sermos justos, ele um dia tivesse acreditado que isso realmente até fosse verdade — um dia.)

Rachel apareceu num *set* no meio das filmagens para lhe dar um presente: uma cadeira de lona de diretor com a palavra GÊNIO costurada no encosto. Era um daqueles anúncios alimentícios de morde-e-sorri, no começo da carreira, e, ao contrário do que dizia a cadeira, ele estava fracassando, e começando a entrar ligeiramente em pânico, quando Rachel chegou. Havia poeira de biscoito e náusea no ar, o *take* já era o de número 44, 444 ou 4.444, o coitado do ator visivelmente enjoado só de ver o biscoito chegando — qual era mesmo o slogan? *É mais crocante do que um homem pode suportar.*

— Sério? Ah, meu Deus, Jules, você não pode obrigá-lo a fazer isso de novo — insistiu Rachel. — Ele vai ter motivos para processá-lo, e eu vou defendê-lo. — E o que exatamente ela fez? De algum modo ela tornou os ânimos mais leves, deixou o gerente do produto mais relaxado, trouxe uma bebida para o ator e sussurrou algo para ele, pôs a mão em seu ombro, e, de algum modo, conseguiu o que Julian não conseguiu.

Julian chegou à porta da frente, e o iPod ofereceu alguns monges modais, uma loucura de vinte anos antes pelo canto gregoriano, lembrando até mesmo ao publicitário mais descolado que você nunca nunca pode saber ao certo o que pode dar certo. Ele ficou ali parado na soleira da porta debaixo da chuva gelada e girou o dial, procurando aquela cantora irlandesa.

7

— Maninho — disse seu irmão, levantando a cabeça do sofá de Julian onde ele pairava sobre canetas, mapas e formulários como um abutre sobre a carniça. — Você corre num tempo desses? Masoquismo.

Julian pelejou para tirar os tênis ensopados.

— Acho que tínhamos combinado meio-dia. E acho que eu nunca lhe dei uma chave nova.

— Um homem de sentimentos profundos, mas que se confunde com fatos.

Aidan, quase uma década mais velho que Julian, ganhara por muitos anos algo próximo de um ganha-pão por seu arsenal de fatos. Exibindo cinco mestrados incompletos — paleontologia, criminologia, literatura russa, serviço social e história otomana; seu cartão de visita dizia "Aidan F. Donahue, ABD* (mult.)" —, ele escrevia palavras cruzadas e verbetes de enciclopédias sobre vários assuntos obscuros, bem como ficção de fricção para revistas para cavalheiros (sob o heterônimo Anna *Karenin*, que também respondia a perguntas íntimas sobre estilo de vida). Competia em sorteios, promoções de programas de rádio, concursos de revistas, noites de trívia em bares (onde ele aplicava o golpe do bêbado burro nas primeiras rodadas para apimentar as apostas, respondendo "Henrique Nono" ou "Você sabe, aquele rei que parece o da carta de

---

*All But Dissertation (ABD), "tudo menos a dissertação", é um termo não oficial que identifica uma etapa no processo da obtenção de um doutorado nos EUA e no Canadá em que o aluno completou o curso mas não escreveu a dissertação para a defesa de tese. (*N. do T.*)

baralho"). Aos 54 anos, ele contraíra uma incapacidade crônica para se casar ou cozinhar, embora tivesse um caso útil de transtorno obsessivo-compulsivo, e seu minúsculo apartamento alugado — cada vez menor devido à quantidade de livros e games — era, onde possível, ordenado alfabeticamente.

Nas noites de terça, tendo ocultado determinados fatos, ele era mal pago por um centro comunitário de saúde mental com poucos funcionários para liderar um grupo de apoio para pais divorciados. Seu quase diploma em paleontologia servia tanto quanto seu quase diploma em psicologia, e Aidan era um terapeuta legítimo para pais perturbados que criaram um forte vínculo com seus filhos pequenos que estudavam dinossauros e que agora, tendo sua custódia limitada, carregavam nas costas o peso de sua alta experiência emocional num campo do qual seus filhos em processo supersônico de crescimento haviam se cansado sob os tetos de suas mães choronas. A terapia de grupo alcançou rápidos sucessos quando toda a sólida emoção paterna frustrada foi sublimada em argumentos gasosos sobre se o T-Rex tinha ou não penas.

— Tudo bem — consolava Aidan. — Você tem o direito de se sentir assim.

Pessoas de fora que conheciam os dois irmãos eram raras, mas elas podiam tranquilamente imaginar em Aidan um sorrisinho de inveja pela riqueza, pelo glamour e pela suavidade do irmão mais novo. Aidan era o mais alto, mas, além do nariz comprido sobre o lábio superior enorme e do lábio inferior enterrado debaixo de um verdadeiro tapete revolto de barba preta, ele não tinha nada da simetria de Julian e nem sua embalagem moderna. E, no entanto, apesar dos tênis de cano alto e suéteres quadradões, do bafo de onça e da caspa pairando sobre os ombros eternamente como pólen, ele via Julian com uma firme e amorosa condescendência, igual porém oposta à carinhosa condescendência que o mais novo sentia por ele. Aidan disse mais de uma vez, em tom de pena, ao som de suas próprias risadas:

— Rapaz, você cresceu tanto na sombra do velho que devia ter apenas uma perna boa: a que pegou um pouco de sol.

— Já avancei até a terceira rodada — ele disse hoje, batendo sem ritmo as mãos em cima dos jornais sobre a mesa quadrada de vidro de borda verde de Julian. — E eu bem que podia usar a sua ajuda. Eles querem saber qual a cor do Jaguar que quero caso eu ganhe. Eu nunca vou dirigir uma ratoeira daquelas, mas, pelo valor de revenda, o que você me aconselha?

Aidan viajava por entre as vastidões de seu mundo por semanas e meses, respondendo ou não ao telefone, sem um lugar que Julian conseguisse identificar (a não ser mais ou menos na época do Incidente), depois retornava à civilização sem alarde, como se tivesse acabado de ver o irmão na véspera. Para gente de fora, às vezes até mesmo para Julian, sua vida parecia incansavelmente deprimente e claustrofóbica, vivida em espaços apertados, debaixo de tetos baixos e descascando, restrito por finanças imperdoavelmente atadas. Mas Aidan era um otimista, e, a partir desses materiais nada promissores, ele construiu uma vida de romance, provocando e atacando os inimigos — produtores de game shows, funcionários de registro de patentes, rivais na disputa de nomes de domínios de sites — com paixão pelo combate.

— Você parece animado, Cannonball — Aidan disse ao irmão, que jogava o agasalho e as meias suadas e molhadas no cesto de roupa suja. Ele olhou para Julian só uma vez antes de voltar ao trabalho preciso de colar um adesivo Racing Green em um ponto preto no formulário de corrida de cavalos. — Uma nova Ana Bolena na sua vida? — Aidan nomeara-se guardião de todas as personalidades que amava, especialmente as de Julian, e ele as via como objetivas e imutáveis, para serem rigorosamente preservadas em seu estado original. Suas críticas mais comuns, "Isto não tem nada a ver com você" e "Você está acima dessas coisas" e, no caso de Julian, "Você é tão parecido com papai, J., que eu tenho vontade de morrer", refletiam sua crença de que a melhor natureza de seus entes amados era um fato. Ele lutava para lavar seu irmão das corrosões do cinismo, da autoadmiração e da farra, por cuja corrupção ele culpava o pai. — Ela não vai lhe trazer nenhuma alegria, você sabe disso.

Entre as opiniões mais notáveis de Aidan — mantidas por crença sincera ou meramente pelo prazer de prová-las para mentes inferiores que tivessem a audácia de debater com ele, e então imediatamente refutá-las como mentes menos articuladas —, opiniões tão variadas quanto "Shakespeare não produziu nada a não ser uma patacoada prostitucional" e "A escravidão não é de jeito nenhum um mal óbvio", a que mais confundia Julian era o fato de que Aidan não gostava de música. Não era indiferença, era um não gostar ativo.

— Só existe uma sonata de Bach que eu consigo ouvir, e mais ou menos — Aidan cedia, implicando um grande esforço para dar à música uma chance justa. — Mas música é, no mínimo, inflamatória, excludente, divisória, incentiva o esnobismo e o solipsismo.

— Pode fazer isso parar? — Aidan perguntou vagamente agora, acenando para o ar como se abelhas se aproximassem de sua barba desalinhada com o intuito de estabelecer uma colônia ali. — Tentei ligar a televisão, mas sua vasta série de controles remotos me intimidou. Você obviamente compra a mesma marca para cada dispositivo a fim de tornar impossível para visitantes controlar seu ambiente, e depois tem um prazer narcisista em ser chamado para resgatá-los, infantilizá-los e fazer de si mesmo uma figura heroica.

Julian foi até o estéreo, passando pela estante e esfregando a lombada de um álbum de fotos de veludo vermelho para dar sorte, e desligou a voz suave e o violão de João Gilberto.

— Você entrou aqui por conta própria e pegou um controle remoto em minha ausência, e isso foi devido às minhas tendências narcisistas?

— Uma pista falsa, senhor. Você poderia me convidar, dizer que ficasse à vontade, invocado essa viciosa música por sua conta, e eu teria ficado indefeso para eliminá-la, mesmo com todos esses reluzentes simulacros negros de controle deísta depositados em frente a mim como relâmpagos. Mas você não tolera nenhum outro Zeus a não ser você mesmo. — Aidan falava sem levantar a cabeça, concentrado em rascunhar um dos formulários de concurso, sorrindo por trás do bigode com as perfeições geométricas e a lógica convoluta de sua avaliação psicológica. — Os administradores exigem — ele disse a respeito do próprio desenho, que lembrava um labirinto — um mapa para chegar ao meu apartamento, para entregar o prêmio.

Não havia motivo para fazer pouco da credulidade de Aidan perguntando por que a van do prêmio do concurso teria algum problema para percorrer as ruas numeradas de Manhattan. Julian não conseguia adivinhar qual seria a resposta, mas sabia que ela já existia, e não perguntou. Aidan lhe disse mesmo assim, ao perceber que alguém podia suspeitar que ele fosse tolo ou crédulo; *não* era porque a comissão do prêmio realmente precisasse de um mapa, mas porque não tinham interesse corporativo em se envolver em uma empreitada com um sócio no qual o cinismo é algo tão dominante que ele não consegue sequer concordar em jogar um simples jogo. Se eu risse do mapa, como *você* ri, eles saberiam que eu riria deles ao aceitar o dinheiro. Eles não querem Bobby Fischer segurando o cheque gigante com um sorrisinho de escárnio... — A voz morreu e ele olhou para baixo. Bobby Fischer foi um exemplo infeliz, e as engrenagens da cabeça de Aidan cunharam a comparação antes que ele conseguisse parar. — Rachel mandou um beijo — ele concluiu, costurando desajeitado um novo assunto e resmungando prematuramente a mensagem que queria ter passado mais tarde, com *finesse* e álcool.

Aidan viera para almoçar com Julian como uma espécie de embaixador, com poderes para discutir uma semirreconciliação conferidos pela cunhada a quem ele amava desde que ela cuidara dele após o Incidente. Mas a inadvertida referência a Bobby Fischer trouxe à sua mente o Incidente, que trouxe à sua mente a mulher que ele acreditava ter salvado sua vida e depois lhe trouxe à mente o fato de que ela pedira para testar as águas na casa de Julian, e então as palavras saíram — "Rachel mandou um beijo" — autorreveladoras de mil maneiras diferentes, a autonomia embaraçosa de sua mente intrincada e rigidamente treinada.

— Você a tem visto muito, não tem? — Julian mudou de direção, jogou uma toalha na cadeira em frente a Aidan, sentindo-se quase capaz de mapear os padrões de pensamento do irmão.

O pejorativo "sabe-tudo" não é mais justo do que qualquer outro aplicado a algum pária pobre que não escolheu e não consegue controlar uma característica impopular. Aidan demonstrara um grande prazer em responder perguntas desde que se entendia por gente; não conseguia evitar. Uma rara pergunta que não conseguiu responder: quando foi a primeira vez em que você sentiu aquela sensação interior de perfeição completa que vem quando se responde a uma pergunta feita por um professor, um pai, outra criança, um professor de desenho animado da TV?

Aidan não conseguia relaxar na presença de perguntas não respondidas de trívia, e ser cortado no meio da resposta era *fisicamente* desconfortável, um gosto amargo na garganta e uma dor no reto. (Julian, aos 6 anos: "Como se soletra *papagaio*?" Aidan, aos 16: "P-A-P-" Julian: "Espera, não, eu sei, A-G-A-I-O, não é?" Aidan: "Por favor, não faça isso. Por favor, não me pergunte se você já sabe a resposta.")

Considerando a reação negativa de algumas pessoas ao serem corrigidas por uma criança, Aidan nunca podia ter certeza de receber elogios por ter razão. A única aprovação incondicional era de sua mãe e, mais tarde, de Julian, mas somente quando ele tinha entre 4 e 13 anos de idade e via no gênio gigante um ser quase alienígena. (Julian, aos 12 anos, intrigado diante de um texto de biologia: "Como sabemos que Lamarck está errado e Darwin certo?" Aidan, aos 22 anos: "Cannonball, se Lamarck estivesse certo, nós dois teríamos somente uma perna.") Então, em um ambiente normalmente irritante para ele, deve ter sido genético esse prazer em saber algo a respeito de tudo. Se, a propósito, Lamarck estivesse errado e o outro sujeito certo, então a mutação genética de Aidan poderia mostrar alguma utilidade para ganhar dinheiro ou para acasalamento. Não mostrou. Seu traço dominante de personalidade era portanto dispensado pela biologia evolucionária como irrelevante (um dos motivos pelos quais, por muitos anos, Aidan tentou defender a teoria do design inteligente; seria bom sentir que ele existia por uma boa razão).

Quando fez 15 anos, ter os fatos nas pontas dos dedos era algo tão essencial e habitual para ele que assim se autodefinia — o conhecimento personificado, um super-herói ou deus grego dos dados. E com essa autoidentificação consciente, um *loop* começou a ser entalhado em sua mente. Assim como alunos de dança que sentem, à medida que se aperfeiçoam, que a música praticada por tanto tempo deve ficar mais lenta, a velocidade de recordação e resposta de Aidan tinha sempre que acelerar, ou ele sentia não só os poderes falhando como também ele próprio, sua alma, derretendo dentro dele, como se estivesse sendo desossado, deixando apenas uma pilha de pele flácida e barba grisalha para ser pisada por todos os solados de botinas e saltos altos deste mundo. Quando ele se mudou para Nova York com 20 e poucos anos, quando a velocidade ainda era de suma importância para ele, respondia a todas as perguntas — até mesmo de estranhos que lhe pediam orientações sobre direções no metrô — como se ele não apenas tivesse a resposta, mas também até mesmo soubesse *qual* pergunta seria feita. Sua resposta começaria prazerosamente antes que a pergunta terminasse.

Daí o Incidente. Aidan tinha 53 anos quando, no ápice de suas faculdades mentais, subiu até o cume da montanha dos game shows da televisão e naquele ar puro e rarefeito foi aceito no *Jeopardy!*, uma competição de trívia cuja característica central era a inversão de perguntas e respostas (Mestre de Cerimônias: "A capital é Paris." Concorrente: "Qual é a capital da França?"). Há algum tempo, o show se vislumbrava como destino de Aidan, que o assistia compulsivamente, analisava estatisticamente, treinava para ele, fazia testes, meditava, contemplava com professores e colegas de bares de trívia e as duas garotas bêbadas o suficiente na faculdade a quem ele um dia conseguiu convencer a jogar *strip* Trivial Pursuit* com ele, mas a quem então liberou, pedindo desculpas, antes que tudo fosse longe demais.

O dia chegou. Ele se saiu bem, destronando um campeão e segurando o título para si por mais dois dias, ganhando mais dinheiro do que nos três anos anteriores, antes do fim trágico.

No quarto dia, dotado de propósito, como se estivesse cumprindo uma antiga profecia, ele abriu o jogo rapidamente eliminando duas categorias: "Viagem espacial" e "O submundo". Faltando apenas alguns segundos para um intervalo comercial, Aidan selecionou "De quem é a culpa?" por US$ 1.000. O apresentador leu a pergunta que brilhava em branco sobre azul em milhões de telas por todo o país:

> A PESTE NEGRA DE 1347 FOI
> PROVOCADA POR *YERSINIA PESTIS*,
> LEVADA ATÉ A EUROPA POR ESTES
> VIAJANTES INDESEJADOS.

Aidan apertou o botão, as luzes do pódio que circulavam seu nome se iluminaram, o apresentador chamou o nome de Aidan, e Aidan, com o mesmo olhar de satisfação séria ostentado nos últimos três dias, respondeu:

— Quem são os judeus?

Fãs do show, o irmão e os amigos de Aidan ainda discutiram por muito tempo se o episódio deveria ter sido exibido, ou se aquele único fragmento não poderia ter sido cortado. Mas, se fosse cortado, como alguém poderia ter compreendido o silêncio sepulcral de Aidan durante os vinte e dois minutos restantes ou sua recusa sequer de tentar adivinhar a última pergunta escrita do jogo?

— Ahhh, nnnnão — foi a resposta dolorida do apresentador. — Saul?

---

*Jogo de tabuleiro, com perguntas e respostas, que testa o conhecimento dos jogadores. (*N. da E.*)

— O que são ratos? — o concorrente furioso à esquerda de Aidan quase gritou, embora o diretor perversamente (ou paralisado de espanto) mantivesse a câmera em Aidan, cujo rosto exibia agora uma série impressionante de pensamentos fáceis de ler, projetados com clareza até mesmo na barba, nos bigodes e nos óculos. Ele sabia que a resposta era "Ratos" — era mole. Eles também teriam aceitado "pulgas". Aidan não acreditava, jamais havia acreditado, que os judeus tinham carregado a peste. Ele jamais tivera nenhuma crença antissemita na vida. Não odiava nenhum grupo, a não ser o dos idiotas, definidos como qualquer pessoa menos inteligente que Aidan mas que acreditava ser mais inteligente. Ele tinha amigos judeus (embora não por muito mais tempo, na maioria dos casos). Esses pensamentos são visivelmente os primeiros a passar.

Em seguida vem a dor de não estar apenas errado (como se fosse uma pinça na região do nariz e do lábio superior, que seus amigos e familiares conheciam muito bem), mas por ter parecido louco, até mesmo maligno, em cadeia nacional de televisão. Então, quando os olhos de Aidan se estreitam e lentamente se movem para a sua esquerda, em uma expressão infeliz, traduzida pela TV como desconfiança, o telespectador inteligente verá que ele somente agora nota que Saul Fish, de Saint Louis Park, Minnesota, é definitivamente judeu. Saul foi em frente e respondeu quase todas as questões restantes, ganhando o jogo por uma ampla margem, ao passo que Aidan simplesmente parou de tentar, deixando o botão intocado ao lado.

Aidan não se consolou muito dizendo a si mesmo que a velocidade das conexões sinápticas exigida para competições de trívia de alto nível faz com que os cérebros dos melhores jogadores pule, simplesmente por uma questão de conveniência, certas portas neuronais (como as de autocensura), e, no caso de um cérebro como o de Aidan, o risco de informação sem afeto que pega carona de um banco de memória ("Portadores de bacilos") a outro ("Famosas citações racistas", sobre a palavra-ponte *indesejados*) era inevitável.

Aidan, nos meses entre a gravação e a exibição, quase se convenceu de que os produtores evitariam exibir essa desgraça para a nação. Ele chegou até mesmo a voltar às noites de jogar trívia em bares do Harlem ao Brooklyn e em Staten Island, onde, em um sábado, conseguiu dinheiro suficiente para terminar com US$ 400 na carteira e ainda deixar os charadistas locais achando que ele simplesmente tivera um golpe de sorte. Naquela noite, sentindo-se quase ele mesmo novamente, voltou para casa, ligou a televisão e viu a chamada gravada meses antes no estúdio, antes de seu primeiro jogo:

— Oi, eu sou Aidan Donahue, de Nova York. Não deixe de me assistir na próxima segunda-feira em *Jeopardy!*, aqui na WABC.

Faltavam 48 horas para sua estreia vitoriosa; sua conclusão anunciada aconteceria 72 horas mais tarde.

Julian viu a mesma chamada de dez segundos, surpreso por seu irmão não ter dito que estava no show, e supôs que Aidan sofrera uma derrota mais cedo e assim resolvera guardar um embaraço menor para si. Assim, ficou intrigado ao ver a vitória fácil de Aidan na noite de segunda, mas foi incapaz de contactar o irmão, deixando uma mensagem de voz de parabéns à qual Aidan ouviu em lágrimas. A vitória ainda mais impressionante de terça, a destruição completa dos oponentes na quarta, parecendo um saque *viking* em uma indefesa aldeia inglesa, e o Incidente de quinta foram assistidos pelo irmão de Aidan, seus editores em diversas revistas e websites, os frequentadores de uma dezena de bares do circuito de noites de trívia, a mulher judia com quem saíra duas vezes no intervalo, para nenhum deles havia contado isso, nenhum conseguiu contactá-lo, sentado no chão do apartamento, balançando para a frente e para trás enquanto a inconfundível música-tema do programa começava.

A tarde de quinta de Aidan transcorreu numa alta de esperança e baixa de confiança, suores gelados arrebatando o lápis de seus dedos enquanto ele tentava criar uma página de palavras cruzadas. O episódio estava chegando, esta noite, daqui a uma hora, em minutos — talvez eles apenas pulassem aquele pedaço e culpassem uma fita com defeito —, não, lá continuava, "Viagem espacial", "O submundo", a qualquer momento agora e, agora: "Quem são os judeus?", e então o tempo parou, e a carne de Aidan pegou fogo, e depois o universo, após encolher a um único ponto sem dimensão, explodiu em ondulações venenosas e poeira escaldante. O fato empírico ("não é mais uma questão de desacordo acadêmico") da responsabilidade judaica pela peste bubônica se infiltrou nos sites islâmico-fascistas e de negação do holocausto com pretensões intelectuais, colocando em notas de rodapé o trabalho cientificamente inimputável do bio-historiador dr. Aden Donald Hughes, ph.D. A renda de Aidan secou durante meses, o que exigiu um controle orçamentário rigoroso de seus ganhos no *Jeopardy!*. Ele foi banido dos bares de trívia e perdeu contratos para escrever artigos, até mesmo os relacionados à depilação masculina. Ele viu na TV (assim como milhões de outras pessoas) o esquete cômico em que um ator com uma barba preta turbinada caindo até os joelhos e óculos com lente fundo de garrafa participa de *Jeopardy!* contra um membro da Ku Klux Klan e Elie Wiesel com as categorias "Xingamentos", "Judeus maus", "Escurinhos encrenqueiros", "Raças subumanas" e "Homicídio infantil justificado" (Wiesel vence com uma virada impressionante no final). Ele fez buscas de seu próprio nome no Google de hora em hora (um exercício que antes disso lhe trazia poucos e muito precisos resultados) e lia as dezenas de editoriais de publicações ao redor do país que o estraçalhavam com toda sorte de objetivos: "Os bastidores do ato falho freudiano" (*Psychology Today*), "Queimado no caldeirão das raças" (*The New York Times*), "Judeus em Jeopardy" (*Commentary*), "Boa questão esta: quem, de fato, *são* os judeus?" (*American Jewish World*), "Erros de conhecimento *versus* erros de gosto: editando o show de trívia de alta velocidade" (*Gameshows. com*), "Saul Fish: nosso príncipe" (*Temple Beth Israel Newsletter*) e "Os 10 momentos mais grotescos do ano na TV" (*Entertainment Weekly* — o rosto granulado de Aidan, com seus olhos malignamente deslocados para a direita, preenchendo a capa da revista por completo). Ele recebeu uma única oferta de trabalho durante esse período, uma solicitação superficialmente plausível para envio de trabalhos para um projeto intitulado *Tesouro dourado de ensino de poesia para crianças*, com a qual veio inclusive uma amostra em anexo:

> *Um matemático de ascendência judia*
> *Pela morte de Cristo se arrepender não queria.*
> *Com infame lógica algebraica*
> *Permaneceu fiel à raiz hebraica*
> *E ao castigo eterno enviado seria.*

Foi com choque, dor, depois chorando de horror e, em seguida, resmungando de incômodo que ele percebeu a súbita aparição de adesivos e grafites com estêncil por toda Nova York, estampando a imagem de seu rosto triste e desorientado no instante exatamente após a resposta infame. Dezenas e depois centenas de cópias dele olhavam, confusas e envergonhadas, em portas de vagões de metrô, pontos de ônibus, caixas de controle de sinais de trânsito, caixas de venda de jornais, para-choques de carros, laterais de caminhões de entregas e, imensas, em lençóis suspensos em passarelas sobre vias expressas. Ele recebeu cartas agressivas e congratulatórias, e até mesmo pedidos de casamento, embora a essa altura já estivesse totalmente comprometido, aos trancos e barrancos, com uma profunda crise de nervos, do fundo da qual a única voz que o pegou e, lenta e hesitantemente, o puxou de volta à superfície foi a de sua quase ex-cunhada, Rachel.

Ela o alcançou não por pena declarada — quando Aidan não atendia mais às ligações de Julian nem abria a porta para o entregador de comida chinesa, apenas passava o dinheiro por baixo da porta —, mas simplesmente deixou um recado dizendo que em uma pesquisa descobrira que o rosto ubíquo de Aidan era obra de um aluno de artes, autor da imagem esquemática em preto e branco para uma aula de Marketing Viral. E Aidan finalmente retornou a ligação de alguém.

Ele foi ao apartamento dela, e ela o recebeu com uma expressão tão desprendida de amor e carinho que ele se sentiu confuso e quase deu meia-volta para fugir para casa. No último instante, ela corrigiu a expressão do rosto e disse com o máximo de frieza possível:

— Descobri uma coisa que pode interessar a você, um ou dois fatos estranhos. — Isso o fez entrar no apartamento, de paredes nuas e mobília estranha, porque ela deixara Julian recentemente. Ela falou dos fatos com cuidado: o estudante de artes começara a vender os adesivos e estênceis em um website para mapear a velocidade com que uma imagem poderia ser disseminada na consciência de uma comunidade, mas agora ele ganhava dinheiro de verdade, graças à velocidade estonteante da proliferação do rosto de Aidan. Com o auxílio jurídico gratuito de Rachel, Aidan negociou uma porcentagem da receita do site, e o resultado foi o retorno de boa parte de sua renda. Depois disso, ele se descobriu todas as noites na porta dela e às vezes até com mais frequência, esperando na soleira quando ela estava fora, por fim aceitando uma chave e um sofá.

E, assim, hoje, salta a revelação prematura:

— Rachel mandou um beijo.

— Você a vê muito, não é? — perguntou Julian, espremendo a toalha.

— Já ouviu falar nesse método cirúrgico que eles aprovaram? — Aidan se recobrou. — Estava no jornal hoje. Uma nova técnica que reduz o número de cirurgias cardíacas, transforma-as em procedimentos apenas com *laser* e cateter, e você sai do hospital no dia seguinte. — Ele inspirou o ar com a boca. — E é aí que toda a incivilidade surge.

O desafio *non sequitur* de Aidan. Depois dos jantares de quarta-feira com ele, Rachel e Julian costumavam debater se Aidan realmente achava que seus ouvintes davam esses saltos conversacionais com ele ou se ele arrancava intencionalmente todo o tecido conjuntivo para que o ouvinte implorasse por esclarecimentos. Você com certeza não tinha permissão para concordar de cara, dizer desatento "absolutamente certo, Aid". Ele perceberia imediatamente que você o fazia para agradá-lo.

Rachel sempre insistira: qualquer uma das duas possibilidades era o comportamento de uma mente infantil, o cérebro de um menino prodígio que tirava prazer da própria força exibindo-a, e, se Aidan tinha uma fraqueza, era apenas sua incapacidade de ver que a maioria das pessoas simplesmente não se importava com isso.

— O que é na verdade uma força um tanto invejável — ela dissera um dia.

Julian, que normalmente teria defendido Aidan contra qualquer um (reservando para si o direito de fazer pouco dele), assumia o papel de agressor depois desses jantares de quarta, simplesmente para achar graça da facilidade e da satisfação com que Rachel corria para as barricadas.

— Ele é de uma espécie própria — Julian reclamava.

— Ele é um homem independente — ela o corrigia. O amor gratuito de Rachel por Aidan lembrava Julian da mãe dos dois, Pamela, a última mulher que defendera Aidan, trinta anos antes.

— Você não sabe o que eu quero dizer, sabe? — perguntou Aidan, balançando a cabeça para Julian. — Se está perdido, por que simplesmente não diz?

— Tudo bem, vou morder a isca. Que incivilidade surge a partir de uma cirurgia cardíaca a peito menos aberto?

— Não brinque comigo — Aidan disparou de volta. — Você está acima dessas coisas. Aonde vai me levar para almoçar?

8

Uma peça musical provavelmente não conquista você da primeira vez em que a ouve, embora seja possível que o "gancho" fisgue seu ouvido no primeiro trecho. O mais comum é o agressor ser ligeiramente familiarizado e usar essa familiaridade para obter acesso à fiação cruzada de sua vida interior. E então acontece uma possessão, uma possessão mútua, pois, assim como você toma a canção como parte de você e de sua história, ela clama domínio para si própria, cravando notas de oitavas flutuantes em seu coração.

O exato momento da infecção: Julian Donahue está em pé na plataforma do trem F na York Street, em frente a um cartaz descascando, decorado com um rato de barriga para cima com a língua balançando para fora e olhos em formato de X, anunciando um pesticida contra roedores recentemente fumigado na área. No chão, perto de seu pé, como prova, a espiral de corda vermelho-dourada das entranhas de um roedor. Olhando mais de perto, é um tornado brilhante e enrolado de extensão capilar exótica, uma mistura folicular moldada a partir de uma cabeça brooklyniana de cachos árabe-latino-afro-italianos, e a visão do chumaço de cabelos (cabelos falsos) contra a sujeira do chão lembra Julian da recusa fóbica incurável de Rachel em retirar a massa espumante e gelatinosa de cabelos-água-viva do ralo do chuveiro:

— Tire você, meu amigo — ela disse ao noivo recente —, porque eu não faço isso nunca, nem morta.

A garota irlandesa está no iPod de Julian, e desta vez — por que *desta vez*? —, desta vez o refrão na abertura de "Coward, Coward" profetiza a chegada sibilante do trem F, e o homem ao lado de Julian está encharcado de suor. O suor escorre por ele em cascatas até as roupas de academia e sua sacola azul firme em uma mão marrom com dedos acinzentados e rachados. Carlton costumava andar pendurado nas costas de Julian numa *babybag* do mesmo material azul e, nos trens, ele dava gritinhos que saíam como uivos, gritinhos de deleite no pescoço de Julian, e a linha do baixo sobe e desce no refrão — Julian não notara antes, esse jogo em zigue-zague do ritmo, impulsionando, mandando algo para cima e para a frente, e o suspiro da abertura das portas do trem, por sua vez, incentiva o baixo e a bateria.

Julian dá um passo para o lado para deixar descer uma escandinava gigante bem-vestida e de tranças louras que bate o punho silenciosamente contra o punho suado do homem negro que entra no vagão, e a garota irlandesa canta: "*'Will you leave no trace at all?' she asked him./'Will you leave no trace at all?'*" Rachel certa vez numa briga:

— Isso é tudo o que existe de você? Você mal está aqui. Eu consigo atravessar você com as mãos — e seus punhos batiam nas costas dele, o que de modo algum contrariava sua tese.

A garota irlandesa canta, sobre a guitarra e aquele entrecruzamento de baixo e bateria: *"She wasn't asking him for a favor."* Dessa vez Julian não consegue ver a cantora, não traz seu corpo físico à mente, de forma que não há berros, não há seios balouçantes ou corpo se contorcendo. Isto é apenas som, é como os cegos ouvem música. A experiência é destacada não só de qualquer causa racional — punho sueco? extensão de roedor enrolada? uivos? —, mas também da fonte da música: o corpo da cantora irlandesa não está em parte alguma nessa equação de quadro branco. A voz desencarnada filtra todo o sentimento e também o provoca. A terrina funda de sentimentos em Julian — lamentação, esperança, tristeza, ambição hesitante, nostalgia — o assusta. Ela não poderia ser produzida em tamanha concentração e quantidade sem a voz, e, assim, depois desse momento na plataforma do trem, ele começa a desejar a voz porque ela revela os sentimentos que ele não conseguiu encontrar no silêncio.

E após o primeiro choque de amor vem a trepidação. Um Julian mais jovem teria recolocado a agulha no começo, rebobinado a fita, tocado novamente a faixa sem parar, sugado a canção até o tutano, até que ela não contivesse mais nada a não ser uma nostalgia espessa, acessível apenas anos mais tarde. Mais velho agora, ciente de como essa experiência era rara, ele racionava "Coward, Coward". Se ela demonstrasse quaisquer sinais de enfraquecimento, de se tornar ardilosa, ele a soltava, colocava o iPod de volta no modo *shuffle* e torcia para que a canção o recarregasse, o surpreendesse.

E a cantora o fazia. Ela usava aquela voz sem corpo, sem face, sem lábios, sem pulmões, sem seios, animando um aglomerado diferente de material sem significado a cada vez. Duas semanas depois, no silêncio após o fim de uma sonata de Beethoven: o pé ornamentado de uma janela num andar alto o qual ele jamais notara antes, num quarteirão pelo qual caminhava diariamente; um homem sem-teto lambendo o interior de um vidro de geleia com uma língua fina e pontuda; a velha história de Aidan sobre como o som de uma ressonância magnética desnecessária o lembrava da falecida mãe, Pamela (o canto magnético-robótico incansável de *pam!pam!pam!pam!pam!pam!* da máquina), enquanto ele ficava deitado no caixão de treinamento branco celestial; a neblina da mangueira que um vendedor de rua borrifava em suas frutas respingava no rosto de Julian, transportando o cheiro delas (acionando, por sua vez, a lembrança do aroma de um chá de morango oferecido a ele anos atrás por um cliente em potencial numa entrevista para um comercial de cerveja tcheca), misturado a uma brisa que recendia a lixo nova-iorquino, vinda de todas as partes; e o silêncio depois que Beethoven termina, e a garota irlandesa canta *"When it's all just flavor, and you've got none left to try"*. Ela lhe dizia que *sabia*, ela realmente compreendia e podia explicar tudo aquilo — janela, geleia, *pam*, mãe, medo, morte, lixo, chá, trabalho —, podia encaixar aquilo tudo num padrão que ele sequer sabia estar procurando.

Ele não era louco. Ele não achava que era nada, apenas coincidência e funções cerebrais ensandecidas. Não acreditava que ela literalmente compreendesse ou desejasse *ajudá-lo*, mas quando a canção funcionava — coletando, filtrando e compactando sensações e oferecendo-as de volta a ele — havia uma ideia maravilhosa de bônus, de serem os fones de ouvido uma conexão única de duas vias entre sua mente e aquela voz, que teria, portanto, consciência da existência dele.

9

A garota irlandesa se apresentou naquela noite. A multidão era maior, desafiando a capacidade oficial do bar, e Julian achou que ela havia mudado nas últimas semanas, talvez até se desenvolvido. Ela estava ligeiramente mais coerente como *performer*, como projetora de uma ideia e de uma imagem. No trabalho anterior, algo a distraíra e deslocara, como quando um jornal colorido é impresso em desalinho e uma aura amarela impura flutua uma polegada fracionada acima do corpo vermelho brilhante de um cachorro das tiras de quadrinhos. Talvez fosse o erro do baixista ou, a se levar em conta os esnobes modernosos, a abordagem sedutora e sussurrante do sucesso. Não importa: ela mostrava-se mais clara esta noite, ainda que ele pudesse vê-la lutar, de uma canção para a seguinte, por uma sucessão de efeitos: a garota urbana casualmente irônica, a *junkie*, a irlandesinha desesperada cujo amor havia se perdido em Apuros, a estudante degenerada, a amante à beira da lareira com a pele aveludada como pétala de rosa. Esses papéis mutantes lhe caíam como roupas; uma questão de juventude, nervosismo ou, mais fatalmente, falta de autenticidade (seja lá o que *isso* for, o que faz de mil cantoras meras artistas, ao passo que a seguinte é a transmissora da verdade).

Ele tentava conciliar o que via no palco com o efeito da música dela sobre si quando ela não estava lá. O abismo não era intransponível, mas era um problema de engenharia, e ele ficou decepcionado com ela por não viver à altura das expectativas de seus fones e consigo mesmo por deixar mais uma vez que a música o levasse para a fantasia, quando ele certamente devia saber a essa altura que não era assim. No entanto, seus reflexos profissionais se puseram a trabalhar: se ele a dirigisse em um vídeo de música, por exemplo, diria a ela para pôr todas as suas velhas ideias de cantoras de lado, todas as mulheres que desejara se tornar quando era menina, esquecer todas as vozes imitadas e todos os elogios já recebidos, e simplesmente pensasse na letra, imaginasse que ninguém a ouvia ou jamais ouviria, cantasse contra a vontade, como se quisesse ficar quieta mas as canções continuassem vindo.

— Nem sequer pense se *eu* gosto — ele se imaginava tendo que lembrá-la disso.

— Vamos todos beber então, certo? — ela disse, desejando cortar os assovios e aplausos. — E depois vamos tocar mais música. E depois mais uma bebida. E assim por diante. — Até mesmo essa implicação de uma antiga sede celta por bebida parecia forçada, embora os rapazes mais jovens, reunidos em grupos ou em casais ficantes, achassem esse conceito aromático. Ele a viu sair do palco.

A banda ainda não subira à altitude de camarins e exigências de backstage, ocupavam a extremidade do bar perto do palco, longe do ponto ensombrecido de Julian perto da porta. Um cara de camisa de flanela cedeu espaço a ela. O resto da banda a protegeu numa barricada, puxando banquetas mais para perto. O baixista com quem ela tinha brigado era muito branco e cheio de manchas, com cabelos grossos e ondulados moldados com gel numa cordilheira central, provavelmente no segundo mês de gestação de um moicano desorientado. Ele vestia um *blazer* de veludo preto armado nos ombros: Bowie 83, Ferry 85. Do outro lado, o guitarrista: camiseta de posto de gasolina, boné de caminhoneiro, botas de alpinista: puro e descompromissado Seattle 92. O baterista: Golias com uma cabeça reluzente e bronzeada e uma respeitável barbicha logo abaixo do lábio inferior, uma declaração de que ele podia também tocar jazz ou bater nos fãs de um time de futebol inimigo.

Ela começou a dar as cartas de um jogo que Julian não reconheceu e dali a pouco os quatro estavam no bar, jogando moedas e acusando um ao outro de roubar. Ela tinha muitos papéis a desempenhar fora do palco, mas ainda assim à vista do público. Ela tinha de ser um dos caras, embora fosse uma garota. E tinha de ser o chefe e ao mesmo tempo o elo fraco da corrente, e precisava ouvi-los gabando-se de escapadas e de mil beijos sorrateiros prontamente negados, pois, com uma gravadora no futuro, o baterista e o baixista deveriam ter percebido como eram frágeis. A cozinha deve agradar com uma batida constante, a menos que seja composta por músicos brilhantes (o que aqueles dois não eram), ou seu parceiro compositor (o guitarrista carregava confortavelmente aquela aura), ou seu amante, o que, Julian agora apostaria, vendo-a de fora do palco, que nenhum deles era.

— Que *pena*, rapazes — ela riu, puxando o bolo de apostas para si.

A multidão era quase toda do que o mundo de Julian chamava de "consumidores em autonegação", que vaidosamente se acreditavam não afetados pela publicidade. Eles não eram do tipo de pedir a ela uma assinatura num guardanapo ou uma pose para uma foto de celular, o que deixava os rapazes por ali sem nenhuma desculpa para se aproximar dela. Mas mesmo assim eles permaneciam ali. Mesmo aqueles com namoradas permaneciam de olho nela no bar, e ela tolerava a cacofonia daqueles olhares masculinos com nervos de marfim, enquanto Julian observava os cálculos e consequências passarem sobre as faces dos rapazes: o tempo que ela ficava sentada semiacessível, sem escolta, em qualquer bar que aqueles caras pudessem pagar, era agora contável em meses, se não semanas.

— Senhorita O'Dwyer? — abriu o garoto mais inteligente, evitando o informal "Cait?" dos outros. — Senhorita O'Dwyer, posso lhe pagar uma bebida ou devo ir logo embora?

Era uma linha de ataque bem corajosa, e ela respondeu:

— Muito gentil. O meu copo ainda está cheio, mas você pode encher o do Baixo e, se não se importar em perder nas cartas, pode puxar uma cadeira e sentar.

O baixista olhou fuzilando para o intruso e resmungou:

— É, me enche.

— Ah, seja educado, Baixo — Cait repreendeu-o. — Nem todo mundo pode ser baixista.

Na outra ponta, o *bartender* entregava a Julian mais um porta-copos redondo de papelão reciclado.

— Mais do mesmo? Me diga, você já veio aqui ouvi-la antes, certo? Você gosta?

— É legal.

— Qual é — ele disse, puxando a cerveja de Julian.

— É legal.

— Mas não é Glenn Miller, entendi você. Ah, não, espere... — O barman se virou para a beldade irlandesa que jogava cartas e para ele novamente. — Você conhece ela? É de gravadora? Advogado? Não? Terapeuta? Oh, Capitão, meu Capitão, você é pai dela? Não? O cara que vem em nome da família ver se está tudo bem, gerencia as finanças e está desesperado para dar umazinha com ela? Não, não, não! Fffff, eu *sabia*: ela cola velcro. Isso machuca, não negue. E você não consegue lidar com isso, por isso fica sentado lá nos fundos sacando ela discretamente no fim e leva ela à sua mansão onde vocês fazem um sexo triste em frente à lareira quase apagando, enquanto seu mordomo observa por um buraco na parede. Terrível. Ah, cara, deixe ela pra lá. Ahhh, mas espere aí, você se veste de um jeito meio gay. Tudo bem, desisto. — Tensionou os bíceps contra as mangas da camiseta e os peitorais distorceram a imagem de dois sugestivos monges dominicanos beijando as pontas de seus dedos sob as letras caligráficas: LAY BROTHERS. — Você não quer me dizer, tudo bem. Mas você não acha mesmo que ela é perfeita? E você não é gay nem burro? Deve ser um negócio de geração.

— Até mesmo pelos seus padrões — respondeu Julian — eu posso provar que ela não é perfeita. Consigo pensar em dez coisas que ela poderia fazer para se aproximar mais do que quer ser do que *você* e todos esses outros querem que ela seja. Ela é uma máquina ineficiente.

A banda retomou ao palco, a música recomeçou, o barman foi atender outras sedes. E Julian provou sua tese e se divertiu ilustrando os versos em branco de onze porta-copos, escondendo sua costumeira assinatura J.D. de *storyboards* em vários detalhes, cartuns numerados de zero a dez, sendo zero como Cait O'Dwyer aparecia esta noite (sob um cupido entediado que bocejava segurando uma bandeirola caída com os dizeres UM BOM COMEÇO), e cada desenho sucessivo, com seu conselho diretorial como legenda, mostrava-a com poder e atração aumentados até o número dez: um arcanjo brilhante e flutuante de destruição cuspia chamas da boca, incendiando jovens de olhos arregalados e camisas de flanela, enquanto um sujeito com uma prancheta e um J.D. bordado em seu jaleco de laboratório assente em aprovação, embora ainda não impressionado, talvez um pouco cansado. Cada legenda aforística numerada circulava sua ilustração: #1: Não siga o gosto de ninguém a não ser o seu próprio. #2: Nunca tema ser odiada e falida. #3: Repita somente o essencial; descarte impiedosamente. #4: Cante apenas o que sente, ou menos. #5: Odeie-nos sem trepidação. #6: Todos os conselhos estão errados, até mesmo este: um pouco de maquiagem não ficaria mal. #7: Jamais admita suas influências, nem aos queridos papai e mamãe, nem à Virgem Maria (concorrência). #8: Ria quando outros acharem que você deve chorar — nós ligaremos os pontos com prazer. #9: Mesmo agora, espectros simpáticos cheios de boa vontade tramam para destruir você. #10: Ah! Quanto mais sombria e oblíqua, melhor. (Àquela altura, depois de 11 desenhos muito bons e vários drinques, Julian ganhara o direito de não fazer o menor sentido.)

— Pode ficar com estes — ele disse, empurrando os porta-copos para o barman. — Suspeito que eles se apliquem também aos Lay Brothers — e o barman-Lay Brother riu confessando.

Ela provavelmente os veria, pensou Julian, antes de jogá-los fora, ou o bartender poderia levar os créditos por eles, colocando Julian no papel apropriado de Cyrano. E começou o refrão "Coward, Coward", e ele deu a ela toda a atenção, o efeito da música quase tão forte em pessoa quanto havia sido no trem F.

Quando ela acabou, ele foi embora na hora, antes que tudo se estragasse. Foi direto para casa, aliviado por encontrar um apartamento sem Aidan. Levou uma cerveja para a sala de estar, e, com o apetite por música aguçado pelo que havia ouvido e sentido no Rat, logo mexia nos CDs, envolvido num idílio musical sem sentido, raro desde o lazer de seus dias de escola. Flanou pela coleção com o que sentia ser uma compulsão aleatória, uma canção pausada e piscando seu tempo consumido depois de menos de um minuto, porque um acorde, uma voz ou as notas da introdução o lembravam de outra canção. Essa cantora tinha algo em comum com aquela, esse guitarrista com aquele outro, e ele disparou por sua discoteca, descobrindo conexões e evidências de relações — um tocador de sessão compartilhada, um compositor em comum — como um genealogista bêbado. Julian segurava uma caixa de CD e o artista que a preenchia com música um dia segurara *aquela* caixa. Ele apertou o *play* para provar isso.

Precisou de mais cerveja para ouvir mais músicas dos Sundays antes que a ilusão de aleatoriedade se dissipasse: aquela caçada louca era pelas influências da garota irlandesa. Todas as canções adoradas que ele fora levado a provar de amostragem levavam a ela, o genoma de seu talento, as raízes daquela demo cada vez mais potente. E agora ele abria caminho por entre os discos ainda mais rapidamente, confirmando suspeitas em segundos, avistando a garota irlandesa espreitando no mato: um acorde, um truque vocal, um jeito de cantar sobre ou contra um instrumento, uma respiração do fraseado: Billie, Ella, Janis, Alanis, Sinéad, Patti Smith, Edie Brickell, Annie Lennox. Ela provavelmente negara Madonna, Stevie Nicks e Belinda Carlisle, mas isso não mudava os fatos. Ele fez uma pausa — quase entrou em pânico — quando percebeu não possuir nenhuma música feita desde que ela tinha 10 anos de idade, mas se acalmou e decidiu que, o que quer que estivesse perdendo, havia estudado seus favoritos como textos clássicos e continuou a tirar conclusões: Nico, Pogues, Pixies, Sugarcubes, Sundays, PJ Harvey, Siouxsie, Courtney, Cranberries, The Jam, The Clash e The Sex Pistols, Paul Westerberg, definitivamente Elvis e talvez Elvis, Iggy Pop, um pouco de U2, uma fatia de Bowie, e Mick e Keith, é claro, e Ray e

Dave, é claro, menos John e Paul do que Shaun e Paul, Moz e Johnny e... Astrud e João? Não, Astrud não, alguém menos contido. Juliette Gréco? Não, mas quase. Ele perseguiu a garota irlandesa pelas florestas tropicais de música brasileira, empurrando para o lado melancólicas rainhas da bossa e heroínas do samba com penachos na cabeça, mergulhando em imitadoras francesas, remixes de Shirley Bassey, DJs noruegueses com sobretons de bossa, perdendo sua presa de vista, perdendo a fé de que ouvira o que pensara que havia ouvido, se sentindo um tolo, bebendo demais e construindo torres frágeis de CDs em cima do tapete.

E ele se lembrou de Elis Regina rindo, quase maníaca, no fim de "Águas de março" em 1974. Ali estava, aos 3:11 de música, e ele voltou a pegar o rastro da garota irlandesa: ela estava ali nos MGM Studios, Los Angeles, 13 anos antes de nascer. Ele tinha razão. Ele sabia que tinha razão. Ouviu a canção inteira duas vezes, imaginou-a fazendo o mesmo. Podia dizer o que ela havia ouvido, o que ela havia pegado e o que havia descartado. E quando ele se sentiu adormecer, no sofá, pouco depois das três da manhã, foi ao som de Cait O'Dwyer.

A janela estava aberta para um centímetro de brisa, e Julian sentiu um cheiro prematuro de um íon de primavera, então virou para o lado e encontrou Carlton, ao seu lado na grama do parque, segurando os dedinhos dos pés e rindo, enquanto Julian acariciava a cabeça dele e cochilava e acordava, relaxado como um iogue, deixando até uma mosca caminhar sobre seu rosto. Fechou os olhos, tornou a abri-los, os cheiros da primavera no nariz, os cabelos macios de Carlton sob sua mão, os esquilos se aproximavam da *babybag* com cheiro de leite e nozes, a demo de Cait O'Dwyer ainda tocava — não. Não, ele não conhecia essa música ainda, então aquilo não era o parque, não havia grama, não havia mais dedinhos!

10

Oferendas a Cait O'Dwyer, entre janeiro e março de 2009, resumidas:

Exemplar de *Cartas a um jovem poeta*, de Rainer Maria Rilke, de um amoroso e resistível assessor de imprensa do selo. Esquecido, fechado e não lamentado, no ônibus B-61 de volta de Fairway.

39 convites para bebidas durante intervalos de *sets* em trabalhos, declinados com diferentes graus de charme e irritação.

Desenhos, fitas de canções originais e fotos emolduradas de alunos de piano, como presentes de despedida e agradecimento.

Muffins e *cookies* feitos em casa por três mães de alunos.

Caronas para casa terminando com desejos de boa sorte, abraços carinhosos, apertos de mão mais longos que o normal e um beijo quase na boca, de pais de alunos.

Convite, deixado anonimamente, para um grupo de estudos da Bíblia, citando o amor de Jesus por Cait.

Convite, entregue pessoalmente, para estreia de filme por um famoso astro do cinema inglês, que viveu parte do ano no Brooklyn, em frente à rua da ex-esposa dele. Declinado, com disposição insinuada para ouvir futuros convites.

Onze porta-copos com cartuns e conselhos inteligentes, indicando alguém apenas um pouco impressionado com ela, no máximo, alguém descrito por Mick, o barman, como "cheio do dinheiro, meio velho, de aparência digna, arrogante". Guardados e levados em consideração por terem chegado logo depois de um e-mail de sua mãe avisando-a novamente do destino dos músicos semi-bem-sucedidos ("odiada ou falida") e uma noite pensando, insegura, que era menos do que a soma de suas influências óbvias demais e que não tinha ninguém mais para lhe dizer quando ela ia mal.

Duas demos de cantoras-compositoras aspirantes, do time das insistentes.

Flores, flores, flores.

Oferta de Martine e Rico, do segundo andar, para armar um encontro dela com um cara, um cara muito bacana mesmo, um amigo webdesigner, um sujeito muito gentil.

Vinho, de um tio que tomara para si a missão de convertê-la de volta da cerveja.

Amostras de chá.

Um décimo segundo porta-copos, implicando, de modo semiconvincente, uma indiferença para de fato encontrá-la, talvez mais do que semiconvincente, levando-se em conta a história de Mick sobre ter sido subornado...

Tocaram numa casa noturna em Poughkeepsie e deram-lhes um espaço privado no andar de cima, um pouco menos que camarins mas mais do que uma mesa reservada. Num bufê comprido, coberto por uma toalha de mesa de papel manchada e esfiapada, alguns sanduíches envoltos em plástico e garrafas de cerveja foram servidos por um velho usando um boné sujo dos Brooklyn Dodgers.
Tocaram bem naquela noite, a casa estava cheia e a multidão respondeu como se fossem fãs. Sentiram como se fosse um grande negócio, e também um bom augúrio, belas entranhas de ganso recém-aberto e fáceis de ler: eles tinham seguidores esperando em lugares onde jamais excursionaram. Cait queria comemorar com Ian, mas, quando acabaram, e Prince, no estéreo, sacudia as escadas de madeira que levavam até o loft deles, ele não estava lá. Ainda suando, ela se deitou num sofá verde estofado e começou a descascar uma laranja com as unhas.
— Cadê o Ian?
O Batera tirou um saquinho de veludo roxo do bolso da jaqueta e Cait jogou casca de laranja na cara dele.
— Não seja babaca. Leve isso lá pra fora. — Bateristas eram congenitamente imbecis, mas era com Ian que ainda sentia a raiva subindo.
O Batera reclamou mas recolocou a erva no bolso.
— Vou fumar no caminho para casa.
— Gênio. Para onde o Ian foi? — ela detestou a maneira como isso soou.
— Ainda está lá no bar — respondeu o Baixo. — Está se encontrando com alguém.
Isso não queria dizer, Cait logo aprendeu, que ele estivesse lá embaixo passando um pente-fino no bar para satisfazer os desejos de um homem de sua posição. Não, segundo o Baixo, ele marcara um encontro com alguém. Ian, naquele momento em que deveria beber com Cait lá em

cima ou tentar conseguir um prazer fácil no andar de baixo, estava, em vez disso, cruzando os dedos pegajosos com sua "namorada", de cuja existência o Baixo e o Batera já sabiam há alguns dias, quem sabe semanas, enquanto Ian andava tratando Cait como... como...

— Qual é o nome dela? — ela perguntou, deixando que o peso de suas botas caísse ao chão para fazer com que se sentasse. O Batera levou uma cerveja para ela. — Saúde — ela disse.

— Cara, esta noite *bombou* — tentou o Baixo, lendo o humor da chefe. — Você viu os rostos dos rapazes durante "Blithering", Cait? Acho que você provocou uns infartos.

— Infrações — disse o Batera.

— Ela tem emprego? — ela melhorou dessa vez na tentativa de manter um tom de voz casual, mas ficou surpresa com o esforço demandado. Ian estava obviamente livre para entubar todas as jovens que desejasse e Cait jamais sentiria o menor fragmento de irritação. Mas aquilo, a namorada secreta, era diferente: temerário, portanto oculto, portanto hostil. E ela não fizera nada para merecer isso. Todos eles sabiam dos riscos de iniciar relacionamentos sérios àquela altura. Era quase autossabotagem, então era melhor ela ser uma tremenda de uma mulher se ele ia apostar seu futuro e o de Cait nela. — Por que é que vocês não estão lá embaixo derramando suas sementes por aí?

As escadas de madeira rangeram e o casal apareceu, cabeças primeiro:

— Esta aqui é a Chase — disse Ian, segurando a mão dela sobre sua cabeça, anunciando a vitória dela numa luta de pesos-pesados. Então abaixou-lhe o braço e murmurou apresentações: — Chase, Cait, Tim, Zig, Chase. — Os homens abaixaram as cabeças até emergirem "eis" descompromissados, aos quais Chase murmurou "ei" e "ei", por sua vez. Ian teve uma sensação no estômago que associava a performances compulsórias de guitarra na infância para os amigos de seu pai. Ele ainda podia simplesmente dizer: — Vejo vocês amanhã, pessoal — e fugir com algo, mas, em vez disso, ficou parado ali, como em momentos cruciais do passado. Então tudo o que aconteceu em seguida foi sua própria e estúpida culpa.

— Sentem-se com a gente, por favor — disse Cait, e deu palmadinhas no sofá em ambos os lados dela. Apontou para o Batera e o Baixo e disse para Chase: — Esses dois abutres estão sugando a minha vida. Preciso muito de uma conversa decente. — Chase, elegante de jeans e camiseta, como se tentasse mas não conseguisse se vestir mal para a ocasião, aceitou o espaço à direita, e Ian (idiota! perdedor!) simplesmente não conseguia deixar de fazer o que Cait instruísse, passando por cima das botas dela para sentar no lugar marcado. — Você é uma pessoa e tanto para vir de longe ver seu homem tocar. — Cait segurou a mão do guitarrista na sua. — Você vai vir pegá-lo todas as vezes? Isso nos dá mais espaço na van. Ah, mas você tem os olhos *mais* lindos. Eles são *violeta*.

— Ah, meu Deus, obrigada. Eu adoro — eu não sei se Ian lhe contou — você deve estar cansada de ouvir isso — mas você tem, sua voz é simplesmente, realmente, é espetacular.

— A guitarra do seu garoto ajuda — Cait apertou o joelho dele. — Mas obrigada.

Cait elogiou as roupas e os cabelos de Chase, riu das piadas sem graça dela. Deu à intrusa potencialmente matadora de bandas o número de seu celular, sem que lhe fosse pedido, e Chase o inseriu no celular de última geração com um óbvio prazer. Ela era o tipo de garota que começaria a perguntar ao namorado se ele tinha *mesmo* de ir ao ensaio da banda porque hoje à noite é o nosso aniversário de dois meses e será que você tem *mesmo* que ir a esse trabalho porque minha irmã vem à cidade e eu queria tanto que você a conhecesse e ah, meu Deus, Cait ligou ontem, desculpe, eu esqueci de te dizer, espero que não tenha sido nada importante.

— Devíamos ter uma noite só das garotas lá na cidade — disse Cait, ainda segurando a mão do namorado de Chase.

Ian decidiu bater a cabeça na parede, mas em vez disso acabou pedindo a permissão da chefe para jogar bilhar.

— Acho que vou jogar um pouco de bilhar. — Esperou ela soltar sua mão.

Chase sentiu-se lisonjeada por receber a atenção concentrada da bela estrela em ascensão da qual o namorado apenas falava na linguagem profissional mais vaga, e a quem ele agora ignorava mesmo enquanto ela segurava sua mão, fato apenas natural, não ameaçador, considerando-se a longa amizade e o trabalho deles. Chase reparara isso naquela noite, quando eles tocaram. Não havia razão para Ian negar, mas ele tentava tanto negar, e nesse meio-tempo a cantora era tão gentil com ela de um jeito europeu:

— É claro que ele está com você... Uma beleza verdadeira, natural. Ele vive, você deve saber, mergulhado em ofertas nada higiênicas todas as noites. Um bufê barato, mas decididamente sem a menor graça.

— Estou indo jogar bilhar agora — ele insistiu. Cait sorriu para ele, esperou, esperou, esperou, e aí largou a mão dele.

— Você joga bilhar, Chase? — ela perguntou enquanto Ian contou as bolas e soltou um palavrão, e depois se abaixou para caçar a bola seis embaixo das cadeiras e atrás do minirrefrigerador arcaico. — É mesmo? Nunca? Mas você precisa aprender com ele. Quando ele se cansar de ser um ídolo do rock and roll, sua próxima carreira será como jogador de bilhar. Embora ele não consiga me derrotar, o que o enfurece, sabia? A menos que ele esteja fingindo perder porque eu sou chefe dele.

Ian se deitou de barriga para baixo e passou o braço por baixo do pano, levantando-se com sua presa e um monte de bolas de poeira.

— Você nunca me venceu. Quando estou sóbrio.

O telefone de Cait zumbiu e vibrou, e ela olhou para a tela.

— Ech, acho que é um saco que eu devo puxar — ela disse, inclinando-se para partilhar com Chase esse segredo do negócio musical, a necessidade de ocasionalmente faltar com a sinceridade. — Por favor, não vá ainda, isso vai levar apenas um minuto.

E Ian, sempre o modelo de inércia e impulso, jogava bilhar em silêncio e abandonou a namorada ao ritmo daquele instante. Não tinha a intenção de fazê-la se sentir indesejada ou pouco importante, como ela mais tarde o acusou. Ele simplesmente ficou paralisado (na forma de um jogador de bilhar) e aceitou as deixas de Cait. Chase sentiu um pouco disso. Mesmo um leitor da natureza humana menos competente do que Chase, notaria que Ian fez o que Cait lhe mandara fazer. Só isso seria preocupante o suficiente para uma nova namorada, comparando o jogador de bilhar com o rapaz doce e legal que, três semanas antes, a vira no armazém árabe, fizera um comentário engraçado sobre grãos-de-bico, levara-a a um museu para ver um filme dinamarquês e depois a um bar onde jogaram bocha.

— Como vai Chase? — Cait lhe perguntou uma semana mais tarde, sentindo-se culpada, tentando compensar seu desempenho, embora, lida a transcrição, ela tivesse sido apenas gentil, e não muito segura se não estivesse certa em ter agido muito pior, mesmo que fosse apenas para fazê-lo ver o que estava em jogo. — Eu gosto dela.

— É, ela gostou de você também.

— Vocês...

— No que você quer trabalhar hoje? — ele perguntou.

Depois que Chase rompeu com Ian (negociações prolongadas durante as quais ele realmente disse, num momento patético, que injetaria qualquer narcótico diretamente em seu pescoço pulsante para apagar da memória "Mas eu sou praticamente um astro do rock"), ele conheceu outra garota. Dessa vez ele determinou que Cait nunca saberia, e a nova garota nunca veria Cait. Mas essa nova garota, uma cigana vestida de corretora de imóveis, assustadoramente intuitiva e orgulhosa disso, costumava acertar seus palpites. Ela era atraída para os buracos nas suas histórias como fumaça de cigarro deslizando entre as fibras das camisas dele nos shows, e assim que o olhar dela acariciava uma junta mais fraca, sua vida rachava e segredos suaves se derramavam.

— Meu homem é cruel — ela murmurou quando partiu pela última vez.

Cait era como o irmão mais velho de Ian, capaz de amarrar bexigas com água em portas de armários, desejando estar bem longe no momento do triunfo, sem sequer precisar ver o pequeno inimigo molhado e vencido, feliz mesmo que, no jantar à noite, Ian não mencionasse, não admitisse a desgraça, e assim a solicitação educada de seu irmão pelas batatas trouxesse junto consigo um grito de guerra e a recolocação fria daquela eterna superioridade, como o decreto de um conquistador afixado a cada lampião numa cidade destruída e ocupada.

Ian estava deitado no chão do apartamento com os pés em cima do amplificador, tentando tirar novos acordes de um livro, os dedos se abrindo para tocar um 9 bemol e um 11 sustenido, esforçando-se para entender por que o pessoal do jazz se importava tanto com eles. Construiu um acorde instável em dó 7 bemol 9 sustenido 11 bemol 13, e deu pancadinhas para testá-lo. O telefone tocou quase no mesmo tom, e Cait murmurou para a secretária eletrônica:

— Alô, querido, astro de rock sensacional. — Ian parou de castigar o acorde miserável. — Estou pensando em você justo neste instante. — Ele se sentou e com muito esforço não pegou o fone. — E minha mãe sempre dizia que você deve dizer às pessoas quando pensa nelas, caso elas sejam atropeladas por um ônibus, você depois pode lamentar por ter perdido a oportunidade. — Ele riu sem querer. — E assim, hoje, depois de dizer isso, este agora seria o seu dia de entrar na frente de um ônibus, se você precisar. Não estou dizendo que você *deva*. É com você, claro, só que eu teria um coração mais leve. Tirando isso, sinto-me como um *brainstorm*. Tem alguma música nova para mim, gênio? Posso dar um pulo aí?

Ela começava sendo impiedosa; impiedade era o ponto de partida de todas as ações dela; todas as palavras podiam ser rastreadas de volta à sua impiedade, como um sistema de rios percorrendo um país inteiro, acionando moinhos, irrigando fazendas e afogando criancinhas em macacões azuis. Ele não esperava ser tão impiedoso quanto ela, mas podia jogar esse jogo. Então ele fazia uma cara de alívio e um pouco de alegria presunçosa, mas no fundo isso realmente não lhe caía bem. Ele só podia lutar mal, e de dentro das sombras, como um ninja doente. Ele não esperava assustar os pretendentes dela pessoalmente. Então, quando o Batera relatou que Cait havia sido convidada para jantar por um famoso ator inglês que os vira tocar no Rat, Ian, assombrado por evidências cardíacas de sua coragem desesperada, imprimiu páginas da internet detalhando as aventuras sexuais do homem, o testemunho judicial do divórcio de seu racismo alcoólico e excessos adúlteros e o artigo que no final ofendeu até a sensibilidade tolerante de Cait: seu comercial de TV no Japão para uma peixaria acusada pelo Greenpeace de chacinar golfinhos. Ian deixou esse indício de modo anônimo para Cait no Rat.

Ela, claro, farejou o ar cúmplice de Ian. Se ele julgava que estava sendo matreiro, ela estava disposta a deixá-lo saborear seu momento, assim como bebês ainda engatinhando exigem certo senso de autossuficiência ou o desenvolvimento deles irá parar. E ela se purgava de qualquer pecado por Chase.

E ela se rejubilava. O fim chegara — graças à doce Santa Cecília, protetora de garotas piedosas e suas bandas — de namoradinhas de bastidores que achavam aceitável ligar para o celular de Ian dois minutos antes de ele entrar no palco e exigir que ele sussurrasse ansioso em sua mão fechada em concha por quinze minutos até ele fechar o telefone com um palavrão resmungado e um pedido de desculpas para Cait, arrastando os pés para o palco para tocar guitarra como se lesse as músicas direto de um livro de canções para uma orgia geriátrica.

Não, viva, Ian novamente se portava de maneira apropriada, fornecendo uma almofada para as unhas das felinas da casa noturna arranharem antes de deixá-las à beira da estrada, amarradas dentro de um saco. Em Raleigh-Durham, as evidências sugeriram que ele havia atendido duas ao mesmo tempo, embora mantivesse um silêncio cavalheiresco a esse respeito no dia seguinte, quando chegou em Greensboro seis descarados minutos antes da passagem de som.

— Você ainda está fedendo a elas, baby — ela sussurrou no ouvido dele quando ele tocou seu solo em "Blithering", e ela viu os cabelos de sua nuca balançarem, e tudo ficou bem. Só agora ela conseguia nomear o sentimento que transbordava dela como uma maré contaminada com esgoto: era o *medo* indo embora; e, além do medo, pendendo como fumaça tóxica sobre o esgoto, era a *vergonha* de ser ela, entre todas as pessoas, que sentira medo sem sequer saber, e agora ela percebia levemente a falta de medo voltando. Se não estivesse no palco, no meio de uma canção descoberta naquele espaço manifesto — como um estado da física quântica —, somente quando ela e Ian ficavam a uma determinada distância um do outro e se concentravam em suas próprias questões, ela sentiria vontade de punir alguém por seu medo e sua vergonha. Mas ela *estava* no palco, e ele *tocava* a sua música, e aquilo *soava* como algo que ela sonhara, em sonhos literais de música que ela teve por quase vinte anos, desde aquela manhã em que, com quase 4 anos, acordou soluçando, apesar de qualquer consolo dos pais por quase uma hora, porque a música ouvida por ela enquanto dormia não tocava mais quando acordou, e ela não conseguia fazê-la voltar. ("Cadê?", ela insistia com os pais, que sorriam e não entendiam nada. "Cadê a música que foi embora? Por que vocês não tocam ela de novo?" Ela bateu nas pernas do pai e caiu chorando no colo da mãe. "Por favor, toca de novo, *por favor*.")

11

Após o incidente, as fronteiras da personalidade de Aidan se suavizaram, se tornaram porosas, como depois da morte da mãe (mas não da do pai). Ele se tornou vulnerável a dúvidas sobre sua realidade ou passado. E depois as fronteiras se fecharam novamente, e Aidan voltou a se solidificar. Quando Rachel gentilmente lhe pediu que se mudasse, após sete semanas de estada para repouso, foi porque ela o viu recuperando a forma.

Após o jantar, certa noite, ele disse:

— Obrigado, Rachel, por tudo — e ela deu uma palmadinha na sua mão e respondeu: — Ah, imagine, não fiz nada que você não tivesse feito por mim.

E ele assentiu, mas depois começou — de modo inevitável porém visível — a pensar.

— Acha que poderia ter acontecido a você? — perguntou.

— Aidan, você é muito mais inteligente do que eu, então não sei como eu sequer estaria em posição de cometer aquele erro. Eu jamais poderia estar num game show, você sabe.

— Eu sei — ele retrucou com grosseria, mas em seguida se recuperou. A gotícula de dopamina por ter sido chamado de *mais inteligente*, a evaporação com a palavra *erro*, sua incapacidade, apesar de manobrar, para fazer com que ela recitasse espontaneamente a fórmula "Sim, podia ter acontecido com qualquer um (de certa inteligência incalculavelmente rara)": Rachel reconheceu nele esses sinais de saúde vigorosa, e ela sorriu com sua obra, o que o irritou. — Pare de sorrir como um chimpanzé. Se você estivesse num programa daqueles, podia ter acontecido a você também.

— Difícil dizer, Aidan. — Agora ela provocava, feliz por vê-lo de volta ao velho eu. — Você tem uma mente muito especial, você sabe. Não consigo sequer imaginar como consegue reter toda essa informação em seu...

— Sim, sim, sim. — Ele já ouvira esse elogio bobo (o assombro que alguém sente por uma aberração) por toda a sua vida. — Mas se você *fosse*, ou pudesse, simplesmente se ponha no meu lugar e imagine, você *podia* ter feito o mesmo que eu fiz, certo?

— Eu não sei, Aidan — Rachel disse num tom de voz comedido.

— Por que não? Como você pode não saber? Você tem toda a empatia que Deus deu à humanidade. Você tem *tudo* isso. Eu obviamente não recebi nenhuma. Então me responda — ele exigiu, desesperado por ouvir Rachel admitir que ela poderia ter acidentalmente dizimado toda uma religião no meio de um game show. — Quero dizer, você já disse algo errado na sua vida, não disse?

— Suponho que sim.

— Supõe? Termo de abstenção. Você nunca fez nada que não pudesse evitar?

— Claro que já — ela disse suavemente, e Aidan lamentou tê-la forçado a pensar em tudo aquilo. Mas mesmo assim não parou de notar sua cara vitória.

— Então *poderia* acontecer com você. *Obrigado*.

Mudou-se de volta para casa no dia seguinte, bem a tempo. Ele se apaixonara por Rachel, o que não era de se surpreender, ainda que desesperadamente quisesse que ela voltasse para seu irmão. A força daquele segundo desejo o surpreendeu mais. Ele havia se apaixonado, ao longo de sete semanas, pela ideia de vê-la voltar para Julian. Sentia falta dos jantares de quarta à noite, de como relaxava na companhia deles, as únicas pessoas na Terra com as quais ele conseguia relaxar.

Sentia falta de contar autisticamente os toques e os olhares entre eles, da maneira como Julian agia em relação a ele quando Rachel estava por perto, do modo como ela fazia Julian rir, de um jeito que Aidan não conseguia. Obviamente essas recordações datavam de antes de Carlton.

E quando ele se mudou, expressou gratidão nestes termos. Curvou-se para abraçá-la, seus corpos encontraram-se nos ombros, formando de perfil um *V* invertido. Ele disse:

— Eu farei qualquer coisa para ajudar vocês dois a voltar um para o outro. — A barba dele caiu por cima do ombro de Rachel, e ele sentiu um cheiro de especiaria nos cabelos dela. Forçou-se a se endireitar para encarar o teto através dos óculos tortos, e piscava rapidamente, tentando sentir outro cheiro. — Ele é um cretino se não vier te implorar para voltar. — Ela começou a chorar, e Aidan prometeu, irresponsavelmente:

— Eu posso trazê-lo para você, se *você* o quiser de volta.

A adoção de Aidan por Rachel não fora nenhum sacrifício. Ele limpava obsessivamente o apartamento dela e conseguia fazê-la rir, para sua grande satisfação (e isso era o que mais a agradava: ela deixava Aidan *satisfeito*, sem sequer tocá-lo). E o que mais a beneficiava, ela havia observado a melhora dele e obtido — de tanto pensar em estratégias para ajudá-lo e lidar com ele — uma distração muito necessária. Ela gostava de solucionar os problemas dos outros, algo comparável ao amor de Aidan pelas palavras cruzadas. Antes de ligar pela primeira vez para ele após o Incidente, passou uma hora feliz calculando a melhor maneira de abordá-lo, e, quando concluiu que não deveria mostrar nenhuma simpatia, deveria esconder a profunda pena que sentia por ele, fora uma dedução triunfante. Ela suspeitava de que ele estivesse entocado no minúsculo apartamento cheio de ódio de si mesmo, vendo o número de menções no Google disparar, lendo blogues e listas de discussão que o humilhavam e o interpretavam erroneamente, porque ninguém reparava na simples evidência de que ele fora incrivelmente bom naquele jogo antes de seu *lapsus linguae*, ninguém sabia que o fato de Aidan ir jantar lá toda quarta fazia seu marido feliz, até mesmo em tempos de luto. Ela era a única a adivinhar a colaboração dele com as listas de discussão de internet sob falsos nomes, defendendo-se, não contra as acusações sem sentido de antissemitismo, mas contra as acusações brutais de imbecilidade.

Rachel percebeu também, após os primeiros dias, que ele agora estava meio apaixonado por ela, e todas aquelas quartas-feiras assumiram, como resultado, novas cores retrospectivas. Ela podia traçar a forma estranha do amor dele, os contornos e as limitações improváveis.

12

O *Sunday Times* publicou um longo perfil de Cait O'Dwyer, "Cantora na fronteira", que Julian leu e releu com a concentração de um monge desenhando iluminuras em um manuscrito.

O artigo, escrito por Milton Chi, era um elogio, mas no tom irônico de um jornalista de celebridades fingindo estar acima de elogios, no qual o entrevistador entra para desempenhar um papel intruso de protagonista, fazendo comentários inteligentes sobre o tema, dando a entender que a entrevista se tornou o registro de um caso brilhante e até, de certo modo, um flerte que se estende pela noite deslumbrante enquanto o assinante fica em casa chupando o dedo sujo de tinta. O sr. Chi, completamente embevecido, deixa a consumação da entrevista envolta nas brumas cavalheirescas de algo que é apenas intuído, mas também revela o medo que o fã tem da própria insignificância: "Ela é feliz, ou é isso que ela permite que você pense. Ela não se importa. Não admite nenhuma desilusão amorosa ou arrependimento. O mundo é infinitamente excitante para Cait, ela diz, e dispensa perguntas sobre tristezas superadas. 'Não, eu estou me divertindo mais do que devia.' Ela é dura, porque é assim que eles são lá em County Wicklow, terra de rebeldes. Ela vai lhe contar que é descendente de Michael O'Dwyer, terror e flagelo das milícias inglesas em 1798, e dirá 'Não se pode confiar numa mulher de Wickla', e depois rirá de você ou com você, e agora você não se importa. Ela ainda é 'nossa Cait', como eles dizem no Rat, mas não foi sempre e não podemos esperar que seja sempre assim, podemos?"

As fotos (mais disponíveis on-line) incluíam duas apresentações no Rat, e Julian reconheceu os momentos exatos; ele devia estar a poucos metros do fotógrafo do *Times* e também desse escritor-fã. Uma foto mostrava Cait no palco com ar recatado, como se tivesse sido elogiada; outra, uma das mãos no microfone preto, enfurecida, em pleno uivo, olhos fechados. "Seu charme e seu talento são *sui generis*", dizia o trecho em destaque no meio do artigo. Os detalhes dos grandes planos de sua (grande) gravadora (fundo brando: a indústria em crise perpétua, a erosão digital dos lucros, centenas de ovos mal-equilibrados na cesta de Cait), os elogios untuosos e as esperanças acrobáticas do assessor de imprensa, a biografia — artisticamente polida aqui e suja ali — de sua infância irlandesa, a aldeia a cinquenta quilômetros de Wicklow Town, onde sua *maimeo** ainda falava de *banshees*** e fogos-fátuos enquanto a jovem e sinuosa Cait batia os garotos na corrida para a fase adulta, tão pronta para a vida, e a Grande Mudança pelo oceano aos 18 anos, com algumas questões na Imigração, agora mais ou menos resolvidas, para a satisfação jurídica de todas as partes, e o mergulho magnífico no Village e em Loisaida, no Harlem e no Brooklyn, as experiências com o jazz e o soul, as *jam sessions*, tarde da noite, composições e heróis e influências (uma lista quase álbum a álbum com as especulações tarde da noite de Julian — com a exceção de uns poucos nomes nos quais ele nunca ouvira falar) e, depois isto, o detalhe que fez com que Julian relesse, relesse e relesse:

> *Parte da alegria em ver a srta. O'Dwyer cantar é ver e ouvir suas variadas influências numa exibição desavergonhada, reparar como ela se inspira e depois imprime sua marca própria, as madrinhas, tão variadas como Sinéad O'Connor, Janis Joplin e até Billie Holiday. Quando eu digo isso a ela, citando o trabalho vocal em "Blithering", a srta. O'Dwyer brinca com seu anel Claddagh de prata e várias vezes começa a falar, mas se*

---
*Em irlandês, avó. (*N. da E.*)
**Demônio ou diabo (feminino) da morte; personagem folclórica irlandesa. (*N. da E.*)

detém, como se não tivesse certeza da sabedoria da revelação. Quando insisto, ela só admite o seguinte: "É engraçado você dizer isso. Tenho muita coisa na cabeça ultimamente. Conheço um sujeito notável que discutiria isso com você." "Alguém importante para você?", pergunto. "Uma espécie de assessor que aponta todos os meus defeitos. Você chega a um ponto neste jogo em que as pessoas começam a ter medo de oferecer uma crítica construtiva. De qualquer maneira, ele diz que as influências têm de ser ocultadas, que elas distraem, se tornam concorrência para o ouvido." E isso é tudo o que ela nos diz quanto ao assessor misterioso. A srta. O'Dwyer é muito enigmática, e, o que não é nada normal para uma jovem cuja chegada ao estrelato é prevista de maneira tão óbvia, sua discrição vem de maneira fácil e não sem um apelo próprio, como se essa moça, pelo menos, tivesse a cabeça presa no lugar de modo adequado lá na Irlanda. Ela sorri e olha para baixo, um efeito devastador, mais ainda pelo seu ar de timidez sincera não praticada, inesperada e desarmadora.

Julian calculou que ela dera a entrevista depois que ele a vira cantar e desenhara aqueles cartuns bêbados no verso dos porta-copos, cheios de conselhos improvisados, e ele tentou se lembrar exatamente do que tinha aconselhado. Havia alguma coisa sobre esconder influências, ele pensou. Não, sim, ele tinha certeza, embora isso obviamente não significasse que fosse ele no artigo. Ele releu a passagem, desejou ter feito cópias daqueles conselhos de porta-copos. E o bartender os deu para ela? Será que Julian realmente desejara isso? E ela os lera, os absorvera, e agora eles a absorveram, mexendo no seu anel, hesitando mencionar o sujeito notável cujo conselho ela havia adorado?

Era uma fantasia encantadora, a de que ele, de algum modo, lhe dera algo, que tivesse tornado real aquela troca de mão dupla que ele sentira quando ela cantou diretamente em seus ouvidos. Era *apenas* possível.

Apesar de todas as insinuações de intimidade de Milton Chi, o jornalista tivera um óbvio problema, trezentas milhões de palavras mais tarde, para especificar o único detalhe especial sobre aquela mulher, embora ele tivesse certeza de que existia inquestionavelmente pelo menos um detalhe. Julian ficou maravilhado, porque o artigo não vendia o poder da música real, falava e falava sobre personalidade e celebridade, em vez de descrever as canções e seu poder objetivo.

Prometiam as palavras em itálico na parte inferior da página: *Cait O'Dwyer canta no Romping Rat, no Brooklyn, neste sábado, às 22h.*

Sábado às 22h, um quadro-negro dobrável sobre o canteiro com areia, pedriscos e poças de água com gelo da noite de março: *Cait. Última chance. Você vai poder contar aos seus netos.*

— Homem dos porta-copos! — O bartender, que vestia a mesma camiseta anunciando sua banda, reconheceu Julian. — A moça solicitou que eu o apontasse se você viesse hoje.

— É mesmo? — Então fora *ele* no artigo. Ela queria ver o rosto dele. Julian não conseguia se lembrar se pensara estar deixando os porta-copos para ela, se fizera aquilo só de brincadeira, se sua intenção era de fato se encontrar com ela, e não tinha certeza se o barman não brincava agora. — Bom, vamos ficar na encolha, certo? Te dou uma boa gorjeta se me deixar anônimo.

Sua surpresa e confusão deram lugar ao prazer, é claro: ele a havia impressionado. E em outra circunstância, isso teria levado a encontrá-la; ele poderia ter feito o mesmo comentário bobo ao bartender, mas se apresentado a ela, conversado daquele mesmo jeitão que antes, em infinitas outras ocasiões, o fizera ser regiamente pago ou conseguir trepadas sensacionais. Agora, porém, o comentário bobo era honesto: ele não queria encontrá-la. Para seu alívio, a multidão preencheu as expectativas que Milton Chi e sua espécie conseguiram criar, e Julian, refugiando-se entre cotovelos, bonés e coletes, afundou num sofá moribundo. Em outra vida, em outra vida...

Mas nesta vida, depois de tudo, supondo que ela realmente fosse o que ele esperava, aquilo era o suficiente: ele lhe dissera o quanto adorava sua música, e ela lhe agradecera, havia até mesmo levado as sugestões a sério. Para um homem com seu histórico e recursos limitados, ele disse a si mesmo, isso era um milagre. Sentado naquele sofá, ouvindo o baixista afinar o instrumento, imaginou como se sentiria da próxima vez em que a escutasse em seu iPod, quando saberia que ela cantava, em alguma medida, para ele. Respirou fundo: ele ia ouvi-la cantar novamente, em apenas um minuto. Ele ia vê-la do meio de uma multidão, e ela estaria pensando nele, mas não saberia onde ele estava. Ele seria um fantasma nos pensamentos dela, invisível porém próximo. O papel lhe cabia perfeitamente, ele pensou. (Um instante depois, entretanto, ele engoliu um gorgolejo de pânico verde: e se não tivesse mais nada para oferecer, mais nenhum conselho para ela utilizar? Se dera tudo em alguns pedaços de papelão reciclado, ele perderia o trabalho como fantasma sussurrante antes mesmo de perceber que essa era a sua verdadeira vocação.)

Os CDs demo desapareceram; a gravadora insistira para que Cait parasse de vendê-los, embora soubesse que a proibição apenas atiçaria o fogo que aqueceria os óleos de sua santificação vindoura. Ela ia para um estúdio com um grande produtor e um grande orçamento, e, quando saísse de lá, estaria transformada pela pressão e pela altitude, e já, julgou Julian, seria ligeiramente mais ela própria esta noite, mais unificada, mais adequada para um palco e menos para um bar. Ele sentia o efeito compósito de seu conselho desinteressado.

Ela usava os cabelos um pouco afastados do rosto; os olhos brilhavam. Se ele não procurasse, poderia não reparar no levíssimo toque de cosméticos. Não esperaria a contenção dela nessa arte tão pouco rock girl, mas ela exibia o toque que ele teria mandado o pessoal da maquiagem fazer, se a tivesse colocado num *spot* comercial.

Ela cantou. Conseguiu produzir e exibir emoções sob demanda em uma miniatura brilhante e bem-delineada, sem atuar ou expressar emoção, sem "recobrir a canção". Ela cantava sobre dor de cotovelo, por exemplo, da seguinte maneira: lembrava a própria dor de cotovelo e cantava um destilado da lembrança, de forma que Julian (e cento e poucos outros homens e mulheres) desejasse ajudá-la castigando a causa de sua dor ou — em alguns casos — desejasse *ser* a causa daquela dor.

E então ela lembrava as desilusões amorosas deles. Cait podia fazê-los sentir o que ela sentira e também o que eles não sabiam que sentiam. Um homem tolamente gago de indecisão quando uma mulher de verdade diz "É agora ou nunca" irá assentir decisivamente e repetir "É agora, é agora", quando uma mulher estranha canta isso com os olhos fechados. *"It's now or never/I can't wait for good sense"*.

Ela cantou "Once I Loved" — trazendo-a de volta à vida como um híbrido anormal, mas com uma beleza *dark* de bossa e punk, imperfeita e lutando para sobreviver, ainda quente do forno — e ela quis dizer "Um dia eu amei, e ainda dói" —, e Julian — que diria a seu próprio respeito "Um dia amei, mas foi há décadas, quando eu falava de uma pessoa diferente" — agora sentia a ilusão da picada recente. Ela se mostrava melhor hoje à noite. O que quer que fizesse, ela estava ficando mais forte.

Os pensamentos ligeiramente bêbados de Julian tropeçavam. Enquanto olha para os rapazes deslumbrados ao redor, ele, assim como dezenas deles, considera a possibilidade de beijar Cait O'Dwyer, resgatá-la, fazê-la rir, tocar suas costas nuas, limpá-la, tirar dela o cheiro de bar e de estúdio. Olhando num espelho com moldura de lâmpadas, ela joga a cabeça para trás e estende a curva dos cílios superiores para passar o rímel, revelando a porção de branco raramente vista sobre a íris verde irlandesa, e ele, vendo seu reflexo, levanta a cabeça dela até o rosto dele enquanto a música toca, e eles saem para a cidade, onde ele se recosta no balcão de um bar ao lado de Cait, o polegar explorando a lua da marca de vacina do braço dela, ou fica em pé com ela sob uma lua que ilumina encostas irlandesas ao vento, ou está sentado em cafés à beira do Sena vendo o sol se pôr, iluminando todas as árvores da frente do rio apenas em uma das margens, aquecendo e dourando seus olhos fechados.

E outra canção terminou. Um resíduo com um cheiro meio de tabaco, doce demais, permaneceu em Julian, daquelas fantasias mal-resolvidas, e ele riu de si mesmo (tão parecido com seu pai enrolando uma estola ao redor dos ombros de Billie Holliday), e riu da bruxaria de Cait O'Dwyer, e se perguntou se, na vida real, ela exigia uma dieta constante de desilusões amorosas para fabricar emoções fresquinhas para seus clientes. Ela devia precisar da dor e cortejá-la como questão de necessidade econômica. Dois meses atrás, ela era crua e pura; esta noite, era razoavelmente eficiente; um dia, muito em breve, ela correria o risco de virar um molde em mármore de si mesma. O alvo tinha apenas alguns mícrons de largura, e as grandes cantoras da história podem simplesmente ter sido aquelas que por acaso gravaram um álbum no breve tempo entre aprender e esquecer como gerenciar o poder.

Ele a via novamente com clareza, com os olhos reabertos de um diretor. Cait enfrentava um dilema: ela e suas emoções tinham de soar verdadeiras, tinham de fazer a multidão se apaixonar por ela se quisesse fazer sucesso; o ganha-pão dependia justamente de um evento primal e inconsciente desse tipo. Mas a maioria dos homens veria como ela o fez, saberia que era mentira, e, assim que o artifício fosse desvendado, a música fracassaria. E, para fazer um homem achá-la desejável mesmo depois de ele se tornar consciente de seus truques, ela também deveria insinuar *em sua performance* a extinção dessa mesma exibição pública de emoção um instante depois. Ela deveria dar a entender que sempre descia do palco e se trancava novamente em sua privacidade, de modo que, se você fosse um homem na plateia imaginando ser seu amante, imaginaria algo que ela ainda *não* compartilhava (mesmo com você, por ora). A emoção exibida devia carregar consigo a promessa de ser apenas uma gota de algo mais raro, contido em reserva.

Resumindo, Julian viu tudo isso através dela. Ele viu como o truque era feito, viu os cordéis e os espelhos. A explosão breve de maravilhamento infantil nele foi apagada, e isso era provavelmente o que devia ser, ele pensou.

— Esta é uma nova canção — disse Cait O'Dwyer. — Ainda estamos trabalhando nela; então, se for muito ruim, tentem não jogar objetos em nós, por favor. Ah, sim, ela se chama "Bleaker and Obliquer"*. O Baixo aqui precisou procurar no dicionário essa última palavra, a propósito.

---

*Mais sombria e oblíqua. (*N. do T.*)

Julian conhecia aquela expressão *nonsense*. Ele se encostou numa parede, estupefato por longos segundos, desembaraçando-se das fantasias de amá-la a distância, ou de ver através dela. Bem, ela é jovem, foi o primeiro pensamento, mas não perdurou. Ele acidentalmente a inspirara a escrever uma canção, e isso o empolgou.

Ela escrevera uma canção para ele. Não, ela escreveu uma canção *a partir* dele, extraiu-a dele antes que ele soubesse que estava nele. As palavras não significavam nada quando ele as escreveu naquele porta-copos, mas ela as fez significarem algo.

Ele saiu de mansinho após o último bis, deixando atrás de si, com o guitarrista principal dos Lay Brothers, a prometida grande gorjeta pela anonimidade e um décimo segundo porta-copos, um autorretrato.

O caubói velho e cansado (barba por fazer, bolsas embaixo dos olhos) com o J.D. na estrela de xerife, parte montado numa égua velha com um exemplar dobrado do *Times* no alforje, olha para trás e toca a aba larga do chapéu em cumprimento a Cait O'Dwyer, que, flutuando, canta "Bleaker and Obliquer" para um grupo de fãs de pernas cruzadas com camisetas de postos de gasolinas e bonés de empresas de caminhões. Ao redor do desenho, gira a legenda: "Deixando-a à merecida luz da ribalta, ele cavalga em direção ao crepúsculo."

E foi para casa — alternando 18 e 80 anos de idade — e colocou o CD demo. O mix instalou Cait, num primeiro momento, perto de sua janela da frente, como se ela olhasse do radiador e ele do chão enquanto os pinguins navegavam pela água da Antártica como pássaros de verdade voando pelo ar. "Para um jovem peixe, não há mais horrível, mais apavorante visão da morte que um pinguim se aproximando", dizia a voz australiana no silêncio exíguo entre as faixas do CD dela. "Without Time" era a próxima. Ela cantara aquela canção na primeira noite e também em outra, aquele verso cantado sobre um baixo melódico: *"Either beat me, mistreat me, or leave me in peace."* No demo, ela inicia a frase acelerando de um sussurro para um grito. No meio do verso, a voz dela amaciou para o vibrato delicado de uma garota de coral, docemente clara, mas então ela começa a soar como se soluçasse, quase engasgando, na palavra *peace*. Ele se lembrou disso na primeira noite: ela cantara com a mesma técnica, um simples truque da úvula.

Mas naquela noite ela fizera mais, e ele só percebia agora: naquela noite ela rira naquele verso. O sorriso começou a abrir antes de "*beat me*", e ela cantou *durante* a risada, segurando a melodia como um ovo, a voz tensionando de modo agradável, o sorriso se alargando, a respiração mais pesada do que na versão suave do demo. Isso havia sido um porta-copos: "Ria quando outros acharem que você deve chorar." E isso era Elis Regina, "Águas de março", 1974, 3:11.

A risada era incongruente, e o baixista aparvalhado (Julian via agora enquanto reconsiderava o evento, do chão de sua sala) detestara a mudança dela, por um momento, pois era deixado para trás com o *pathos* rotineiro enquanto ela saía em busca de uma presa mais fresca. A multidão foi ao delírio naquele momento; eles reconheceram que Cait encontrara outra lasca de coração partido rindo de seu próprio pedido de garota espancada pelo amante abusivo, e então — somente então, ao contrário da primeira noite, ao contrário do demo — Julian *acreditou* nela; ela realmente sentira isso um dia, e ela o sentia esta noite, na deixa certa. O baixista tinha ficado ali na mão, confuso. Ela o demitiria em pouco tempo, pensou Julian.

No silêncio: "O pinguim macho deve proteger o ovo durante um longo e brutal inverno. A vida da prole está sob os cuidados do pai, e o menor erro é letal para o filhote ainda não chocado."

Carlton morreu duas semanas depois de completar 2 anos de idade, uma infecção de ouvido diagnosticada tarde demais, não um problema em si, mas um sintoma de outra bactéria pior fervendo no sangue, navegando pela corrente sanguínea até seu cérebro, inflamando tristeza e descrença por longos meses de calor e frio.

Como um planeta atingido por um meteoro, o casamento de Rachel e Julian sofreu um impacto, depois se ajeitou numa órbita nova e bizarra, girando ao contrário em sua nova rotação.

Algumas semanas após o trovão e a traição da morte de Carlton se tornarem uma maré de tristeza cinzenta, Julian experimentou música na esperança de restaurar uma parte de si mesmo, uma habilidade de desejar algo ou alguém. Ele esperava que a música pudesse, pelo menos, vazar para dentro dos cortes, amaciar uma superfície, ser útil, compensá-lo por todos os anos de comprometimento com ela. E a música conseguiu, um pouco, ou foi a trilha sonora que coincidiu com uma recuperação que ocorreria de qualquer maneira: Julian recuperava, de vez em quando, aquele senso de não realização agradável. Ele substituía, por alguns minutos de cada vez, a agonia por uma dor benigna de música pop, confessadamente adolescente, mas agora estranhamente específica: ele desejava *Rachel*, sua própria mulher, de uma forma jamais desejada antes, mesmo quando eles se encontraram pela primeira vez e ela ainda não era sua.

Esse desejo não era pela Rachel jovem, nem por ela ser como *realmente* era, então, quando eles ficavam juntos, quietos e pouco à vontade em casa depois do trabalho, tentando ver por quanto tempo ficariam sem mencioná-lo, ou saindo com amigos, alternando um par de rostos corajosos, ou simplesmente parando e respirando esquecimento, e sempre apenas um de cada vez. Em vez disso, ele desejava a Rachel descoberta no banheiro, brilhando com aquela anunciação do sinal positivo cor-de-rosa de seu filho dentro dela. Ele desejava que ela o restaurasse, o deixasse pleno de novo, da mesma forma que ela o fizera naquele banheiro, havia concebido e dado à luz a Julian ali.

Mas, apesar de todo o desejo, ele, pela primeira vez na vida, fracassou fisicamente. Seu corpo não seguia seu coração. Ele se rebaixou até o ponto da intervenção química, tanto antidepressiva quanto antiflacidez, mas mesmo assim não conseguiu deter o fluxo sanguíneo exigido em ambas as direções. Julian até teria disposição para dormir com outras mulheres, como um esforço para levar tudo adiante, como um ato quase de lealdade (force bem a vista e você conseguirá ver), mas não sentia desejo por ninguém.

Não sabia dizer quando passou a ter certeza de que Rachel tinha casos. Não diria sequer que ela só começara após a morte de Carlton, ou após ele provar estar sexualmente inútil, mas a fuga dela e sua adoração sem conotação sexual por ela alimentavam um ao outro. Ela se consolava com o fato e, por sua vez, consolava todo o mundo dos machos exceto ele, e, nos meses após a partida dela, Rachel e Julian ficavam andando ao redor um do outro, se aproximando e se afastando como partículas de carga idêntica.

— Eu quero tocar uma música para você. Estava pensando em Carlton e me veio esta canção e ela me lembrou de quando você e eu nos conhecemos e...

Terça seria o meio aniversário de Carlton. Ele faria 3 anos e meio. Julian recomeçou a demo de Cait, colocou-a no modo *shuffle* e deitou-se no chão da sala.

No decorrer dos dias, Julian ainda olhava diligentemente para todas as partes exibidas para ele, os relances gratuitos de uma cidade de vendedoras sexuais: o cardigã fino sobre a pele reativa; a fenda ao longo da parte externa de uma coxa sentada e de saia com cintura alta, de bom tônus muscular e bronzeada; a moda da próxima primavera para camisas altas e cinturas baixas, uma paisagem de abdômens e decotes. Mas nada nunca mais acontecia com ele, envelhecido e ferido além de qualquer surpresa. "*Look at me, look at me, look at me, look at me, please.*"

Até esse instante, bem depois da meia-noite, num quarto escurecido, quando a voz de Cait O'Dwyer, ou apenas o som de sua respiração, o acariciava, e ele, deitado no chão, intumescia-se como um adolescente, e uivava, pela primeira vez em mais de um ano.

13

Rachel tinha os mesmos sonhos de sempre. O sonho da casa espaçosa, por exemplo, era sempre uma bênção. Ele normalmente profetizava uma mudança positiva em sua vida. Na versão mais simples, Rachel se levantava da cama e caminhava pela casa que estivesse ocupando na época — um dormitório, um estúdio, o apartamento com Julian — e ficava agradavelmente surpresa ao descobrir que havia muito, muito mais quartos do que ela percebera. Cada novo andar, ala ou torre preenchia alguma necessidade inaudita. O passeio pelo novo espaço terminava quando ela voltava para a cama — a cama onde estava realmente deitada — e adormecia em seu sonho.

Mas agora os sonhos eram narrados, não vividos, e ela acordava mais cansada do que quando fora para a cama. Carlton se levantava e falava com ela, como se estivesse diante de um palco montado. Ela não sentia nada em especial por ele. Ele dizia:

— Ok, o sonho da casa espaçosa. Vamos ver, você está andando por aqui e por ali, atrás daquela porta — ele apontava para uma porta trancada — fica um montão de salas. — Esta noite, Carlton, entediado, subiu ao palco e disse: — O sonho da casa espaçosa. — E foi isso. — O sonho do não-consigo-acordar, então o sonho do Julian-com-as-modelos, então o sonho dos camundongos-cercando-o-abutre-morto. — Ele recitou a maior parte do repertório dela. — O sonho dos mulás-gentis-oferecendo-*brownies*. — Ele balançou a cabeça em condescendência com a decepção dela, como Julian costumava fazer quando achava que ela estava sendo ridícula. Doía muito mais ver Carlton fazendo aquilo. — O sonho do amor-sem-fim — ele disse com um pouco do desprezo de Julian, mas no seu rosto de bebê, com aquele tom, naquela boca mais linda do mundo, isso a deixou arrasada quando acordou para a luz cinzenta.

Ela tentara de tudo, e ainda assim afundava, boiando apenas durante o breve período em que cuidou de Aidan. Antes e desde então, ela tomava antidepressivos sem nenhuma vergonha (embora seu pai a tivesse criado para acreditar em si mesma e na livre escolha, achando graça do colapso da sociedade no que chamava de "alívio de carência via psicofármacos"). As pílulas nunca ajudaram muito, nem os grupos de terapia para lidar com a tristeza ou as sessões terapêuticas individuais com uma mulher solteira, sem filhos, dez anos mais jovem, que franzia a testa e assentia gravemente sempre que Rachel falava sobre a dor borbulhante em suas entranhas.

As esperanças por Julian eram muito limitadas. Ela não tinha uma única ilusão romântica, disse a si mesma com um orgulho silencioso e maduro que seu pai teria aprovado. Ela experimentou uma amostra razoável do mundo masculino tentando encontrar alguém, não para fazê-la "feliz" — não era esse o objetivo —, mas para cauterizar as feridas que não paravam de sangrar. Julian — apesar de todos os defeitos, crimes e omissões — não era apenas dela, mas até certo ponto era dela *sim*; como se somente uma transfusão dele pudesse fazer o organismo de Rachel funcionar. Ele se parecia com Carlton, é claro, e Carlton permanecia vivo na medida em que ela o via nos olhos de Julian. Ele também estava vivo, se a família da qual fizera parte havia sobrevivido. Melhor uma família reduzida que chora unida, antes isso do que cada um vagando sozinho, abandonando todos os espaços onde Carlton existira, negando-lhe os lugares que um dia foram dele.

Além disso, Julian era a história dela, sua história de jovem esposa, de jovem mãe, como vítima e como puta. A alegria de sua vida reduzia-se drasticamente de agora em diante, mas, se houvesse ainda alguma alegria, Julian era o único homem para lembrá-la de como fora tudo aquilo. Julian forneceria o resto também, a grande maioria da vida que não chegava nem perto da alegria.

— No enterro — ela contou à terapeuta que balançava a cabeça — eu amei tanto Julian. Eu o via se afogando, e eu sabia que nós estávamos juntos. Mas depois disso, logo depois, ele pensava que isso poderia passar, sabe?

— Sei.

— Ele ainda sentia dor, obviamente, mas eu via que ele achava que um dia poderia superar. E creio que ele queria me sacudir com isso, para que ele pudesse superar. E então, mais dois meses, ele não tinha melhorado nada na verdade, só ficava melhor no fingimento, me deixando sozinha enquanto agia no seu caminho. E aí...

— Ahã.

— ...o pior foi quando ele começou a agir como se tivesse passado *através* de alguma coisa, e agora poderia *me* ajudar. Como se, *depois* de ter terminado, ele agora estivesse pronto para ser *meu* suporte. Como se ele executasse um *plano*.

— Entendo.

Ela se lembrou da tristeza e da raiva disfarçadas de tédio, no final, logo antes de ir embora. Lembrou-se de observá-lo, indefinido e sem rosto pelo vidro enevoado e cheio de gotículas da porta do chuveiro, abrindo as nádegas com uma nova barra de sabão verde, e ela se lembrou de sentir, naquele instante, a permissão para fazer tudo que desejasse com qualquer um na Terra, para não precisar sentir mais um segundo daquilo. E por isso ela estava errada.

— Como você estava errada?

— Eu quero *ele*. Eu *quero* que ele seja um apoio forte. Não posso ficar andando por aí assim. Ele me mostraria como fingir melhor, como fingir esquecer de vez em quando.

— Você quer voltar? — perguntou a terapeuta na cabeça de Rachel, a quem ela não via há semanas.

— Não. Só quero continuar. Acabei.

Ficou deitada na cama, o sonho de Carlton e a voz da terapeuta desaparecendo. Ela estendeu a mão para pegar o telefone e teclou o número do celular de Aidan de memória.

14

O fim de uma filmagem. O estúdio cúbico vazio, a não ser por ele e Maile, sentada de pernas cruzadas no chão, as Suítes para violoncelo de Bach nos alto-falantes e a comida chinesa alaranjada brilhando em caixas brancas com alças metálicas sobre tapetes chineses cor de cereja, engordurados pelos pontos no chão onde os cabelos ruivos da beldade diária foram penteados 38 vezes, fios condicionados pingando bolhas do produto na madeira preta, sons parcialmente mascarados pelos Rolling Stones tocados nas alturas para dar ao cliente e ao pessoal da agência a agradável sensação de um dia fora do escritório e completamente livre da vida corporativa (portanto incentivando futuros negócios com Julian Donahue).

— Posso dizer que hoje você parecia um diretor de verdade? — disse Maile.

Julian riu. — Eu *sou* um diretor.

— Eu sei, desculpe, não quis dizer isso. Quis dizer um diretor de cinema. Sem ofensa.

— Não me ofendi. "De verdade", ao contrário de toda a minha existência e do seu salário.

— Ah, meu Deus, isto não está acontecendo do jeito que eu queria. Eu quis dizer que você é melhor do que isso. Do que anúncios, eu creio.

— Você acha que gostaria do pessoal de Hollywood mais do que do povo da publicidade?

— Eu sei, todo mundo está vendendo alguma mercadoria. Mas o pessoal do cinema pelo menos *também* está tentando fazer algo diferente, certo? Eu pareço ingênua para você, não é?

— Um pouco.

— Bom, isso reflete mal em você então, não é? — ela perguntou, provocante.

Havia uma resposta para o elogio de Maile disfarçado de desafio espertinho, o flerte um pouco desajeitado, por trás do tratamento para com o chefe, gesto de criança ainda sem a inspiração de uma mulher. A resposta, entretanto, não impressionaria uma assistente de produção temporariamente encantada.

Ele já ficara envergonhado, anos antes, na frente de amigos da faculdade de cinema muito bem-sucedidos em Hollywood, por insinuações de que seu "talento" ou "visão" não haviam sido fortes o bastante para resistir à oferta do primeiro comercial de televisão, e depois quando seu talento estava fraco demais para resistir à inércia das ofertas continuadas. Ele não conseguia sequer se justificar dizendo que não conseguira fazer um grande filme, porque nem havia tentado. Lembrava-se de ter desejado rodar um. Queria ainda desejar, mas não desejava mais. Desejava ser um artista plástico, um grande artista plástico, mas às vezes também desejava ser um astronauta. Até desejava poder dizer a Maile que tinha uma visão para um filme que era incapaz de fazer, por medo de fracassar, um assunto a se lamentar... Mas essa teria sido uma grande mentira.

A crença infantil de que ele um dia dirigiria grandes filmes fora substituída por um maravilhamento adulto arrogante de que tamanho objetivo um dia impulsionara sua superioridade moral, e ele tentava, brincando, explicar isso à adorável garota que dividia um Porco Celestial e um Caranguejo da Fúria Vital com ele. Por que, ele insistiu com ela, era melhor dirigir um filme? O trabalho dele, histórias contadas com a eficiência de um haicai, também provocavam emoção de verdade, mas elas também produziam — a *prova* tangível definitiva de emoção invisível — *ação*, milhares de vezes: compras, votos, doações, mudanças na moda. Qual filme de Hitchcock tinha tamanha evidência empírica da competência de seu autor? Algumas pessoas ficavam com medo de tomar banho de chuveiro por um ou dois dias?

— Se a verdadeira medida da grandeza de um artista é a influência, então eu sou um gênio.

— Eu não acho que você esteja falando sério — disse Maile. Ela o observou enquanto colocava lentamente uma castanha na boca e a quebrava delicadamente com os lábios entreabertos. — Você pode pensar que está, mas não está. — Esse sentimento meio maternal (que Rachel costumava exibir subitamente de tempos em tempos), combinado com a lenta inserção de comida na boca vermelha, era uma tática programada da fêmea humana. Elas se ofereciam sexualmente enquanto insistiam que compreendiam seu potencial parceiro melhor do que ele próprio. A fêmea do louva-a-deus simplesmente arranca a cabeça do macho a mordidas, mas só depois de toda a diversão; o humano insiste em dissolver a personalidade do parceiro *antes* do prazer. Maile o *aprimoraria*. Ela *prometia* isso. E, se concordasse com o procedimento, ele poderia tê-la, por algum tempo, até o dia em que, irritada, ela perceberia ter sido enganada apesar de seus melhores esforços, e ele estaria diante dela, ereto e sem nenhuma melhora. — Digamos que você possuísse todo o dinheiro do mundo — Maile provocou. — Que tipo de filme faria?

Ele perguntou a ela — como ela queria que ele fizesse — quais eram seus filmes favoritos e pareceu um tanto impressionado quando ela catalogou mestres mortos do passado histórico do cinema. Ele já jogara esse jogo inteiro vezes demais, há muito tempo. Maile estava em pé do outro lado de um rio corrente, em outro país, balançando os braços freneticamente, mas as cachoeiras abafavam o som da voz dela, e Julian sorria e concordava com a cabeça. Mais tarde, Maile registraria a conversa desta forma:

MARIE
Você pensa que eu sou ingênua. Isso não reflete muito bem em você, reflete?

HUGH vai beijá-la, mas ela fecha a porta do táxi e sorri para ele pelo vidro.

HUGH
Ora, parece que está na hora de eu me tornar um homem melhor.

MARIE
(*marota*) Assim parece. (*Para o taxista*) Em frente, sr. Singh, em frente. A noite é uma criança.

Ele tinha o estúdio por mais nove horas, embora não existisse motivo para ficar. Mas o desalinho no fim de um dia de filmagem ainda o atraía depois de anos, um dos momentos fugazes da vida que o deixavam quase satisfeito, uma sensação muito melhor do que o tédio inchado do plenamente satisfeito.
— Vou fechar, Maile. Obrigado por tudo hoje.
Ela não ouviu, ou fingiu não ouvir. Desligou o Bach e colocou o próprio CD no sistema, ligou-o alto demais para uma conversa fácil. A primeira faixa foi "Picadilly", do Squeeze, e Julian riu. Ele não mexera no *shuffle* do seu iPod em meses. O piano da abertura o pegava de surpresa todas as vezes; ele se lembrava (o corpo se lembrava) como ele (o corpo) sentira-se aos 16 anos, quando ouvira essa canção, avassalado pela referência a uma garota colocando um sutiã: "*She books up her cupcakes and puts on her jumper.*" Ele teve de gritar de onde estava sentado:
— Como é que você conhece esta música? — Parecia um velho de 90 anos impressionado com um bebê precoce que aprende a andar antes do tempo. Maile apenas sorriu, virou de costas, ocupou-se com o trabalho do qual ele a havia liberado, tocou discretamente um violão imaginário com uma das mãos.
A canção seguinte — um antigo prazer indecoroso dele, apenas desfrutável se todo o contexto social, moda e história fossem suspensos, embora Maile fosse jovem demais para ter consciência disso — o

levantou da cadeira. Ele foi na direção dela. Ela ainda estava do outro lado do quadrado preto, perto da parede. Ela se virou; devia tê-lo visto se levantar num reflexo ou numa sombra.

— Você vai usar aquele cabo novamente? Não acredito que ele... — parou quando deu de cara com ele.

— Você não precisa ficar, sabia?

— Você vive dizendo isso.

Ela subiu numa pilha de sacos de lona cheios de areia colocados ali para estabilizar os pontos de luz, e ele percebeu tudo o que aconteceria a seguir. Ele iria até ela e dançaria com Maile por um minuto antes de tocá-la, e então aquele instante exato seria o último momento de mistério entre eles: lábios, risos, Porco Celestial no hálito (erótico hoje à noite, corta-tesão e sem consideração dali a oito meses), as pontas dos dedos dele na renda preta no alto do sutiã dela, "ei, você tem uma tatuagem", o clímax (ou, mais provavelmente, o retorno caído de sua incapacidade) e logo de volta a "O que significa isso?", "Quem é esta aqui na foto?" e "Isto não está dando certo, não é?".

Ela estava em pé no topo do morrinho de sacos de areia, sorrindo para ele.

— Quer manter a reunião do café com Burgess amanhã cedo? Ele vai te oferecer outro comercial feminino, eu acho. — E ela lentamente ergueu uma perna e levou um pé a repousar contra a coxa, numa pose de ioga. — Então, o que me diz, Julian Donahue?

— Você faz perguntas difíceis.

E a canção seguinte do CD era Cait O'Dwyer:

> *You've reduced me down to the dregs*
> *You won't seduce me, though I stand here and beg*
> *I'm blithering, you're dithering, I'm your slithering fool.*

Se Maile desse uma olhada sub-reptícia no iPod de Julian, fosse para casa e gravasse espertamente um CD enquanto consultasse a *Cosmopolitan* e *A arte da guerra*, cada faixa da lista cuidadosamente escolhida para provocar um momento cronometrado de desejo, então ali, tirando a questão da limpeza, estava a canção confessional. Mas, ah, que péssima escolha. Ela deve ter visto isso no rosto dele. Desceu dos sacos.

— Vou ligar para o escritório dele assim que chegar amanhã de manhã e dizer que você filmou até tarde.

> *This was not my best hope for me, not what I meant to become*
> *Lurking at your window, breathing my name on your pane.*
> *But I won't let you have her if you won't have me.*
> *Why can't I think?*
> *Oh, ignore me, I'm blithering, I'm dithering,*
> *I've had too much to drink.*

Ele imaginou Cait presa por ventosas de sucção à parede externa daquele estúdio em Chelsea, rastreando seus movimentos com sensores infravermelhos, ouvindo-o com microfones parabólicos. E, depois de ter dito um até logo mutuamente sorridente não-tenho-certeza-do-que-você-pensa-mas-eu-suspeito-que-sim-e-nego-tudo à sua bela funcionária na porta amarela do táxi, esperando para levá-la para casa com seu software de edição de roteiro, ele virou de costas, pegou o iPod e rapidamente girou o botão até achar "Blithering": *"You've reduced me to dithering, your coldness is withering, / This can't be what you want me to be."* Ela cantava o que Julian não podia dizer e ele sabia que isso era em grande parte uma coincidência, mas as coincidências tornaram-se tão absurdas que sua própria funcionária tentava seduzi-lo com uma canção na qual Cait observava outra mulher tentando seduzir seu sujeito notável.

Ele queria dizer tudo a Cait, mas, se conseguisse expressar-se com perfeição, soaria como uma das próprias músicas dela. Ele teria de enviar para ela um CD dela mesma. Melhor ainda, ela deveria ficar sozinha num quarto e simplesmente cantar para si mesma até entendê-lo.

15

No começo, Rachel julgava estar tomando uma decisão racional, mesmo que o momento da escolha flutuasse na visão dela apenas no alto de uma corrente de vingança e ódio. Ela decidiu: já que seu comportamento natural e inconsciente a fizera angustiada, ela conscientemente tentou ser como Julian em vez disso, agir como ele na esperança de provar um pouco da velha felicidade, para sair por aí como ele, ter prazer como ele, friamente, contente com pequenas doses e curtas exposições, uma diversão leve, estranhos em parques e bares, contatos visuais em trens do metrô, batendo papo e bebendo, indo para casa com ou sem eles, conforme o evento se desenrolasse. Uma *indiferença* charmosa — podemos mentir aqui, eu posso ir para casa, você pode comer ovos mexidos, mas eu *ficarei* feliz e não vou esperar por nada mais do que um pratinho de felicidade mexida.

Mas então, depois de deixá-lo, isto, com apenas um pouquinho de terapia, era o que ela percebia que estivera "de fato" pensando: ela tentava encontrar alguém para distraí-la da infinita alternância de fogo e bálsamo, pensando em Carlton, sentindo dor e depois uma alegria inadequada e depois dormência, e assim por diante.

Finalmente, meses depois, após ter bebido um pouco, deitada sozinha no apartamento, ela decidiu que realmente tentara aquele tempo todo, e fracassara, parar de ser ela *mesma*: a mulher que se casou, foi enganada, engravidou para consertar a situação, sentiu um sabor de felicidade e depois deixou o filho morrer. Ela tinha uma sede de esquecimento que cem corpos de homens não podiam saciar.

Ela se exauriu na fuga. A frase pulou na mente de Rachel da página de um livro bobo: *ela se exauriu na fuga*. A ideia era coberta de rebarbas. Ela diminuiu a velocidade para examiná-lo, virou as páginas, após não absorver mais nada desde então, virou as palavras para a luz, encaixou-as em si mesma. Na biografia, as palavras se referiam à esposa refugiada de um criminoso de guerra nazista, mas elas fincaram raízes em Rachel, espalharam esporos em toda parte. Viu a si mesma olhando pela janela de uma cozinha e observando videiras floridas e leitos de tulipas, coisas para podar e arranjar para a próxima temporada. Julian estava naquela casa, e fotos de Carlton, e o jardim, e isso era tudo o que ela conseguia ver.

Como ambas essas sensações podiam ser verdade: que ela visse um caminho para uma certa serenidade limitada e que ela tivesse duas vezes (talvez três vezes, dependendo de como você olhasse para certos atos) chegado muito perto de se matar, sem sequer pensar? Ela não estava "desesperada"; o desespero montara casa *nela* como um hospedeiro que chegou e foi embora segundo vontade própria, em vez das horas marcadas que a senhoria respeitosamente solicitava.

Ela podia se sentar sozinha no escuro com uma garrafa aberta de vinho e não chorar, olhando para a foto enorme na parede, iluminada pelas luzes da rua, uma foto sua muito mais jovem com um marido e um bebê com rostinho de veludo usando um boné de beisebol azul com as palavras CARA DURÃO na frente. Ela podia caminhar até seu quarto naquela noite fazendo planos para o dia seguinte, pensando ser bem possível encontrar uma pequena dose de felicidade no trabalho ou na leitura. E, ao mesmo tempo, podia continuar comendo pílulas para dormir, uma atrás da outra, até seu dedo traçar o resíduo empoeirado no fundo da garrafa de plástico marrom alaranjado, e ainda assim ela pensava em onde se esconderia a felicidade de amanhã: numa sobremesa extravagante, em atender um cliente com um brilhantismo surpreendente ou numa corrida no Prospect Park.

Explicar tudo para outra pessoa custava muito esforço, porque ela só sentia isso sozinha e não gostava de falar sobre como *usualmente* se sentia, mas não se sentia naquele momento. E explicar isso tudo para Aidan exigia ainda mais artifícios. Ela o havia convidado para jantar na ocasião daqueles sonhos desgastantes com Carlton, mas era improvável que sentisse algo significativo a respeito de Julian esta noite, quando se sentassem para uma refeição. E sinais claros eram certamente necessários para inspirar Aidan à ação, se é que havia algo que ele pudesse fazer.

Então ela fez uma representação de seu sofrimento para ele, sabendo que ele não conseguiria ler sutilezas. Não era emocionalmente daltônico, mas as cores mais vivas com certeza eram registradas com mais facilidade por ele. Onde outros rangeriam os dentes com tamanho melodrama, Aidan apenas percebia a mais leve infelicidade.

Rachel sabia da paixão dele por ela, e sabia, também, que ele se devotaria à felicidade dela e, até onde pudesse, ele a serviria sem pestanejar, e ela não tinha o menor pudor em tirar vantagem disso. As apostas eram altas demais. Ela parou para pensar se isso era cruel, mas a palavra não tinha relevância. Essa determinação teria sido propiciada por algum mecanismo dentro de seu cérebro que continuaria seguindo em frente, sem prestar atenção nesses detalhezinhos, protegendo-a demais para se preocupar com os "sentimentos de Aidan".

— Quem escreveu isto, Aidan? Você vai saber. — E ela recitou da lateral da caixa de chá hippie: "*A lua acredita que o amor ao redor do qual ela gira é uma estrela de grande magnitude, mas ela é somente um planeta pequeno e rochoso. E aquele planeta por sua vez orbita algum sol distante, que não se dá conta de seu admirador girando em sua própria ansiedade em revolver ao redor do centro brilhante. As rodas do universo brilham, energizadas pelo amor não correspondido e por vãs esperanças.*"

Obviamente, ele sabia a resposta antes mesmo de ela terminar, e ela via o esforço de Aidan em segurar a língua até o final, viu o afeto que a contenção implicava. Ele respondeu corretamente, e então perguntou:

— Você acredita nisso?

16

Julian decidira não dormir com a assistente porque um CD lhe recomendara que não o fizesse. Aquilo, obviamente, *significava alguma outra coisa*; sua breve terapia conseguira bem mais que isso. E assim começou uma sessão de degelo de casas de música, assim como ele havia passado por estações geladas de *revivals* de cinema alemão e temporadas quentes de eventos para levantar fundos e estações chuvosas de shows de moda. Disse a si mesmo que a experiência estranhamente afetuosa com Cait O'Dwyer significava que ele tinha uma fome, não da cantora, mas, como seu pai sempre tivera, por música ao vivo e, que maravilha, era um privilégio viver nesta cidade de som.

As lembranças mais fortes de seus pais juntos eram as noites em que ele ficava sob os cuidados de Aidan quando eles, vestidos como astros do cinema — sua mãe com uma violeta nas peles, a perna da calça reluzente de seu pai pregada na coxa —, diziam que iam "sair para ouvir um pouco de música". Isso era em 1969 ou 1970, então eles deviam fazer programas bem fora de moda, assistir a shows bem fora de moda; certamente não iam a Woodstock ou Haight-Ashbury em peles e ternos. Julian, com 5 anos de idade, adormecia imaginando os dois ainda mais recuados no tempo, em filmes ou programas de TV a que assistira, começando a cochilar enquanto eles aplaudiam em casas noturnas com palmeiras na entrada, fumavam com homens de smoking enquanto gângsteres empurravam jovens cantoras para as luzes da ribalta.

Há anos Julian não ia a uma casa noturna, com exceção da Rat. Agora ele procurava nomes famosos e igualmente desconhecidos, embora as cantoras fossem sempre mulheres. Ele arrastava Aidan para ver bandas irlandesas tradicionais tocando em pubs celtas, um sacrifício para o irmão mais velho, considerando-se os sentimentos de Aidan a respeito de música e sua política de jamais usar banheiros públicos. Uma adorável mulher ruiva de olhos verdes cantava lindamente, tocava bem o violino, contava piadas entre canções e apresentou os parceiros de banda com provocações gentis, e a galera do pub a adorou, e Julian a achou interessante e não voltou mais a pensar nela no instante em que seu pé tocou a calçada.

Durante os últimos estertores do inverno, ele estudou a presença de palco de harpias ululantes de escalpos arrepiados, agarrando pênis fantasmas, duendes javanesas com mãos expressivas e rostos inexpressivos, cantoras *folk* de protesto do Alabama tão terrivelmente decepcionadas, rainhas do *soul* iluminadas por trás para exibir silhuetas de talos de brócolis, uma cantora pop dos anos 1950 desfrutando de um *revival* muito breve e irônico no cabaré da cobertura giratória de um arranha-céu (uma performance destruída por Aidan como "a cantilena ensalivada da anciã da dentadura postiça"), divas do jazz de vestido longo cantando burocraticamente na frente de cirurgiões divorciados que namoravam enfermeiras e tomavam bebidas com o triplo do preço normal, desconfortáveis por vestirem algo diferente de uniforme de hospital.

Nenhuma delas cantou para ele nem mesmo quando olhou bem em sua direção, e ele continuou com fome da voz de Cait. Saiu do chuveiro, e o sangue voltou a encontrar sua prioridade ao som da voz dela. Ela cantou para ele no trem, e ele desejou que seu pai pudesse tê-la ouvido cantar ou, melhor ainda, ter ido com ele a um show.

— O negócio é o seguinte, Cannonball: se você algum dia tiver sorte o bastante para ver um dos verdadeiramente grandes tocar, não saia pela porta em que esse mesmo homem entrou.

O pai de Julian e Aidan ganhou a vida projetando, construindo e instalando infláveis. Não os glamorosos da parada de Ação de Graças da Macy's, o auge de uma indústria pequena e de baixa margem de lucro.

Em vez disso, Will Donahue alugava castelos pula-pula para festinhas de criança e inflava ratos de sete metros de altura para sindicatos piqueteiros na entrada de construções de prédios perigosos. Ele supervisionava a fabricação de brinquedos para circos e lojas de brinquedos de museus. (Ele também podia, chamando a si mesmo de "zoólogo pneumático", montar para as festas de aniversário dos meninos uma linha impressionante de balões de bichos, incluindo águias-calvas, suricatos, piranhas, águas-vivas e plânctons ampliados.) Ele criou peças sob medida para festas de negócios e hotéis: jatos infláveis em miniatura, barras de chocolate gigantes infláveis, componentes de mísseis nucleares infláveis em tamanho natural reconhecíveis somente para os engenheiros presentes às festas. Ele também fabricava — uma parte lucrativa porém pequena do negócio — "infláveis para conforto pessoal", disponíveis apenas por envio pelo correio: *Ar-doráveis*, *Vênus flutuante*, *Tess sem peso*, *Bomba na pomba* e *Noites silenciosas*, este último num pacote com a letra impressa da música do Elvis Presley: "*A little less conversation, a little more action.*" Esse elemento do negócio nunca entrou em casa, onde as crianças examinavam felizes da vida os desenhos de seu pai das renas infláveis. Mas as dúvidas de Aidan a respeito do pai começaram quando ele visitou os escritórios esquálidos, encontrou um Ar-dorável e voltou para casa convencido de que o pai estava fazendo mães nuas infláveis. Literalmente:

— Elas são iguaizinhas a ela — ele insistiu para Julian, então com 9 anos. — Você não lembra dela, mas eu lembro.

-— Eu lembro *sim*.

Julian voltou ao seu apartamento de uma noite sozinho ouvindo uma cantora do Mali para encontrar Aidan assistindo a uma reprise de *Jeopardy!* Julian, é claro, não tinha permissão de falar até o fim do programa, e Aidan ampliara o próprio placar (vencedor).

— Eu pensei esta noite naquela história que papai me contou sobre o hospital em Tóquio — disse Julian, trazendo cerveja e batatas fritas para a sala. — Ele se recuperava, mas ainda sentia pena de si mesmo, e...

— Isso era o que ele dizia — Aidan afirmou com escárnio. — Era um clássico dos métodos dele. Quanto mais pudesse se culpar por autopiedade, menos tolerável era para qualquer outra pessoa se sentir mal. Quanto mais covardemente ele se descrevesse, mais corajoso ele era. Um dia criei coragem e chamei a atenção dele, e depois disso nunca mais precisei ouvir nenhuma daquelas histórias de guerra. Libertei-me do catecismo de sua coragem.

Então Julian guardou a história para si mesmo. O pai estava no hospital olhando para a perna e chorando quando entraram com um sujeito no quarto, ainda inconsciente após a cirurgia, e o estacionaram a poucos metros dele. Will estudou o meio braço do sujeito antes que ele acordasse. Sentiu-se bem olhando para outra pessoa só com um toco, pensando se ter só um braço era pior do que ter apenas uma perna.

— Então, o sujeito acorda, Jules, e ele é um sujeito enorme, um fuzileiro, e ele abre os olhos e olha para o braço, cortado logo acima do cotovelo, e aí olha para mim e diz: "Puxa, lá se foi a minha vida sexual". Eu ri com tanta força, Julian, que quase me senti bem. Eu não queria ficar para trás ali, então respondi, apontando para minha perna: "Vou ter que chutar com a esquerda agora ou os Packers vão me pôr para fora". Nunca fiquei tão orgulhoso de mim mesmo.

Aidan começou a falar, parou, começou mais uma vez com uma voz mais gentil, mas suavizar exigiu esforço:

— Não penso muito nele, Cannonball. Você e ele tiveram uma experiência *muito* diferente, você sabe — ele disse, ficando mais animado. — Graças aos primeiros esforços dele de como ser pai. Você era muito mais ao gosto dele em todos os sentidos. Ele me achava, ahn, um enigma, e ele não gostava de solucionar enigmas. Ele algum dia lhe deu este conselho? "Nós entramos neste mundo sozinhos e gritando, filho. Nós deixamos o mundo sozinhos, talvez gritando novamente, e de preferência ainda com algumas das faculdades mentais intactas. Entre um momento e outro você decide com quem casar, a quem obedecer, com quem investir, a quem odiar, tudo por conta própria. Boa sorte para você." Ouvi muito isso quando criança.

Ao longo dos anos, o pai deles colecionou piadas de amputados ("E o cientista italiano disse: 'o sapo sem patas é surdo!'.") Isso provava que ele era corajoso e gentil, determinado a fazer os outros se sentirem à vontade (a posição de Julian) ou que agredia os outros com um falso estoicismo, negando a qualquer pessoa próxima a ele o direito de sentir dor por qualquer desgraça menor do que perder uma perna (a posição de Aidan).

As duas imagens dele não tinham como se fundir.

— Quantas mulheres você acha que ele teve, sendo ao mesmo tempo bravo e uma atração de circo dos horrores? — perguntou Aidan.

Este era outro dos submistérios não solucionados e insolucionáveis do pai deles: Julian e Aidan foram criados por dois diferentes veteranos da guerra da Coreia de uma perna só, distribuidores de castelos e ratos infláveis e idólatras de Billie Holiday. Isso aconteceu, em parte, porque Aidan tinha 16 anos quando a mãe deles morreu; Julian, 6. Julian fora criado por um viúvo angustiado, que nunca mais tocara em outra mulher depois que seu verdadeiro amor morreu, à exceção de um único jantar romântico, do qual voltou cedo e sobre o qual comentou com o filho de 13 anos:

— Você nunca sabe quando está *prestes* a estar velho demais para algumas situações. Você só sabe quando subitamente *está* velho demais. (Assim como Julian sabia que estava velho demais para ficar obcecado por cantoras pop.)

Aidan, entretanto, afirmava ter sido criado por um sátiro unípede e sem coração, que vivia pulando atrás de um rabo de saia, cujo pênis supercompensava a perna, e que aproveitava uma viuvez marcada por uma "glutonia carnal", a mesma acusação de Aidan a Julian em seus anos mais soltos, e ainda feita muito depois que Julian, mais ou menos monástico, havia virado a página, ou sido virado por uma e quase esmagado por ela.

A única evidência para Julian de apoio à teoria de Aidan era o efeito inegável de seu pai nas próprias namoradinhas de Julian.

— O que aconteceu com a perna do seu pai? — uma garota de 14 anos perguntou a Julian, quando estavam sentados na cozinha, o trabalho da escola aberto diante deles e ignorado solenemente.

— Ele a perdeu na Coreia.

— Errado — Will gritou da sala ao lado. — Eu não a perdi. Sei exatamente onde a deixei.

A garota riu, não de nervoso, não de embaraço porque a pergunta fora ouvida. Julian sentiu algo que não sabia denominar, mas que o fez se sentir zangado com seu pai por alguns dias.

— Sr. Donahue, posso lhe fazer uma pergunta? Uma pergunta pessoal? — uma namorada de 16 anos perguntou diretamente, mais tarde. Ela sempre olhara estranhamente para seu pai, e Julian supunha ser o mesmo olhar de incontáveis amigos homens, o olhar fugidio para as deficiências do homem ferido.

— Prossiga, minha jovem — ele entoou. — Estou preparado para quaisquer investigações.

— Qual é a sensação? Onde a perna ficava?

— Liz — protestou Julian, sentindo que ela não perguntava do mesmo jeito que garotos perguntavam.

— Tudo bem, Cannonball — o pai sorriu para ele. — Ele me protege muito, Lizzie. Eu vou lhe mostrar como é a sensação. — Ele se levantou da cadeira e fez um gesto para que ela se aproximasse. Ela não hesitou, se levantou do sofá, deixando Julian para trás sem olhar. "Autumn in New York" tocava no estéreo, e Julian nunca mais poderia ouvir aquela versão póstuma de Holiday, no seu iPod nem em nenhum outro lugar, sem sentir um eco de certeza doentia de que o pai estava para fazer a namorada de Julian tocar a obscena extremidade repuxada de seu quadril.

Liz caminhou na direção do homem como uma voluntária em uma apresentação de hipnose, ficou parada na frente dele e estremeceu, de costas para Julian, que não mexeu suas duas pernas.

— Certo — disse Will. — Fique aí e feche os olhos.

— Pai.

— Ela vai ficar bem, tigrão.

Ele tirou os óculos de leitura do bolso da camisa e os colocou gentilmente sobre a cabeça da namorada do filho, no alto de seus cabelos. Podia-se ouvi-la prendendo o ar à sensação dos óculos se alinhando, embora os dedos do velho em momento algum a tocassem.

— São só meus óculos de leitura. Agora conte até trinta.

Liz obedeceu, murmurando lentamente os números, bem devagar, enquanto Julian permanecia ali sentado, sentado, sentado.

— Pai.

— Quer ficar calmo, J.?

Quando ela chegou a 25, o pai dele, sem que ela percebesse, com muita suavidade, retirou os óculos e tornou a colocá-los no bolso. Aos trinta, ela manteve os olhos fechados, escrupulosamente obediente, e então ele mandou que ela os abrisse, e pediu-lhe que tirasse os óculos. Ela estendeu a mão para pegá-los, surpresa por encontrar apenas cabelos.

— Pronto — ele disse. — É essa a sensação.

Disse uma garota posterior, 18 anos agora, beijando Julian na cadeira alta do salva-vidas na praia à meia-noite, a tinta branca descascando debaixo das unhas dela, o gosto doce e cítrico da sua pele, a escuridão do lago sob as constelações do verão:

— Ele é muito distinto. — Julian não se surpreendia mais com esse tipo de comentário. — Como é o aspecto? — Ele sabia que ela falava do Cabo da Desesperança. — É macio? Ou parece uma ferida? — Uma sensação fria, com certeza, essa de sentir ciúme da amputação de seu pai enquanto uma garota popular mastigava-lhe o lóbulo da orelha.

— Sabe quando você usa óculos de sol na sua testa? — Julian sussurrou. Palavras de sedução mais estranhas já devem ter sido ditas um dia por alguém; estatisticamente, ele não tinha muita chance de ser o caso mais radical de nada na História. Julian alcançou a fronteira norte do cetim branco do sutiã e ultrapassou-a para terras estrangeiras, levando consigo a documentação de seu pai.

— Você lembra do dia do enterro de Pamela? — Aidan perguntou, na terceira excursão à geladeira de Julian por *prosciutto* e queijo.

— Não exatamente.

— Sim ou não, Cannonball. Sim ou não.

— Vou ficar com o "não exatamente", obrigado.

— Bem, a minha resposta é um claro "sim", e o mais claro ainda é que você foi abandonado na sala de estar enquanto papai fingia ser corajoso para algum parente ou parceiro comercial, e você olhava pela janela, fingindo comer biscoitos. "Humm, que biscoitos bons", você não parava de repetir, enfiando biscoitos imaginários na boca e as lágrimas rolando pelo rosto. Eu fui buscar o papai e ele viu você fazer isso por um tempo sem interrompê-lo, e depois deixou você sozinho.

— Melhor não incomodá-lo, Aid, ele disse, e isso realmente me impressionou, como ele estava disposto a deixar o filho sofrer sozinho. Um menino de 6 anos.

— Eu tinha 7.

— Não, você ainda tinha 6. Faça os cálculos: abril vem antes de julho.

Julian se lembrava de uma touca de veludo azul-escura, cobrindo uma cabeça sem cabelos e olhos sem sobrancelhas.

— Você acha mesmo que ele saía por aí pulando a cerca? Quando ela era viva?

Aidan ignorou a pergunta.

— Eu penso em você e nos biscoitos, e olho para você agora, e é como se você praticamente não tivesse mudado. Eu culpo a mim mesmo. Devia ter feito papai falar com você, ou ter feito isso eu mesmo, mas ele me forçou a deixá-lo sozinho para seu próprio bem. Eu não vou cometer esse erro novamente.

— Estou comovido.

— Não está, mas deveria. — Aidan terminou uma cerveja e abriu outra. — Então me faça um favor, sim? Eu sei que você tem uma nova

Bolena em vista, mas há alguém que quero que encontre. Não vou chamar sua atenção. Só estou pedindo que me faça esse favor. Encontre uma amiga minha para um drinque. Mente aberta.

— Como você sabe que ela tem a ver comigo? Talvez ela seja a pessoa certa para você.

— Não vamos começar a falar de mim agora. Eu sei o que é certo para mim.

— Pensar em você arrumando um encontro para mim... é como se eu tivesse ingerido alguma erva alucinógena muito potente. — Mas Julian concordou com o encontro às escuras desajeitado porque se sentia pronto para *algo*, e talvez *esse* fosse o abre-aspas-fecha-aspas verdadeiro sentido da experiência com Cait O'Dwyer. Concordou porque ultimamente pensava muito na velhice solitária de seu pai e se estava destinado a repeti-lo, ou se já a havia começado. Na verdade, vinha pensando nos últimos tempos que estar sozinho para sempre seria a medida certa a tomar. Concordou porque Aidan pediu com educação, e porque, no mínimo, seria uma distração. Então, a fantasia de que, de algum modo, Aidan soubesse tudo e quisesse apresentá-lo a Cait O'Dwyer o incomodou, e Julian quase cancelou o encontro porque *não era* assim que ele queria que se conhecessem, antes de reentrar a órbita da terra e se preparar para assassinar uma inocente hora de crepúsculo com uma indizível rainha de jogos de trívia.

17

Julian a tinha visto em trabalho de parto, toda arreganhada e com incontinência, e no leito de morte de Carlton, trêmula e cheia de muco, então forçar um encontro era um pouco sem sentido, até abertamente desonesto. Como um comercial. Mesmo assim, ela hesitou: lentes de contato ou óculos?, cabelo para cima ou para baixo?, saia ou calças?, algo que ele tivesse comprado ou algo que ele nunca tivesse visto?

Ela caminhou e pesou o quanto ele confessaria, se desculparia e pediria pelo futuro. Ela passou pelo hospital, atendentes fumavam e conversavam na calçada, apesar das macas cheias, e ela sentiu o peito cheio de gratidão por Aidan, seu gênio caseiro produtivo, capaz de lhe entregar seu irmão e suas esperanças.

Só esperanças, apenas isso. Na melhor das circunstâncias, havia quilômetros de desculpas a pedir, vastos abismos de estranhamento a preencher, florestas de expectativas a limpar, memórias pelas quais abrir caminho, a menos que ele viesse pronto, como ela, não para começar de novo, mas apenas para *estar* de novo, para continuar seguindo, pronto para aceitar que, no tardar da hora, aquilo era melhor do que qualquer outra coisa em oferta.

Ele já estava lá, em uma mesa atrás do vidro, em um espaço neutro sem nenhuma lembrança própria, e assim, observando-o do outro lado da rua, ela acariciou mais uma pequena pluma de esperança: na pior das hipóteses, ele queria pelo menos vê-la e conversar, ainda que só para exigir, finalmente, um divórcio. Ela podia até ter voltado a ler o mundo corretamente, não mais louca de tristeza ou zonza de tantos

passos errados: ele *estava* ali, e ela estava mais feliz por vê-lo, apenas disposto a conversar, do que jamais estivera caminhando na direção de estranhos a esperá-la com flores brilhantes e sorrisos aromáticos.
— Oi.
— Rachel? — Ela percebeu a surpresa dele, e suas esperanças sucateadas para sobreviver por mais um segundo: ele mostrou-se surpreso ao ver como ela estava bem, como a visão dela o atingia com força, e o quanto ele agora percebia sentir a sua falta. — Você é a "amiga" de Aidan? — ele perguntou, com aquela pequena risada de irritação sendo processada e tolerada. — Não é lá exatamente um encontro às escuras.

O maravilhamento com a própria estupidez a fez parar de respirar até conseguir encontrar um "Ah, Aidan" que não comprometesse.

— Eu não tinha mesmo disposição para isso. — Pediu para que ela se sentasse. De algum modo, o café chegou.

— Bem — ela admitiu. — Pelo menos *eu* não estava em um encontro às escuras. — Então mentiu: — Ele me disse que você queria conversar.

— Ele é gozado.

— Ele é muito solitário, você sabe disso.

— Confie em mim. Aidan não o faria de outro modo.

— Claro que faria. Não seja mau. Eu não ajudei muito, na verdade.

— Eu sei que ajudou — ele disse apressado, como se buscasse elogios há muito atrasados. — Muito obrigado.

— Eu não fiz isso por você — ela retrucou, e podia ter cortado a própria língua com a colherzinha de café. — Desculpe.

Um dia, sob condições muito específicas, ela desenvolvera a habilidade de mentir para ele, mas as válvulas enferrujaram e travaram, e quando ela respondeu com um "Eu andei bem, e você?" esfarrapado, ele olhou para ela com uma descrença gentil mas sem simpatia para contrabalançar, e ela sentiu todas as suas opções se fechando como ratoeiras.

O homem sozinho na mesa ao lado da deles falava baixinho ao celular, mas, curvando-se contra a cadeira, olhos fechados, a mão livre pressionando as têmporas, pôde-se ouvir:

— Sim, estou no portão agora. — Aliviados com a virada de eventos fora de si mesmos, Rachel e Julian arregalaram os olhos um para o outro. — Meu voo parte em vinte minutos, então vou estar lá em... isso... não espere. Eu também. — Fechou o telefone e levou as mãos aos olhos.

— Você já fez uma dessas comigo? — sussurrou Julian.

— Não me lembro. E você?

— Já, eu devia te dizer, eu não estava mesmo naquele lançamento espacial.

— Ótimo. Aidan diz que você anda ocupado.

— Humm. É. É bom. Tem muito dinheiro envolvido, se é isso o que você quer saber.

Ao que, como se ela fosse uma boneca falante quebrada com sua cordinha das costas puxada pela metade, ela disse algo que tinha a intenção de dizer depois: — Nós fizemos um bebê lindo um dia — e depois olhou para o leite no bulezinho de metal, a tampa fora do centro, a alça frouxa e seu acabamento de estanho, e se sentiu tão mal com ele quanto sozinha.

— O sistema imunológico não é muito bom — ele disse, de modo não deselegante, mas com um falso dar de ombros desinteressado, recusando-se a entrar nesse assunto.

Rachel podia senti-lo lutando para fugir dela, como se ela estivesse pendendo das cordas de seu balão de ar quente para um homem só, cuidadosamente preparado. Ela vivera sem ele e não morrera. Ela tinha amigos, opções, um ouvido para bons conselhos. Mas não era uma fantasista para crer que a vida poderia ser melhor quando remontada a partir de formas familiares danificadas, em vez de eternamente desperdiçadas à procura de algo novo. Não havia mais condição de restauração da fábrica; só como reduzir a decomposição. Mesmo assim, ela não conseguia pensar em nada a dizer que não fosse muito, muito cedo, lamento muito, e por isso ela disse:

— Aidan está marcando encontros para *você*?

— Ele se recusa a discutir sua vida amorosa comigo há quase três décadas.

— Só porque é intimidado por você. Ele inveja você.
— Eu sei dizer quando você está mentindo, sabia?
— Desculpe. — Ele sabia mesmo. — Não foi assim tão ruim — ela disse.
— Não, eu sei. Eu sei. — Ele olhou para o café. — Eu amava muita coisa. Por muito tempo. Ainda amo.
— Você precisa saber que o final não foi por sua causa. Eu estava muito infeliz com outros fatos, com tudo.
— E aquilo nunca mais vai acontecer?
— Você acreditaria se eu dissesse que sim?
— Provavelmente não. — Eles riram.
— Quer ouvir assim mesmo?
— Está bom, obrigado.

Ela não teve a intenção de dizer nada sobre tentar novamente, só queria vê-lo, e que ele a visse, que ele tivesse alguns minutos sendo metade *deles*, apenas um lembrete para mostrar que eles poderiam ser calmos, talvez até mesmo calorosos. Isso seria o bastante por hoje. Mas ela podia sentir sua resistência enquanto ele olhava pela janela, desejando estar longe dela e deles. Quando ele voltou a olhar para ela, perguntou como ia o trabalho, parcelando o charme que fluía sem esforço sempre que precisava acessá-lo, mas isso era tão bobo quanto ela em casa escolhendo roupas para ele, depois de ele já ter visto todos os seus horrores íntimos. Ele sempre tivera esse poder de desvanecer, de apresentar cada vez menos de si mesmo, substituindo-se por painéis planos e finos de humor chique, fofocas, preocupações profissionais. Somente agora ela se lembrava de como costumava achar isso irritante. Tirara tudo da cabeça naqueles meses de morte. Ela começava a zangar-se com ele, embora ele não tivesse dito ou falado nada, quando *ela o* havia emboscado. Zangada *agora*, quando esperara rearranjar sua angústia e solidão ao redor da presença dele.

— Não, pare. Não estou aqui para conversar bobagem. Mas também não estou aqui para implorar. Só estou conversando. Podemos preencher a documentação do divórcio se você quiser. Não vou ficar no seu caminho.

— Se *eu* quiser? Eu não... Eu não sei por quê. Se *você* quiser, podemos É por isso que queria me encontrar?

— Eu podia ter feito isso por telefone.

— Então o que você *quer*? Posso perguntar? Para que foram todos os outros, se não foi para me mostrar o quanto eu era inútil?

Ela sentiu um pouco de alívio por isso: ele tinha perguntas que também fazia a si mesma, polidas e formuladas da mesma maneira, ensaiadas durante incontáveis confrontos imaginários.

— Você não vai acreditar em mim. Muitas vezes eu tentava me sentir útil, como, eu acho, você também. Normalmente eles eram tristes, e eu me sentia melhor quando os animava.

— Então foi um surto de altruísmo. Não era putaria, era filantropia.

— Não de todo. — Ela concordou com ele, disposta a demonstrar remorso se o ego dele assim o exigisse, para que eles pudessem seguir em frente e contar as perdas. — Confesso os mesmos pecados que todo mundo. Como você deveria fazer. Mas não consegui, sério. Eu odiava todo mundo. Culpava os estranhos por não saber o que tinha de fazer para trazê-lo de volta, para nos trazer de volta. Para consertar você. — Mas depois de se permitir essa faísca de foco por um momento, um relance, Julian perdia a atenção novamente; não houve tempo para ver se ela tinha razão. Uma criança sem sexo definido num andador bateu a colher de plástico contra seu próprio rosto, jogou a colher no chão com um borrifo de purê de maçã e começou a chorar.

— *Disso* eu não sinto saudades — ele tentou.

Rachel disse:

— Comigo aconteceu a coisa mais estranha outro dia. Será que já aconteceu com você? Uma completa estranha me disse no mercado, quando eu estava olhando para o *cream cheese*, e eu não creio que estivesse pensando em algo diferente a não ser no *cream cheese*, não nele, e ela perguntou: "Você está bem?", uma estranha. "Tudo vai ficar bem", uma outra senhora me falou na rua. Também veem isso em você? Se sou só eu, então talvez eu esteja me enganando de todas as maneiras.

— Não sei. As pessoas ainda sentem pena de mim de vez em quando. Mas eu tento, de verdade, tento mesmo, muito; não quero isso mais. Quero me livrar de tudo.

— Você está maluco? É claro que você quer se livrar disso: você é *humano*. — Ele subitamente pareceu que ia desabar. Ela devia ter calado a boca ali mesmo: já o tinha apanhado. — Você pensa que eu estou dizendo que gosto de ser assim? Que eu gosto de ser a babaca mais chata do planeta? Mas, Julian, está no *sangue* agora. É uma condição permanente. Não somos mais como todo mundo. Estamos para sempre fora do clube deles. Você realmente pensou que ia superar? Você não pensou, pensou?

— Não, é claro que não, mas não existe um caminho do meio... — ele parou de falar, esperou como se ela tivesse uma resposta, e ela esperou como se ele ainda pudesse pensar no que faltava dizer.

— Se você descobrir — ela disse — me diga, ok? Porque eu não posso descobrir isso sozinha. — O rosto dele voltou a se fechar, e ele não ia dizer nada, e ela devia passar para assuntos mais leves, supôs, mas estava chorando. — Desculpe. — Procurou um lenço de papel na bolsa. Ela se levantou; ele não. Ela esperou mais um segundo, e depois saiu correndo para o vento e o sol e levou uma mão enluvada ao olho, mas tirou a lente de contato na lágrima flutuante e no vento e, meio cega, saiu caminhando e às vezes voltava a seu apartamento, selecionando memórias fragmentadas do rosto dele e da conversa, **para guardar e arquivar qualquer prova de que ela não estava sozinha naquilo.**

PRIMAVERA

And I keep hoping you are the same as me.
And I'll send you letters...

The Sundays, "My Finest Hour"

1

A primavera chegou tarde, mas algum aniversário de criança não, e os balões amarrados à cerca do parque enrugavam no ar frio, um buquê de podas coloridas sobre as bordas manchadas de azul-picolé e o barulho dos malabares que um palhaço tremendo de frio deixou cair. Na calçada, olhando através da cerca, estava um homem, que nenhuma das crianças conhecia, embora ele achasse que os pais deveriam conhecê-lo.

Assim como um ministro arrogante forçado por uma revolução a se exilar num país distante onde ele só consegue empregar-se como motorista de táxi, e que parte do princípio de que todos os passageiros o desprezam tão completamente quanto ele teria desprezado taxistas imigrantes em sua terra natal quando era um homem poderoso, o mesmo acontecia agora com o ex-cantor da banda Reflex.

A Reflex emplacara uma canção na trilha sonora de um filme em 1991, o auge de uma carreira de doze anos como uma banda com sucesso *underground* e universitário, mas nunca o estrelato das arenas. O filme e a canção-título, "Sugar Girl", foram ambos *hits* moderados (o maior da banda, de longe), mas não os "promoveram para o próximo nível", como os empresários viviam prometendo. Então uma criança nasceu, e o baterista se aposentou para virar professor de escola de música. Outra criança nasceu, lançando o baixista numa sinecura na empresa de material para restaurantes do pai. Mais uma criança nasceu, e o tecladista-compositor — musicalmente essencial para a banda mas tão gordo e feio que sempre tocava bem lá atrás e era cortado na edição dos vídeos — se aposentou para compor trilhas para o teatro local. Bebês passeavam ao longo de Venice Beach nos bebês-conforto de seus pais — usados ironicamente, customizados com couro preto, logos de bandas e tachinhas de metal —, e a banda Reflex acabou.

Logo após a conspiração neonatal para destruir sua carreira e desestabilizar sua vida, Alec Stamford, o guitarrista e cantor principal, certo de onde o apelo de banda sempre estivera, se mudara para Nova York e lançara um álbum solo, *Still Standing*, produzido a grande custo por um *hit maker* ganhador do Grammy que não falhava nunca, mas ninguém é perfeito. O álbum ainda pode ser encontrado em cestinhas de US$ 0,75 nas portas de bodegas do Brooklyn, sua finíssima lombada lutando para chamar a atenção.

Stamford vivia de um cheque ou outro da Ascap* — que engordaram por um breve período quando o filme *Sugar Girl* evoluiu para o DVD e depois, mais uma vez, quando a canção "Sugar Girl" foi regravada por uma cantora com uma nova letra para um comercial para Sugar Swirl Donuts. Stamford regravou "Ten Minutes to Midnight" para um comercial do Chevy Syncope. Os caras da publicidade poderiam usar a gravação do álbum original, mas isso exigiria de Stamford dividir o cachê do licenciamento com a gravadora. Em vez disso, regravando a canção para duplicar o original com o máximo de semelhança possível, com músicos de estúdio pagos por hora no lugar dos velhos parceiros de banda, ele podia comer o bolo todo, e não só uma fatia. O preço era a perda definitiva da crença de que uma grande performance da música pop nunca seria duplicada, algo da unicidade de um floco de neve impossível de ser aprisionado por trás das barras da burocracia. A versão comercial de "Ten Minutes to Midnight" fez com que a gravadora original processasse Stamford e a Chevrolet, só abandonando o processo após ambas as versões serem comparadas e consideradas diferentes por uma equipe de técnicos de áudio indicados pelo tribunal.

---

*American Society of Composers, Authors and Publishers. (*N. do T.*)

Esforços subsequentes para escrever música pop o frustraram. Velho e lento demais para surfar a crista da onda da moda musical, sem confiança suficiente para ignorá-las, nunca seguro se "avançava", imitava ou parodiava a si mesmo, ele finalmente desistiu e, como autopunição, ia a casas noturnas para ver novas bandas, depois as procurava no Google após os shows, e então, inevitavelmente, procurava a si mesmo também no Google.

Suas raras aparições em revistas para celebridades, como um eco tênue do *big bang* que mal se conseguia perceber nas fronteiras distantes do universo, o aqueciam por semanas. Seu apetite, como o de um ex-gordo, o acostumara lentamente ao alimento menos garantido da fama escassa, mas nunca parava de atormentá-lo. Lembrando a si mesmo de que a maioria das pessoas sobrevivia sem nenhuma fama, ele tentava se comportar como elas, como se fosse apenas um motorista de táxi afinal, e não o ex-primeiro-ministro da República de Reflex.

Como uma pessoa sem fama reagiria?, se perguntava em momentos de grande autopercepção e espiava os rostos de pessoas que falavam com ele com a atenção de um garçom imigrante ilegal desesperado para entender um pedido feito em voz baixa. A impressão resultante era irregular, como se tivesse aprendido conversação simples como um autodidata diligente mas não supercompetente, lutando para se manter acordado enquanto estudava à luz de velas um livro com gravuras antigas: *Demonstrando interesse, Colocando o outro em primeiro lugar, Desculpas rápidas agradam ambas as partes.*

As excentricidades reunidas de Stamford, que dependiam necessariamente de orçamento, compensavam a fama perdida e o marcavam como uma pessoa de interesse, evidência de que a fama ainda permanecia dormente nele. Ele usava um *pincenê*, por exemplo, ajustado para ler letras pequenas, e braceletes para combinar com as roupas, mas de plástico, estilosos apenas pelas causas que defendiam, tão aleatoriamente destacados no espectro político quanto pelas cores: ele era contra o câncer de testículos (amarelo) mas a favor dos assentamentos israelenses na Cisjordânia (laranja). Os cabelos, uma juba fluida, exigiam vários emolientes, de marcas às quais ele era fiel como um homem da tribo dos Pashtun, mas cortava o cabelo na barbearia *uzbek* da esquina, exigindo os números exatos das máquinas e criticando a técnica do corte.

Na sua antiga terra, um astro do rock fracassado ou em declínio seria queimado na fogueira do mais ideologicamente puro desdém, nada pessoal. Que Alec tivesse se tornado a criatura que sua juventude exigia que ele detestasse não lhe deixava nenhuma boa opção. Descartar o próprio passado como uma intolerância jovem teria sido algo intragável, até mesmo autodestrutivo; o passado era a sua melhor parte. A necessidade de recuperar seu antigo *status* significava aceitar seus padrões mais jovens. O sucesso renovado lhe conquistaria a absolvição, de todos, de si mesmo. Nesse meio-tempo, ele via seu reflexo nos olhos dos outros e recuava assustado.

Depois do fracasso da carreira solo, a redescoberta desesperada de seu talento como pintor ofereceu um caminho do meio entre o anonimato medíocre e a ambição musical que já não lhe cabia bem. Quando pintava, sentia que *devia* ser um artista, não meramente um produto com data de validade vencida do complexo musical industrial. Ele vendia uma obra, e os críticos a discutiam, e então a Reflex era retroativamente reelencada como uma encarnação anterior de uma força criativa incansável na que fora apenas a primeira de muitas mídias. As legítimas habilidades e a reputação foram suficientes para lhe conquistar uma representação em galerias nova-iorquinas de segundo escalão, então a carreira anterior também lançava sua luz autêntica adiante; agora ele devia ser um artista de verdade, já que antes fora um músico de sucesso. O tédio dos críticos de arte era melhor do que engolir a gororoba indigerível da indiferença global. Ele visualizava uma obra sobre o World Trade Center que dissesse algo doloroso porém verdadeiro.

As exposições apoiavam seu senso de existir separadamente de outras pessoas ou até mesmo de objetos inanimados. (Um dia, pouco depois do fracasso sibilante de *Still Standing*, ele teve a impressão, que durou quase um minuto inteiro e voltaria ao longo de semanas a fio, de que a caixa de CDs não vendidos no chão do seu loft em TriBeCa eram *ele*, não metaforicamente, mas de verdade.) Quando confiante em sua realidade, permitia que seu estudo das formas arcaicas de interação humana (amizade, a ideia de outras pessoas com as próprias vidas internas) fosse deixado de lado, e ele se libertava de alianças com civis forjadas durante os períodos de fome da fama. Então, em períodos breves de autoestima baixa, ele restabelecia esses laços, de modo envergonhado, mas não sem um charme verdadeiro. Ele voltava a se tornar um paladino da falsa imodéstia, gabando-se por ser "uma figura adorada da área do entretenimento, você sabe", com um tom de voz que transmitia a aceitação sorridente de que ele não era mais aquilo, e que tal humilde garantia, ele esperava, faria as pessoas saberem que ele se divertia com seu destino, e que tinha confiança de estar sofrendo meramente um apagão temporário.

Alec Stamford encontrou Cait O'Dwyer duas vezes. A primeira ocasião foi numa festa de lançamento de um CD para outra banda da gravadora dela, um evento onde ela era ao mesmo tempo proclamada a próxima grande estrela e tratada como uma mera aspirante. Alec a observou e, nervoso pela possibilidade de ela se lembrar do primeiro contato deles, foi levado a ela com certa pompa pelo chefe anglófilo da assessoria de imprensa:

— Cait, tenho aqui uma grande e velha figura do nosso jogo que você faria muito bem em imitar.

Quando ela disse: — Ah, que prazer em conhecê-lo. Eu gosto da Reflex — a tática mais inteligente seria dizer: "Obrigado", em vez de lembrá-la de que ele a vira cantar dois meses antes, depois se aproximado dela no bar e prestado seus elogios, e tinha até dito: "Eu cantava numa banda chamada Reflex, mas isso é provavelmente algo muito antig...", no instante em que ela já virava a cabeça para aceitar elogios de outro admirador, e Alec ficara ali alguns momentos a mais antes de ver como ele era patético e fugira para outro bar na esquina, onde encheu a cara e beliscou a própria palma da mão até criar uma bolha de sangue para se impedir de tocar uma das duas canções da Reflex na *jukebox*, embora essa fosse uma das razões pelas quais ele adorava aquele bar; ficava por ali e esperava para ver se mais alguém colocava uma delas e examinava os rostos das pessoas enquanto a música tocava.

Mas aquele segundo e mais adequado encontro, na festa da Pulpy Lemonhead Record para a banda Leering Queer, levou a uma longa conversa, em cuja primeira parte Alec tentou aferir se ela se lembrava dele. Por fim, quando ele deu a entender que não ouvira falar dela, ela não o contradisse, então, muito devagar, ele relaxou a tensão interna e se permitiu pressionar a personalidade para fora até encontrar a dela em condições iguais.

Ele não era imune à beleza dela, mas também percebia que ela o atraía: ela tinha *essa beleza* germinando inconscientemente dentro de si sem defeitos. Ela apenas começava a sentir os efeitos da fama cada vez mais, ou carisma, ou fosse lá que nome isso tivesse. Não podia ser chamado com precisão de fama, já que as pessoas de fama limitada ou em declínio tinham *isso* aos montes e pessoas de fama mais objetiva (como ele próprio) poderiam, um dia, de modo muito simples, perder *isso* completamente. Tampouco podia ser chamado de charme ou carisma, porque ele conhecia pessoas com *isso* que positivamente repeliam os observadores a uma distância de cerca de quinze metros, mas os mantinham por ali assim, numa órbita inquebrantável, como uma mosca flutuando imóvel, tentando escapar do efeito do bocal de um aspirador de pó. Ele se conformara, anos atrás, com a palavra *potência*, tentara até mesmo compor uma canção sobre ela, mas uma das poucas alegrias naquele período havia sido o processo de destruir suas canções abortadas, uma distração tão rara que ele a esticara ao longo de dias, supervisionando a erradicação de todos os arquivos de computador, impressos em papel, gravações provisórias em quatro canais.

Mencionou a Cait um festival de música que negociava produzir.

— Pode não sair, mas pode ter a ver com você, se quiser enviar um CD do seu material para o meu escritório. — Tirou um cartão de uma carteira de couro. — Também vou inaugurar em breve uma exposição numa galeria.

Em pé ao lado dela, ele sentia-se absorvendo parte de sua potência luxuriante. Aquilo fluía para dentro dele, e, como se num sonho em que a pessoa lembra como fazer algo impossível, simplesmente relaxa e faz (voar, correr a 120 quilômetros por hora, autofelação), seus músculos se lembravam de como possuir potência, contê-la e expressá-la. Outras pessoas o observavam quando ele falava com ela. Ele podia se segurar no efeito dela até mesmo se ela estivesse do outro lado da sala, mas no dia seguinte tudo teria passado.

Toda vez que entrava em listas de discussão sobre Cait, dizia a si mesmo que provavelmente nunca mais o faria; estava apenas curioso para ver como ela se encaixava no universo, e assim ele nunca anotava as senhas de entrada (nem as contas falsas de e-mail). Logo, precisava criar uma nova identidade a cada vez que a curiosidade renovada exigia a espreita e o estudo da natureza da atração dela, estudando aqueles que por ela eram atraídos. Em alguns meses, ele passou a se chamar caitfan e depois caitfan01 e caitfan02, e assim foi até chegar a caitfan16, embora outra pessoa o impedisse o caitfan11, quando Alec se distraiu com a possibilidade de um concerto de reunião da Reflex.

2

— Chegou correspondência — troçou* Maile, jogando livros e cartas sobre a mesa de Julian, mas ele estava com o iPod e não ouviu nada. No meio de catálogos de agências de modelos da temporada, fitas de vídeo com currículos, contas e convites para conferências e festas de verão de empresas de produção, havia um disco de papelão grosso com as seguintes palavras impressas em vermelho sobre fundo preto: POST COITUM OMNE ANIMAL TRISTE EST. No verso, o nome Alec Stamford, uma data e horário, ABERTURA, SOMENTE PARA CONVIDADOS, e o endereço, uma galeria do Lower East Side cujo dono estivera na inconscientemente hilária aula de Lamaze de Julian e Rachel (ministrada por uma velha senhora da República Dominicana com um inglês de sotaque único e que chamava as futuras mamães de "rr-rocambole", como na frase "agora ustedes van fazer forza para los bebes sairen, rr-rolando como rr-rocambole", mas, sem graça, falava do único casal lésbico na turma somente na terceira pessoa enquanto olhava para os outros grupos: "Las duas mozas alli van querer estudiar respiración un poco mejor").

Para os que não sabiam latim, o título do show vinha traduzido num dos lados dos guardanapos, de forma que um aninhava camarões rosa-glande ou tarteletes vagamente vaginais sobre palavras vermelhas e pretas: DEPOIS DO COITO, TODAS AS CRIATURAS FICAM TRISTES. Os garçons que distribuíam os acepipes foram recrutados pela aparência

---

*No original: "'Mail (e) Call', Naile flirted". (N. da E.)

física, e não pela eficiência no serviço de bufê, quase modelos aproximadamente vestidos em preto e escarlate. A galeria estava coberta de guirlandas de crepe preto, lembrando um bordel fazendo um velório para um de seus membros. A trilha sonora, tocando em alto-falantes escondidos em chorosas estátuas de Vênus sem braços e faunos adormecidos e inofensivos, alternava movimentos sexuais e violinos funerários: "Violate Me Right Now", de Repulsion e "The Sombre Coquetry of Death", de Hieronymous Gratchenfleiss, "Compulsive Fucker", de Schoolyard Weasels, depois uma gaita de foles triste.

Julian reconheceu amigos e rostos sem nome, sorriu e acenou com a cabeça por entre pedidos camuflados de emprego, mas tirou vantagem constante da estranha configuração da galeria para ganhar para si longos trechos de solidão, levando taças plásticas de prosecco para dentro das cabines. As pinturas de Stamford eram todas pequenas, e cada uma estava pendurada em sua própria cabine, de visão confinada, com espaço suficiente apenas para uma ou duas pessoas, encolhidas e quase se encostando. Em qualquer momento, a maioria dos duzentos e poucos convidados ficava no piso da galeria principal, comendo e conversando, mas sem fotos para olhar, enquanto vinte ou trinta entravam e saíam discretamente por cortinas de cores preta e vermelha, como se penetrando num quarto, ou mais além. O efeito era como o de uma manhã de domingo ocupada, pecadores saindo de um confessionário e entrando em outro, ansiosos para se confessar vezes sem conta, e aceitar cada vez mais penitências.

O próprio pintor, reconhecível pelo catálogo, inclinava-se na direção de uma jovem com um bloco de notas, a estrutura de quase dois metros de altura balançando um pouco por causa da bebida e da barriguinha, exibida quase que com ironia, os dentes embranquecidos tão completamente a lembrar não a juventude que ele esperava restaurar, mas o crânio muito branco ao qual eles ainda se agarravam, a brancura moralizante de uma caveira de gado seca pelo sol no chão do deserto.

— Eu quero provocar uma claridade, mas uma visão límpida, despida de mistério. A ilusão de honestidade transfiguradora e aterrorizante. Pense nisto: um belo traseiro parece com cerejas gêmeas fundidas, sabe? O repertório da natureza, na verdade, é surpreendentemente finito.

A jovem, de um jornal pequeno, apesar dos esforços da galeria para abrir a exposição numa noite de inatividade competitiva, provocou de volta:

— O que você tem a dizer aos que chamam seus quadros de meras provocações?

Alec expôs os dentes de bário à luz.

— Eu me lembro de uma velha piada. Uma senhorinha de Minneapolis visita Paris, a primeira viagem para lá desde que era bem jovem, e no restaurante pede a sobremesa *à la mode*. Ela tem muito orgulho de seu francês. Bem, o garçom volta com sua *tarte tatin*, mas, em vez de uma bola de sorvete em cima, tem uma bola de cocô de cachorro, na forma de um cisne. — *Mais qu'est-ce que c'est que ça?* — grita a moça. — Eu pedi *à la mode!* — E o garçom responde: — *Oui, madame,* mas as modas mudam.

Os quadros tinham apenas data e hora, impressas em lauréis tristes de letras douradas: *23h17, 18 de janeiro de 2009*, por exemplo. Cada qual era sexualmente explícito sem ser minimamente excitante. As obras mostravam pessoas em estados de nudez física e emocional nos momentos imediatos após a evaporação do desejo úmido. Uma friagem caía sobre as pessoas, como se suor ou outro tipo de umidade rapidamente se destilasse em sais componentes. Em duplas ou sozinhos, amantes se encolhiam nas camas ou se curvavam em banheiras, suas barrigas frouxas e flácidas, ou olhavam para seus corpos em espelhos de banheiro fracamente iluminados, olhavam para portas que se fechavam, deitavam costas com costas, sem tocar, ou — no caso de dois homens musculosos — davam as costas um para o outro para olhar os próprios reflexos flexionados nos espelhos de corpo inteiro, bíceps, quadríceps e glúteos como aglomerados de *croissants*, como se para garantir a si mesmos que o que acabaram de fazer não esvaziara os físicos conquistados a duras penas.

Apenas uma tela não era agressivamente desanimada: uma mulher deitada de costas, as pernas apoiadas no ar em ângulo reto com a ajuda de um homem que, segurando bem alto os tornozelos dela com uma das mãos, estudava o relógio de pulso, o único artigo que usava. O rosto dela era coberto pela perspectiva das pernas levantadas, nádegas e o centro inchado e explicitamente descrito de toda a atenção. E os olhos inevitavelmente viajavam até lá — a perspectiva e a composição de Stamford eram fortes o suficiente para conseguir esse efeito, mesmo o tema não sendo tão magnético e seu detalhe tão fotorrealista —, mas não era possível ver aquilo de modo unicamente sexual, como uma entrada hipnotizadora, porque exatamente aí, inclinada para trás por um pai em potencial por um período crucial de três a seis minutos, sua natureza essencial possivelmente se revertia, o que a transformava numa saída existencial. Stamford reconhecia sua dívida para com *A origem do mundo*, de Courbet, e quase a pagou na mesma moeda tomando de empréstimo por sua vez o *Retrato de Arnolfini*, de Van Eyck: sobre a cama, visível logo acima dos pés erguidos da mulher, pendia um espelho convexo redondo, que refletia esse mesmo quadro de Courbet, como se ele estivesse pendurado no quarto em frente a ela, onde você observa a cena sem ser notado, como se estivesse tirando os olhos daquela vulva do século XIX em seu exame da vulva do século XXI diante de você, com toda a incômoda oscilação entre desejo sexual e realidades procriativas, matrimônio cedendo espaço à maternidade, o prazer fervendo e se derramando em trabalho de parto.

— Por favor, não a deixe me chamar de bolotinha esta noite. Acho que não consigo mais suportar isso — uma Rachel imensa havia dito a caminho da última aula de Lamaze.

— Você? Ela estava falando da *minha* barriga.

Um mês depois a professora de Lamaze ligou para o quarto do hospital.

— Você está segurrando o presente precioso de Deus? — ela perguntou.

— Eu estou. Na verdade, eu estou sim — Julian dissera, quase aos prantos.

— E sua rainha está dormindo?

— Está sim.

— E ela está muito bonita?

— Está muito sim.

— É melhor você dizer isso a ela. E você diga a ela que a ama.

— Eu já disse, sra. Santana. E vou dizer de novo.

— Oi! Achei que havia reconhecido você — interrompeu uma voz atrás de Julian na cabine. Uma mulher que já fora jovem um dia estava em pé ao seu lado diante do quadro da impregnação, uma garota que um dia teve o emprego de Maile e com quem ele fora uma ou duas vezes para a cama, agora trabalhava em outra galeria de arte e envelhecera sem se dar conta. — O que você está achando do gênio? — Ela passou o braço pelo braço de Julian e deu-lhe um beijinho no rosto. — É mesmo pavoroso, não é? Imageticamente, quero dizer. — A mão dela permanecia nos seus bíceps, uma oferta ou uma declaração de já ter superado o passado. — Vamos tomar uma bebida, J-Do.

Passaram pelas cortinas, e então Cait O'Dwyer falou:

— Ora, meus parabéns — de costas para ele, a pouco mais de um metro. Graças à pequena população da indústria da mídia de Nova York, ele estava em um evento social com ela. Seu corpo reagiu à sua voz como se ela tivesse chegado de mansinho por trás e sussurrado algo quente e improvável no seu ouvido. Mordeu o lábio e viu Cait ficar na ponta dos pés para beijar a bochecha abaixada do pintor e segurar sua mão por um longo momento.

Julian se livrou da ex-assistente e, enxugando as mãos suadas num guardanapo transformado em bolinha de papel, recuou até o banheiro dos homens (a porta pintada com um pênis muito realista em corte transversal, como uma banana de *sundae*, cada um de seus túneis internos rotulados em excelente latim, mas com uma grafia que apresentava a letra R invertida, como se uma criança tivesse escrito). Depois de recompor o rosto no espelho, ele saiu, sem saber ao certo se era assim que ele e Cait deveriam se encontrar, mas certo de que deviam. Não a via há semanas, desde que ela cantara "Bleaker and Obliquer", e ele soubera que era melhor *não* a encontrar, mas o efeito dela sobre ele estava incubado desde então, e a decisão de abordá-la agora parecia natural e necessária.

Ele a observou do outro lado da galeria. Ela não se misturava à multidão, ficava em contraste e majestosamente iluminada, até mesmo quando modelos e garçonetes-modelos a driblavam fazendo caretas. O próprio pintor lhe trouxe uma bebida, em um copo de vidro, enquanto todo o resto virava-se com taças de plástico vazias. Stamford passou a mão pelas costas brancas do top sem mangas dela em círculos lentos e possessivos, e Julian sentiu a decepção se debater dentro dele como uma pancada de bastão de beisebol no estômago.

Nunca lhe ocorreu que ela pudesse estar com alguém. Isso não fora relevante para suas fantasias até agora, quando o pintor se inclinava para sussurrar no ouvido de Cait e deu com o olhar de Julian do outro lado do ambiente, manteve o olhar fixo enquanto sussurrava até Julian finalmente adquirir controle suficiente para fingir que na verdade olhava para um ponto atrás deles. Agora isso importava; importava terrivelmente, mais do que Rachel fugindo na outra manhã aos prantos, mais do que a ex-assistente que voltava agora, entregando-lhe um drinque, pegando seu braço novamente, saindo com ele dali.

— Quais são as novidades na Tevelândia? Você dá à equipe atual um embasamento tão completo nos assuntos da vida quanto o que eu recebi? — Ela o levou até um sofá, onde ele pôde dar as costas a Cait e ao artista. — Você quer conhecê-lo? — ela perguntou. — Eu vi você olhando. Ele é um tanto magnético. Um segredinho: nossa galeria o recusou há uns dois anos. Estou convencida de que tomamos a decisão certa. — Canções pop mais suaves pipocavam agora por entre as músicas de sexo e morte, e Julian reconheceu uma melodia da própria coleção. — Ele é muito motivado. Isso eu tenho que admitir.

Em algum lugar dentro do seu iPod havia músicas da Reflex, um álbum que Julian fora forçado a comprar em três diferentes ocasiões, quando a indústria da música começou a empurrá-lo de um formato para outro, e somente agora ele se recordava ser o nome do vocalista principal o mesmo do pintor. A terrível verdade: Cait podia muito bem estar com Alec Stamford, o músico. Julian havia ficado bem-impressionado com a Reflex na faculdade de cinema, estudara fotos de capas de álbuns e letras, passando horas livres nisso, detectara uma profundidade nas canções da Reflex, referências obscuras porém reminiscentes de alguma experiência compartilhada, e se lembrou de um sentimento de compreensão mútua, deitado num beliche, olhando a contracapa de um LP: "Letras — Stamford, Músicas — Vincent." Ele olhou para trás; o artista estava lá, mas Cait O'Dwyer tinha sumido.

— Julian, a impressão que eu tenho é que te conjurei esta noite — disse a ex-assistente. — Eu pensava *justamente* em você. Oi? Tudo bem, vamos lá, vou apresentar você. Você está de queixo caído. — Ela acenou para o artista. O pintor a beijou no rosto, segurou-a pelas mãos e felizmente lembrou Julian do nome dela. — Alec Stamford — disse Heather —, este é Julian Donahue, um membro da sua legião de admiradores, e o artista renomado por trás de vários de seus comerciais favoritos de xampu.

— Na verdade, eu sou fã da Reflex — disse Julian, apontando para o ar, que transportava uma canção realmente amada por ele um dia, "Last One In, First One Out." — Será possível que você seja o mesmo Alec Stamford?

— Acho que sim. Uns dias mais, uns dias menos. — O homem maior apertou a mão de Julian e pôs a mão no seu ombro, inclinando a cabeça para trás para medi-lo de alto a baixo. — Esta canção era uma das favoritas do Springsteen, na verdade — disse Stamford. O baixo e a bateria abaixaram de volume, e os vocais flutuaram, sussurrando, sobre acordes de teclado prolongados. *"Walk to your car; I'm going back to the bar / Just say good night, 'cause we both know this don't feel right."* A ex-assistente riu, fez um carinho na nuca de Julian, pediu licença por um instante.

Stamford pegou duas bebidas que passavam pelo ar, mas Julian, virando-se na direção da imensa janela da frente da galeria, viu Cait O'Dwyer na calçada, abotoando o casaco. Sabendo não possuir mais a disposição para cortejar a namorada de outro homem, deduziu que ela saía cedo demais para estar envolvida com o artista. Recusou a bebida pedindo desculpas, deu os parab...

— Você precisa mesmo sair correndo?

— Preciso. Desculpe. — Stamford olhou para a garota na janela como uma foto. — Conhece Cait?

— Kate? Não.

— Ah, certo, ok, mas então, ah, diretor de comerciais, Heather disse? Eu posso precisar de alguém na sua área de trabalho. Me dê seu cartão antes de você ir embora. Vou pedir para a galeria nos colocar em contato.

Julian saiu da forma mais casual que pôde, Heather Zivkovic ainda no banheiro, mas, quando chegou à rua, nem sinal de Cait, apenas multidões de bares e galerias, batendo os dentes no ar de abril enquanto ele engolia as esperanças.

Em casa, encontrou Aidan dormindo no sofá e releu o perfil de Cait no *Times on-line*, a luz azulada no rosto, sujeito notável, sujeito notável. Selecionou menções a ela no Google, no burburinho cibernético, agora mais de mil, embora algumas delas fossem meros rumores, o nome dela lutando para romper as amarras do texto em japonês ou os ensaios publicados três vezes ao dia por blogueiros ensandecidos teclando de suas casas e de cubículos de escritórios. Ele imprimiu uma foto glamorosa dela rindo por entre nuvens de fumaça azulada com iluminação por trás, a neta de uma beldade de clube de jazz da década de 1950, a bisneta de uma garota ousada de pernas de fora na areia quente da Côte d'Azur. Ele descobriu o recém-lançado www.caitodwyer.com e percorreu o site inteiro à procura de pistas.

O site incluía as propagandas de costume para vender Cait e sua música para o universo, com curto período de atenção e excesso de estímulos: listas de e-mails, datas de turnês, sobre a banda, blogue da

Cait. O "livro de convidados" apresentando fãs longe de Nova York, em Los Angeles, muito justo, mas também em vilarejos mitológicos como Wichita e Albuquerque. "Cait! Eu vi seu show no Mad Dog em outubro e nunca mais esqueci. Continue arrasando! Stu." "Acho você uma poeta. E eu te aMo. Beth P." "Diz para o Ian o seguinte: ele manda bem!!! Mags e Michelle. Diz para ele que aquelas eram nossas camisetas favoritas. Ele vai entender! Ian! Liga para a gente da próxima vez em que você for ao Triangle!" "O show da 1ª Avenida foi incrível, e você ganhou um fã para o resto da vida, Cait. T-bone." Por mais necessário que fosse tal tipo de marketing, esse excesso de adoração pelas crianças devia deixá-la sem graça, se ela fosse a mulher que ele esperava. "Eu comprei sua demo na Vingt-Deux, e a escutei o dia todo, o tempo inteiro. Quero que saiba como te acho fantástica. Gostaria de poder ter um jeito melhor de te dizer isso. Gostaria de saber como eu poderia saber que você soube disso. A menos que você não possa ser e sentir isso ao mesmo tempo??? GG."

Galeria de downloads: Cait, iluminada pela lateral, fumando em um bar escuro, vestindo uma espécie de roupa de baixo de cortesã, uma só peça, tipo arrastão, vermelho e prata, século XIX, meio Toulouse-Lautrec, cercada pela banda; Ian no palco, pulando na frente de um amplificador, as pernas abertas enquanto a mão esquerda se abre num acorde e o braço direito, dobrado, acabou de atacar as cordas, idêntico a milhares de capas de álbuns desde 1964, como uma postura de ioga a ser dominada; Cait deitada em um jardim, fotografada do alto, os olhos encontrando a câmera, o rosto e os cabelos ruivos cercados por incontáveis tulipas ainda fechadas e pacientes, um campo de caules verdes e folhas grávidas na borda do quadro, mas numa cor germinante, no canto superior direito do rosto de Cait, uma flor solitária se abre, com veias roxas e brancas, como um corte de carne crua; Cait no palco, a face de frente mas os olhos olhando para o lado, reduzido a mínimo esforço em sua boca para contar como um sorriso; Cait e o guitarrista no estúdio, fones pendurados em pescoços como tumores imensos, os dois discutindo algo com um homem mais velho usando um agasalho com capuz, os três artistas apanhados, sem perceber, num momento de consulta criativa; o baterista em ação, o rosto inexpressivo atrás das baquetas borradas num formato que lembra leques orientais; o baixista, posando em frente à montanha-russa de um parque de diversões fechado de Coney Island, braços cruzados para destacar os bíceps; Cait e seus três homens num parque no inverno, composto por árvores magras e nuas: os homens estão deitados de barriga para baixo sobre o chão de concreto, vestidos apenas com cuecas brancas bem justas, empilhados uns sobre os outros como tábuas, o batera adormecido embaixo do baixista emburrado (bíceps acentuados) embaixo do obediente Ian, e Cait em cima desse banco de carne vestindo jaqueta com gola de pele e capuz, cachecol, luvas, botas e uma boina num ângulo bem agudo sobre os cabelos ruivos, sua respiração uma nuvem do tamanho de um pêssego.

O que eles dizem (e quem *são* eles?) "A voz de Cait O'Dwyer é um chamado para um mundo adormecido, emburrecido, arrogante da música." "Se você for ver apenas um show ao vivo este ano, este século, esta era, então o show é este." "Uma música tão pura e verdadeira que vai fazer você chorar. Se você não chorar, vá fazer terapia." "Ela *era* irlandesa, mas agora é nossa. Este é o futuro da verdadeira música americana." Clique aqui para baixar um pdf do perfil de Cait na *Flambé*, "Mais sombria e oblíqua: um simples espectro de Erin."

O artigo da *Flambé* mencionava que ela morava no Brooklyn, num apartamento sobre uma loja de chá, da qual ela comprava caixas roxas de uma marca importada para o café da manhã que conhecera na infância, "onde fantasmas eram uma realidade cotidiana, mas sexo era uma lenda ou um pesadelo para não ser discutido jamais".

3

E assim, no dia seguinte, na Henry Street, a menos de quinhentos metros de seu apartamento, em frente ao prédio que Julian reconheceu imediatamente pelas ofegantes indiscrições do artigo, o armazém no andar térreo repleto de parafernália de chá. Ao lado da janela, as campainhas apresentavam etiquetas bem distintas: 1-ESCRITÓRIO TEAPUTZ, 2-M&R INC, 3-HARRIS, e, flutuando sobre todas elas, 4-CO'D. Ele ouvia a demo dela no iPod: *"Come, come, come find me, no matter what I say."* Um bom verso, indicando uma mulher atormentada e irresistível, insegura a respeito de sua própria mente mas acelerando cada vez mais a paixão dela por você, Ó, ouvinte em seu computador, discutindo consigo mesmo se ela vale o clique de US$ 1 para download, enquanto Julian ficava ali parado, olhando para a campainha mas ainda sem tocá-la.

Eles sairiam para tomar café e exercitariam seus charmes superdesenvolvidos. Ele seria escalado para o papel de proponente, se não o híbrido revoltante impuro de proponente-fã, um pavão mostrando as plumas, e ela a pavoa nem um pouco impressionada, de olhos mortiços. Eles ficariam ou não impressionados pela personalidade um do outro, pelas lembranças um do outro, coletadas unicamente para exibição aos outros, ganhando, assim, novas experiências e novas lembranças. Talvez ficassem assustados pela facilidade desse fluxo, e quase não conseguissem pagar a conta do café antes de subirem correndo as escadas, entrarem às pressas no apartamento dela e devorarem um ao outro.

Ou, com desfiladeiros de espuma de *cappuccino* ainda se acumulando nevados nas canecas, eles poderiam apertar as mãos, expressar a satisfação mútua pelo encontro, agradecer pelo conselho, boa sorte na carreira. Ou ele desejaria tocar-lhe a face, mas de repente ver o tédio dela com as superfícies maçantes que ele revelava, com aquele café interminável tentando ultrapassar intransponíveis Alpes de *cappuccino*. Ou ela podia cometer um erro fatal, dizer algo bobo, dissipar a ilusão cada vez maior de que ela não tinha a metade da idade dele, e ele iria, desanimado como sempre, sorrir sem graça para a garotinha bonita que não valia sequer uma cantada barata.

"*It's cold outside, so come find me*", ela persistia, mas não era bem verdade; o tempo esquentava, e era o suficiente para quebrar o encanto. Ele tinha apenas fantasiado aquilo. Era apenas música pop, e não uma mulher real na Terra.

Ele deu as costas para a porta dela e foi até o escritório, envergonhado por ter ficado ali espreitando. Passou a viagem de volta rindo de si mesmo para evitar autocomiseração. E, quando chegou à mesa, esqueceu toda a vergonha e a sabedoria quando ligou o computador e viu o seguinte e-mail: "Por que não apertou a campainha? Por que não me fez uma visita?"

Aquele primeiro momento único, em que Julian descobriu ter sido observado, foi o bastante para tornar a preencher tudo aquilo que ele queria abandonar no metrô. Ela devia tê-lo espiado de sua janela alta. Ele refez novamente o acontecimento agora com os significados mais profundos: não ele arrebatado pelos sentidos, mas ela demonstrando ser a mais confiante e intrigante dos dois. Cait observara-o, delicadamente coberta por sombras e brilho enquanto ele hesitava ali e, depois de rir da retirada tímida, teria sentado direto e escrito a provocação anônima no website dele — contato com Julian Donahue: "Por que não apertou a campainha? Por que não me fez uma visita?" Ele se recostou na cadeira. De algum modo, ela descobrira seu nome, seu website, seu trabalho? Ela trabalhava como um detetive particular ou uma bruxa de bola de cristal? Que pegadas e digitais gigantes ele deixara para trás nos porta-copos, numa lista de convidados de galeria? Onde mais? Seus dedos tremiam tanto que ele mal conseguiu acionar o iPod, e procurou a voz de Cait para combinar com a visão da invasão dela em seu mundo via pixels.

Não havia endereço de e-mail para retorno, nenhuma assinatura, nenhum lugar para onde responder, apenas pixels linda e originalmente dispostos, a voz dela na sua cabeça, a canção "Crass Porpoises" (ou assim o sotaque robusto dela o levou a acreditar, até ele reler a lista de canções). Mas Julian não despertaria de um devaneio e sairia correndo até ela. Cait fez a pergunta mas sabia a resposta tão bem quanto ele: ele não tocara a campainha porque isso teria sido uma chatice, para os dois, e a provocação anônima dela provava isso, provava *a ela*, confirmava as melhores suspeitas dele sobre ela.

Ele ouviu o iPod e desenhou *storyboards* ilustrando como poderiam se encontrar, mas, como era um escrevinhador de segunda, todas as ideias eram recicladas da TV, do cinema e de seus próprios comerciais. Cada abordagem que ele pudesse imaginar se dissipava tão rapidamente quanto o impulso de tocar a campainha da porta de Cait, e ela riria dele tão alto quanto hoje. Ele poderia usar uma de suas canções num comercial. Emparelhado com certas imagens de amor e renovação, "Coward, Coward" seria muito eficiente. E certamente um presente para ela, melhor que buquês de flores. Ela receberia um bom pagamento em *royalties*. E grandes sucessos às vezes aconteciam graças ao uso bem-aplicado no comercial certo. Fazer Maile contactar a gravadora, insistir em que a srta. Dwyer se encontrasse com o próprio diretor: "Achei que esta era a melhor maneira de fazer tudo."

Não, mesmo isso só rearrumava os quadros de uma comédia romântica que ele vira porque Rachel gostava do ator principal. Ela só balançaria a cabeça, como se ele fosse um daqueles garotinhos da casa noturna, que se autoelogiavam pela própria coragem enquanto perdiam para ela nas cartas.

4

Ele lutou com essa questão por vários dias, e então concluiu que o problema não era como se encontrarem, mas quando, e talvez até por quê. Por que não fazer uma visita? Porque eles ainda não sabiam o suficiente. Ainda havia prazeres de investigação e descoberta a serem desfrutados que ele quase perdera. Ela ria da impaciência dele. Algo original ainda podia acontecer, algo que nenhum dos dois já conhecera, e ele quase destruíra isso. E assim ele se forçou a sentar e esperar em silêncio, observando.

Cait saiu voando pela porta da frente, na extremidade de uma correia amarrada ao pulso, lutando para permanecer presa ao pescoço imune à coleira cheia de pontas de um cão dinamarquês da cor de nuvens de chuva de fim de tarde. A fera a balançava Henry Street acima, aos trancos e barrancos, uma visão digna de comédias-pastelão. Pelas janelas da delicatéssen de Bangladesh em frente ao prédio dela, a imagem silenciosa dava a impressão de uma comédia de cinema mudo.

O cão monstruoso a rebocou até um parque de cachorros do outro lado de Brooklyn Heights. Pereiras brancas, cerejeiras cor-de-rosa e o roxo alucinatório das flores se enfileiravam pelas ruas, mas o parque fechado se aninhava contra um tentáculo da Rodovia Expressa Brooklyn-Queens, e o vento misturava fumaça de escapamento dos caminhões com uma nevasca de flores de cerejeira nos cães que brincavam.

Ela abriu o portão, e imediatamente o cão se libertou dela e entrou no parque.

— Lars! Fica! — Cait gritou para o companheiro dinamarquês quando ele saiu correndo, balançando o chão, impelido pela sua genitália-foguete, para cheirar as rosas traseiras de cadelas gemedeiras das mais variadas raças: labradores, *pugs*, *rotweillers*, *chihuahuas*, bassês. — Então está bem. Bom cachorro — ela acrescentou e desceu a colina até um dos bancos oferecidos para acompanhantes humanos, esfregando a correia no ombro enquanto caminhava. Nessa hora, tão cedo — monasticamente cedo, considerando a profissão dela —, ela era uma das seis pessoas que tomavam conta de oito cachorros. Ela ficou sentada sozinha num banco construído ao redor de um carvalho velho e gordo, e Julian de onde estava podia vê-la, ali, cantando de olhos fechados o que quer que os fones estivessem a alimentando.

Enquanto ele descia a colina, quase podia ouvi-la por sobre o tráfego, as buzinas constantes lembrando trompetes de bossa nova e notas de flauta, os cães latindo, britadeiras e gritos em espanhol, pneus cantando como dedos preguiçosos em cordas de guitarra. Ele chegou mais perto e a observou por sobre a cerca. Ela era igualzinha a qualquer outra viciada em fones liberando uma torrente de extroversão, mostrando emoções para plateia nenhuma, como qualquer adolescente no mundo inteiro, meninas de Miami batendo pratos invisíveis de banda, meninos de Mumbai tocando febrilmente cítaras imaginárias.

Julian entrou no parque por um portão atrás do banco dela. Sua chegada — que ela não viu porque foi bloqueada pela árvore e pelo próprio iPod — foi digna de nota, pois ele não tinha cachorro, e portanto lembrava o peculiar cavalheiro sem filhos que desfruta de uma tarde em *playgrounds*. Sentou-se no mesmo banco circular que orbitava o carvalho, mas exatamente do lado oposto ao dela, como o planeta Antichthon outrora perseguira em vão a Terra ao redor de sua órbita.

De costas para a árvore, ele ligou o gravador de notas de seu aparelho portátil e o colocou ao lado, à direita. Ela cantava "The Boy with the Thorn in His Side", dos Smiths. Ela era, mesmo naquelas circunstâncias, uma vocalista comovente, que dava harmonia a uma melodia provavelmente ouvida desde criança. Aquela lenta aproximação em círculos um do outro — talvez não tão diferente da inspeção de cheiros que Lars justo naquele instante realizava numa *beagle* preta recém-chegada, deitada de costas — implicava algo sem fim, sem cansaço, sem desespero, perpétua surpresa, o fim do poder de previsão ou delimitação de amores passados. Era isso o que ela queria dele, por isso ela lhe perguntou por que não a visitara. Ele nunca fizera aquilo — sentar-se sem ser notado, extraindo sem dor uma amostra da privacidade de uma mulher, como uma gota de sangue tirada da ponta de um dedo dormente, para devolver a ela mais tarde como um presente, cortado, facetado e montado, dotado de novos e complexos significados.

E, porque ele nunca experimentara aquilo, sentiu brevemente a ilusão de libertar-se de seu passado. Era como se nunca tivesse se casado e se separado, nunca tivesse vivido mais do que Carlton, nunca tivesse pescado e jogado fora parceiras de cama, nunca tivesse tido namoradinhas de segundo grau, nunca tivesse se apaixonado perdidamente quando garoto, nunca tivesse achado declarações de profundo afeto de outras pessoas por ele suspeitas, patológicas, irritantes.

Ela respirava música até sozinha, alquimizada pelos sons do iPod em alguma criatura nova. Ela transformava o ato de sentar em um banco de parque em uma experiência inédita e, de algum modo, vivia com essa enorme fera que mal conseguia controlar. Julian fechou os olhos, inundado pelos momentos roubados do canto dela para mais ninguém, a não ser para ele.

Ele abriu os olhos e reconheceu o guitarrista, com uma barba por fazer parecida com uma lixa, tatuagens em mandarim, brincos nas orelhas, *piercings* nas sobrancelhas, disfarçando um arroto ao entrar no parque, a menos de três metros à sua frente. Foi andando direto na direção dele, coçando a cabeça com ambas as mãos — um ataque a um problema dermatológico ou uma declaração de que aquela hora era insanamente cedo para um músico. O guitarrista passou por ele cego, a meio metro de distância, dizendo, assim que deu a volta até o outro lado da árvore:

— Yo, yo, yo! — Ela parou de cantar, e Julian sentiu saudade disso na hora. Meteu o gravador no bolso. — Ô, mulher maldita, acabou de amanhecer — disse o garoto.

— Seja bonzinho, Ian, hein? Fique de quatro aqui e deixe Lars dar umazinha contigo para se aliviar. Senão ele provavelmente vai pegar aquela *chihuahua* lerdinha ali e rasgar a coitada no meio.

— Você podia simplesmente castrá-lo.

— Eu até faria isso, mas minha coleção já está grande demais para meu apartamento.

— Preciso dizer uma coisa — Ian continuou depois de um longo silêncio, e Julian, agora com medo de descobrir que eles eram *mesmo* amantes, ficou porque queria saber se ela era engraçada e inteligente, e ele queria saber imediatamente, e queria saber sem ter que se apresentar.

— Ah, querido, você não devia se ajoelhar? Ou esperar que eu recolhesse a montanhosa produção de Lars?

— Engraçadinha. Não, escute. Acho que precisamos de um pouco mais de atitude hitlerista, mocinha — ele disse, enquanto, do outro lado do parque, o cão dela atropelava uma criatura menor em cima da lama e depois saía correndo para espalhar urina numa árvore, o jato tão alto parecia ter a intenção de derrubar um esquilo. — Shulman vai fazer a gente soar como qualquer outro disco que ele já fez se você não o impedir. Você não pode simplesmente cantar *bem o bastante*. Ontem você estava, não sei, com medo de dar uma nota errada na frente dele ou coisa do gênero. Eu não vou conseguir impedi-lo, e você sabe. A chefe é você, a parada é essa. A gente não vai ter outra chance se você permitir que ele nos pasteurize. Bom, eu vou ter, mas você não.

— Humm. Muito másculo esta manhã.

— Não estou brincando, Cait. Agora não é hora de você se tornar educada e concordar com tudo de repente.

— E a implicação nisso é que...

— Sério.

— Você se sentiria melhor se eu lhe dissesse que pretendo demitir o Baixo?

— Pelo menos eu reconheceria você.

Uma mulher com um auricular pontiagudo de celular piscando com uma luz azul se postou diante deles e disse para Cait, num tom aborrecido:

— Ei, você, seu cachorro está montando no meu. — Ela apontou para o outro lado do campo, onde Lars se afastava de um pastor-alemão aparentemente sem traumas.

— Ah, desculpe. Ele a machucou? — perguntou Cait.

— Está deixando minha cadela *desconfortável*, então você tem que prender seu cachorro *agora*.

— Ah, entendi. *Desconfortável*. Bem, então, talvez eu pudesse explicar alguns detalhes à sua cadela? Talvez ela apenas precise ouvir algo de alguém que tem sido montada nos últimos anos.

A mulher deu um suspiro expressivo e saiu pisando duro sobre as lascas de madeira espalhadas sobre o local para absorver urina.

— Você tem algum amigo? — perguntou Ian.

— Tenho amigos imaginários. Quando eles não me sacaneiam.

— Você tem Lars, claro.

— Eu tenho mesmo. Você acredita que poderia ensiná-lo a tocar baixo? — ela chamou o cachorro, deu-lhe uns biscoitos e colocou a correia. — Uma aluna minha me perguntou como eu sabia que estava pronta para fazer isto, o disco e tudo o mais. E eu não consegui responder. "Eu apenas sei", eu disse a ela. Mas acho que eu estava mentindo. Há dias, como ontem com Shulman, quando sinto que sou apenas um gravador tocando umas merdas muito velhas. — Eles subiram a colina e, detrás da árvore, Julian os observou se afastarem, o cachorro puxando-a, o guitarrista quase correndo para alcançá-la.

Julian esperou e depois, fazendo o caminho mais longo para casa, viu, como se desse de cara com um triceratope, um raro e irrastreável telefone público, relíquia de outro milênio. 411: o número de telefone dela constava na lista, um segundo pequeno milagre em sequência. Ele teclou. "Estou escutando", foi o que ouviu, a versão de Cait do recado da secretária eletrônica, depois o bipe, e Julian simplesmente levou o gravador até o fone e tocou a performance *a capella* que Cait fez dos Smiths em sua própria caixa postal.

5

Julian esperou. Uma semana depois, a letra de "Bleaker and Obliquer" apareceu no website dela. Se aquela era a resposta dela para ele, provava que ela desejava com o mesmo ritmo e intensidade um elemento de investigação, de originalidade, que o lembrava das aspirações da juventude. Ela também desejava sua distância ou, com mais precisão, a abordagem lenta, a suspensão mais longa possível do futuro, pois o futuro dispara a uma velocidade insanamente rápida. Ela devia ser muito sábia, pensou ele, para saber disso com aquela idade.

LETRA

If you've got a question for me, here's the only answer:
Listen close to your speaker, bleaker and obliquer.
If you want my go-ahead, then go ahead,
But don't say I didn't warn you.

I've had my fill of swooning ghouls, but that's not you.
I'd offer you my shadows, but that's not you.
You can share my limelight. No, that's not true.
I'm waiting for I don't know what, please don't say that's not you.

So what's you, my bored Cupid, my hiding hero?
If you get stronger, must I get weaker, bleaker and obliquer?
All these little boys, the bolder and the meeker
Rendered mute but still so cute.
Bleaker and obliquer, oh, bleaker and obliquer.

Do you have an old love's stitches, running and sore?
Or a lapful of bitches all gunning for more?

Loathed and broke, I'm yours.
Is it better that we never spoke? I'm yours.
I'm yours, but you gotta take me as is, bleaker and obliquer.

O website também anunciava aos quatro ventos a participação dela numa maratona televisiva num canal local de TV a cabo, para levantar fundos para evitar que empreiteiros conseguissem espalhar condomínios ao longo do cais do porto do Brooklyn. Ele deletou a agenda do dia, disse a Aidan que estava com uma doença contagiosa, trancou as portas e desligou o celular. Estava no sofá uma hora mais cedo, o controle remoto do TiVo na mão, passava o intervalo vendo leões-marinhos protegerem seus haréns na praia. E então ela cantou a devastadora balada antiempreitadas "Build" dos Housemartins, dedicando-a ao notório Calígula do mercado imobiliário responsável por aquela monstruosidade, e um dueto meio extravagante de "Call Me", de Blondie, com Alec Stamford. A intrusão dele irritou Julian, mas Alec foi tratado de modo cruel pela televisão e pela proximidade dela como particularmente barrigudo e de meia-idade (embora ele fosse apenas alguns anos mais velho que Julian). Seguiu-se então uma rápida entrevista, e depois ela se sentou numa mesa simples, sob uma faixa onde se lia NÃO DEIXEM ELES ROUBAREM O CAIS, e ficou encarregada de um telefone preto, um telefone de disco, como se isso provasse o baixo orçamento e a alta sinceridade da causa. Julian assistiu a tudo na TV de plasma de 71 polegadas, deitado no sofá. Seria muito bizarro ligar para ela, sabia disso, mas mesmo assim discava sempre que a câmera a revelava aguardando ao lado do telefone. Depois de desligar ao som de seis vozes diferentes, ele finalmente a ouviu recitar:

— Obrigada por ligar, podemos contar com a sua ajuda?

Ele fez uma pausa, mas o desejo de ouvi-la falar diretamente com ele esmagou todos os impulsos contraditórios.

— Senhorita O'Dwyer? — A câmera parou numa freira velha de óculos em outro telefone preto, conversando de modo expressivo com algum salvador do cais.

— Sim, olá, obrigada por nos ajudar a derrotar esses desgraçados.

— Fico feliz por falar com você. Não estava com muita vontade de falar com essa freira aí.

— Sabia que ela tentou me dar uma cantada? — disse Cait.

— Essa certamente tem sido minha experiência com freiras velhas. E o cara com quem você cantou?

— Você ligou para fazer um juramento de apoio à causa, coração? — ela perguntou logo.

— Acho que sim.

— A causa é nobre. Vai fundo. Meu lápis está aqui prontinho.

— Eu sei. A câmera está em você agora. Sabia?

— É claro. Eu consigo sentir. *Algum* talento a gente tem, sabia?

Ele a colocou no viva-voz e se inclinou na direção da tela muda. Ela estava sentada no meio de uma mesa comprida, entre a freira e Stamford. Ela olhava para baixo, girando um lápis entre os nós dos dedos, inclinando a cabeça para prender o fone no ombro.

— Olhe para cima um instante — disse Julian. Sem se perturbar, ela obedeceu bem devagar, e ele fez uma pausa no TiVo justo no instante em que os olhos dela se encontraram com os dele sob pálpebras caídas, e o vestígio de um sorriso inesperado se ofereceu. — Excelente. Obrigado. Você não parece tão entediada agora.

Ela riu.

— Obrigada. Não estou, mas preciso ouvir um juramento aqui, você sabe, ou vão começar a suspeitar do meu comprometimento com o cais.

— Claro. Desculpe. Quanto vocês estão...?

Ela leu para ele os custos dos níveis de apoio: associado, amigo, patrocinador, doador ouro, defensor...

— Vamos começar com humm... não há nada aí entre amigo e patrocinador?

— Não que eu esteja conseguindo ver.

— Que tal eu jurar comprar seu álbum quando ele sair?

— Aah, espere aí, isso eu já estou tentando somar aqui na categoria "Valor em dinheiro vivo".

— Eu juro que quando você canta — ele continuou, falando mais devagar à medida que percebia, com um certo atraso, o quanto sua voz soava indiscutivelmente calhorda — algo muito estranho acontece comigo, mesmo quando você apenas canta sozinha no parque com o cachorro.

— Ah, meu Deus.

— E eu acho que é daí que os porta-copos vêm também.

A risada abafada dela despontando do fone sobre a mesa dele era um símbolo de vitória. Ela preenchia a sua sala e gentilmente o libertou da sensação de se sentir um espreitador. — Ah, sim, agora entendo. Olá. Eis uma maneira singular de ligar para uma garota.

— Obrigado.

— Fico muito feliz de ouvir notícias suas, J.D. Suponho que passamos do estágio do Cupido entediado, então? Isso estava me irritando.

— Acho que passamos, mas não sei o que vem depois disso.

— Algo entre amigo e patrocinador. Acho que ainda estou conferindo suas qualificações. E posso perguntar onde exatamente você estava no parque? Eu pensei que meu guitarrista tinha feito aquela fita.

— Não, não pode perguntar. Preciso preservar algum mistério a meu respeito.

— Ah, você não terá nenhum problema nesse território. Como você é?

— O que você jura para mim? — ele perguntou em vez de responder.

— Isso não estava incluído no nosso treinamento esta tarde, mas aceito pedidos. Algum juramento em particular que você gostaria que eu fizesse?

Ele apertou o *play*. Ela continuou a olhar para a câmera (um minuto antes) e sorriu bem de leve antes de desviar o olhar e escrever com fúria na prancheta. A câmera continuou a movimentação. Pranchetas idênticas jaziam em frente a vários rostos semifamosos do Brooklyn — astros de cinema, ativistas, *chefs*, Stamford olhando para Cait com uma cara cansada, MC Esher, de Shoo Bombaz — bem como passeadores de cachorros, planejadores de parques, Verdes.

— Jure não dar um pulo precipitado para trabalhar no cinema se seu álbum estourar. A história de cantoras no cinema é curta, violenta e escrita por fãs zangados.

— Anotado e jurado.

— Jure não tocar em Las Vegas.

— Isso não sou eu quem decide, mas entendi o recado.

— Jure não fazer um álbum intitulado *Cait O'Nine Tails* com uma leve temática sadomasoquista na capa.

— Negócio fechado.

— Jure me surpreender. Um pouco mais.

— Considere feito.

Ele reverteu o TiVo e o congelou novamente com ela sorrindo para ele.

— Jure jantar comigo, mas só quando você tiver certeza de que é absolutamente necessário.

— Eu juro.

Deitado no sofá de couro, a cabeça ao lado do viva-voz, Julian fechou os olhos. Ela estava sentada em frente a ele, na cadeira logo ali.

— Você desempenhou a jovem irlandesa extravagante com muita intensidade na entrevista da *Flambé*. Tinha alguma parte ali que era verdade?

— Você ainda nem começou a ouvir minhas bobagens irlandesas extravagantes. Eu posso fazer melhor do que aquilo. Os telefones não estão exatamente muito ocupados, então acho que não faz mal contar uma história. Está ouvindo?

— Sou quase todo ouvidos.

— Muito bem. Meu *daideo** foi o único de 14 filhos que passou dos 8 anos de idade. Então meu pai foi um de oito filhos, todos sobreviveram, mas ele cresceu sem nada. Quando meu irmão mais velho nasceu, papai o batizou de Septimus, muito embora ele fosse o primeiro, e lhe contou, enquanto crescia, sobre todos os irmãos mortos que vieram antes. Histórias longas e detalhadas sobre Fergus, que morreu de fome, e Mary e Connor, atacados por ovelhas. Não, não ria: quando Sep e eu éramos pequenos, ambos tínhamos pavor de ovelhas. Eu dei um chute num garoto numa fazenda que tentou me fazer passar a mão numa. Mas nada disso era verdade, é claro, era só o humor do meu pai, e o medo, eu suponho, e um pouco de superstição. Eu tinha 12 anos, acho, quando minha mãe me contou que sempre fomos só nós dois. Sep nunca entendeu a piada. Ele e papai não se falam muito hoje em dia.

— Mas você fala. Você entendeu a piada.

— E eu espero que você entenda também. — Ele se perguntou onde ela estaria ali e como o rosto dela poderia mudar naquele momento. Ele gostaria dela se recostando no alpendre da janela dele, uma silhueta contra os distantes raios de luz, testando-o de pequenas maneiras, certificando-se de que ele prestava atenção.

— Eu entendo a abordagem do seu pai. Um quê de tragédia na infância dá um tom adequado ao resto de sua vida, calibra expectativas. Não existem adultos mais angustiados e persistentemente decepcionados do que aqueles com infâncias perfeitas.

— E eu vou ouvir a história da sua um dia?

— Eu juro que sim. — Ele fez uma pausa. — Eu gosto da nossa canção. Muito. Posso chamá-la de nossa canção?

— Pode. Mas não vou dividir os direitos autorais, ok?

— Sem problema. Talvez agora devêssemos nos despedir, Cait.

---

*Em irlandês, avô. (*N. da E.*)

— Está certo. Não devemos exagerar. Boa-noite, J.D.

Mensagens deixadas no livro de convidados do website ficariam, obviamente, abertas para outras pessoas. Ele tentara se registrar como caitfan, mas tanto esse login como todos os de caitfan01 a caitfan38 já estavam todos tomados, e ficar na fila de admiradores dela como caitfan39 não tinha lá um apelo muito bacana, então ele se tornou sleepycupid. Durante vários dias não conseguiu escrever nada; não tinha disposição para se misturar entre aqueles caitfans que viviam se multiplicando, gente triste postando fotos e "obras de arte inspiradas em Cait", disponibilizando na internet vídeos deles próprios cantando suas canções para ela ou simplesmente confessando sentimentos, esperando que ela reconhecesse a existência deles. O sleepycupid finalmente conseguiu dizer: "excelente maratona de TV. A evolução de seus poderes acontece a grande velocidade agora. Até mesmo um velho resmungão tem de admitir isso. Cuidado com as ovelhas".

"Querido sleepycupid" — veio a resposta cinco horas mais tarde de um endereço de e-mail desconhecido do Yahoo! para o endereço de e-mail desconhecido do Yahoo! que ele criara para preencher o livro de convidados e a lista de e-mails dela — "agradeço imensamente a apreciação velha e resmungona; é possível ouvi-la bem acima do balido das ovelhas. Então, em seus séculos de experiência, o que uma garota deve pensar a respeito <u>disto</u>?" <u>Isto</u> era um link para um ensaio em um blogue escrito por um garoto solitário que opinava sobre política, música e videogames com sofisticação afetada. A julgar pelo vazio das páginas de comentários, ele blogava para ninguém: "Você não tem pop insosso suficiente na sua vida? Gostaria de poder andar com os hipermodernos e falar das recentes e mais vendidas mídia-ocridades? Então eu tenho uma irlandesinha besta para você..."

Ela não podia estar levando aquilo a sério. Seria possível a sua pele artística sentir uma picadinha sequer desse filhotinho de abelha? Ela fizera uma busca no Google para descobrir quem andava falando mal dela (nenhum amigo lhe teria mandado uma crítica), lera tudo até o fim e fora tão incapaz de bani-la de sua mente que compartilhava com ele para de, algum modo, diluí-la. Ela está procurando alguém cuja maturidade excessiva proteja suas fraquezas excessivas, ele pensou, e ela está me testando para ver se sou eu.

Havia outros discordantes, de vez em quando, e ela até deixava que eles tivessem acesso ao seu site. Por que simplesmente não excluía, por exemplo, o doubtfulguest, que a ofendia abertamente no próprio livro de convidados dela? "Deve ter lá o seu charme, eu suponho, esse tipo de papel de parede sonoro, mas, honestamente, por que, Cait O'Dwyer — que, tenho certeza, cuida ela própria deste website —, por que você mantém uma página destas onde as pessoas elogiam você? Você não se acha imbecil, fútil, patética?"

Uma semana depois, "doubtfulguest está de volta porque ouvi por um amigo que sua nova canção 'Bleaker' é maravilhosa, devia ouvi-la agora mesmo e todas as minhas opiniões iriam mudar. Bem, eu ouvi. Foi um triste esforço. Você deveria simplesmente parar por alguns anos, se seu ego conseguir suportar, e ouvir música de verdade. Quem sabe assim você cresce?"

Julian, enfurecido pela música deles ser assim tão posta de lado, como se aceitar o insulto para si pudesse de algum modo ajudá-la, respondeu para o endereço numérico de Yahoo! dela: "Tenho certeza de que o número de gente que diz para você 'Ignore esse cara! Você é ótima!' não tem fim, mas por algum motivo o conselho não faz você se sentir melhor: você não consegue ignorá-lo. Todas essas outras pessoas estão erradas: você *não deveria* ignorar esse cara, e ele não está 'errado' de nenhuma forma que deva fazer você se sentir melhor. Seja qual for a razão, você precisa ouvir um garoto de Topeka dizer que você não presta. Então, que seja. Escute essa criança, sinta os *insights* violentos dele, e depois volte ao que você fazia. Se quiser alguém para encontrar todas as vozes discordantes para você, eu posso fazê-lo. Se quiser que elas sejam silenciadas, eu esmagarei com prazer quem quer que esteja dificultando para você agir como você mesma. Por outro lado, se quiser uma fita mix de pessoas te chamando de incompetente, posso mandar entregar em sua casa uma gravada profissionalmente, para você poder tomar banho, comer, depilar as pernas e dormir ouvindo um abuso verbal inquietante e depois acordar com risos e gritinhos de divertimento."

6

Apesar das revelações mútuas, da ilusão da intimidade do segundo encontro, até mesmo o papel dele como muso de uma canção que ganhava elogios, ele não podia se encontrar com ela porque não era um de seus pares. Embora sonhasse com ela, ela não tinha carência de fãs igualmente paralisados pela admiração. E, como um fã, seu apelo era próximo do zero: um fã de meia-idade não é um prêmio, não mais do que um fã de 3 anos de idade. Os Rolling Stones — cidadãos seniores — dificilmente ficariam entusiasmados com uma nação de bebês de fralda reclamando que não poderiam ter nenhuma satisfação. Ela não poderia ter nenhuma satisfação se encontrasse com ele, pelo menos não ainda.

Ela era — como ele um dia já quis se tornar — uma máquina: entra combustível, sai arte. Ela exigia infusões regulares de algo raro: sentimentos processáveis em qualquer mixer artístico que tivesse dentro de si para extrair depois como arte. E, ele pensou com uma empolgação cada vez maior, se desejo e expectativa eram materiais a partir dos quais ela conseguia forjar sua música, então ele poderia lhe fornecer algum substrato de valor. Ele podia lhe dar fogo; ela podia cantar sobre fogo; por sua vez, ele compreenderia seus próprios fogos; ela veria nele um homem de fogo tentador; uma reação em cadeia poderia acontecer, e essa reação levaria anos para se extinguir se ele não apresentasse a ela um simples homem cedo demais.

> *The too-bold eyes in the burka*
> *I'm the one in the mask*
> *The fencer; the cop behind one-way glass*
> *Looking at you, looking at you.*

Isso era roubar no jogo, algo como invocar intencionalmente aquela canção à prova de falhas logo antes de uma festa, mas mesmo assim ele futucou o iPod até que ele cuspisse a canção "Burka", de Cait, colocou-a em *loop*, e com sua câmera subiu pela Court Street, Atlantic Avenue e Flatbush, passando pelas vitrines do Brooklyn árabe, pelos óleos fragrantes e pelas agências de viagem iemenitas, tradutores, cartórios e vendedores de especiarias. Tentou olhar nos olhos das mulheres que caminhavam de mãos dadas umas com as outras usando vestidos e véus. A ideia sensual de que por trás de uma daquelas cortinas negras havia uma cantora pop irlandesa em caçada anônima diária por ele: ele sabia que isso era roubar no jogo. Ele fotografou as mulheres cobertas do outro lado da rua e surpreendeu uma delas numa rua transversal tranquila onde, no calor e sob as folhas baixas de uma cerejeira, ela descobrira o rosto para enxugar a testa. Ele achou que tirava as fotos apenas quando as árabes não olhavam, mas depois, no computador, percebeu-as olhando direto para ele, e os olhos de uma delas tinham um verde surpreendente.

Ele fotografou o prédio dela, os dramas de calçada, os clientes que saíam da loja de chá. Da delicatéssen de Bangladesh do outro lado da rua enquadrou a porta de Cait. Capturou a discussão de um casal, e o beijo de outro; o olhar acusador do pedestre que tropeçou, cujo primeiro instinto após recuperar o equilíbrio foi se virar e enfrentar a calçada maligna; o sem-teto que ameaçava um assaltante-fantasma, os punhos erguidos como um pugilista profissional do século XIX; o casal de atletas de fim de semana em traje completo do Tour de France, a barriga dele ameaçando escapar para fora do elástico preto, a bunda dela, já longe do auge, tremendo em shorts *stretch* azul-marinho, em cima do selim como montanhas submarinas durante um terremoto, e então a própria Cait, saindo da porta da frente, suas metades superior e inferior bem distantes uma da outra até Julian ajustar a lente, reconstituí-la, capturá-la entrando e saindo primeiro de um estúdio de pilates e depois de um salão de cabeleireiros riponga, o Whimpering Bangs.

Ela deixou o salão caminhando bem devagar, como um cavalo amestrado numa parada, e, quando tomou um gole em sua garrafa d'água enquanto caminhava, olhou para o lado, como se a bebida a tivesse lembrado de algum episódio que era melhor ter deixado esquecido, e para Julian ela parecia capaz de uma profundidade e uma empatia ainda maiores naquele instante. Mas as fotos dela não conseguiram captar nada disso, e, a cada imagem boba de uma garota apenas bonita segurando uma garrafa d'água que iluminava seu computador, ele cuspia insultos para si mesmo, gemia pelas oportunidades perdidas, a beleza que ele desperdiçara com a incompetência mascarada pelo comércio.

No dia seguinte, ele enfiou quatro fotos toleráveis num envelope de papel pardo com o nome dela e esperou por um sinal na delicatéssen de Bangladesh. O sinal chegou: bengala prateada, óculos escuros. Julian pediu ao cego para entregar o envelope ao dono da Tea Putz. Quatro fotos: Cait saindo pela porta da frente do prédio, esticando os braços por sobre a cabeça de modo que a camiseta dos Lay Brothers ficava ligeiramente acima do trópico de seu umbigo; Cait conversando com o vendedor de cachorro-quente na esquina da Atlantic com a Hicks, de algum modo capaz de arrancar uma gargalhada do velho sírio sempre quieto e de rosto sério, pele curtida e barba grisalha sem bigode; Cait lendo um cartaz esmaecido pela chuva colado num poste, pedindo ajuda para encontrar um velho perdido que escapara aos olhares dos enfermeiros na casa de saúde; Cait, de costas para a câmera, descendo até a boca da estação do trem F, enquanto um homem com cara de pedra sobe sobraçando debaixo de cada braço manequins prateados peitudos e sem braços e sem pernas. Julian esperou pela resposta dela, achando que seria meio sem graça, ou — e foi quase engraçado o terror sem sentido que percebeu que se apossava dele — o silêncio.

7

Ele pôs os *Storyboards* de lado e se espreguiçou, acariciou, para dar sorte, a lombada gasta do álbum de fotos a caminho da mesa para tocar novamente a canção e ouvir seu pai mais uma vez: "'Waterfront!' 'I Cover the Waterfront'!" Verificou e-mails: Alec Stamford, espreitando, devagar-quase-parando na linha divisória entre camaradagem e autopromoção. "P;razer em conhecer VC na GAlleria. Espero que VC tenha curtido. Recebi boas notícias. Vi rostos famosos. Perfil de página inteira no *Times* em breve. Legal. Q bom q ainda naum morri. :) aLmoço qquer dia/? Ou... Eu tenho algumas obras à venda no site da galeria — link abaixo. Ou almoço? Discutir algum trabalho juntos? Dê uma ligada. Paz. Enviado do meu BlackBerry® *wireless*."

Bem mais pessoal foi a carta de news@caitodwyer.com. Uma tremida do dedo, uma nova janela, e ela falou com ele (e com alguns milhares de outros em sua lista de e-mails).

Estamos de volta ao estúdio trabalhando com o lendário produtor Vince Shulman, mas, enquanto isso, eis aqui uma nova música na qual estamos trabalhando em paralelo. Então, se você é fã, está só de passagem ou coisa parecida, clique aqui para baixar uma coisa nova. Não trapaceie, por favor. Nós vamos saber se você não for um fã. Temos computadores incrivelmente avançados aqui no nosso quartel-general supersecreto da banda, e, se um não fã tentar entrar, eles vão derreter seus discos rígidos e transformar sua memória numa vaga lembrança. Vamos lhe dar esta aqui de graça, e você pode nos pagar uma bebida da próxima vez.

Julian clicou em thekeysunderthemat.mp3 e, como uma ninfa ou uma lembrança, Cait veio numa torrente de um servidor rodando em uma sala refrigerada num prédio inumano à beira do rio Hudson até seu apartamento através de cabos azuis e prateados e mergulhou para dentro de seu iPod conectado e esperando, piscando seu aviso persistente: espere. Espere. Não desconecte. Não desconecte.

8

Julian tomou um café na delicatéssen de Bangladesh e ouviu o novo download, "Key's Under the Mat", um mix áspero de voz e guitarra, um pouco acelerado, um pouco cru demais. Naquele dia no começo de junho, ele era uma das raras pessoas que a ouviram. Achou que seria um hit; a canção tinha uma certa confiança, embora estivesse longe de ser sua favorita da obra dela. Musicalmente, ele a julgava pouco original, mas em relação à letra ela atingia o público pretendido de uma única pessoa:

> *A sword in a stone, a tablet on a mountain*
> *A lonely piazza mermaid swooning in a fountain*
> *Cartoon Boy, the key's under the mat*
> *So what you think about that?*

O livro de convidados do website dela já abrigava alguns poucos comentários ansiosos: "Cait, já tive minha cota de '*cartoon boy*', então posso dizer que entendo totalmente essa canção. Obrigada!".

Ela saiu de seu prédio, visivelmente sem Lars, mas o iPod dele insistia: "*Show a little nerve, show a little insight / And don't worry, baby, he don't bite.*" Ela demorou alguns minutos para voltar, então ele comprou um café, mas se passou mais de uma hora até que a porta da frente do edifício voltasse a se abrir e ele pudesse atravessar a rua enquanto um homem louro esférico usando óculos de armação grossa redonda e uma camiseta com os dizeres FINLANDESES DURAM MAIS mantinha a porta aberta e olhava o céu à procura de sinais de chuva, se debatia, se debatia, se debatia (Julian atravessando, tentando manter o ritmo contra a provável velocidade do fechamento da porta branca), se debatia, Julian agora do outro lado da rua (pareceria mais natural para um visitante legítimo usar a campainha de qualquer maneira, ou dar uma corridinha nos últimos passos e segurar a porta que já ia se fechando?), o campeão finlandês de resistência soltou a porta, subiu a rua sem sequer reparar em Julian, cuja mão voou para a beira da porta branca e se cortou no encaixe interno da fechadura de bronze. Se ela queria alguma prova do interesse dele, ali estava, escrita no sangue dele na fechadura dela.

Tão vaidoso que ele realmente não duvidava de que a canção dizia o que ele achava que dizia, mesmo que ela o fizesse imitar um fã ensandecido, mesmo que, é claro, ele quisesse muito ver a casa dela, o que a cercava, os pertences dela, o que a protegia, para encontrar ali alguma pista que o ajudasse a tê-la ou a esquecê-la.

Esfregou a mão machucada, passou pela porta do escritório interno da loja de chá e subiu as escadas com o máximo de silêncio possível, mas seu corpo — passos de Pé-Grande, respiração asmática, coração de metralhadora — sacudia o prédio (como nenhum corpo verdadeiro de espreitador, disse a si mesmo). O papel de parede da escadaria estava verde e ressaltado, um veludo esmagado, manchado com os fantasmas de fotos emolduradas e borrões passados de um assassinato ou uma sobremesa. Um apartamento por andar, cada patamar mais brilhantemente iluminado à medida que ele subia. Ele passou por M&R, Inc., uma placa colada a uma porta na frente da qual um carrinho de bebê e sapatos de todos os tamanhos davam a entender um interior menos que corporativo. No terceiro andar, uma sombra se moveu atrás do olho mágico. Ele ouviu a porta se abrir quando virou a curva para subir o lance final de escadas. — Olá, sra. Harris — ele chutou em voz alta ao subir o quarto andar e saboreou o "hmpf" de uma velha senhora atrás de si.

E então ele estava lá, no vestíbulo dela, no patamar embaixo do brilho filtrado pelo painel sujo de acesso ao teto, a porta dela marcada somente com um 4 de metal preto com uma letra vagamente celta. Este anexo era dela, um espaço privado de verdade, e, embora ele não fosse passar dali hoje, havia penetrado até aquele ponto, ela o atraía um passinho a mais, e arrumara tudo para apresentar novas pistas para ele pesar, catalogar e preservar: um monociclo encostado na parede embaixo de uma série de ganchos dos quais pendiam equipamentos necessários para um cão dinamarquês ou para um trabalho pesado de *dominatrix*: uma coleira de couro com pontas em ambos os lados e as palavras LARS MEU AMOR impressas a fogo, uma correia de couro trançado grossa como o chicote de um cocheiro russo e uma caixa de luvas de látex de tamanho hospitalar. Era o suficiente por ora, estava na hora de sair. Que tipo de garota era aquela, que pistas para seu verdadeiro coração eram encontradas ali naquela canção, praticamente implorando para que ele se tornasse seu criminoso excêntrico?

A sombra de um focinho se moveu no espaço por entre o chão e a porta, de um lado para outro, garras frenéticas batendo, farejar idem, o dinamarquês inspecionando fronteiras, ainda indeciso se agir de modo hostil ou hospitaleiro. Um ousado "Bom garoto, Lars!" produziu um som inquisitivo e diversos pontos de exclamação molhados escurecendo o chão de madeira logo à frente da fenda da porta. Eles apontaram para o item do momento: um capacho de porta, que, quando Cait fosse algum dia domesticada e engordada para se tornar a dona de casa ruiva de alguém, poderia trazer um caloroso BEM-VINDO ou DEUS ABENÇOE ESTA CASA ou LIMPE OS PÉS, DIABOS, mas que por enquanto só exibia arrogantemente em grama artificial abrasiva a prática palavra CAPACHO.

"*Cartoon Boy, the key's under the mat / So what do you think about that?*" As referências ao rei Artur e a Moisés tinham tudo a ver: se, de fato, existisse uma chave embaixo daquele capacho, ela fora posta ali para que apenas um homem a levantasse, e Julian visualizou sua pele derretendo contra ferro se não fosse ele o eleito. Decidiu ir embora. Bateu à porta, muito embora a tivesse visto sair, e viu que havia algo desordenado na ação: batendo para alguém que não estava lá, como se um filme ou o tempo corressem de trás para frente. Então ele levantou o capacho, e ali, numa depressão da viga de madeira central do piso, jazia uma pequena chave de prata. Ele decidiu deixá-la onde estava e convidá-la para sair após o próximo show dela.

— Lars — Julian disse quando a chave entrou na fechadura, girou e depois se reaninhou embaixo do capacho. — Me disseram que você não morde. — Ele mandaria flores a ela com um bilhete para ligar para ele. Era na hora de sair e ir embora para casa. Empurrou a porta dela.

Ele não se lembrava direito do tamanho da fera esperando do outro lado.

— Quem é um bom garoto? — ele perguntou ao pônei, sem saber ao certo qual seria a resposta. Lars estava sentado diante dele; sua cabeça batia no peito de Julian. — Você é um bom garoto, Lars? Eu lhe trouxe um biscoito canino de Bangladesh. — Lars tocou o estranho na barriga com a cara preta quadrada e ficou impressionado com o presente resultante, permitiu que o invasor fizesse um carinho no seu queixo, embora o empurrasse com força na virilha para recuperar a atenção que já ia se esvaindo.

Julian ficou ali, balançando, na sala de estar dela, pensando apavorado por ela que algum maníaco também podia fazer aquilo, e se perguntou se devia de algum modo avisá-la. À direita, duas janelas davam para a Henry Street, os topos rendados das árvores verdes emoldurando o alpendre dela. Ele já tinha visto essas janelas de baixo no dia em que se aproximou do edifício mas recuou. Do outro lado da sala, um computador permanecia ligado e pilhas de CDs no chão se alinhavam com a frente de um sofá fofo ao lado de uma arca de marinheiro comprada em um mercado de pulgas com tocos de velas, e, no alto de um balcão de madeira fora do alcance do dinamarquês, estava uma tigela plástica de M&Ms que já se tornavam cinza. Toda a parede esquerda da sala, do chão ao teto, era um único espelho refletindo o espaço inteiro, as janelas, o computador, os CDs e a própria Cait. A própria Cait. A própria Ca...

Não, não um espelho, mas uma pintura de um espelho, completa com a moldura do espelho, e umas poucas imprecisões: as árvores pintadas nas janelas estavam brancas com as flores do mês passado; a mesa pintada estava vazia; o computador estava fora da pintura, mas no cômodo uma versão datada (pixelada e angular demais) do logotipo do Windows vagava pela tela preta em um sono inquieto; e a própria Cait, a mão na cabeça de Lars, encostava-se na parede entre as duas janelas, onde Julian se encontrava agora, dando palmadinhas na cabeça de Lars e encarando seu reflexo nele.

Ela não estava na rua abaixo. Ele estava zonzo, tão inseguro de si mesmo quanto um garoto de 16 anos, tão espantado com a sorte e as possibilidades que não conseguia imaginar com clareza, mas prometiam o equivalente a um deslocamento de placas tectônicas em sua vida. Ele também se perguntou por que ela queria que ele fizesse isso, que teste era aquele, que detalhes ela achara relevantes. Caminhou até o computador, Lars passo a passo com ele, parando e andando junto, como se o cão o conduzisse, ou risse dele. Julian apertou a barra de espaço com o polegar, rolou-a de um lado para o outro a fim de deixar a impressão digital mais clara possível caso ela se importasse o suficiente a ponto de procurá-la. A tela se iluminou com programas que estavam rodando, o Windows aberto, deixando entrar uma brisa refrescante: a biblioteca de iTunes dela, pausada no meio de uma canção, 31 segundos de algo chamado "Tema de amor no parque dos cachorros". O botão de *play* trouxe a voz dela, cantando aquela canção dos Smiths com alguns cachorros ao fundo. Quando eles latiram, Lars gemeu aos pés de Julian, e ele a imaginou prevendo cada passo e descoberta dele e arrastando o animal para lhe permitir uma inspeção confortável de sua casa. A música era estranhamente assustadora em comparação ao silêncio anterior. Ela animava os objetos na sala, as fotografias, as esculturas de santos irlandeses e deusas incaicas de fertilidade sobre a mesa, o bestiário rosa e verde de bonecos de massinha Play-Doh. Ele desligou a música.

Maximizou a janela de e-mails dela. Ela escrevia uma mensagem, ainda sem endereço de destinatário e sem enviar: "Eu queria saber o minuto em que você deu o mergulho", ela começava a dizer para o destinatário desconhecido. "Você esperou tanto tempo; então, encontrou o que procurava? Não pense — apenas responda." Ele acrescentou seu website comercial aos Favoritos, renomeou-o como Sujeito Notável, colocou-o antes do *Irish Times* e dos resultados atualizados de hora em hora das partidas de futebol europeu e do site do Glentoran da Liga Irlandesa dos Campeões, um link abrindo direto para a bio, estatísticas e a foto única do meio-campo Septimus O'Dwyer.

A porta ligeiramente aberta à direita da pintura o convidava a entrar no quarto dela. Ele parou e ficou pensando se ela desejaria que ele fizesse isso e que tipo de nível de juramento entre amigo e patrocinador ela estava criando para ele, e ele entrou.

Ela morava num quarto e sala, como tantas pessoas. Como era estranho o silêncio (a não ser pela máquina de escrever manual das unhas de Lars no piso de pinho), como era estranho que ali, em todo o planeta, a música não estivesse fluindo para dentro dele, cozinhando desejo, arrependimento ou possibilidade. A cama dela tomava a maioria do espaço do quarto. Mesmo encostada na parede embaixo de uma das janelas, ela mal permitia a presença de uma cômoda e a abertura da porta do armário. Pôsteres: Leonard Cohen jovem, as imagens icônicas de James Joyce (de óculos, bigode e chapéu fedora) e Samuel Beckett (pele vincada como a casca de uma árvore entre o agasalho preto de gola rulê e uma coroa de espinhos de cabelos grisalhos). Bobaginhas de tampo de cômoda: uma minúscula bandeira irlandesa marcando domínio sobre um pote de violetas africanas, a moldura de um díptico ao lado de uma vela aromatizada Dyptique, já a três quartos do fim. Era a mesma marca e fragrância que a mãe de Julian costumava mandar vir de Paris, o cheiro de quando ele tinha 5 anos de idade. Aqui, de todos os lugares no universo, ele sentia o cheiro de sua própria infância, da primeira mulher que amou, como se Cait tivesse desejado que ele a descobrisse enquanto estivesse inteiramente consciente de cada etapa de sua vida antes dela, para contradizer o impulso masculino cauteloso dele em esconder partes de si mesmo.

Ele pegou a vela e levou-a até o nariz, e no cheiro favorito de figo de sua mãe qualquer pensamento sobre tática desapareceu.

No quadro do díptico: os pais ou avós de Cait, infinitamente distantes um do outro em retângulos pintados a ouro. Ele procurou vestígios dela nos rostos deles mas não conseguiu puxar nenhuma semelhança, e aceitou isso como mais uma prova da autoinvenção dela. Um prato de doces de vidro bisotado cheio de correntes e anéis e uma dúzia de cartuns — caneta e tinta sobre porta-copos — ilustrando sua evolução passo a passo até chegar a ser uma deusa da canção. Um crucifixo numa corrente pendendo da maçaneta de uma das gavetas da cômoda, e velas por todo lugar: velas de todas as alturas e larguras plantadas na superfície inteira, frescas e derretidas, pilares e tocos, espadas e espirais, em cima da cômoda, do alpendre, no chão. A cama desfeita, dois travesseiros, mas apenas um com marcas de uso. O outro estava colocado num ângulo perpendicular em relação ao primeiro, disposto longitudinalmente no meio da cama; ela o abraçava enquanto dormia sozinha. E então ele o colocou ao lado do dela e fez nele a marca de outra cabeça enquanto Lars inclinava a sua própria.

A vela de figo predominava, mas também vagavam aromas subordinados: o cheiro de primavera dos andares altos, as árvores acima do tráfego. Havia, no entanto, outro cheiro ali, mais forte, no armário dela, oculto entre vestidos e blusas pendurados, e mais forte ainda nas gavetas transbordantes da cômoda.

Um som de campainha deixou Julian paralisado, curvado ali.

— Estou escutando — disse Cait, como se aguardasse uma explicação implausível. "Cait! Alec! Estou aí perto. Na verdade, estou quase na porta do seu prédio, pensei em te encontrar se você estivesse aí. Me ligue quando tiver um instante. Um lance muito maneiro acabou de pintar, pode ser que você curta. Paz, garota."

Lá embaixo na calçada, além do jardim, visto por Julian abraçado à parede como um espião, Alec Stamford — praga, rival ou símbolo de perigo — colocava o telefone no bolso e entrava na delicatéssen de

Bangladesh. Quando a forma anunciada desapareceu, Julian, arrancado prematuramente de seu êxtase de sonho acordado hiperconsciente e de volta ao mundo mortal de escrúpulos, ramificações e aparências, subitamente ouvindo a janela para sua partida segura começando a se fechar perigosamente, levantou a cabeça e viu, bem em frente, sobre os topos das árvores, uma garotinha olhando para ele do apartamento mais alto em cima da delicatéssen. Ela usava um boné de beisebol preto com um x branco e uma camiseta vermelha com a metade superior do rosto de Che Guevara, abaixo da qual ela se transformava em tijolos vermelhos. Ela acenou para Julian como se eles fossem velhos amigos aqui em cima, ou como se ela frequentemente acenasse para a pessoa daquela janela. Ele acenou de volta, um pouco sem graça, os poderes de invisibilidade iam e vinham sem controle.

Esperou Stamford sair das sombras da loja de chá, enxugando a testa, olhando ao redor, puxando papo com o dono, falando sobre o fascínio de toda uma vida por chás irlandeses, brincando com o bolso flamejante do *blazer* cheio de rendas furiosas que pegara emprestado como suvenir. Quando Stamford finalmente abandonou o posto, pouco menos de dois minutos antes que Cait virasse a esquina para pegar seu cão para dar uma volta e a velha sra. Harris lhe contasse que ela teve um visitante, Julian saiu da Tea Putz com cinco caixas de café da manhã irlandês. O prédio atrás dele, Lars mudo na porta, o brilho da chave mágica vazando por entre as bordas do capacho, Julian se sentou exausto e molhado de suor, como se tivesse feito vigorosos exercícios no Passeio e ficou olhando o quebra-cabeças de Manhattan do outro lado do rio. O cheiro de Cait ainda estava sutilmente no seu nariz. Ele lutou para preservar os cheiros dela e colocar em ordem os pensamentos desconjuntados: beleza implica adequação genética que implica escolhas evolucionárias sábias, ele pensou, um pouco desesperado. A beleza confere *status* ao macho que a possui; é preciso falar mais a respeito de modelos de xampu? Mas ele não se convencia de que aquelas velhas ideias se aplicavam ali. A comparação que lhe ocorreu na sequência, em seu estado irritado, que fazia um sentido incômodo e inevitável, não era biológica: ele subira bem alto, até um altar no céu, acompanhado por uma encarnação animal, e então lhe fora garantido um vislumbre do misterioso culto de uma deusa única. Ele havia sido cercado pelo incenso, ícones e hinos dela, nenhum dos quais tinha muito a ver com os macacos explicáveis e dinossauros digitais televisionados que por tanto tempo aliviaram o desespero dele e evitaram o desmoronamento de suas apatias.

Era assim que Julian sentia a vida agora, novamente ou pela primeira vez. Uma parte dele insistia nisso: ali ele fora perdoado, readmitido a um mundo do qual fora brutalmente exilado. Quando ele vivera tranquilamente naquele mundo, era jovem demais para saber o que a vida poderia fazer com uma pessoa. Agora ele recebera a chance de começar de novo, mais sábio mas não paralisado pela sabedoria ou pela dor. Agora ele desejava, profundamente, e portanto merecia outra chance.

Bateu no iPod, percebendo dentro de uma ou duas notas se cada oferta casual lhe daria o que ele tanto queria. *Funk, punk, mope,* pop, *bop, hip-hop, swing, cool, acid, house,* Madchester, Seattle, Belleville, New Orleans, Minneapolis *white,* Minneapolis *black,* Costa do Marfim, *Blue Note groove,* trilhas sonoras neobarrocas, *jam band,* impressionismo, *hardcore, cowboy crooner, rai,* cigano, tango, foxtrote, pula, pula, pula, o mau humor aumentando, e então ele sentiu, só pelos acordes de abertura, antes de ter identificado o músico ou dito ser daquilo que ele precisava. Parou de bater na cara do iPod, recostou-se de volta no banco e ficou ali, maravilhado, sentindo o mundo se reabrir lentamente para ele.

VERÃO

I touched you at the soundcheck...
In my heart I begged, "Take me with you".

The Smiths, "Paint a Vulgar Picture"

1

Uma única página no travesseiro de Julian — caligrafia bonita, papel artesanal:

> *Your arms did not that way embrace,*
> *I recall your eyes a color somewhat clearer.*
> *Can Eros be bound to terms eternal*
> *When lovers find new pleasures dearer?*
>
> *If I were to plead lost passion,*
> *What court would judge me now disloyal?*
> *Fidelity's hardly more than fashion*
> *But you still cherish love's dull toil.*
>
> *The scribbling of scholars are kindling in winter,*
> *The daubing of masters, pawned to buy wine.*
> *A season of folly was all that I needed:*
> *Where is the love that once I called mine?*
>
> William Caldwell, 1924

Cheirou a página: vestígios dela, talvez. Cait descobrira sua casa e o perfil montanhoso de sua chave, e procurava pistas a respeito dele também. E o que ela havia concluído? Lutou para compreender por que ela havia escolhido aquele poema: ela tinha medo de poder vir a tratá-lo mal? Avisava-o do arrependimento que *ele* sofreria se a maltratasse?

As interpretações forçadas iam se acabando, e em vez disso ele se agarrou à empolgação: ela estivera no *seu* quarto, sentira o cheiro de *sua* vida, tocara *sua* cama.

A cama dele e de Rachel.

— Isso importa — Rachel dissera no dia em que se mudou para morar com ele, dando as costas para a cama anterior. Ela gesticulou com o polegar para a cama, atrás dela. — Aquela ali sai e leva todas as lembranças dos seus gemidos com ela — ela declarou. — Hoje, noivo, hoje. — Saíram para fazer compras naquela mesma tarde. Ele estava ansioso para obedecer, certo de que aquela ação iria capturar e aprisionar sua monogamia escorregadia. Ele havia — lembrava-se agora enquanto passava o dedo pelo poema com a letra de Cait — adorado a ideia de fazer *compras de cama* com sua última mulher, sua mulher até-que-a-morte-nos-separe, sua única mulher. Eles saíram pulando pelo setor de colchões de molas numa loja de departamentos, afundaram em espuma sueca, olharam de mãos dadas dosséis estrelados, andaram em trenós esculpidos pelas neves russas e, finalmente, ficaram com a primeira cama que ela escolheu.

E agora Cait O'Dwyer tocara a cama-de-casado-transformada-em-cama-de-separado. A peça de mobiliário meramente utilitária agora vibrava visivelmente, despertava como uma lâmpada fluorescente. Chegou a hora de ligar para ela, de ir a algum lugar. E o resto do mundo dele começou a baquear com a mesma luz hesitante. Ele a sentiu circulando por ele, embora não conseguisse ter certeza de que isso era apenas imaginação. O novo ucraniano da recepção que guardava o saguão do prédio de escritórios de Julian relatou duas vezes:

— Uma moça veio vê-lo, sr. Donahue.

— Deixou recado?

— Não.

— É estrangeira?

— Difícil dizer — já que qualquer um cujo nome não terminasse em *k* era estrangeiro.

— Cabelos ruivos? Rosto angelical? Aura de poder demoníaca? — isso Julian não perguntou, preferindo não ouvir a confirmação ou a negação do sr. Polchuk. Sua caixa postal estava aberta mas ele a havia deixado fechada, o armário estava fechado mas ele o havia deixado aberto, e os bolsos do paletó estavam todos revirados, embora ele sempre fosse obsessivo em deixá-los virados para dentro, e o perfume dela aparecia bem sutilmente, do nada, como um fantasma aleijado.

Ele poderia simplesmente ligar. Ele certamente a desejava. Até mesmo acreditaria que era fisicamente capaz, já que a voz dela num CD era mais potente do que qualquer receita para levantá-lo do torpor. Mas a cada dia que simplesmente não a chamava ele mal conseguia entender a própria resistência ao próximo passo. Apavorado com uma rejeição, como um adolescente? Não havia por quê, assim como com Maile, não valia a pena? Não, não era isso. E no entanto ele não ligava. Era embaraçosa essa combinação de imobilidade e ignorância quanto à sua causa.

Ouviu "Burka", que se aplicava ao caso único dos dois, embora a canção datasse de antes do começo da dança deles:

> *That's me in the burka,*
> *That's me at Le Cirque,*
> *That's me in your rearview,*
> *And me breathing on your bathroom mirror.*
>
> *That's me in the burka,*
> *And yeah that photo's of me circa*
> *Fall, 2001,*
> *Back in that heady season of fear.*
> *You're not the only one who's starting to feel a bit queer.*

Em setembro de 2001, ela tinha uns 14 anos e ainda vivia na Irlanda, mas mesmo assim ele imaginava uma foto dela a mostrar a reação apropriada àquela temporada.

Quando deduzia que era observado, as evidências mostravam-se tênues: depois de um ou dois drinques, o olhar dela viajava pelas janelas e poças d'água. Ela preenchia lacunas em sua vida como o asfalto preenchia buracos na estrada. Imaginou que eles compartilhavam os mesmos espaços, só que nunca ao mesmo tempo, e adorou isso. Ela deixou o copo de gelo derretido para trás, ao lado da garrafa de uísque dele, deixou o DVD pausado no momento em que o narrador dizia, a respeito de um determinado lagarto: "Em dez milhões de anos, talvez os humanos sejam iguais: autossustentáveis, sem nenhum macho."

Se ele não proclamava tudo aquilo a si mesmo para se sentir menos covarde, ela estava se aproximando apenas um pouco mais devagar, ainda não pronta para se encontrar com ele, e revelando na abordagem diagonal uma necessidade paradoxal porém irresistível de proximidade e demora, uma necessidade tão forte e persistente quanto a de Julian.

Ele podia explicar a hesitação *dela*, se não a dele própria. Era a necessidade temerosa dela por inspiração artística, ele sabia. Ela era supersticiosa, ele rapidamente entendera, e tinha motivos para achar que a sorte não ia durar para sempre. Alec Stamford era a prova viva disso. Os espíritos da avó irlandesa de Cait não mais a assombravam, mas aquela espécie de crença ainda prevalecia nela. O estrelato era novo e frágil, sua arte ainda se cristalizava, e Julian havia provocado uma canção e dado conselhos que ela guardara no prato de doces. Ela provavelmente sentira que precisava fazer o que fosse necessário para manter o amuleto da sorte, pelo menos por ora.

Ser o muso dela bastava agora, isso não duraria para sempre, ele alertou a si mesmo. As musas de Picasso eram descartadas com a tinta seca da véspera, e a seguinte já esperava bem ali, passando por cima da forma amarrotada da predecessora. O combustível de que o artista precisava não podia ser dragado perpetuamente de um único ser humano. Quanto mais tempo Julian conseguisse suportar sem se encontrar com ela, mais tempo atenderia às suas necessidades, e ela às dele. Mas um dia ele teria de dar o salto.

Tudo provavelmente era verdade, mas ele também podia ouvir a voz de seu pai, "covarde e cheia de autopiedade".

— Como o senhor contou a ela? — Julian tinha talvez 14 anos quando perguntou ao pai como ele dera a notícia à garota francesa que conhecera no concerto de Billie Holiday que ele não era mais o homem de antes, poderia não ser mais sequer o tipo de homem que ela desejasse. — Como o senhor contou a ela? Deve ter sido... O senhor deve ter se preocupado com o fato de ser, o senhor sabe...

— Perneta demais para ela? É, isso me ocorreu.

— E o senhor telefonou? Ou escreveu? Ou simplesmente apareceu lá em Paris?

— Não, não, não. Eu estava por demais imerso na autopiedade para fazer qualquer uma dessas coisas. Meu plano foi muito mais esperto: eu apenas decidi nunca mais falar com ela, voltar encolhido para Ohio... Ah, era para o próprio bem dela, sabe, muito nobre da minha parte, nobreza e autossacrifício são sempre uma autoilusão conveniente, é claro... Voltar encolhido para Ohio para quem sabe me matar bravamente ou pelo menos começar a beber como um bêbado de rua.

— O quê? Por quê?

— Porque não havia nada que eu pudesse fazer, dizer, escrever ou pedir a ela que fosse justo pedir a alguém; nenhum jeito de libertá-la sem fazer com que ela se sentisse culpada, nada para lhe oferecer em troca por não ser um daqueles caras com o número-padrão de pernas. E eu fui um covarde. Tive medo de ela dizer não e medo de ela dizer sim, mas nunca saberia se ela teria feito isso por pena.

— E?

— E aí sua mãe veio até o hospital em San Diego por conta própria, entrou como se nunca tivéssemos nos separado por um dia, como se tivéssemos nos escrito, como se eu tivesse agradecido a ela pelo disco, como se ela já soubesse de tudo. E normalmente sabia, sua mãe. Mas assim são os franceses.

E, assim, como seu pai gemendo num leito de hospital, Julian não ligou, não fez nada a não ser escutar a demo de Cait, planejando como poderia inspirá-la a distância. Esperou que ela entrasse com todas as respostas, todo o futuro.

2

A letra de "Key's Under the Mat" aparecera para Cait aos pedaços. A frase sobre a sereia desmaiando na fonte apareceu primeiro, e, embora a palavra *desmaiando* tivesse recentemente voltado à superfície navegável de seu vocabulário por cortesia dos espectros dos porta-copos, ela não pensava no Cupido adormecido, não conscientemente, não ainda. A letra foi chegando aos pouquinhos ao longo de vários dias, palavras, imagens e rimas, e só muito perto do final ela percebeu o que produzira: um convite para que penetrassem em seu apartamento (embora ainda não estivesse endereçado a ninguém em particular). Era um documento lunático, e ela quase o jogou fora.

Depois mudou de ideia, decidiu simplesmente remover os detalhes mais identificadores, mas então parou de novo e se chamou de covarde. Se aquilo era o que ela havia recebido, então se recusava a permitir que o medo a censurasse, a estragar um presente daqueles. A fonte oculta daqueles presentes a *provocava* para que pusesse algo real em risco. Ela cantaria aquilo, assim que Ian criasse o cenário certo.

E ela endereçaria o convite. As últimas duas palavras escritas por ela na letra foram "Cartoon Boy". O ritmo ficara bom, o *c* duro soava bem ao final de um verso, produzia uma espécie de fala desdenhosa misturada a um rugido, o som de um desafio. As duas últimas palavras lhe ocorreram tarde da noite, quando ela voltava para casa após a maratona televisiva, e a situação ficara óbvia. Ele merecia uma canção assim. Ele certamente a divertira o suficiente para merecê-la, e quem sabe ele até notaria. Era esse o elemento de maior apelo para ela: a ideia dele reparando a criação dela, em detalhes.

Mas ele não respondera, uma, duas, três semanas depois que ela postara a gravação: nem um e-mail, nem um porta-copos ou um relato de que ele aparecera num show, embora ultimamente ela começasse a pedir aos bartenders que lhe fizessem um sinal se um sujeito com a descrição do Homem do Porta-Copos de Mick surgisse e ficasse no fundo sozinho. Ela o havia perdido em algum lugar, se revelado de algum modo como repelente para ele, depois de ele ter tirado aquelas fotos tão bonitas. Que pena. Ele preenchera um nicho, isso para dizer o mínimo. Ela sentia falta da atenção dele, mais do que gostava de admitir, sentia falta das críticas dele, de seus ouvidos e seus olhos sobre ela, às vezes cantava imaginando que ele a observava, sem ser visto.

3

— De quem ela estava falando naquele artigo baba-ovo do *Times*? Do conselheiro notável?

— Achei que fosse você — disse o Novo Baixo, depois de Cait ter executado, como uma Tudor mal-humorada, o predecessor, renomeado postumamente de Primeiro Baixo.

— É o cara daqueles cartuns — murmurou o Batera, fala muito lenta, e que ninguém, como era frequentemente o caso quando ele estava chapado, entendia completamente. — Pergunte ao Mick. Ele me mostrou os porta-copos. — Fez uma pausa e depois disse muito metodicamente: — Diz para ele, para o Mick, quero dizer, diz assim: "O Batera me disse para te dizer para me dizer sobre os cartuns que você falou para o Batera aquela vez, porque eu quero saber, e o Batera não pôde me dar essa informação, e assim você pode ver meu problema, porque o Batera... não é... uma fonte totalmente confiável de..." — O Batera caiu para trás como se sua sentença de morte tivesse acabado de ser comutada.

Ian assentiu, como se não prestasse atenção, um homem já esquecendo o que havia perguntado apenas de passagem e por educação. Mas ele parou, sozinho, no Rat naquela mesma noite, uma quarta, e depois na quinta, bem tarde, mas Mick não trabalhava no bar em nenhuma daquelas duas noites. Depois Cait conseguiu duas noites para eles em Jersey (durante as quais ele notou, pela primeira vez, a frase "Cartoon Boy" na letra de "Key" e ficou realmente irritado), e o Rat não atendia bebedores de domingo, então ele não podia tentar novamente até segunda, foi até lá só para descobrir que, no sábado anterior, enquanto Ian tocava na festa de fraternidade na universidade Rutgers, Mick pedira demissão do Rat para demonstrar mais comprometimento com os Lay Brothers. Ian não podia fingir ser acidental uma visita ao apartamento de Mick, e assim o interesse no "sujeito dos cartuns" se desvaneceu por necessidade, até duas semanas depois, quando Cait apareceu para trabalhar.

Ela largou a bolsa molenga colorida de cigana no chão e tirou um tubo de papelão de dentro, jogou-o para ele, foi até a geladeira e disse:

— Para o cartaz.

Do tubo, depois de sacudido, saiu um *mock-up* do anúncio da turnê. Era em sua maior parte a manchete, mas a quinta parte inferior era deles. Cait teve a coragem de escolher uma foto só dela, em vez de uma das fotos tiradas com a banda, juntando grana de todos, no inverno passado. Ótimo, pensou Ian, a natureza do mundo e do futuro deles clara o bastante para quem tinha cérebro, e as fotos, de qualquer maneira, tinham o Primeiro Baixo.

— Quem tirou a foto? Não ficou ruim — para dizer o mínimo.

— Ah, uma longa história — ela disse. — Mas quero sua aprovação antes de mandar a gerência de lá imprimir.

— Obrigado. — Ele lamentou. Ela enunciou as palavras para que parecesse o seguinte: "Eu quero sua aprovação" como o elogio de um empregador, não a necessidade de um parceiro, e "Obrigado" era o agradecimento encabulado de um empregado. Era uma foto sensacional: os olhos dela fechados, ela na rua, em frente ao próprio prédio, espreguiçando-se não como se posasse, um pretenso instantâneo tirado sem querer como se ela tivesse andado o tempo todo por ali guardando um segredo muito engraçado. — Por que você está usando uma camiseta dos Lay Brothers?

— Eu adoro esses monges.

— Humm. Tá, eu iria ao show dessa garota. Quem tirou a foto?

— Esta, ah, esta... — Ela se inclinou mais para dentro da geladeira, como se tentasse localizar uma lata de cerveja particularmente arredia, e Ian entendeu a tremenda sensação que, naquele exato instante, começava a arrepiar sua espinha e seu rosto: nunca antes ele a vira envergonhada. Ele tinha apenas a voz e a bunda dela para julgar, mas tinha certeza, e uma detonação espetacular explodiu num cantinho do seu universo. Ela finalmente emergiu, a cerveja sem-vergonha capturada. — Onde você escondeu o abridor de garrafas, seu criminoso?

— Você vai ter que colocar os créditos da foto no pôster.

O sorriso dela ali parada — garrafa de cerveja numa das mãos, abridor na outra — anunciava que ela sabia tudo o que ele pensava, e ele a divertia, mas agora, pelo bem de todos, era hora de parar.

— Acho que sim. Temos muita sorte de você entender um pouco de direito.

— Quem tirou a foto? — ele tentou fazer a pergunta soar engraçada, mas saiu apenas como uma repetição além da conta. Ele daria tudo para voltar e não ter feito essa pergunta.

Ela sabia disso também. Aquela voz de falsa reprimenda que ela fazia encerraria o assunto, e ele nunca mais poderia tocar nele novamente sem provocar um furacão naquela mulher. Com certeza:

— Você quer trabalhar hoje? Ou ficaremos sentados a balir um para o outro como ovelhas raivosas?

— Deixa para lá. Puxa uma cadeira, sua diva. — Tempo bom restaurado, ele tocou um padrão em que pensara logo antes de adormecer na noite anterior, para o qual havia atravessado a sala para gravar de olhos ainda fechados. Ela disse, com muita sinceridade:

— Mmm. Gostei disso. — Essas palavras, ditas naquele tom de voz, compunham uma das maiores alegrias dele, uma alegria capaz de deixá-lo excitado muito após ela já ter ido embora. Era, imaginou ele, como acordar com a luz de um novo dia e ver o rosto de sua amada acordando.

4

Eles fecharam seis faculdades na época de verão no nordeste como o máximo de uma programação de três bandas. O dinheiro aumentou bastante, e toda noite eles se sentavam numa salinha nos fundos ou do lado de fora ou ainda em um *deck* mais acima que dava para um estacionamento enquanto o Trouser Dilemma e depois os Lay Brothers tocavam para massas crescentes de universitários cada vez mais bêbados, muitos dos quais sabiam especialmente quem Cait era. Eles aumentavam muito o consumo das casas.

Antes de continuar, Ian lia ou fazia ligações ou dedilhava uma guitarra desplugada. O Novo Baixo e o Batera saíam para fumar. Mas Cait só ficava cada vez mais elétrica à medida que sua hora se aproximava. Podia tentar tirar um cochilo ou comer alguma coisa, mas nem dormir ou comer surtiam algum efeito sobre a mudança que a afetava enquanto esperavam. Quando subiam ao palco, Cait já teria passado umas duas horas isolada, e a atenção destilada em um soro altamente concentrado animava seus membros e rosto além do normal. Ian podia ver o nível subir atrás dos olhos dela.

E ela brilhava para eles, esses universitários bêbados — Ian tinha de admitir. Talvez, em um longo e quente verão, fosse apenas essa ligeiramente precisa diferença de idade entre eles e ela, entre 19 e 22: ela era mais velha, mas não muito; ela sabia de coisas mas ainda não se esquecera; ela já começara o que eles estavam nervosos para iniciar.

No final da turnê, em Storrs, Connecticut, eles terminaram a última música, deram boa-noite e marcharam escada acima para um escritório apertado para decidir se haveria um bis — o mais tolo dos rituais de rock tornado ainda mais tolo pelo completo horror dos bastidores: ninguém queria estar lá em cima; aplausos dificilmente seriam necessários para tirá-los de lá. Ainda assim, apertados no pequeno cômodo, esperavam Cait julgar o volume e a sinceridade dos pés sapateando no chão e dos gritos lá embaixo. Quando ela considerou o pedido suficientemente crível, submisso e extático, eles desceram, e o aplauso mudou do pedido ritmado para agradecimentos aliviados a granel.

Ian se ajoelhou para ajustar um pedal, e Mick, dos Lay Brothers, falou para Cait por sobre as costas curvadas de Ian:

— Visualizamos o Homem do Porta-Copos no final do bar, garota — mas Cait não o ouviu. Ela virara para o outro lado enquanto Mick começou a falar, e, como ele não queria parecer um cara em pé ao lado do palco tentando ganhar a atenção de uma cantora gostosa, apenas agiu como se ela o tivesse ouvido e se virou. Ian conseguiu não olhar para o bar com os olhos arregalados.

— Mick, me faz um favor? — ele o chamou, os olhos nos controles de seus pedais. Puxou o telefone do bolso do jeans e, de costas para Cait, jogou-o para Mick. — Consegue um vídeo discreto do Homem do Porta-Copos, por favor? Longa história.

— Ian? — a voz de Cait atrás dele. — Odeio interromper, mas posso te pedir para tocar guitarra um pouco?

Fizeram um bis de duas músicas, "Monkey Man", dos Stones — um ou dois garotinhos quase com certeza ficariam clinicamente insanos por algum tempo (e o próprio Ian ainda era vulnerável a certa sequência paralela que mandava calafrios azul-elétricos pelos seus braços) quando no crescendo do improviso de saída ela cantou uma e outra vez: *"I'm a monkey!"*, mas substituindo o estertor da morte de um chimpanzé sufocando o original de Jagger com seu gemido único, cada um mais intensamente sugestivo que quatro compassos antes — e depois "Bleaker and Obliquer", que ultimamente surpreendia com um poder fascinante, todo o crédito disso para os cristais que Ian arrumou, pois até aquele momento ele ainda não fazia ideia de que diabos a letra da música significaria. Mesmo depois de ele ter procurado a palavra em um dicionário on-line.

Ele estava, depois, meio orgulhoso da calma de superagente com a qual tinha jogado o jogo de Cait. Ele não fingira; realmente esquecera de observar o caminho tomado por Mick no meio da multidão, de procurar pelo perturbador Homem dos Cartuns, até que o aplauso para "Bleaker" estilhaçava o lugar, e Cait fingia não ouvir as ofertas de drinques, casamento e sexo vindas dos garotos mais afobados da frente. O estéreo foi ligado, as luzes mudaram, e, enquanto Ian e os outros pegavam os equipamentos, ela saiu pela porta de trás para esperá-los na van (normalmente para dormir ou comer ou, como Ian descobriu uma vez para confusão dele e raiva dela, chorar). Só então Ian lembrou do homem, e ele não pôde evitar de procurar por todos os lados pelo rival e por seu espião, mas Mick não apareceu com o telefone, e uma visita ao bar — para ver se a Universidade de Connecticut em Storrs lhe ofereceria mais entretenimento — se provou infrutífera; nada de Mick, nada de Cartoon Boy, nada de ofertas atraentes de companhia.

Eles voltaram à cidade, cada banda em van própria, Mick e os outros Lay Brothers aparentemente com o telefone de Ian enquanto Cait ainda gemia "Monkey Man". Ele não podia pegar um telefone emprestado para ligar para Mick na frente de Cait, e então, de volta em Williamsburg bem depois das quatro da manhã, tentou ligar para o celular de Mick e o seu próprio, mas só conseguiu a caixa postal. Na manhã seguinte, à infeliz hora das oito da manhã, Mick ligou para dizer que o bartender da noite anterior era um babaca, pois Mick deixara o telefone com ele para dar a Ian, quando foi chamado de última hora para uma festa imprevista em uma república feminina. Sim, ele havia filmado discretamente o Homem dos Cartuns:

— Relaxa, cara. E o que foi aquilo? Cait manda *você* fazer a vigilância dela? Nenhuma parte sua se revolta com a sua bichice? — Mas o telefone ainda estava em Storrs, e um exausto Mick já se encontrava de volta para a cidade num trem barulhento de rachar a cabeça.

Ian pensou em ele mesmo pegar um trem de volta ao norte, mas, preocupado com o fato de que podia chegar e dar de cara com um bar fechado ou com a noite de folga do bartender, ligou repetidamente, começando às seis daquela noite, até que, vinte e quatro horas mais tarde, falou com o babaca e recebeu as boas notícias de que o telefone (e o pedido de desculpas do babaca) já ia a caminho do Brooklyn via expresso noturno desde o dia anterior. Ian já devia tê-lo recebido.

— Onde você pegou meu endereço?
— Nos contratos.

Exceto que aquele era o endereço de Cait. Várias horas antes, em sua sala de estar, ela abrira a caixa endereçada à Cait O'Dwyer Band, jogou o papelão para Lars para ser processado para fibra nutricional, e leu os dois *post-its*, um em cima do outro: "Desculpa, cara. Mal aí. Vince." e "Aqui está seu vídeo, chefe. Diga a Cait que o Homem do Porta-Copos tem 95 anos, mas ela não precisa agradecer. Aliás! Se liga nas garotas do final. Se eu desaparecer, manda a polícia entrar no dormitório delas. Mick." Ela usou o próprio carregador para ressuscitar o suspirante telefone e assistiu a dois minutos de sequências estranhas, então transferiu o arquivo para seu computador. Na tela maior, digitalmente abstrata e como se fosse iluminada por designers de luz de prisões, era um show de TV estranhamente irresistível.

A distância, no distorcido acompanhamento de "Monkey Man", havia imagens alternadas do rosto de Mick e do chão, e da rodopiante, como um tornado, cobertura caótica do telefone sendo virado pelo lugar: luzes de teto turvas, rostos estilo *kabuki*, a Cait espantalho longe em um palco iluminado por um facho amarelo estreito. O telefone parou de se mexer, focando-se através do lugar para o bar de madeira e um homem sentado bem no final, embora ele estivesse difícil de ver. Ele ouvia Cait, balançando a cabeça conforme a música. Ele aplaudiu no final de "Monkey Man". Quando Cait pôde ser ouvida falando "Bleaker", ele se levantou, contou algumas notas no bar e se encostou contra a parede mais atrás, os braços cruzados, a cabeça baixa, o colarinho levantado, e então uma voz feminina disse "Oh, meu Deus, você estava tão incrível lá em cima" — e a câmera virou rapidamente para a direita, e duas garotas ligeiramente vidradas contemplavam para onde Mick, fora do foco da câmera, disse "Eu estava. E eu estava esperando que vocês notassem, e é bom porque...", e o vídeo parou, congelado nas garotas no meio de uma piscada.

Cait há muito tempo pedira a Mick para apontar o artista do porta-copos, sem resultado, mas agora Mick estaria dizendo o quê, exatamente, mandando isso para algum outro "chefe"? Homem do Porta-Copos, sleepycupid, Cartoon Boy, J.D., JD7201965@yahoo.com: agora ele tinha um rosto, o que era bom, e um certo estilo e uma idade, o que era incrível, destacando-o mais ainda de qualquer outra pessoa em seu mundo sufocante. Ela tocou de novo o vídeo. "Bleaker and Obliquer", ela disse fora da câmera, e seu amigo se levantou e contou dinheiro em cima do bar e se encostou na parede. Cait assistiu de novo, pausou quando tinha o melhor retrato dele, voltou alguns segundos, quadro a quadro. Ele estava desapontado, talvez. Um *frame* depois não era desapontamento, mas o mais ligeiro riso. Ela tentou se lembrar se fizera algo bobo ou que desapontasse. Mas ele possuía um rosto agora, seu sleepycupid, um rosto muito bonito, um rosto de um homem do mundo, um certo poder confiante nele e em sua postura.

Ela ligou para Ian e ficou só ligeiramente surpresa ao ver o misterioso telefone visitante sofrer um pequeno ataque epilético em sua mesa. Sorriu.

— Ah, seu putinho.

"Bleaker and Obliquer", disse a voz no computador de Julian, saindo do vídeo enviado por e-mail para JD7201965@yahoo.com. Ele viu a si mesmo se encostando numa parede em Connecticut. A resolução não revelava a alegria em seu rosto quando ela cantou a música deles. A sequência começou cerca de cinco minutos depois de o baixista despedido de Cait terminar uma conversa com Julian no final do bar, uma maratona de arenga que irritara Julian enquanto ele esperava pelo refrão:

— Sabe, muita gente me diz que ela deveria me pagar por tudo. — O jovem estendeu os dedos na frente dele, estudou as costas de suas mãos. — Eles estão todos assim "Ela precisa de discórdia e está usando você pra isso", e eu fico "Eu só quero fazer música, sabe." Mas eu ouço muita gente e eles "Ela te usou. Ela lavou o rosto na sua pia, e agora você está com marca-d'água. Você é o Pete Bested dela, cara. É que nem vudu, e você é um morto-vivo. Você tem que se recuperar de algum jeito, ou você vai ficar assim para sempre: no meio dos vivos, mas não um deles. Ninguém vai tocar em você." E eu fico "Isso é só falação, e é estupidez", mas, sabe, tem alguma coisa aí. Eu sei. E acho mesmo que ela quebrou algo que não era dela, e você não pode fazer isso. Ninguém chama a atenção dela em nada. Ela só canta e é bonita e acredita que pode fazer o que quiser. Ela não pode, pode?

O garoto saiu antes do refrão, e Julian o viu pela janela enquanto ele vomitava na rua e cambaleava para longe.

— Muito obrigado, pessoal. Vocês são gente boa. Então, tudo bem, nós vamos tocar mais duas. Aqui vai uma boa para os não tão legais entre vocês. — E o novo baixista começou a introdução de duas notas para "Monkey Man".

Ele tocou o vídeo de novo, tentou imaginar o que ela pensava quando o assistiu, se perguntou quem ela mandara para observá-lo. Talvez ela estivesse dizendo que agora era a hora de se encontrar, ou talvez ela dissesse que ele se vestia como um velho ou talvez devesse tingir o cabelo, ou olhe só como você ficou óbvio para uma musa invisível ou, talvez ainda, dê-me um pouco de espaço.

"I'm a monkey!" Ian assistiu o vídeo em seu telefone recuperado assim que ela estava fora de vista.

— Nenhuma carta, nenhum bilhete, só seu telefone em uma caixa — ela dissera, e graças a Deus. — Que putinha tirou ele de você? Ou você usou ele como pagamento?

E agora isso, e havia o Cara dos Cartuns. Ian *vira* ele antes, em outras apresentações. Era difícil não notá-lo porque era velho, com pelo menos

40, talvez 50, talvez mais. Ele também era, e não meramente por conta da idade, vagamente pegajoso: os desenhos, a foto sem créditos no cartaz, os buquês de flores e garrafas de vinhos e ligações telefônicas que ela levava para cantos escuros ou para fora, os quitutes que Ian comia sem nunca revelar que tinham sido mandados para ela, quem sabe o que mais. Bom, se Chase e Wendy tiveram de ir, então o Homem dos Cartuns tinha de ir. Havia uma boa tomada dele de perfil, deixando dinheiro no bar de um jeito nojento, possessivo. Ele era tão velho que a ideia dele junto de Cait era reconfortantemente improvável ou, menos reconfortante: se fosse provável, não dizia muito sobre as chances de Ian, pelo menos por algumas poucas décadas a mais até que seu cabelo rareasse e sua vontade de fazer sexo se tornasse ímpar e incerta.

Dessa vez Ian teve uma ideia digna dela. Ele caiu na engraçada caixa postal de seu primo de segundo grau, redirecionado pelo quadro de distribuição central. Deixou uma mensagem, invocou conexões de família, tinha um favor para pedir, não uma emergência, mas ele se sentiria melhor se soubesse que estava nas mãos de seu primo, me ligue nesse número quando puder. Ian não precisava acumular falsos sentimentos, pois o primo não sentiria mais entusiasmo pela relação deles do que o próprio Ian.

Mas ele estava errado: Stan não resolveria por telefone, insistiu que eles jantassem num pequeno restaurante italiano escolhido por sua história cinemático-criminal, e Ian teve que aguentar dois pratos principais antes de poder forçar o tópico para longe da história da família, pela qual Stan tinha um apetite insaciável. Todas as lembranças de Ian sobre o primo mais velho eram nubladas por desprezo familiar: o pai de Ian julgava o pai de Stan um palhaço de dimensões operísticas e provavelmente corrupto. A mãe de Ian soltava o ar com força e ficava muda e irritadiça à menção da mãe de Stan, incapaz de achar palavras para a depravação de alguns eventos de anos antes do nascimento de Ian. Mas agora no jantar Stan falava dos pais de Ian sem fingir afeição, descrevendo eventos familiares com uma névoa de nostalgia.

Stan largara parte das afetações meio sarcástico-magnéticas de quando era jovem — o autopromocional e bojudo coldre feito de meia, o sotaque mais áspero e antigo do Brooklyn que sempre remetia Ian ao Pernalonga, o uso de "antigo" como um grande elogio. Mas ele tinha desenvolvido uma atitude de tira durão mais completa, e Ian ainda o considerava — talvez injustamente — uma caricatura.

Ele vestia um terno preto, com um fraco riscado em um preto infinitesimalmente mais lustroso, visível somente de certos ângulos, quando um súbito encaixe visual do padrão axadrezado momentaneamente distraía suspeitos e testemunhas do que eles diziam, e Stan podia observar o rosto desprotegido, as microexpressões que ele aprendera a ler em uma ferramenta de treinamento de um CD-ROM. A gravata e o lenço de bolso eram da mesma seda escarlate, um toque afetado para um homem trabalhador que fora construído a partir de detetives de televisão, dos colegas policiais mais duros de seu pai e de um agente funerário na vizinhança observado por ele quando criança acompanhando seus pais em luto em três ocasiões, lendo para seus clientes e vendendo para eles a partir da fatia mais alta dos preços do caixão, usando a culpa e a vaidade com lábia para adornar com palavras o caixotão de madeira de mogno. Seu telefone, seu porta-cartões, seu relógio — todos bolachas de prata — brilhavam com monogramas de alto polimento. Mesmo por tudo isso, ele não era, para outros policiais, uma piada, pelo menos uma piada muito ruim, e ele não se importava com o comentário ocasional sobre seu estilo enquanto isso desviasse a atenção de sua altura, um insulto que ele nunca perdoava totalmente, embora fosse somente ligeiramente abaixo da média, uma margem normal para a maioria.

Ele por sua vez acusou o primo mais novo de ser um garoto em corpo de homem. Ele se vestia e falava como um garoto, fazia música de garotos, vivia uma vida de criança, e, a exemplo da história que ele contava enquanto comia uma vitela balsâmica espetacular, andava aos trancos e barrancos pelo mundo, perplexo com problemas feitos para adultos. Um pervertido se contorcia um pouco perto demais da chefe da criança, e em vez de fazer o que Stan teria feito — lidado com isso ele mesmo, cara a cara, explicando as realidades para o maluco —, Ian veio correndo para o adulto mais adulto que ele podia pensar. Stan ajudava pessoas o dia inteiro, todo dia, pessoas que não podiam lidar com o mundo, e ele raramente sentia algum desprezo por elas, mas havia algo em ver homens de sua família chorando.

— Ela vai me despedir se souber que veio de mim. Você não pode contar para ela. — Até isso: Ian implorava por ajuda, mas tinha medo da garota que ele protegia.

— Insegurança no trabalho? Eu pensei — quem era? — que a Tia Kelly tinha dito que você era o melhor guitarrista desde Bruce Springsteen?

— E aqui vamos nós, pensou Ian: Stan obviamente sabia o quão pouco Ian e Kelly se gostavam, e então fazia dessa merda um ponto-chave. A conversa não ia como Ian imaginara. Stan continuava o mesmo filho da puta exagerado que costumava dar uma de valentão para cima de Ian nos eventos familiares, chamando-o de viado de cabelo comprido mesmo na frente dos adultos. Isso já tinha perdido a graça, e Ian não podia culpar ninguém por isso a não ser a si mesmo. Culpa de Cait.

— Nós todos estamos preocupados. Ela se faz de corajosa, mas também está preocupada. Ela não admite, mas está, e não devia. — Ian parou para pensar, cuidadoso para não dizer nada que pudesse causar uma encrenca de verdade para ele. Ele considerou os crimes de seu primo e o jeito brusco de Cait, escondendo seu último "fogo" na letra de uma música que fizera Ian escrever. — Você pode pensar que o que eu e ela fazemos não tem importância, mas...

— Por que você diria que eu penso que isso não tem...

— ...mas depois de um tempo você sabe identificar os perigosos.

— Nossa: uma dica.

— Eu te liguei porque você é da família. — Ian se lembrou de uma festa de casamento em um restaurante quando ele tinha uns 11 anos, o que dava ao primo uns 20 ou 25. Stan chamou a polícia quando sentiu o cheiro de maconha em uma das cabines do banheiro, e um dos padrinhos quase foi preso, não fosse pela intervenção do pai de Stan, um policial, que teve de dar um sermão no filho — depois de levar os caras de uniforme na conversa, com bolo e vinho — sobre perspectiva, contexto, e nós contra eles. E agora Ian se arrependia de tudo: mandar Stan para dar uma dura no Cara dos Cartuns seria incrivelmente fantástico, mas atrair o imbecil para dentro da vida de Cait parecia uma maldade desnecessária, mesmo para ela, e, já que ele não podia fazer um sem fazer o outro, decidiu a essa hora tardia cancelar tudo, se desculpar por tomar o tempo de Stan, dizer que fora bom eles se falarem.

— Escuta, você sabe, quanto mais eu falo sobre o assunto com você, talvez eu tenha exag...

— Espere um pouco. — Stan levantou uma sobrancelha para a tela do telefone. — Eu preciso atender.

Ian aproveitou a oportunidade para checar as próprias mensagens, e ambos fizeram ligações enquanto o molho nos pratos congelava como sangue escurecendo e coagulando.

— Você puxou a jaqueta? — Stan perguntou para o telefone.

— Ian, sou eu — a Cait na caixa postal disse no ouvido de Ian, como se ela acabasse de apanhá-lo novamente em sua brincadeira boba, batido nele de novo. — Eu quero... eu preciso... Me perdoe por estar tão inarticulada. Eu queria ter dito isso frente a frente, mas de algum jeito eu estou muito... Deus, eu me sinto tão burra. Eu vou falar de uma vez, deixar a preocupação de lado, certo? Ok, eu... Eu... Eu, oh, *Meu Deus*, Cait, fale logo. Bem, aqui vai: Ian, eu acho que devíamos mudar o ensaio para as três da tarde. Você pode ligar para os caras e providenciar? Obrigada, coração.

— Algo útil ou os paramédicos pegaram tudo? Ótimo. — Ele fechou o telefone. — Desculpe, primo. Homicídio ainda tem prioridade sobre músicos assustados, mas com o tempo isso vai mudar. Oh, não fique magoado, eu só estou brincando. Você estava chegando no ponto.

Ótimo: ela merece uma pequena dose de Stan por um tempo.

— Ela está sendo perseguida.

— Você sabe o nome dele?

— Não.

— O que ele realmente fez? Espiou um pouco pela janela? Respiração ofegante pelo telefone? Rato na caixa de correio?

— Sim, sim, tudo isso. E mais. Muito mais.

— Eu vou falar para alguém passar por lá e falar com ela. Deixar todo mundo mais tranquilo.

— O problema é que eu preferiria que fosse você. Eu confio em você para me deixar fora dessa. E Cait confiará em você — ela precisa de alguém com a sua segurança. — Ian procurou por algo para cobrir a boca. Tomou um grande gole de Chianti.

— Eu vou precisar de um nome ou pelo menos uma descrição. Talvez você consiga apontá-lo para mim em um de seus pequenos shows, se eu aguentar isso.

— Eu tenho um vídeo dele. Eu te mando por e-mail.

— *"I'm a monkey!"* — gritou a voz fora da câmera, música podre, enquanto um caucasiano, sexo masculino, com uma jaqueta de couro preta, cabelo castanho-claro, altura mediana, forma mediana, aproximadamente 45 anos de idade, manteve a cabeça baixa e fora da luz, como se fosse acostumado a evitar atenção, mas ele, por fim, deu uma escorregada, como eles normalmente fazem, e Stan congelou o vídeo, uma luz do bar acertando o rosto do homem velho demais para estar em um lugar daqueles. Stan capturou a imagem, mandou por e-mail para os Arquivos como um JPEG.

5

O Novo Baixo estava doente de novo, ou ainda, e Cait lhe perguntou se ele havia considerado os rigores da existência de um músico profissional ou se ela deveria contratar uma velha tuberculosa em vez dele. O Novo Baixo — um refrigerador de tamanho médio com mãos do tamanho de cafeteiras e um par de costeletas imensas — riu e se desculpou enquanto suava como um daqueles pervertidos de revistas adultas, e então retirou-se rigidamente para o banheiro do clube, de onde o explosivo horror de sua trovejante aflição não foi de maneira nenhuma minimizado por Cait, empurrando Ian atrás dele com um microfone. O Novo Baixo surgiu, alguns minutos depois, da cor de argila, mas nada envergonhado pelo *loop* de seu mais recente solo percussivo que Ian tocava por cima do sistema de som do clube, enquanto o *barman* arrumava as prateleiras para a noite adiante.

— Pronto para a passagem de som, minha flor delicada? — perguntou Cait.

— Srta. O'Dwyer? — A voz de *trailers* de filmes e boletins de segurança ressoou do canto escuro do cômodo. — Me desculpe por interromper o seu... o que é isso que estamos escutando? — Um homem de terno preto e gravata de seda preta apontou para os alto-falantes de teto. — Essa é sua música?

— Ah, sim, com certeza. — Ela conteve fervorosamente sua instantânea aversão a ele e à sua atitude. — Indigestão ambiente é meu negócio.

Ele assentiu com seriedade e deu-lhe um cartão de visita retirado de uma caixa de prata, dizendo:

— Estou averiguando uma possível situação criminal, e entendo que você pode ser de certa ajuda para mim. — Ian e o Novo Baixo se agacharam frente a frente e se sintonizaram a uma caixa elétrica entre eles, dispondo suas luzes de guia no lugar. — Há algum lugar particular no qual você e eu poderíamos conversar por uns minutos? — A responsabilidade ocasional de ser o protetor recém-chegado sempre aumentava quando a vítima era assim tão atraente.

Cait riu abertamente da inusitada abordagem, a desconfiança de policiais exacerbada pelo ar desajeitado de mistério oficial daquele ali.

— Sim, devemos proteger esses jovens rapazes de assuntos adultos. — Ian mexeu nervosamente com os pedais e plugues, o Batera bateu de leve as baquetas nas coxas, e o Novo Baixo resmungou e secou a testa com a frente de sua camiseta Weepy Fag.

— Então você é uma *rock star*, hein? Madonna, algo do tipo? — ele perguntou quando se sentaram a uma mesa perto da porta.

— *Madonna?* Sei. E você, deixe-me especular, não é fã de todo esse barulho pavoroso. Suponho que você ainda ature Tony Bennett, inspetor, mas a história da música acabou com a morte de Sinatra.

Ele sorriu.

— Uau. Isso é muito bom. Você podia trabalhar na minha área. Sempre fico surpreso com pessoas com talento natural para ler rostos.

— As pessoas costumam dizer que sou muito inspetorial.

— Não, é sério. Muitos caras que conheço precisam trabalhar bem duro para fazer o que você acabou de fazer. É simplesmente um dom notável que você possui, senhorita. E acertou na mosca: eu sou um fã de Sinatra. Então, como é a *sua* música?

— Como é? Não é do tipo que o senhor iria gostar, eu acho.

— E isso a aborrece?

— Não, inspetor.

— Isso significa um posto diferente neste país. Eu sou só um detetive. Pode me chamar de detetive, ou de Stan.

Ele estava prestes a queimar o tempo de passagem de som deles com aquela falsa camaradagem, recusando-se a chegar logo às suas chatas vias de fato, provavelmente algo ligado ao Batera e a drogas que iria foder com os shows, as gravações e tudo o mais pelas próximas semanas.
— Muito bem, detetive. O que o traz aqui hoje? Oooh — nunca tive a chance de dizer isso antes.
— Ah, duvido. Nunca teve nenhum problema com a lei lá na terrinha, senhorita O'Dwyer? Não vou me surpreender se ligar para a *garda** de Wicklow?
— *Muito* bom. Excelente trabalho de investigação. Sim, eu sou procurada por assassinato em série.
— Você realmente não gosta de Sinatra? Honestamente? Ele não é... As pessoas como você não sabem que ele é a fonte de toda a música pop?
— Pessoas como eu? Isso é criar uma categoria excessivamente estreita, inspetor. Não vou falar por mim, mas digo que pessoas *como* eu acham que ele não era um cantor de jazz tão bom; ele não tinha *swing*. E não era nem um pouco bom como cantor pop; não conseguia levantar a plateia. Era um menestrel da corte para gângsteres. Mal conseguia cantar uma melodia até o fim. Era um artista visual, não um cantor.
— A provocante senhorita O'Dwyer.
— E minhas provocações são o motivo pelo qual o senhor veio me interrogar? Me prender?
— Prender você? Eu lhe devo desculpas. Não fui claro. Deixe-me começar de novo. — O detetive abriu sua maleta de couro preto e retirou uma pasta azul com um selo branco do Departamento de Polícia de Nova York. Ele virou na direção dela uma imagem de vídeo de um homem, de perfil, colocando dinheiro sobre o balcão de um bar em Connecticut, e da foto ela conseguia ouvir o som de sua própria voz cantando *"I'm a monkey!"*.
— Você já viu esse homem? — o detetive perguntou. Ele observou o rosto dela enquanto ela examinava a foto, o movimento vetorial de

---

*Polícia Nacional da República da Irlanda. (*N. da E.*)

seus olhos, as involuntárias reações micromusculares do zigoma, a testa, os cantos dos olhos e lábios, a dilatação das pupilas quando ela olhou para cima e disse:

— Já. — Ela parecia confusa: — Bom, claro. Aquele ator, aquele do filme de espião. — Ele não conseguia dizer se ela estava mentindo ou brincando ou séria, e ele começou a disfarçar a própria confusão com uma risada, então se deteve e observou-a mais de perto.

— Ele está em algum tipo de encrenca? — ela perguntou, um sorriso apagando os traços do que ele esperava ler. — A polícia precisa de minha ajuda para salvá-lo? É um problema irlandês?

Ela estava rindo abertamente para ele, e isso também escondeu a verdade. Ele não conseguia dizer se ela reconhecera a foto ou não, e a primeira janela para vê-la claramente com certeza se fechara:

— Fico feliz por ter trazido um pouco de diversão para o seu dia, senhorita.

— Ah, não seja estraga-prazeres, inspetor. Conte tudo, por favor.

— Se você realmente nunca viu este homem, é impressionante...

— *Impress*ionante. — Que jogo sem sentido era aquele? Ela ouviu a guitarra de Ian no palco atrás dela.

— ... já que isso significa que estou aqui com tempo de sobra, ou que você não corre perigo nenhum. — Ele viu ela caçoando dele, mas, em vez do abuso dela passar despercebido por ele, ele sentia-se desconfortavelmente consciente de si mesmo, de suas falhas de projeção. — Mas tenho motivo para pensar que já o viu. Me desculpe, mas tenho. E tenho que imaginar por que você mentiria sobre isso. — Ele sorriu com essas últimas palavras.

A entrevista — o caminho geral do qual ele tinha conhecimento antes de sair da delegacia naquela tarde — agora se encaminhava para lugares que ele não conseguia entender. Ela *não conhecia* o rosto do salafrário? Então seu primo homossexual mentia ou brincava com o tempo dos policiais, mas mentir para um policial teria dado a Ian uma queimadura. Portanto ela *conhecia sim* o rosto do salafrário, mas negava? Ela estava tão assustada ou era tão corajosa ou odiava a polícia ou pensava que podia lidar com tudo sozinha sem publicidade?

— O que temos aqui é um predador, um salafrário que se diverte assustando mulheres famosas. Ele já fez isso antes, bastante, então estamos tentando avisá-la.

— Bom, então estou segura, já que não sou terrivelmente famosa.

Ele a considerou, assentindo vagarosamente.

— Você é corajosa, senhorita O'Dwyer? Pode tomar conta de si mesma perfeitamente? Muito admirável.

— Nem um pouco, inspetor. Mas digamos que eu fosse fácil de assustar. Mesmo assim, por que acha que ele é uma ameaça *a mim*? Eu nunca o vi. O que o trouxe a mim, dizendo que eu deveria me preocupar com *tal* homem, do qual você só tem uma foto borrada? E, se esse *malandro* é tão perigoso assim, inspetor, porque você *não tem* uma foto melhor dele? Um daqueles belos retratos de frente e perfil com números na margem?

Ela ria do erro tolo dele, ria dele mentindo para proteger o trabalho insensato de seu primo, ria dele ao se recusar a desligar aquela gravação de flatulências ainda ressoante acima de suas cabeças, mas o frágil anonimato de Ian ficava em seu caminho, portanto ele continuou mentindo, cada vez de modo mais fraco.

— Nós tivemos reclamações de cantoras, então agora o observamos bem de perto.

— Quais cantoras?

— Olhe, senhorita, eu estou em desvantagem. Me deram o arquivo e seu nome. Sei que uma vigilância preventiva-padrão nos levou a observá-lo, e o vimos observando-a — é dessa vigilância que vem a foto. Nós temos uma equipe à paisana chamada Time Ciclope, encarregada de problemas exatamente dessa natureza. Eles tiraram as fotos, e foi aí que me entregaram o arquivo, e portanto, só para avisá-la como a polícia de Nova York vê assuntos de tal natureza, não somos passivos, nem iniciantes. Aprendemos algumas lições difíceis. Nos velhos tempos, costumávamos esperar dizendo "Ah, até que ele aja, não há problema". Mas foi aí — se a senhorita me permitir, vou lhe contar algumas obscuras verdades sobre como os crimes acontecem. — Seu palavreado o envergonhava, lhe servia como um garotinho no suéter de seu pai, e ainda assim ele não conseguia fazer a coisa mais simples, mais básica do mundo: calar-se.

— Humm... — ela resmungou. — Tudo acaba em sangue? E você, em pé sobre o corpo, apesar de todos os seus avisos, ignorado, ela te ignorou, e o alto escalão — é esse o termo, não é? —, o alto escalão te ignorou e agora, tsc tsc tsc, aí está, tão sangrento quanto você previu, e isso te faz doente, mas você olha mesmo assim, porque você tem que olhar. Estou perto?

Ele não conseguia parar de rir.

— Aqueles garotos devem achar você a garota mais espertinha que eles conhecem. Certo, está bem. Senhorita O'Dwyer, tem o meu cartão. Se sentir necessidade de conversar com um adulto sobre isso, me ligue. Eu sinceramente espero que não precise ligar.

— Não se ofenda, por favor, inspetor. Eu posso ser um pouco desagradável, eu sei. Eu sinto muito. Diga-me, sinceramente: *como* a polícia de Nova York vê esses assuntos?

Ele inspirou para ilustrar a paciência limitada.

— Você conhece esse homem?

— Não.

— Nunca o notou por perto?

— Nunca.

Ele *ainda* não conseguia dizer, e agora ele ria apenas para disfarçar o aborrecimento com a opacidade dela.

— Ele matou alguém? — ela perguntou.

— Não, que nós saibamos, não. Mas ele tem sido interrogado sobre um comportamento ameaçador, invasão, abuso, desvio, assuntos dessa natureza.

— Mas se ele não cometeu homicídio, por que *você* está aqui no Brooklyn, com esse cartão de visitas muito impressionante, dizendo ser um detetive de uma unidade de homicídios em uma delegacia de Manhattan?

— Nós ocasionalmente somos interdisciplinares, senhorita — ele disse como se para uma criança brilhante e louvável. — Não se engane. Você se encontra em uma situação ruim.

— Muito bem. Eu lhe agradeço por vir me alertar. Manterei meus olhos abertos. Posso apenas pedir em troca que você providencie que o Time Ciclope me mande uma lista com os nomes das outras cantoras perseguidas por ele? Eu posso conhecer algumas delas, e gostaria muito de saber por quem estou acompanhada, se eu deveria me sentir um pouco orgulhosa ou não. — Ela se levantou e estendeu a mão, que ele pegou. Ela apertou a dele, cobriu-a com a outra mão e perguntou:

— Qual o nome do arruaceiro?

Ele foi pego olhando para as mãos dela — pálidas, jovens, macias — fechadas sobre as dele como pétalas de tulipa, os últimos dois dedos da mão esquerda dela alcançando o punho de sua camisa, descansando entre a camisa e o terno, e quando ele olhou para cima, tudo que conseguia pensar para dizer era: — Não posso lhe revelar isso. Se ele não é um incômodo a você, então não podemos manchar nomes.

Ela sorriu. Eram da mesma altura.

— Fico me perguntando, inspetor — ela disse —, se tivemos uma conversa totalmente sincera.

Ela curtiu muito a passagem de som depois da partida dele.

— Por que você está dando esse sorrisinho? — perguntou Ian com indiferença, preocupado com o idiota já ter estragado a piada e o entregado para que Cait pudesse cobri-lo de escárnio.

— Eu simplesmente amo passagem de som. Eu amo eu amo eu amo.
— Ela brilhava e reluzia, o quente centro amarelo de um sistema solar habitado por esses excêntricos concêntricos. Ian mostrava coragem o bastante por ter contratado aquele ator, por ter gasto com os cartões de visita policiais. Aquilo era um tributo, e dos bons. Ela jogaria o jogo, deixaria ele pensar que a enganara, que atrapalhara sua vida, embora a débil semicompetência dele em atrapalhar estivesse entre engraçada e apavorante. O ator também a havia entretido, o cômico tumulto e o

disfarce, os esforços na improvisação mais espasmódicos à medida que ela o acuava em cantos cada vez mais bem-pintados. E a razão de toda a diversão: o pensativo cartunista dela, seu distinto conselheiro, e o melhor fotógrafo que ela jamais teve, o qual, ao contrário de todos os outros pretendentes que se esfregavam nela o mais cedo possível, tentara *não* deixá-la ver seu belo rosto ou seu nome, e quem, ela descobriria naquela mesma noite, havia respondido a "Key's Under the Mat", não havia se cansado dela nem um pouco e ainda achou o caminho para dentro do apartamento dela e lhe deixara as dicas mais sutis. Após o ator-policial e a passagem de som e a apresentação naquela noite, ela foi para casa para sair com Lars (e limpar sua sujeira oceânica), e, de roupão e pantufas, checou se o Glentoran já comprara um atacante viável para a próxima temporada. Só então ela notou o Sujeito Excepcional esperando por ela em seus marcadores da web, e, tudo de uma vez, o rosto (entregue junto com a bênção de Mick para Ian) e a voz (vinda da maratona da TV) e o charme (dos e-mails) e os olhos (das fotos) e sua inteligência e sabedoria (dos porta-copos) agora tinham um belo nome e um emprego divertido, e ela bebeu um vinho enquanto assistia a clipes do trabalho dele em seu site, xampu e maquiagem e absorventes, pendurados em toda aquela beleza inútil.

6

Rachel o havia buscado, apesar de deixá-lo pensar que ele a buscara, tudo enquanto ela se desviava do avanço de dois outros homens, um rude e outro infantil. Ela costumava ter esse efeito.

Tarde, um sábado à noite, indo para casa alegre (talvez até um pouco próxima do lado maníaco de sua personalidade, ela podia admitir), ela deixou seus amigos após uma festa, desceu até a estação F da Segunda Avenida, emocionou-se pela beleza da música de um violinista (sim, definitivamente próxima do lado maníaco). Ela parou e ouviu e após pouco tempo notou o homem no banco da plataforma observando-a ouvir. O que a atraíra a Julian inicialmente? A atração dele a ela, o divertimento no rosto dele, sua semelhança a — nada disso importava agora. Ela fingiu não percebê-lo observando, reabsorveu-se no pequeno laço puxando o braço do músico para cima e para baixo. Aos pés dele, algumas moedas e notas amassadas sujavam o interior vinho macio da caixa de seu violino. Rachel, de costas para os trilhos e para as pessoas que ignoravam a música ao vivo em favor de fones de ouvido, fez um gesto positivo de cabeça diante da peça musical — Vivaldi — e gentilmente colocou uma nota de US$ 5 na caixa, valor quatrocentos por cento mais alto do que o resto depositado ali. Ela estava ciente do homem que permanecia no banco enquanto ela ouvia por tempo suficiente e bem o bastante para que ambos deixassem um trem chegar e partir sem nunca virar-se para olhar. O violinista abria os olhos de vez em quando, obviamente cada vez mais contente em ver a mesma mulher apreciando sua música, e tocava com um compromisso cada vez maior para ela. Ela gostava daquilo, é claro, e sentiu suas atrações flutuando para fora de si em todas as direções (definitivamente maníaco), e sabia que o homem no banco viria sem que ela tivesse que fazer nada.

Os três apreciavam suas histórias particulares e a plataforma particular até que ela lentamente se encheu de novo. Um outro rapaz, andando alegremente até o final, foi enlaçado como um jato pousando por uma correia transportadora de uma aeronave, pela visão de Rachel envolta pela música. Ele olhou dela para o violinista e voltou, mudou sua maleta de uma mão para a outra.

— Ele é bom? — perguntou.

— Apenas ouça — disse Rachel, e esperou para ver como o admirador do banco se livraria do obstáculo.

— Ok. Você é bom? — o cara novo perguntou ao violinista. — Sua fã não quer me dizer.

O músico abriu os olhos, continuou tocando, sorriu modesto, desejou que o cara deixasse para ele aquele sonho acordado, o ponto alto de um ano trabalhando no metrô.

— E eu deveria dar dinheiro a ele por isso? — perguntou a Rachel.

Ela apenas balançou a cabeça incomodada, e o homem tirou a carteira do bolso do paletó.

— Então que tal, ah, US$ 10? É justo? — Rachel ainda não olhava para ele, e o violinista tocava com um olho aberto. — Acho que dez é muito pouco. — Ele amassou a nota em uma bolinha e jogou-a nos trilhos do trem, no meio de poças misteriosas e riscos elétricos. Ratos surgiram do nada para examinar se o dinheiro era comestível. — US$ 20, então? — ele disse, pegando o dinheiro da carteira. O violinista abriu ambos os olhos em tempo de ver o que seria o maior pagamento de sua vida navegando em direção ao vale dos trilhos. — Eu tenho uma de cinquenta aqui, querida. Apenas me diga se acha que ele vale cinquenta. Você fará um favor a ele, e tudo que deve fazer é dizer por favor. — Rachel mordeu seu lábio superior, não conseguia acreditar que o Cara do Banco não saltava para provar a si mesmo. Os olhos do músico se fecharam enquanto a nota de cinquenta flutuava para longe.

— Só uma palavra. Ele será pago se você me disser o que ele vale. Olhe para isto: esse Ben Franklin era um homem bonitão.

Um homem clareou a garganta no sistema de alto-falantes. A voz do chefe da estação acompanhou o violino com um tom rico, de baixo teatral, negro mas com traços ingleses:

— Estimados passageiros, um trem F para o Brooklyn deixa agora a estação Brooklyn-Lafayette, e é esperado para chegar aqui, na plataforma, para o deleite de seu transporte em, vamos especular, três minutos. O estabelecimento agradece a extraordinária paciência e *gentileza*.

— Nem ao menos um olhar em minha direção para dar ao seu garoto uma nota de cem? Você não é lésbica, é? Isso seria um desperdício tão grande dessa sua linda boca. — A nota flutuou para a frente e para trás até cair em uma poça.

E, com isso, Rachel pulou nos trilhos, um líquido marrom espalhou-se pelas botas dela. Ela pegou a nota de cem e a de cinquenta. A de vinte estava pendurada no terceiro trilho, e, enquanto ela procurava pela nota de dez amassada, o túnel começou a mudar de cor, como se uma labareda de calor o estivesse esquentando rapidamente. Julian se levantou, mas não sabia o que fazer, e Rachel começou a escalar de volta para a plataforma apenas quando o barulho do trem abafou o som da música e os ratos haviam todos desaparecido. Ela estava de pé novamente quando o primeiro carro passou, longos dez segundos após ter tirado sua perna do caminho. Colocou US$ 160 na caixa do violinista.

— Você é ótimo — ela disse ao garoto.

As mãos e o instrumento dele estavam pendurados ao seu lado, e ele tentou ficar mais ereto.

— Caramba, aquilo foi *inacreditável*.

— Foi mesmo, não foi? — ela olhou para trás enquanto a locomotiva estacionava. Ela ficou para trás de novo e finalmente, *finalmente*, o homem do banco disse (esmagando as esperanças brevemente aumentadas do violinista):

— Aquilo foi extraordinário. Por favor, por favor, me deixe pagar uma bebida ou um rolinho primavera ou um Frisbee para você.

Mais tarde, comendo falafel, ela admitiu:

— Eu pulei lá embaixo porque sabia que você estava vendo. Eu senti como se tivesse sido ideia *sua* e como se você quisesse ver se eu realmente faria aquilo. Eu gostei como olhou quando eu escorreguei lá embaixo. Você se levantou para me salvar, também. Você é do tipo heroico, naturalmente?

— Está tirando sarro de mim? Você foi a heroína.

— Ah, não. — Ela sorriu. — Eu apenas brinquei, para ganhar um elogio de você.

Ela costumava ter tudo isso dentro de si, ela lembrava, organizando as coisas do seu jeito, levando todo mundo a achar que eles mesmos faziam isso. A propósito, ela costumava ter um lado maníaco em sua personalidade.

7

Uma revista alternativa semanal fez uma resenha sobre um show de Cait em L.A. O Google marcou as passagens pertinentes em azul, e as páginas impressas engrossaram um pouco o arquivo crescente de Cait na mesa de Julian, enquanto pedrinhas de granizo pipocavam na janela de seu escritório.

> *A garota da hora pop-fenômeno irlandesa Cait O'Dwyer tocou no Tarzan's Closet na quinta para uma multidão transbordante. O hype! O horror! A humanidade! Antes de quinta-feira eu diria que se ouvisse mais uma palavra sobre como essa garota tinha futuro eu daria um tiro em alguém. Hoje estou me desarmando, e você deveria fazer o mesmo. Eu chegarei em sua voz e em seu gosto em um minuto, mas vamos começar com os silêncios dela. Os momentos entre as músicas, ou durante os solos, que vão de competentes a excelentes de Ian Richfield, onde o estudo do rosto bonito da cantora revelou profundidades para se igualar às marcas deixadas por sua incrível voz, você podia sentir poder e cérebro chicoteando e um coração batendo nela. E quando ela dançava — de regata e pouco mais que isso — havia tanta graça nela, como uma bailarina que vi uma vez cujos músculos das costas pareciam significar e dizer algo importante um pouco além do meu alcance de compreensão, como se eu fosse um macaco em um sarau de poesia...*

Julian lera tanto desses — as pegadas cibernéticas de Cait pelo país, indo de WROK a KROQ — que ele podia normalmente dizer dentro de algumas linhas se o resenhista era do sexo masculino ou feminino e, em qualquer caso, se quem escreveu estava atraído por Cait como mulher ou pela cantora. Essa escritora em L.A. era só iniciais, BMR, mas Julian chutou uma Barb ou Becky, uma que normalmente não se sentisse atraída por mulheres, e que estivesse um pouco surpresa com si mesma.

As vozes dissonantes o irritavam muito fora de proporção, os comentários no website onde estava essa resenha, dos teclados ativos de *doubt fulguest*, por exemplo: "Mentiras e mentiras com pequenas mentiras espalhadas por cima. 'O hype!'? Você *é* o hype! Não encoraje a máquina Cait O'Dwyer. É tudo mentira, feita especialmente para você. Ela soa como uma dúzia de outros cantores medianos. Ouça você mesma! 'Ela é bonitinha!' Você gosta da camiseta dela e da dança dela e ela faz você se sentir como um macaco. PARE!"

Julian estava prestes a comentar em defesa dela, mas três dias depois do *doubt fulguest* ter atacado, era pouco provável o vilão voltar para ler a bronca de Julian, e então seu e-mail apitou, não o Yahoo! mas sua conta de negócios, e-mail de kiosk11@kopykween.com, assunto: "Você está aí em cima?"

Ele olhou para fora pela janela do escritório, oito andares para baixo, atravessando a rua, para a janela da frente da Kopy Kween.

17h02 Você já fez algo assim antes com qualquer outra cantora? Acho que não vou gostar nada disso.

17h04 Não. Nunca fiz nada disso antes. Você já?

17h06 Engraçado — eu não sei digitar, e daí. Mas as pessoas te notaram. Não eu, claro, mas pessoas. Eu odiaria ser uma de muitas, sabe. Então me diga agora e ainda posso perdoar. Uma longa história de cantoras brevemente favoritas? Casos amorosos a distância com Emmylou Harris? Apanhado nas cercas vivas da casa de Alanis Morissette?

17h09 Se você fosse uma de muitas, eu não teria desenhado um único porta-copos. E, posso perguntar, o que acontece em shows em universidades que te deixa menos confiante? Você tenta demais. Eles são novos, mas não são idiotas. Eles não precisam das cores extravagantes. Você cantou subestimando eles. Confie nas boas crianças para entender sem ajuda, e não se preocupe com as outras. Elas seguirão as espertas, ou irão para fora e vão vomitar. De qualquer jeito, a culpa não é sua.

17h12 Ah, Jesus. Esqueci que você estava lá nesses. E sim, você está certo. Eu me dei conta depois. Algo anda me incomodando, e eu não conseguia saber o que era, e você viu. Talvez você seja esperto demais para o meu próprio bem. Estou envergonhada. Se é assim que se soletra. Eu não consigo achar o botão de autocorreção.

17h15 Não fique envergonhada. Eles te adoraram de qualquer jeito. É alguma surpresa? Talvez seja melhor que eles só vissem uma versão meio nebulosa de você. O contato verdadeiro os cegaria, os deixaria tontos e sem esperanças.

17h16 Você fica assim?

17h18 Às vezes sim.

17h19 Você gostaria de me encontrar para um drinque?

E ele se sentou encarando o cursor piscando, levantando a mão para o teclado, mas então a dirigia para coçar o rosto e ajeitar o cabelo para trás. Andou até a janela, tentou vê-la, mas o ângulo e o granizo conspiravam. Ela pode saber mais agora, ou ela era apenas impaciente. Ele começou a digitar, apagou freneticamente antes que a resposta se enviasse sozinha. E se fosse cedo demais — o combustível gasto, a musa abandonada —, ele não estava pronto para perder tudo aquilo. Ele a perderia dizendo não ou a perderia tomando um drinque muito cedo? Talvez isso fosse um teste.

17h32 Eu acho que sim.

17h32 Sua mensagem não pôde ser entregue. Este é um endereço temporário gerado pelo PhreeMail para o uso dos clientes da Kopy Kween e não está ativo agora.

Ela havia saído enquanto ele se decidia. Ele acalmou seu embaraço com a esperança de que ela tivesse confundido a indecisão com força. Ele decidiu esperar um dia e então ligar para ela. Ele pegaria o crédito pela força, mas não ficaria mais indeciso.

Um dia depois, no entanto, enquanto ele ligava e desligava quando caía na secretária eletrônica dela de novo e de novo, ela estava de volta em L.A., e então o primeiro *single* de Cait O'Dwyer de seu mais novo álbum, *Servicing All the Blue Men*, estava disponível nos sites de seu selo e dela própria, também nos sites de download Big 4 por 96 horas de graça antes de terem o preço alterado. Durante e depois do período gratuito, apoiados pelas semanas anteriores de entrevistas matinais em estações de rádio e performances acústicas pelo país e um vídeo repetido enlouquecedoramente em ambos os principais canais de vídeos, e showzinhos charmosos para as tabelas em todos os quatro programas de entrevistas em horário nobre (enquanto Julian era forte ou indeciso), "Without Time" — regravada, remixada, remasterizada — se tornou, brevemente, a canção número três no país, um feito pelo qual os conselhos sábios e a tímida apreciação de Julian não podiam levar crédito. "Você está prestes a descobrir Cait O'Dwyer", profetizava a propaganda sincronizada de página inteira em oito jornais grandes, "e você nunca vai se esquecer do dia que se conheceram." "Você ouviu?", perguntavam educadamente cartazes no metrô, vinte em sequência, sem nenhuma outra propaganda para interromper quando Julian levantou seus olhos no F. "com ato de abertura cait o'dwyer, cortesia de pulpy lemonhead records", murmuravam discretamente as letras miúdas no rodapé dos cartazes maiores do lado de fora, anunciando a turnê iminente pelos Estados Unidos e Europa de uma banda já mais firmemente estabelecida. A foto dela estava na esquina: esticando os braços para cima da cabeça para que a camiseta (dos Lay Brothers) se levantasse um pouco acima do trópico de seu umbigo. A foto era creditada a R. Fellow. Os cartazes cobriam um espaço inteiro de barreiras de madeira protetoras de uma construção perto do escritório de Julian, a metade de baixo das palavras

NÃO COLAR CARTAZES, quase ilegíveis abaixo do papel que se desfazia. Muito embora tivessem sido colados por comandos de marketing urbanos insanos dentro das últimas 24 horas, os pôsteres já pareciam muito velhos, como cartazes anunciando Billie Holiday, Edith Piaf, Caruso, uma tarde de shows celebrando a inauguração do General Washington. Dois já tinham sido superpostos pelo rosto de Aidan.

Maile já estava lá.

— Ei, ouça isso — ela disse com propriedade e orgulho óbvios de alguém que foi um dos primeiros fãs, e ela tocou "Without Time" em seu computador, como se dizendo dona de Cait.

— Isso cola que nem chiclete — disse Julian. — Quem é?

— Você sabe o que me mata? — Maile perguntou. — Ela é mais nova que eu. Você aguenta? E ela já é *isso*. Estou velha. Você é uma má influência.

Julian tinha duas versões da música agora: a demo, onde ela e o baixista anterior apostavam mais na angústia, e esse produto finalizado, o qual, com um baixista muito mais fluido, capturava o riso irônico, que marcava o coração, que ele a testemunhara descobrir naquela noite no Rat. O riso gravado era talvez um fio de cabelo menos autêntico que o da primeira descoberta dela no palco, mas as pessoas precisariam da memória daquela performance para saber disso, o exemplo de Elis Regina discretamente consultado por inspiração e técnica, tomada depois de tomada.

A parte dela publicamente disponível era agora indiscriminadamente espalhada para o mundo efêmero, e ele estava, sem dúvida, triste. Julian a sentiu flutuando para um país onde só podia segui-la vagamente, latindo para lembrá-la de que ele era especial. Ele pegou o telefone e colocou-o de volta no gancho.

E ela concordou. Outro e-mail anônimo: "Você estava certo. Ainda não dessa vez, é isso? Desculpe, desculpe. Você está certo — não chegue perto de mim, por favor! Não desista de mim, por favor. E, oh! É um mundo diferente hoje, não? Caso você sinta necessidade de sempre saber o que eu ando fazendo da sua distância legal..." e um link sublinhado em azul para um site onde vislumbres de celebridades em volta de Nova York eram mandados por assinantes e então redistribuídos instantaneamente para os membros do site, endereços e mapas despachados para telas de celulares para uma visão eficiente. Uma barra lateral na página principal listava Newly Exploding Novas atualizadas de hora em hora e de número quatro naquela lista: *Cait O'Dwyer, Cantora*. Julian se inscreveu, digitou números de cartão de crédito na tela, dinheiro imaginário para seguir seu amor imaginário. Deram a ele dez Estrelas pelo preço da assinatura básica, mas ele selecionou apenas ela. O site informava ser ele um dos 4.886 que seguiam os movimentos dela, um número aumentado em quatrocentos desde o dia anterior. Pensando melhor, ele adicionou Alec Stamford, na esperança de que eles nunca seriam reportados no mesmo lugar, ao mesmo tempo. Ele era um dos 32 observando Stamford se mover através do espaço, um número que se mantinha estável, mas seu telefone começou a informá-lo da posição do pintor quase imediatamente: ATUALIZAÇÃO ASTRONÔMICA DO OBSERVATÓRIO.COM. ESTRELA AVISTADA, 19H19: ALEC STAMFORD COMPRANDO COMIDA NA 'WICH-WAY' DA 67TH ST. MANDE TEXTO PARA *88 PARA PEGAR MAPA.

Se ela brincava, era uma boa piada. Ela não levava a fama mais a sério que isso. Mas, além disso, ela reconhecia e pedia a ele para reconhecer o potencial da sua fama em expansão para embaçar o apelo dele. E talvez o dela, também. Se ele quisesse continuar, deveria saber que outros também a estariam observando, babando pela atenção dela. Continue a ser diferente de todos eles, ela pedia educadamente, e ameaçava. Prove.

(Ela tinha, de fato, debatido muito sobre o texto daquele e-mail, a silenciosa rejeição dele à sua oferta de drinque, deixando-a sem saber como — ou mesmo se — prosseguir.)

— Você quer almoçar com Alec Stamford semana que vem? — Maile chamou pela porta aberta dele, um convite negociado por meio de assistentes, como mensageiros arranjando um casamento real. O escravo de galeria que ligou por Stamford disse que a agenda era uma proposta de negócios, Maile disse, talvez duas semanas de trabalho. Maile nunca ouvira falar da Reflex, mas defendeu um vídeo de música como um passo à frente para Julian. — Eu farei com que você seja reconhecido como diretor se isso me matar — ela disse. Mas Julian aceitou o almoço porque queria ver outra pessoa que conhecia Cait e estudar alguém que já passara pelo que a esperava.

8

Até a manhã do almoço de negócios, ele havia sido notificado no mínimo diariamente da localização do pintor. Os repórteres não foram abalados pela chegada naquela manhã do tão esperado "perfil" de Stamford no *Times*. Milton Chi ansioso desde a primeira palavra para afiar a lâmina de seus brilhantes dentes críticos:

> *Alguns artistas desafiam descrições, e eu não digo isso de maneira agradável. Alec Stamford, vagamente familiar pela coleção de discos de seu irmão mais velho, é como muitas outras estrelas pop criminalmente tolas antes dele — Sinatra, Tony Bennett, Ringo Starr —, fazendo-nos olhar para suas pinturas. Não deveria ser surpresa nenhuma elas serem horríveis. Elas lançam cordas alegóricas, mas o sr. Stamford não é nem de perto forte o bastante como artista para essas cordas nos alcançarem, para transmitir um significado claro, nem é mágico o bastante para fazê-las iluminar, alusivas, para deixar suas ideias saírem sem esforço, fora de nossa compreensão, para nos atrair para baixo de um precipício estético. O trabalho é simplesmente repulsivo, e agora que penso sobre isso, sua música também era.*

Eles se encontraram em uma nova fusão de restaurante haitiano com tailandês, recomendado pelo assistente da galeria, e que Maile aceitara apenas para provocar o chefe. Julian chegou primeiro, estava sentado, e um minuto depois sua apreciação do menu foi interrompida pelo seu telefone tocando. ATUALIZAÇÃO ASTRONÔMICA DO OBSERVATÓRIO.COM. ESTRELA AVISTADA, 12:38: ALEC STAMFORD,

RESTAURANTE HAI-THAI, RUA 28, MANDE MENSAGEM PARA *88 PARA VER O MAPA. Julian olhou em volta. Alec não estava à vista em lugar algum, mas também ninguém guardava os celulares, estimulados por reportarem uma estrela "pop" de duas décadas atrás. Nenhum fã de um provocador da arte tinha o nariz colado na janela da frente do restaurante, esperando para vê-lo almoçar embaixo do mural com Papa Doc Duvalier e Yul Brynner.

Stamford saiu do banheiro, se desculpando em voz alta pelo serviço de má qualidade do restaurante ao passar por garçons e clientes, e então, sentando-se, imediatamente mencionou o ataque do *Times* como uma "vitória". Ele falou agitadamente sobre vagas possibilidades profissionais com Julian. Um canal de entretenimento tinha interesse em um documentário sobre a carreira de Stamford, "a transição da música para a tela e tudo isso, a consistência nas ideias apesar da mudança de meio". Apesar de ou devido ao trabalho duro de Milton Chi, a galeria queria um filme comerciável sobre o processo da pintura — Stamford encarando a tela em branco, o pincel de repente voando, fragmentos de diálogos sobre arte e influência. "Seu nome foi mencionado em todas as discussões, não precisa nem dizer nada", ele disse mesmo assim.

Nada disso era impossível, apesar de ser improvável. Era desconfortavelmente provável, no entanto, que Alec Stamford tivesse ido ao banheiro e reportado sua própria presença no restaurante a um site de fãs. E agora— enquanto ele falava da carreira artística e da renovada e fervente apreciação à sua velha música, enquanto lia o menu através de seu monóculo, enquanto bebia vinho dizendo "Ah, mas realmente, isso não vai adiantar, vai?", depois de insistir para que o poeta-garçom provasse e concordasse que tinha gosto de lavagem — o vão entre o homem e a música era doloroso para Julian, porque aquelas velhas músicas da Reflex haviam significado algo a ele e ainda significavam. (Após ter marcado o almoço de negócios, Maile fez o download de "Sugar Girl" e ficou tocando no computador dela até a noite, e Julian teve que resistir à vontade de colocar as mãos nos ombros dela.) Mas agora as músicas se corroíam na presença do cantor. Julian imaginou esse "autopromotor" tocando as velhas melodias — aquelas grandiosas que atingiram um equilíbrio entre cinismo e esperança, e colocaram a esperança como o perdedor que todos queriam ganhar, mas provavelmente não iriam —, e era grotesco. Julian temia que a música se perdesse inteiramente se Stamford provasse ser mais estúpido nessa refeição. E ele era amigo de Cait? Cait agora entrava no mesmo túnel de amor-próprio que produzia esse homem?

Ótima música, seu pai costumava dizer, era muitas vezes feita por pessoas desprezíveis. O fã esperto cuidadosamente evitava aprender detalhes sobre os criadores de qualquer música que prestava, fechava os olhos a biografias de exigentes bateristas de jazz ou compositores antissemitas, e com certeza evitava almoçar com "ainda vivas" estrelas pop tediosas de sua juventude romântica facilmente impressionável. O que ele diria sobre se apaixonar por uma garota em ascensão nas paradas?

— Havia uns grandes nomes na galeria na outra noite, amigos meus. Você reconheceu alguém? É, os suspeitos de sempre do centro. — Alec falou nomes, e Julian deixou-o falar.

— Eu reconheci aquela cantora lá — ele disse após a procissão. — Cait O'Dwyer? É esse o nome? — Mas Stamford se virou e repreendeu o homem na mesa vizinha: — Você se importa? — Apesar de Julian ter perdido qualquer ofensa cometida.

— O quê? — disse o acusado.

— Eu estou *sentado* aqui — o pintor argumentou.

— E eu me importo que você esteja sentado aí?

— Meu Deus — Stamford cuspiu, dando as costas ao mais novo rival. — Eu tenho enxaquecas, dessas simplesmente horríveis, horríveis enxaquecas de pessoas assim, sabia? Tem vezes que você é maltratado porque tem um rosto famoso.

— Me diga no que você está trabalhando agora — Julian incitou.

De fato, Cait era quase certamente igual, de algum modo, a esse tolo coberto de couro patenteado, entornando a segunda garrafa até que a última gota de vinho caísse. Eles eram todos, infelizmente, apenas pessoas, esses feiticeiros e feiticeiras. Seu estimado sentimento de que Cait o entendia — e que de algum modo cantava para ele — não era só uma ilusão mas uma ilusão trivial, como acreditar em números da sorte, e não só isso como também uma ilusão criada e manipulada, formada por uma artista com ambições (imortais, como as de Stamford), com gerenciadores e conselheiros de mercado e planos de carreira.

Os únicos reais, os puros, eram os mortos. Uma gravação feita por um cantor morto é diferente não só por conta da tecnologia inferior (e portanto emocionalmente mais confiável) mas pela pureza que permanece na fita depois que o mero humano é descartado. Cante de forma comovente sobre um coração partido uma vez, em gravação, e eis a arte; faça-o noite após noite na frente de clientes pagantes, cante sobre emoções adolescentes quando você está nos seus 50, 60, 70 anos, ironicamente ria de sua dor repetidamente, e isso é artifício, não mais "importante" do que o que Julian fez por dinheiro, talvez até menos. E Cait queria um pouco de combustível dele? Para se provar, não desistir, e inspirá-la? Para alimentar o insaciável apetite dela por emoções e experiências novas? Como esse homem do outro lado de um prato de salada, descrevendo como algum incidente de coração partido e em conflito — provavelmente evitável, sem sentido e infantil — foi transformado mesmo assim em "trabalho".

— Há um, ahn, ditado aí em algum lugar se eu conseguir achar — disse Stamford, quase se desculpando, um pouco desanimado agora desde o começo da refeição. — Você, uh, o seu — ele começou, mas, depois de duas garrafas e uma hora falando de si mesmo, a transição era ruim. Que ele falava incessantemente sobre Alec Stamford não era surpresa nenhuma, mas a defesa tão agressiva de seu direito de fazer aquilo acabou com as esperanças de Julian no trabalho, na refeição, nos músicos.

Julian tentou:

— Eu fiz uma sessão de fotos no ano passado para uma companhia de diamantes, muitos trabalhos a *laser*, intenso, mas uma luz muito bem mirada, um visual íntimo, finos detalhes, talvez algo que possamos aplicar a... — Ele erroneamente ainda achou que suas credenciais estavam abertas a discussão.

— Eu nunca fui capaz de tolerar diamantes ou pérolas, e vou lhe dizer por quê — Stamford respondeu, um sorriso largo no rosto insinuando uma anedota boa e relevante por vir. Em vez disso, o monólogo vagou de diamantes a computadores a carros a dirigir na Côte d'Azur a campos de lavanda em Provença a lavanda como perfume a lavanda como cor em sua palheta para uma nova série de pinturas a sua amizade com Mick Jagger a um cachorro que ele uma vez treinou para urinar a qualquer hora que Stamford assobiasse uma sexta maior, e então ele trouxe o cachorro à casa de um amigo, e o amigo colocou para tocar o "All Blues" de Miles Davis, e antes que Stamford, em pânico, pudesse alcançar o CD player — longos detalhes aqui sobre ele tentando passar por convidados, garçons, celebridades renomadas, móveis — o cachorro encharcou o lugar inteiro. Qualquer esforço para distrair Stamford de seu passado, seus projetos, seus planos, era muscularmente superado. Se havia um emprego a ser ganho ali, Julian teria que esperar muito pacientemente e se importar muito mais do que ele se importava. Ele ficou na mesa apenas na esperança de ouvir alguma novidade sobre Cait ou algum raio de detalhe sobre a vida particular dela, mas ele também receava ouvir algo que a pintasse de lavanda "stamfordiana".

— Você, ahn, você o quê? — o pintor perguntou enquanto tomavam café, mas a pergunta exigia algum empenho óbvio, ensaiada mas distorcida na entrega. — Mande suas fotos à minha galeria. Vou dar uma olhada — ele disse junto à porta, e desapareceu no meio do tráfego e das multidões.

Do lado de fora, Julian procurou a Reflex no iPod, *Lost in the Funhouse*, apenas para confirmar o quanto seu poder havia se esvaído. A letra era infantil, a música trivial, até os instrumentos tornaram-se desafinados e chiantes, e Julian marcou o álbum para deletá-lo, e desligou o iPod, com medo de uma contaminação maior, como se um vírus musical aéreo estivesse solto.

O celular tocou enquanto ele voltava ao escritório, mas era Alec, então Julian deixou ele ir direto para a caixa postal.

— Oh, oh, oh — o pintor cantou quando Julian finalmente ouviu uma hora depois no banheiro. — Você é mau, garoto. Estou te vendo do outro lado da rua, e você simplesmente me *ignorou*! Isso não é modo de começar uma relação de trabalho. Tudo bem, então, isso me lembra de uma coisa. Tem algo que eu esqueci de lhe perguntar. Por que você não tocou a campainha dela? Eu vi você parado por minutos, e você não tocou a campainha dela. Ela é uma boa garota. Rodando em círculos, murmurando para você mesmo como um louco. Por que não ligar?

9

Isso não mudava nada, é claro, Julian disse a si mesmo, mas ainda assim algo estava estragado agora. Ele sentou na frente da mesa, fechou os olhos contra o sol e as telas, tentou organizar a história que contava a si mesmo por semanas, o mito de fundação e afundação dos dois. Ela não tinha olhado para baixo da janela dela e o desafiado a ser mais original, não tinha começado isso tudo. Alec, de todas as pessoas, o provocara, e assim foi como ele e Cait começaram. Eles nunca foram um segredo, orgânicos e originais, emergidos do nada além da combinação um com o outro. Alec os tinha observado, os colocado juntos. Eles eram o produto daquela mente de segundo escalão.

Claro que aquilo não importava, nem um pouco. Embora ela não tivesse começado tudo, não tivesse misteriosamente sabido quem ele era, ela mais tarde havia mandado para ele as chaves dela, falou com ele na maratona televisiva, o convidara para drinques. Julian começou a rabiscar anotações, tentando organizar quem tinha feito o quê e quando, e então por quê, como eles se acharam, mesmo se o resultado final, hoje, fosse o mesmo. Mas uma nota de um tédio ordinário começava a soar.

Enquanto a história deles se desenrolava na página diante dele — enquanto ele não se lembrava mais a ligação ou e-mail ou vídeo de quem tinha sido motivado ou tinha significado o quê —, ele se sentiu descobrindo razões para não a querer mais, achando abrigo ao pensar que ela era como Stamford, que Stamford era o futuro eu dela. Ele sabia que isso era coisa de criança mesmo enquanto o sentia, seus sentimentos se desdobrando como a história deles. E ele sabia, também, que essa era a falha que Rachel costumava achar nele, seu recuo de sentir quando lhe dava na telha, seu orgulho em não ser pego desprevenido por alguma emoção forte. Se tudo era um plano de Stamford, Julian podia voltar à sua solidão confortável, se ele já não a tinha quebrado na perseguição descabida àquela estrela infantil.

E então aconteceu, e ele assistiu acontecer: rindo secamente pela secreta mão de Stamford em tudo, e pela própria fantasia adolescente de que ele se envolvia em algo único, ele agora se afastava de Cait, não para outras mulheres, mas para um teste da frieza permanente de pessoas mais velhas, se afastando para sua ponta de um *iceberg*, a viagem que ele começara — empurrada para o mar por Rachel e Carlton — quando Cait o distraíra e ele estupidamente se enrolara em sua música e sua imagem, o último esforço dele para evitar o destino que realmente lhe cabia. E pelas próximas três semanas uma corrente de vento frio caía nele, e ele sentia sua pequena aventura deslizando para o passado vasto e superpovoado.

Ela era biológica, ele podia finalmente ver, justo como os outros. Ele podia discernir sua falta de importância microscópica. Ela fazia sons — itens imaginários, apenas gigabites irritantes — que resvalavam e faziam tremer, digamos, dois milhões de pares de tímpanos. Desses, talvez meio milhão os reconhecia como sons dela. Duzentos mil gostariam daqueles sons o suficiente para cantar os refrões. Cinquenta mil pessoas amariam a música dela como ele, ouviriam-na, como ele fizera, olhando para o pôr do sol e deixando as mentes vagarem entre passados e futuros. É concebível que um completo milhar poderia passar tempo fantasiando com ela. E, no caso de uma epidemia de peste, ela, eles e ele iriam inchar com pústulas e vômito e sangrar pelos ouvidos e perder o controle dos espasmos, os intestinos se perfurariam e eles gritariam para um deus surdo, e as gravações digitais dela seriam menos permanentes num mundo despovoado que um condomínio, ou um carro, ou um comercial de carros. Humanos evoluiriam e se adaptariam. Ninguém daria crédito à música dela pela sobrevivência da espécie.

E em seu silêncio, como se o sentisse fugir, ela o perseguia. Um *set* de filmagens ocupou sua rua por três dias e cobriu a calçada quente de julho com neve de plástico, e mais neve de plástico flutuava de uma cuba de aço inoxidável suspensa por cabos na cabeça de dois amantes que choravam e tremiam para a câmera gigante. Duas portas adiante na rua, uma bandeja de plástico cheia de neve esperava à sua porta. Escritas na superfície dela em um amarelo muito escuro e brilhante para ser natural (e que uma cheirada provou ser polidor de madeira com aroma de limão) estavam as palavras "Sempre quis ser um garoto. Sou [ilegível] VC É" antes de o espaço acabar.

Dias depois, chovendo, um frio incomum à estação, e a condensação nas janelas do andar de baixo, quando iluminadas de dentro, revelavam letras invertidas quase sumidas. Ele segurou um espelho na frente delas: "Você voará comigo?" ou talvez "Tudo muito fluvial, ned." Ou um perfil de um homem magro em cima de um cavalo magro, abraçando uma lança finíssima.

Ele recebeu uma ligação de uma livraria que nunca visitara: seu pedido especial havia chegado. Na loja havia um envelope selado com seu nome e as palavras "Para quando eu estiver na estrada", e também a coletânea de Yeats e um livro de história da música irlandesa. Eram as fogosas acrobacias amorosas de uma mulher muito jovem, uma graduanda, inacabada. Ela tinha metade da idade dele e agora parecia ansiosa para provar isso. Ele já tinha Yeats, um presente de Rachel, mas ele comprou ambos os livros mesmo assim e andou pela luz do dia, passando pela loja de flores onde o gerente tirava com um rodo a água das rosas, cada investida do rodo pelo batente fazendo o aviso de visitantes tocar de novo e de novo, e ele chegou num pequeno parque perto de sua casa, um jardim e um pequeno *playground* que Carlton tentava explorar, um anel de bancos colocados entre um beco e uma cortina de arenito marrom de milionários. Debaixo dos galhos aromados, ele abriu o envelope e achou dentro dele um marcador de página, um panorama pintado do interior da Irlanda. Ele examinou o presente dela, os livros e o marcador de página, olhou para o pequeno escorrega amarelo que Carlton havia desbravado. Rachel segurou Julian, havia segurado seu braço para que ele deixasse Carlton se levantar sozinho quando o garotinho tropeçara e Julian estava prestes a correr para ele. Rachel apertou seu braço, não o deixaria interferir.

— Baby, você tem que deixá-lo cair. *Ele* vai ficar bem, mas você... — Ela riu da dor no rosto de Julian.

Ele desviou o olhar para longe da memória excruciante, abriu o Yeats, fechou-o de novo.

Reconstituir uma deusa a partir de uma garota empenhada não pode ser desejado, nem esperado. Julian sinceramente flutuou para um mar ártico, um pouco de luto, desagradavelmente mais sábio, passando por ursos-polares confusos. Por algumas semanas evitou a música de Cait, menções a ela nos jornais, sua existência na web (difícil porque as indicações a um prêmio em um show haviam sido anunciadas, e ela estava em todas as conversas).

E então chegou o cartão-postal. Um retrato de Paris: um velhinho e uma velhinha descendo pela calçada de braços dados. Ele usa uma boina e com a outra mão cobre a dela, presumivelmente sua esposa de 60 e tantos anos. As cabeças estão inclinadas na direção uma da outra; supõe-se um consolo sussurrado. Do outro lado da rua, dois soldados alemães caminham na direção oposta, rifles pendurados nos ombros, suspeita e medo nos rostos. No verso do cartão, ao lado da caligrafia estilizada do nome e endereço dele, havia apenas um único ponto de interrogação enorme. Ele sentou e ficou olhando por longos minutos para a foto, quase colocou a música dela, ficou se perguntando se ela conseguia realmente ver o futuro tão longe assim. E se conseguisse? Ela podia ver uma vida depois do fim do estrelato? Com ele?

Naquela noite ele abriu um livro que andara lendo sem muito ânimo — um relato de uma operação de resgate da Segunda Guerra Mundial — e reparou no marcador de página, os campos irlandeses. Era o presente, por US$ 1 ou US$ 2, de uma silenciosa sugestão íntima. Ali estava um artigo que ela sabia que ele só manusearia quando estivesse só, quando sua concentração estivesse no auge. Ele o segurou levemente pelas bordas para examinar sob a luz da lâmpada os detalhes das árvores e da névoa que caía. Ele o virou, depois apoiou-o em seu colo e leu no verso o nome do pintor e o título simples: *Vista de Co. Wicklow na chuva de outono, 1909*. Olhou para o cartão-postal e o marcador um ao lado do outro.

Trabalhou até tarde, *storyboards* abertos à frente na cama, e esboçou fotos bonitas de um cupê comum com preço marcado para cair logo depois do Dia do Trabalho. Do outro lado do quarto, um velho documentário sobre Billie Holiday preenchia as horas mortas de um canal de notícias sobre entretenimento. A câmera viajava por fotos dela, e eles apresentaram algumas entrevistas granuladas que ele não havia visto, dela com uma estola de pele conversando com homens granulados com cabelos e vozes da década de 1950, inclinando-se para a frente para trazer o microfone em sua direção. "Bem, vamos gravar outro álbum com a Ray Ellis Orchestra no ano que vem", ela disse baixinho, a voz rouca e lenta, mas o narrador a corrigiu: "Isso não aconteceria. Holiday deu entrada no New York Metropolitan Hospital com problemas renais quatro dias depois, e daria o último suspiro poucas semanas após." Passou uma cena do enterro, algumas análises de sua influência duradoura, e em seguida uma transição para Jim Morrison, morto jovem demais, peregrinos riponguas no cemitério de Père-Lachaise. Julian dormiu. A TV começou a exibir tela azul sobre a foto na parede do funeral do cantor de tango Tino Rossi em Paris, as mulheres francesas de uma certa idade chorando, o excesso de rímel descendo pelo rosto como solo na água de uma enchente.

O telefone anunciava BLOQUEADO na ID de quem estava ligando. O relógio insistia em que eram três da manhã. Ele podia ter dormido direto sem atender.

— Você por acaso viu o programa sobre Billie Holiday hoje à noite? — perguntou Cait.

— Vi. Que horas são? Onde você está?

— Eu vi com muita atenção, mas tem um dado que não consigo encontrar sobre ela que eu quero saber.

— Por acaso eu tenho uma ligação de família com ela. Um dia te conto.

— Você acha que ela tinha medo de perder o talento?

— Ela nunca perdeu, na minha opinião. Prefiro as últimas gravações.

— Concordo. Mas minha pergunta é: ela tinha *medo* de usá-lo? Ela tomava atitudes para protegê-lo, ou simplesmente esperava, acordava todas as manhãs aliviada por ainda tê-lo?

— As drogas podem ter sido uma expressão do medo.

— Eu duvido. Mas escute: se ela estava apavorada, isso prova que ela era forte, porque ela venceu o medo? Ou será que o medo significa que alguma parte honesta de você sabe que você é forte e basicamente falso, e um verdadeiro talento como o dela jamais sentiria medo?

— Você está bem?

— Por favor, tente responder. Por favor.

— Ok, ok. — A fã em prantos de Tino Rossi. O velho casal parisiense apaixonado, ocupado apesar dos nazistas. Vista de County Wicklow, 1909. Álbum de fotos de veludo vermelho, sua lombada branca de tão gasta.

— Por favor. A verdade.

— A verdade. A verdade é que qualquer pessoa que coloca tanto de si mesma e de sua vida na arte como você faz deve temer naturalmente qualquer fracasso nessa arte como ameaça potencial à sua vida. E assim você protege sua arte mais do que protege sua saúde das formas comuns de felicidade que o resto de nós tem. E você provavelmente tem isso em comum com todos os artistas que você admira, incluindo ela.

— Ah.

— Você está bem?

— Senti saudades, Julian. Você ainda está por perto ou não?

— Estou. Só um pouco confuso, acho eu.

— Isso pode acontecer. Deveríamos ficar longe um do outro ainda? Parece um pouco estranho agora. Não, espere, não responda. Só estou na cidade por um instante, e depois vou viajar por um tempinho. Isso deve ser ideal para você, hein? Não responda isso também. Boa-noite.

— Escute: por favor, se cuide durante isso tudo — ele disse, mais como pai do que como amante.

— Eu juro.

Ele se permitiu um vislumbre do mundo dela às 3h30 da manhã, leu as notícias mais recentes no site dela, e deu com o vil *doubt fulguest*: "Todas as demonstrações de seu incansável desejo de poder, Cait O'Dwyer, me enojam. Do que é que você tem tanto medo? Que não ouçamos você se não puser fotos suas de calcinha? Nós *todos* usamos cuecas e calcinhas, meu amor. As 95 resenhas que você posta tão religiosamente? Você tem um pouco de talento, não vou negar. Mas você deve ser uma garotinha muito assustada para apostar tudo nele. — Ela deve ter lido aquilo naquela noite e ligado para ele.

Voltou a dormir, seu pai e Billie Holiday muito baixinho nos alto-falantes. Ele sonhou com Cait, nenhuma surpresa, mas também com Carlton. Cait incentivava Carlton a ser corajoso, a dar um passo à frente e apertar a mão de seu pai. "Vá em frente agora, homenzinho, vá em frente."

Rachel e Julian fizeram uma grande festa para o segundo aniversário de Carlton, na verdade uma festa para adultos, uma boa festa, a menos que Rachel já estivesse dormindo com um dos convidados. Mas não importava mais agora. Duas semanas depois Carlton estava num hospital, morrendo daquele microscópico agressor no seu sangue, que até então não fora notado nem pelos pais nem pelo pediatra, todos distraídos por um diferente agressor microscópico no ouvido dele, distraídos por apenas dois dias tarde demais, e a essa altura eles estavam em um hospital com trenzinhos de madeira com carinhas e tinta descascada, que se encaixavam em trilhos montados em quatro ou cinco combinações diferentes, nenhuma das quais interessava a Carlton, pálido e semi-inconsciente, embora Julian lhe construísse uma ferrovia atrás da outra em tantas formas quantas conseguisse; uma delas tinha de ser aquela que ganharia um risinho vencedor de Carlton, e Julian segurava a locomotiva na mão suada, e lascas de tinta azul brilhante saíam em sua pele, e Rachel se sentava ao lado do leito e acariciava a mãozinha minúscula, da qual saíam o tubo vermelho, o tubo branco e cogumelos enormes de esparadrapo.

O Carlton de 3 anos de idade não era um personagem tão bem definido quanto os jovens de 12 ou 20 anos. A destreza esportiva de Carlton, a amizade especial e as conversas secretas com o tio Aidan, a primeira fotografia 3x4; suas perguntas incômodas e emocionantes sobre garotas; tudo isso Julian havia previsto. Mas Carlton aos 3 — como a criança segurando a mão de sua mãe ao lado de Julian na noite seguinte na plataforma da rua 23 — era um animal que ele nem sequer podia imaginar.

— Papai! — o garoto gritou quando um homem saiu do trem que chegava, mas apenas riu e continuou a andar.

— Não, papai está no escritório — disse a mãe da criança quando eles embarcaram. Julian voltou a se sentar no banco, deixou o trem F sair sem ele, e começou a vasculhar por entre as lembranças do iPod. Ele passou os dedos por oito mil canções até Cait chegar aos seus ouvidos e cantar para ele sobre como ele se sentia com relação a Carlton aos 3 anos de idade. Ele tocou a canção sem parar, agora dentro do trem seguinte, aumentando o volume para abafar o som dos trilhos e o ruído de freios e a caixa de som no chão, tão obviamente sem dono, a executar uma ária de Puccini. Um trem A que passava piscou os faróis, a um trilho de distância, o brilho como cinema antigo de dois trens passando quase próximos, mas não exatamente, à mesma velocidade, rostos a dois metros de distância, inspecionáveis porém silenciosos, um inacessível mundo paralelo, irreal nas molduras de um *flip book*: o hasidim lendo um Pentateuco de bolso, a futura modelo com seu portfólio ignorando estudadamente a atenção dos homens, o homem de 30 anos ainda vestido como um garoto de faculdade, a garota grávida de mãos dadas com a mãe, um homem careca usando camisa de listras horizontais tipo marinheiro e calças tipo palhaço com listras verticais, Carlton num carrinho às gargalhadas, Rachel olhando para um arquivo por cima da armação retangular fina dos óculos, Cait olhando para ele enquanto os trens se despediam, e Julian continuava sozinho na escuridão dos trilhos.

Já numa calçada do Brooklyn, ele voltou a tocar a canção e ouviu pela primeira vez, ao fundo da letra, um sample de trovão distante, um efeito apavorante que ele mal conseguia acreditar que nunca havia reparado antes. Voltou a canção alguns segundos mas não conseguiu achar o som novamente, antes que a tela do iPod piscasse um desenho de uma bateria acabando e depois se apagasse. O céu se abriu e liberou uma torrente de água quente. Julian saiu correndo pelos dois quarteirões que faltavam até chegar em casa, subiu as escadas e, ainda pingando, colocou o iPod no seu trono de projeção e voltou a tocar a canção. Ela não havia perdido — Cait não havia perdido — nada de seu poder, apesar das tantas repetições. Ela só fizera aumentar o controle sobre ele, quando ele pensou que já se afastara de seu alcance. Desabou no chão como uma poça de água de chuva e abraçou as pernas; achou que fosse vomitar, mas acabou chorando.

Tirou o álbum de veludo vermelho da prateleira mas não o abriu, só ficou balançando, chorando, tentando secar a chuva da capa e desejando poder abraçar seu filho. O desespero — desespero além da capacidade da música de se converter em arte — o sacudiu com tanta força que ele não conseguia respirar, e quando ele finalmente conseguiu, já sem fôlego, o primeiro pensamento foi o desejo de que Cait pudesse vê-lo, estar com ele naquele instante, ver quão bem ela o entendia e quão bem ele a entendia, como ele estava naquele momento que eles haviam criado juntos, como se a beleza e a juventude dela pudessem matar a dor que a música dela liberara sobre ele.

Ele a viu na maratona televisiva. O peito dela inchou, os olhos dela se fecharam, e ele abriu o álbum.

Fotografias de alegria: um urso, um balão, uma mamadeira, um bebê, uma nova família. Aquilo era sem dúvida uma ilusão: gotas de chuva de felicidade dos pais caíam sobre mares de insônia, frustração ciclópica, discussões um com o outro, piadas de humor negro sobre como pegar síndrome de Munchausen indiretamente, e aquelas fotos cuidadosamente selecionadas — propaganda de felicidade — retratavam quase o oposto do que um filme com a duração de um ano inteiro teria revelado, e Julian se odiou por tudo o que perdera, pelos crimes imperdoáveis de falta de atenção e egocentrismo e o fim daquele garoto. O álbum também era uma mentira, porque Carlton, claro, não era, e Julian não era um pai, e paralelos bregas de síndrome de membro fantasma lhe ocorreram, e ele grunhiu ao pensar neles enquanto seus dedos deslizavam pelas faces revestidas de plástico de Carlton, e Cait cantava *"Leave it out in the rain and let time surprise you"*, e a foto de Carlton aos 4 meses tentando esboçar um sorriso precoce não foi a punhalada no olho tão temida por Julian, nem a autoilusão opiácea, eficiente apenas um barato de um segundo de duração, de que seu filho ainda estava vivo. Era outra coisa: Carlton ainda estava morto, mas as fotos faziam Julian feliz mesmo assim. O catalisador necessário era Cait. Aquela mulher, como uma pessoa inteira — a respiração, a voz, o corpo, o espírito e a alma —, o fazia sentir-se assim, e poderia, talvez, sempre fazê-lo perceber que Carlton era uma alegria presente na vida dele, não uma tortura semidoce do passado ou um futuro roubado. Ele podia acreditar, com Cait em sua vida, que conseguiria ser livre e contido, jovem e velho, alegre e enlutado, perdoado. O trovão que aplaudiu — do lado de fora, real — estava próximo o suficiente para sacudir as janelas.

10

O bolso dele tremeu, e o Observatório relatou a presença de Cait num Starbucks a dois quarteirões dali. Calmamente perguntou a Maile se ela queria café, caminhou devagar até o elevador e, ao chegar à rua, saiu em disparada, chegando à cafeteria aos trancos e barrancos, sem fôlego nenhum.

Ela não estava lá, e aí ele entendeu a piada: agora ele *tinha* de vê-la, hoje, naquele instante.

— Sr. Donahue, todo afogueado — a voz vinha da poltrona de espaldar alto, estilo Dr. Seuss, encostada na parede lateral. — Você quase derrubou a porta, hein, meu camarada?

— Oi, Alec.

— Adivinhe com quem acabo de tomar café?

— Não faço ideia.

— Qual é, dá um chute.

— Muita pressa, Alec. Tem gente me esperando, preciso voltar.

— Ela me encheu os ouvidos de tanto falar de você.

— Quem? — Julian perguntou, pagando o café para viagem.

Naquela mesma noite, quando ele saiu do trem F de volta ao Brooklyn, o telefone estremeceu com outro alerta azul: ESTRELA AVISTADA, 17H47: CAIT O'DWYER, e o endereço do seu próprio prédio de escritórios em Manhattan.

E então ele comprou alguns produtos na delicatéssen de Bangladesh e entrou no edifício dela passando pela loja de chá, pegou a chave dela embaixo do capacho, deu a Lars alguns biscoitos da jarra em cima da geladeira e preparou um ótimo risoto para duas pessoas. Calculou o horário da chegada dela, começou a cozinhar, deu um tempo no preparo, finalizou a obra, e aí se sentou em frente à refeição, à meia-luz, janelas abertas, talheres que não combinavam e pratos lascados, queijo ralado, arroz cremoso fumegante, o vinho tinto caro que comprara já nas taças verdes antigas dela, e ficou esperando, fazendo um carinho no cachorro deles, coçando atrás das orelhas. Acendeu algumas velas dela, e esperou. Ensaiou a maneira certa de recebê-la sem assustá-la: "Ei, estou na cozinha." E esperou. Ensaiou uma conversa com ela ao longo da refeição, descrevendo a solicitação de Alec Stamford para visitar o escritório de Julian e seu convite para a estreia de um filme, "que recusei em favor desta ideia, então é bom que você esteja gostando da comida". Ficou esperando, pensou na última vez em que ele e Rachel haviam comido juntos em casa, podia contar nos dedos de uma das mãos todas as palavras ditas, a insistência de Rachel em que a culpa pela morte de Carlton era literalmente dela, embora tudo o que ela dissera então fora "Que tipo de mãe".

Foi até o computador de Cait para colocar uma música e lá achou o livro de convidados do website dela aberto em um formulário, escrito ainda pela metade. Cursor piscando no meio do insulto, lá estavam as palavras venenosas do *doubtfulguest*: "Sua menininha triste, você é tão patética, por que você não olha para si mesma de vez em quando e" e então ela perdeu o pique. Ela tinha feito isso consigo própria. É claro. Julian sentiu uma simpatia infinita na forma de uma vontade louca de tirar as mãos dela do teclado, puxá-la de encontro ao peito, acalmá-la, dizer a ela que precisava se perdoar e simplesmente seguir em frente, mas agora com ele.

Adormeceu na cama dela, acordou com uma porta que bateu, mas não havia ninguém lá. Levou Lars para molhar o hidrante, voltou para a refeição nababesca e o resto do vinho, que bebeu olhando pela janela dela. Um minuto depois, tudo mudou, e ele precisou fugir antes que ela voltasse.

11

Tecnicamente, Stan deveria parar bem ali, com aquela única visita ao bar, a oferta de um número de telefone a ela. Tecnicamente, a cantora estava correta: aquele não era nem de longe o trabalho dele. Tecnicamente, se ela ia afirmar nunca ter visto o maluco, não havia nada a fazer. O favor prestado à sua família estava completo. O primo dele sempre poderia chamá-lo caso algo real acontecesse, se é que o sujeito não era um louco.

Estava sentado num banco em sua academia de boxe, duas vezes a letra U de suor se espalhando debaixo dos braços, as luvas aos pés, os cotovelos escorregando para fora dos joelhos. Chegara cedo e treinara sucessivamente uma luta com quatro caras — todos acima de seu peso e altura —, mas segurou as pontas. Agora, de costas para o ringue, ele via o sujeito sem-teto que o dono deixava entrar, adormecido sobre a trava de segurança, os braços pendurados sobre a barra, a resistência no ponto exato de suporte, o que o fazia subir e descer muito levemente a cada respiração comprida e encatarrada. As janelas ficaram mais iluminadas desde a chegada de Stan, mas o vagabundo ainda flutuava para cima e para baixo, pendurado pelos sovacos. Um filhote de *pit bull* olhava tudo de dentro de uma caixa de papelão.

O problema das mulheres indiscutivelmente bonitas era que elas se tornavam estragadas para além de qualquer conserto já aos 15 anos de idade. Elas sabiam estar sempre sendo vigiadas, e ouviam o subtexto salivar idêntico de cada conversa, e por isso ficavam desconfiadas com qualquer conversa. Os homens mais brutais, aqueles com os desejos estampados no meio da testa, exerciam apelo para elas só porque se passavam por minimamente honestos, e por isso mulheres assim invariavelmente acabavam com malandros. Com a chegada da velhice, à medida que o subtexto dava lugar a uma conversa atrás da outra, e a maquiagem não conseguia mais mascarar a verdade, elas ficavam cada vez mais ansiosas para serem tratadas como alguém especial, e assim se tornavam as mais neuróticas das mulheres de meia-idade, as mais pegajosas das velhas senhoras. A cantora não seria exceção.

Ela vivia cercada por pessoas a lhe dizer que ela era um gênio, uma deusa, tão importante, e então ela provavelmente desejava uma vidinha normal, um pouco de carne na dieta de ar e alface e, se procurasse um motivo pelo qual ela não estava reclamando do maluco, bem, talvez você não estivesse errado em achar que (a) ela gostava daquilo, só porque era diferente, e (b) ela achava que podia controlar aquilo. Qualquer pessoa que não visse tudo com aquela visão borrada de quem vive dentro de um aquário, como ela via, enxergaria logo um lunático vesgo com uma das mãos em uma faca e a outra dentro da calça. Enquanto isso, ela pensava que tudo aquilo era para sua diversão. Ela provavelmente pensava que conseguiria despachar o velho safado para o mundo frio e seco além do vidro, quando quisesse.

Mas ignorar tudo, aceitar a palavra dela — bem, se seu priminho estivesse certo, se o malandro fosse *mesmo* problema, e algo acontecesse *mesmo*, então Stan teria de viver com o fato de que sabia disso o tempo todo e não fizera nada para impedir. E, na verdade, era um assunto de família. Apesar de o pequeno Ian Richfield ter se tornado uma pessoa tão boba — e, ora, quem é que não havia percebido que *aquilo* aconteceria?, graças a Bill e Teresa Richfield e, ora, a toda a despesa estéril dos Richfield —, Teresa ainda era uma diCanio. Os temores de Ian (e de sua bela chefe) eram um legítimo desgaste do tempo de Stan. Se Ian não chegasse a mencionar o favor, Stan o faria quando ligasse para Teresa.

Navegou pela web, encontrou fotos e grupos de chat, trechos de sua música detestável, que logo desligou. Leu uma resenha chamando-a de genial, a voz de sua geração, e voltou a escutar, verdadeiramente apalermado, o ruído tão comum com o canto que — *muito* ocasionalmente — era quase musical (menos potência que Rosemary Clooney, menos nuance que Nancy Sinatra, menos paixão que Connie Francis), antes que voltasse a desabar naqueles gritos derivativos adorados pelas crianças. Ele ficou imaginando o que não conseguia compreender, e isso o irritou. Derramou o café em cima do impresso do maluco e soltou um palavrão.

Dois dos caras mais novos já haviam ouvido falar nela. Levantar o assunto foi provavelmente um erro, porque num instante certa quantidade de bobagens foi levantada — de mais sujeitos do que apenas a dupla original de palhaços — sobre a "namorada punk-rock" de Stan, e se Stan amolecera, passando de homicídios para tomar conta de celebridades.

Stan chegou a se dar ao trabalho de falar com a psiquiatra do departamento sobre o perfil-padrão nesse tipo de caso. Ou era uma coisa de uma vez só ou um fetiche regular, ela explicou. Os perigosos eram os de uma vez só. Os regulares tendiam a se limitar às sessões usuais de masturbação-atrás-da-moita, mas os sujeitos que ouviam mensagens particulares nas canções, que invadiam as casas, faziam prisioneiras para fins de semana românticos, botavam a arma para fora para um gostoso dois a dois, estavam normalmente em sua primeira e única celebridade.

Encontrou o prédio da senhorita O'Dwyer, olhou ao redor, certificou-se de que tinha bons cadeados e barras nas janelas. Ele mostrou o retrato do pervertido aos donos de bares e de lojas dentro de um raio curto de distância. Descobriu que o maluco era um habituê da delicatéssen em frente à residência da vítima. O doce casal de velhinhos de Bangladesh que eram os donos da loja concordou em emprestar uma das câmeras de segurança como um gesto de cooperação com o departamento, e Stan arregaçou as mangas, subiu a escada deles e ajustou ele próprio o foco da câmera, checou a tela na parte de trás até ela registrar toda a atividade do outro lado da rua. Comprou para eles dois novos DVD-RWs para o sistema e lhes deu um decalque para a vitrine de frente, anunciando o blefe de que as instalações eram monitoradas regularmente por oficiais à paisana.

Mas isso era praticamente tudo o que ele podia fazer. Atravessou o rio algumas vezes para verificar o DVD na Bangladeli, mas a família Iqbal não voltara a ver o meliante, e não havia nada na câmera. Stan podia, supôs, simplesmente conferir com a cantora — "Tudo bem com você?". E numa manhã ele teve uma boa desculpa para isso. Foi até o Brooklyn, resetou o sistema dos Iqbal e depois saiu para fumar ao sol, preparou-se para tocar a campainha dela quando ela saiu do prédio levando uma fera imensa, passou correndo por Stan sem notar, e o levou num passeio canino por alguns quarteirões da State Street.

— Que gozado esbarrar com você por aqui — ele gritou, depois de lhe dar alguns minutos de vantagem. Parou na areia quando o dinamarquês se aproximou dele, cheirou seus sapatos e levantou a perna. O policial, condicionado por anos retirando bêbados arruaceiros de portas de bares, saiu rapidamente de banda e continuou até o banco, onde Cait viu sua chegada por entre lentes espelhadas.

— Você se desviou de forma muito elegante, inspetor. Muito Fred Astaire.

— Sou altamente treinado justamente para esse tipo de eventualidade.

— Nossa mãe! É uma arma de verdade debaixo do paletó?

— Quer dizer isso ou eu estou feliz por ver você?

— Não, sério. Você é um policial de verdade?

— Ele é um belo animal — Stan se sentou ao lado dela no banco —, apesar dos hábitos urinários. O que me lembra: um amigo seu foi preso ontem à noite.

Ela se virou para examiná-lo através das lentes espelhadas.

— O sujeito da foto que você me mostrou?

— Não, ele não. Ele é seu amigo?

— Sei. E por acaso você estava passando pelo Brooklyn, me viu aqui e decidiu parar e me dar a boa notícia da prisão de um amigo?

— É mais ou menos isso. Tenho uma irmã que mora aqui perto. Ela e eu somos muito próximos. O sujeito com quem você cantou na TV? Para os hippies do cais? O cara grandão, que parece meio gay? Você devia tomar cuidado com as companhias.

— Você está parecendo um padre.

— Ele foi preso ontem à noite, esse seu amigo.

— Quem? Alec?

— Vai sair nos jornais amanhã. Parece que ele fez umas propostas a algumas senhoras profissionais, três delas na verdade, mas a terceira era colega minha. Azar dele.

— Certamente o senhor não é tão puritano a ponto de achar que deveríamos enforcá-lo por ceder a essa prática ocasional e tão humana.

— É, eu próprio sou um homem da lei e da ordem, mas entendi você. Certos atos devem ser desencorajados, mas não julgados com muita dureza. Estou feliz por não trabalhar na Entorpecentes, profissionalmente falando. Mas a parte interessante, a parte que por acaso conheço porque era a de um colega meu, esta é a parte de que você vai gostar, creio.

— Estou toda atenta, inspetor. Os atos criminosos de pessoas que só conheço de leve são do mais profundo interesse para mim.

Ele se virou e ficou olhando para o próprio reflexo nos olhos dela.

— Eu gosto do jeito que você faz isso: diz a verdade mas finge estar mentindo. Sabe, eu andei seguindo esse caso por você, o cara daquela foto. E andei pensando em você. Você é uma boa garota. Obviamente acima da média. Mas deve estar cansada de todo mundo te tratar como uma rainha ou uma profetisa.

— Extraordinariamente observador. Por dentro eu sou só uma garotinha, amedrontada, esperando alguém que possa me ver exatamente como sou.

— Lá vai você novamente. Aposto que proteger você de gente estranha é um trabalho em tempo integral.

— Você dá a impressão de ser um candidato interessante para o cargo. Você é *mesmo* policial? Confesso que tive minhas dúvidas quando nos conhecemos.

Stan sorriu e acendeu um cigarro.

— Jesus, mas que cheiro bom — disse Cait. — Que saudade dos meus tempos de fumante.

— Eu li em algum lugar que faz mal à saúde — ele respondeu, e lhe ofereceu um.

— Saúde.

Com esforço, ele ficou em silêncio enquanto ela acendia o cigarro, e depois ela falou primeiro, como os culpados costumavam fazer quando recebiam espaço para isso:

— Vou dar um show na quinta à noite. Você acha que esse calhorda vai me oferecer algum perigo?

— É difícil dizer. Não sou médium. Mas se você está me convidando para o show, acho que vou dispensar essa.

Ela assentiu duas vezes — ele finalmente lhe desferiu um direto depois de todas as tentativas dela de se esquivar —, mas rapidamente soltou uma gargalhada.

— Não convidei. Você precisa trabalhar até tarde, solucionando um belo caso de homicídio?

— Não. Não tenho desculpas. Só não creio necessariamente que verei o melhor de você nessas circunstâncias. Música pop, você sabe.

— Acho que não sei não.

— Acho que você sabe que o que faz é temporário. Barato. É para garotos. Eu entendo: a gente tem que ganhar a vida. Não penso menos de você por fazer isso para pagar o aluguel. Mas não é nem de longe a parte mais interessante de você.

— E você consegue ver a parte mais interessante?

— Se seu trabalho fosse o de se vestir como um coelho num parque temático, você desejaria que eu fosse te ver e fingisse que você é um coelho de verdade? Espero que esteja rindo porque viu como a comparação é adequada. Vá cantar; eu me preocuparia se você realmente julgasse isso grande coisa. Agora, a propósito, quer ouvir a melhor parte da prisão do seu amigo?

— Essa foi indiscutivelmente a pergunta mais peculiar que já me fizeram.

— Não vou dizer até você pedir com educação, senhorita.

— Sim, por favor, detetive. Por favor, diga-me qual foi a melhor parte da prisão do meu amigo.

— Confessa estar curiosa? Quer que lhe conte o que só eu sei?

— Sim.

— Você se sentiria deixada de lado se eu não dividisse meu conhecimento secreto?

— Sim.

— Mais uma vez, por favor.

— Por favor, detetive, eu quero mesmo ouvir isso.

— Bem, está certo, já que você está implorando. Primeiro, o senhor Stamford contratou um cavalheiro, bem como as três senhoras que ele pretendia empregar. Ligeiramente interessante. Segundo, a oficial disfarçada e uma das duas verdadeiras prostitutas eram ruivas; a outra era morena, mas ele tinha uma peruca ruiva para ela, pronta para usar. Ele também perguntou se alguma delas sabia imitar sotaque irlandês. Está prestando atenção em mim, não está? Difícil dizer por trás desses óculos de sol. E, melhor de tudo, ele disse a elas, como condição de contratação, que elas todas deveriam responder a um nome particular.

— Todas as *três*?

— Todas as três. Todas as três deveriam responder a esse mesmo nome. Gostaria de adivinhar qual era? Você tem talento para deduções.

— Acho que não o farei, mas obrigada pela oferta.

— O prazer foi meu, senhorita O'Dwyer.

— Percebo, inspetor.

Ele olhou para o telefone.

— Preciso ir. Mas, se quiser, ficaria feliz em levá-la para jantar mais tarde, depois do seu concerto. Tem um lugar que eu gosto, posso garantir que não será reconhecida.

— Sinatra no sistema de som?

— Se você conseguir suportar. — Ele se levantou para sair, apertou a mão dela.

— Acho que vou declinar — disse Cait. — Mas obrigada pela oferta, e especialmente pela fumaça. Vou viajar por algumas semanas, então espero estar a salvo de qualquer maluco, mas talvez...

— Quando você voltar, vai reconsiderar.

Ela riu de cara.

— Não, não, não. Eu ia dizer que talvez, no intervalo, você pudesse comprar meu CD novo.

— Puxa vida. Detesto ter que lhe dizer, mas não acontecerá nunca, eu e a sua música. Lamento.

O policial foi se afastando, tornando-se menor a cada passo e mais distorcido nas lentes espelhadas dela. Ele a seguira até ali, ela sabia, e ela duvidava da crença dele sequer em qualquer perseguidor do qual protegê-la, embora o que Ian estivesse orquestrando agora ela não saberia dizer.

O desprezo do detetive por sua música: pessoas que não gostavam da voz dela com certeza existiam, isso era tão somente lógico, mas ela raramente encontrava essas pessoas. Ele não tinha o menor interesse em ouvi-la, mas a convidara para jantar mesmo assim. Querer estar com ela mas não com sua voz: era uma estranha divisão.

E, ah, mas Alec, pobre Alec. Pobre Alec. Meu Jesus Cristinho, pobre Alec.

Enquanto isso, Julian era o oposto exato disso, preparava jantares para ela por conta de sua voz, quem sabe só por isso lia Yeats, ela esperava, por conta da voz dela. Ao que mais ele poderia reagir? E, na outra noite, quando ela tivera um ataque relativamente menor — muito mais suave do que ataques anteriores que suportara sem a ajuda de ninguém —, ela o chamou no meio da noite, como uma criança assustada. Como aquilo era bizarro e patético. Ela deveria ser capaz de passar por aquilo sem a ajuda de ninguém. Mas falar com ele a tinha acalmado tão rapidamente. A menos que isso fosse dar a ele crédito demais. Considerando-se a facilidade com a qual ele a havia ajudado, ela provavelmente não precisara mesmo da ajuda. Ela provavelmente tinha ligado para ele prematuramente, por medo de que o ataque fosse piorar, e não piorou, e ele estava coincidentemente ao telefone com ela quando passou. Ele com certeza se gabava disso agora, julgando que ela estava caidinha por ele, como no dia em que ele ficara sentado em silêncio quando ela o convidou para um drinque, como se tivesse proposto algo infantil. Ela queria que alguém atraente, como Julian, dissesse o que o policialzinho dissera: "não é nem de longe a parte mais interessante de você". Ela queria que Julian fosse preso por ela, como o pobre Alec. Ela queria que ele pelo menos fosse na noite seguinte para preparar um risoto, quando ela estaria em casa.

— Lars, meu amor, vamos?

(Em sua mesa no dia seguinte, Stan a ouviu em fones emprestados. Uma das músicas começou ligeiramente a mexer com ele. Se fosse possível filtrar aquele excesso barulhento de rock'n'roll — a estática e as batidas de Ian, e um gritinho agudo ocasional dela —, por baixo daquilo, ela fazia algo que mexia com você, de algum jeito.)

12

Encontrar as palavras aqui é muito difícil, e a própria Rachel nunca tinha certeza delas. Ela não "encenou uma tentativa de suicídio para prender a atenção de Aidan ou atrair a de Julian". Teria sido desnecessário; ela tinha a atenção de Aidan, e um suicídio malfadado só afastaria Julian. E, francamente, tampouco ela tinha exatamente "tentado o suicídio". O que ela havia definitivamente feito fora convidar Aidan para jantar e naquela tarde também deixara vinho e pílulas para dormir em cima de um balcão, depois de ter tomado uma boa quantidade delas. Mas ela esquecera que Aidan iria para lá quando fez isso; não era para mostrar nada a ele. E ela não havia ingerido o suficiente para fazer mal a si mesma; ela não achava, difícil ter certeza, porque não contava mais as pílulas uma de cada vez — era uma inutilidade, já que algumas poucas não faziam nada quando ela sentia dor, então sua tendência era tratá-las como balinhas de menta até poder sentir-lhes o efeito. E às vezes ela era descuidada e não colocava direito a tampa no vidro marrom. Para quê? Alguma criança iria mexer naquilo?

A tarde fora difícil. A coisa a havia pegado de surpresa. Ela chegou em casa cedo do trabalho porque subitamente teve a sensação de que, se não saísse logo do escritório, ele poderia explodir. Para ela, era como se terroristas estivessem à solta na cidade, e tivessem feito seu prédio de alvo. A falta de lógica disso — a pura histeria imbecil, de merda, desse pensamento — já ficara clara antes que ela saísse do elevador para o saguão com fontes gigantes e duas lojas da Starbucks, mas ela foi para casa mesmo assim, porque sabia ser aquele medo antecipado imbecil apenas um tremor do cataclismo bíblico que estava por vir, e ela iria arrancar os cabelos e pensar em Carlton por dois dias seguidos se não fosse logo para sua cama e dormisse antes que tudo piorasse. Então ela poderia acordar cedo e se sentir apenas não tão irracionalmente triste, ficar até mais tarde no dia seguinte e terminar o trabalho.

E assim ela engoliu algumas pílulas com um belo balão de zin — uma frase tirada de um livrinho infantil, para fazer você ficar animado, *e assim eles pularam para dentro do Balão de Zin* — e se deitou na *chaise-longue* modernosa comprada na rua depois que se mudara para aquele apartamento, e sentiu um sono perfeito chegando, como um abraço e um beijo de esquecimento, quando Aidan estava batendo à porta dela, típico do Aidan, batendo cada vez mais alto, sendo a semi-inconsciência drogada dela, a única explicação possível para ele ter sido trancado do lado de fora não o fato de que ele entendeu o dia errado ou que ela simplesmente não queria ter um convidado aquela noite afinal; e então ela foi cambaleando até a porta, caiu duas vezes, cortou a mão numa lasca de vidro da taça de vinho caída e com muito trabalho retirou a corrente teimosa e acertou a combinação correta de todas aquelas travas.

— O que foi que você fez? — ele perguntou, dando uma olhada no rótulo do vidro vazio. — Ah, mulher burra. Você sequer sabe o que é um miligrama?

Aidan começou a realizar tarefas para as quais não tinha a menor qualificação: deu um emético para ela, fez uma bandagem em sua mão, e depois, com interrupções, segurou os cabelos dela e enxugou sua testa enquanto ela ficou com a cabeça na privada por quase uma hora; preparou um banho de banheira adicionando sais e bolhas em quantidades que ele logo viu serem excessivas quando verdadeiros Andes de espuma se ergueram para além da borda da banheira, e ficou batendo e cortando seus picos e levando-os para a pia; selecionou um pijama limpo e adequado de um armário repleto de irritantes cordas aromáticas; sentado em frente a ela e ouvindo, respondendo que, claro, ele a amava (num tom ensaiado de afeição fraterna, com tons de pena por "sua perda") e que Julian também sentia isso, pelo amor de Deus. Ele assentiu placidamente quando ela insistiu que não havia tentado se ferir. De vez em quando, os olhos de Aidan ficavam cheios d'água, e ele teve medo de ter um de seus "massacres lacrimosos", mas eles o pouparam, e ele se desculpou como estando apenas surpreso, zangado ou estressado (preparar o banho de sais o afetara particularmente), mas a verdade estava clara até mesmo para ele, tarde da noite, quando ela foi dormir em sua própria cama pedindo desculpas, e ele permaneceu deitado e insone no sofá dela, e pensou naquela mulher morrendo se não tivesse chegado na hora. Pensou que ela não tinha jeito, que o deixaria no mundo sem ela para pensar ou proteger, admirar ou amar, e ele abafou suas lágrimas com o braço até deixar o suéter encharcado e grudado no nariz e na boca e na barba por incontáveis cabos trêmulos.

Ela havia, após o Incidente, "estado ao lado dele", na linguagem tola desses fatos. Ele havia morado perto dela e de suas roupas e de seus cheiros. Ela era a mulher da qual ele estivera literalmente mais perto, fisicamente, desde a morte de sua mãe. E por isso ele a amava — não exatamente de modo platônico, nem fraterno, mas o mais próximo que podia sentir em relação a tais ideais. Nunca admitiria sentir mais do que isso, não para Julian, nem mesmo dali a décadas. Além disso, agora ele conseguia ver com clareza suficiente para saber que Rachel não havia "superado" Julian, nunca poderia superar, não importava como Julian se comportasse.

— Por que está fazendo isso com você mesma? — ele perguntou naquela noite, enquanto ela comia o sanduíche preparado meticulosamente para ela, e a sala ficou cheirando a sais de banho e outros aromas de Rachel. — Por que você simplesmente não para e segue em frente?

Ele entendia que a morte de Carlton resultara em tristeza. Ele também havia se sentido triste quando aquilo aconteceu, e na terrível cerimônia fúnebre com o caixãozinho minúsculo e Rachel tão além do alcance de qualquer um e Julian incapaz de fazer qualquer coisa para ajudá-la e Aidan se sentindo mais triste, talvez, por Julian, tão obviamente incapacitado, novamente um não adulto. Com toda a sua capacidade escorregadia digna de uma ostra anulada, ele próprio era pouco mais que uma criança, e Aidan sentia-se o único adulto presente, sua tristeza contida e apropriada, uma parte dele e não ele uma parte da tristeza, como ele julgava quase todos os casos. Mas agora aquilo tinha que parar: o fato de a morte de uma criança produzir uma tristeza mais longa do que a vida da própria criança, que proporcionara certa medida de felicidade (e não todos os dias! Ainda se lembrava das cenas de paternidade resistente, mesmo que nenhum dos dois pais admitisse agora): esse era um problema provocado somente pela teimosia humana. Ser dois para sempre — certamente Carlton era agora tanto uma fonte de alegria quanto de sofrimento.

— Quando você pensa em tudo o que poderia acontecer com ele durante uma vida muito, muito longa, toda a dor que ele sentiria, todas as dificuldades que ele poderia provocar, todas as personalidades ou pessoas nas quais ele poderia se tornar, você não para por um segundo e sorri? Quero dizer, ele era apenas aquele menininho doce, e isso é só, para sempre. — Ela o ignorava da maneira que as pessoas faziam quando desistiam da habilidade dele de entender algo.

— A coisa mais estranha. Eu chegava ao final das outras pessoas tão rápido. Cada nova pessoa era como um copo d'água, e no começo eu estava seca, mas então cada copo começou a ter um sabor um pouco pior, a água com gosto de areia, e no final até mesmo o primeiro gole era o suficiente para me engasgar, entende? — ela disse.

— Sim — ele respondeu, sem a menor ideia do que ela queria dizer.

— Ele... — ela pegou a mão do quase ex-cunhado, coberta com aquele pelo grosso, e no começo ele não sabia de quem ela falava. — Julian é...

— Um babaca.

— Eu sei.

— Você realmente é apaixonada por ele ainda? — perguntou Aidan, e ela sentiu um calor materno por aquela criança barbada com o hálito menos que aceitável e as marcas oleosas das sobrancelhas na parte superior de suas lentes.

— Acho que seria melhor estar com ele novamente. Envelhecer com ele. Me entristecer com ele. Eu continuo tentando, pequenas coisas, para sacudi-lo mais uma vez.

Aidan assentiu, como um turista lutando para traduzir uma frase estrangeira difícil ao mesmo tempo que não quer parecer um idiota na frente do estrangeiro.

— Você tem que me prometer — ele disse —, aquelas pílulas... Você não pode fazer isso comigo. É crueldade. Você não é uma pessoa cruel. Me prometa.

— Estou tão cansada, Aidan.

— Me prometa. — Mas ela já havia voltado a dormir. Alguns meses antes, ele prometera irresponsavelmente entregar Julian a ela, mas na verdade ele não tinha a menor ideia prática de como realizá-lo. E por isso ela o castigava, ameaçando-o por seu fracasso. Embora ele fosse um Cupido dedicado, sua aljava estava vazia, e uma vida de abstinência, isolamento e trívia não o havia treinado para nada, agora que ele possuía um objetivo na vida, agora que arrumar casamentos era uma questão da qual dependia a sua mais profunda felicidade.

13

A trajetória dela acompanhou as equações heptilaterais laboriosamente trabalhadas pela gravadora: o download, o CD e as cifras de *merchandising*, hits certos, uploads para o YouTube e anúncios *click-through* no Google, satélite, transmissão e rotação de vídeo, aceleração de taxas de adoção por faixas para adultos e rock alternativo. Apelava para faixas etárias abaixo de 18 anos e subindo para 35-45.

Com shows agendados na Europa, as engrenagens da publicidade começaram a girar e movimentar uma à outra. Os escritórios europeus da gravadora e os subagentes da distribuidora armazenaram e enviaram kits de imprensa a críticos de música que deram os CDs fechados a assistentes ambiciosos, que por sua vez deram Cait de amostra em seus segundos empregos como DJs em Roma, Praga e Biarritz, ou, mais frequentemente, apenas entregaram os discos para garotas, presentes para demonstrar o lugar dos assistentes bem acima da curva da moda conhecida, como pássaros marinhos oferecendo ninhos nos melhores pontos no alto dos penhascos.

O cronograma da excursão dela subiu para caitodwyer.com e foi jogado para a lista às 9 da manhã. Julian, que esperava o silêncio dela passar desde aquele jantar de um lado só, suspeitando que fora muito ansiosamente de meia-idade e doméstico, encontrou o e-mail esperando por ele em seu escritório: datas e casas noturnas de oeste para leste, de Dublin a Budapeste. Ele não sabia ao certo o que ela queria que ele fizesse, mas então o segundo e-mail chegou dez minutos antes de ele sair para o almoço: "Ella Fitzgerald" lhe enviou um mp3 de Ella

Fitzgerald cantando "April in Paris". E naquela noite um envelope endereçado ao "Chef Solitário" entrou sorrateiramente pela sua abertura de correspondência e caiu no carpete, contendo apenas uma única folha datilografada: *Charme, sedução, inspiração, tentação, avassalamento. Será que você merece uma recompensa?* E aí a pornografia turística: uma lista de hotéis salpicados ao redor da Europa: Morgan le Fay, Lonsom Mews, L'Étoile Cachée, Santa Diabla, La Torretta della Virgine Bianca, U Šárky, Vânătoarea, Gellért. Isso fechava a questão.

Ele ficou ali parado em pé no hall, cheirou o papel, invocou o aroma dela que vinha daquela gaveta do armário com o crucifixo pendurado. A mente dele voou para o futuro, para o quarto de hotel onde ela esperava por ele, despindo-se para ele, a hospedaria romena onde eles se tornaram amantes, a casa noturna tcheca onde ele provou seu valor a si mesmo dando a ela a única direção de que ela precisava, filhos, ela cantando para os filhos deles, um casamento. Somente quando ele viu pela porta aberta da sala de estar que a TV estava ligada — um único lutador de boxe, o rosto inclinado, os olhos entrefechados e uma luva azul colada na sua orelha — ele deixou a fantasia esvoaçar para longe. Quando abriu a porta, Aidan atirou um pãozinho na cabeça dele e se curvou sobre um prato de operário de tijolos de tofu lambuzados de calda de bordo e uma revista de palavras cruzadas pela metade.

— Não gosto muito do seu uísque — disse Aidan. — O rótulo tem um *tartan* imaginário, sem clã e portanto sem classe. Você consegue pensar numa palavra de quatro letras com *q* como a terceira? Prefiro não usar um acrônimo nem uma palavra árabe. — Julian saiu do alcance dos balbucios do irmão, e conseguiu sentir o cheiro dela. Aidan a surpreendera ali, e ela escondia-se em algum lugar do apartamento. A torneira da pia do banheiro gotejava. Ele puxou a cortina do chuveiro para o lado, apertou sua centena de rótulos de vinho de Rioja contra os ladrilhos cor de vinho. Abriu *closets* grandes o bastante para escondê-la e gabinetes nos quais ela teria de ter deixado braços e pernas para trás como uma lagartixa apressada. Ela havia deixado seu cheirinho na cama dele, e um fio comprido de cabelo dobrado sobre seu travesseiro, um anzol gigante para fisgá-lo enquanto ele dormia. As orelhas zumbindo, ele se virou e correu para a saída de incêndio do banheiro, cantarolando "Without Time" alto apenas o suficiente para seu próprio crânio ouvir. Aidan o chamou do outro lado de um vasto deserto: — Ei, você tem tido contato com Rachel? Alguma fagulha? — A janela estava destrancada. Ele olhou para a saída vazia, olhou para o céu caso ela tivesse subido pela lateral do edifício.

— Eu a deixei entrar, sabia? — disse Aidan, sem tirar os olhos do boxe, quando Julian voltou à sala de estar.

Julian desligou o controle remoto.

— Você a deixou entrar? — ele sentou em frente a Aidan. — Sério?

— Sério? Eu estava observando tudo. É, ela queria deixar algo para você. Escute, ela é incrível.

— E você a deixou entrar? O que foi que ela deixou? Você está falando sério?

— Estou. Relaxe. Eu a deixei entrar. Com a minha chave. Eu queria conversar com você sobre isso. É importante. Você sabe, ela ainda é sua esposa. Você tem um papel, uma resp...

— Ah. — Julian caiu de volta na poltrona, olhou para o teto. Começou a rir. — O que foi que ela deixou?

— Ouça só você! — Aidan tentou o sotaque de uma *yenta*.* — Você está muito ansioso. Então, quem sabe a velha fagulha, hein? *Muito* interessante. Isso me lembra que os incas...

— O que foi que ela deixou, A?

— Como é que eu vou saber? Se você não achou nada, ligue para ela e pergunte, certo? Eu julguei que você já soubesse, ou eu não teria gritado. Você sabe, ela e você... Eu queria ter a habilidade de explicar obviedades a gente burra. — Aidan entrou na cozinha. — Isso aqui é tudo o que há? — ele gritou. — Você deixou a adega ficar às moscas. Mais provas de que a vida de solteiro não lhe cai bem.

---

*Casamenteira, em iídiche. (*N. do T.*)

— Abra o que tiver aí. E ponha para mim também.
— De qualquer maneira, os incas...
— Quando foi que ela esteve aqui?
— Algumas vezes, na verdade. Não sei. Ok, você me pegou, eu dei uma chave a ela. Mas, escute, os incas...

Então, Rachel deixara algo para ele, algo que ele havia creditado a Cait. O poema, claro. Não fizera o menor sentido quando ele achara que era de Cait. Ele dera nós em seus pensamentos para fazer com que o poema fosse dela, para continuar a história deles a partir dali, quando era naturalmente de Rachel, clara e simplesmente assim: "onde está o amor que um dia eu chamei de meu?", ela lhe perguntava, deixara a pergunta na sua cama, na cama deles, comprada pelos dois em outra vida. Cait não havia entrado de mansinho na casa dele; ele tinha entrado de mansinho na casa dela. E mais um canto da tapeçaria da história deles se desmanchava.

— Sério, eu quero que você me ouça, Cannonball. É importante.
— Num instante.

Mas Cait lhe dava a lista de hotéis — "April in Paris" — em troca da perda, escrevia um novo capítulo para eles tão rápido quanto o antigo havia se apagado. Ele ligou a TV de volta para Aidan, foi até o quarto e entrou na internet. Os hotéis ficavam todos em cidades de sua conquista europeia, e ele reservou voos e quartos nos hotéis, nas mesmas cidades onde ele e Rachel passaram a lua de mel. As tênues lealdades a Paris tremeram.

— Vou para a Europa por algumas semanas — ele disse, voltando a Aidan e a uma taça de vinho.
— Para a indústria do engodo ou para uma nova Bolena? Não importa: é o mesmo.
— Engraçado.
— Escute, é sério. Eu acho que isso é um erro. Sério. O mundo, a vida, às vezes...

Julian interrompeu.

— Que negócio era aquele de cirurgias cardíacas mais rápidas levando à incivilidade?

Aidan deu uma gargalhada triunfante e caiu direitinho no desvio da conversa.

— Hah! Eu estava com medo de que você nunca fosse perguntar. Bem, pense nisso por um minuto. — Ele cheirou o vinho com a força de um motor e suspirou. — Quando você entra no hospital para uma cirurgia arriscada, é preciso encarar o Grande Nada. Eles abrem você, e você pode ler o que está escrito nas paredes das suas artérias. Uma recuperação lenta, uma cicatriz grande no peito, capacidade de respiração reduzida, falta de energia... você não consegue deixar de pensar. Você está aquecido pela proximidade da morte, amaciado. Você reescreve o testamento, tenta corrigir os erros. Você chama os filhos para se reunirem ao seu redor, fala às pessoas as coisas importantes, aprecia as menores situações, como urinar. Mas *agora... pfff.* Nenhum risco, nenhuma besteira, uma tarde, entra e sai, e sua condição cardíaca está bem melhor, e você volta a jogar golfe e a gritar com o valete e a esperar que seus filhos peçam desculpas primeiro. Some todo o amor produzido pela cirurgia invasiva e subtraia todo o amor impedido pelas cirurgias a *laser* mais rápidas. Esse é o amor perdido. Agora, sério. Explique para mim. Estou um pouco lento. O que tem na Europa?

14

Julian fez as malas ao som de Cait nos alto-falantes, tão alto quanto a demo podia rugir sem se fazer em pedaços.

Rachel tocou a campainha lá embaixo, avisada por um Aidan nervoso (a quem ela teve de acalmar) que hoje era a partida de Julian por um longo tempo, mas Julian não ouviu a campainha, mesmo enquanto Rachel (e todo mundo na rua) podia ouvir "Coward, Coward" e o velho baixista soprando contra o vidro da janela como um gigante asmático soprando velinhas de aniversário. Ela ligou para seu celular, mas ele também não o ouviu, e não ouviu o correio de voz dela até estar no táxi a caminho do JFK.

— J., você consegue ouvir isto? — Ela deve ter levantado bem o celular e o apontado na direção do ruído que ele fazia, porque, enquanto o táxi de Julian se arrastava na direção do Queens, no correio de voz Cait agora cantava "Coward, Coward" por aquele alto-falante fininho até a voz de Rachel tomar a dianteira novamente e Cait ser rebaixada a *backing vocals*. — Você é igualzinho a um adolescente, J.! Ouça só você, tocando rock no volume máximo. Bem, eu passei para te desejar *bon voyage*. Aidan me disse que você tem uma viagem de negócios para Paris e outros lugares. Diga alô a todos os nossos lugares favoritos por mim, ok? Tenha uma ótima viagem. Pensarei em você lá. Lembra daquele parque com o homem completamente coberto de pombos? Definitivamente mande um abraço meu para ele. — Ela fez uma pausa e o som distante de estalidos continuou no intervalo, como ruídos de tráfego ligeiramente musicais, ou como se Rachel estivesse numa casa noturna, como uma ligação de seus pais para dizer boa-noite, durma bem: "Ok, vá para a cama agora, Jules. E cuide do seu irmão." "Mas espere, pai, a banda vai tocar esta noite?" "Vai sim, filho, vai sim." Rachel continuou: — Falando em Paris, você recebeu meu cartão-postal? Aquele casalzinho simplesmente falou comigo. Eles me lembraram de... não sei... não nós exatamente, claro, mas, talvez nós se nós tivéssemos sido franceses? E velhos? E diferentes? A gente se vê, J. Tenha uma viagem maravilhosa.

Ele ouviu o correio de voz oito vezes no caminho para o JFK. Ele havia perdido outro pedaço de sua história com Cait, mais uma vez para Rachel, mesmo enquanto Cait cantava ao fundo. Mesmo enquanto ele fazia as malas ao som da voz dela, para o começo deles, Rachel dizia, *Não, não tão rápido.*

Ele tentou ficar zonzo com as possibilidades de Cait, mais uma vez, reacender aquela cadeia de fantasias — felicidade, sexo, casamento, filhos. Respirou profundamente no espaço neutro do aeroporto, cem portões para cem destinos, deixando Carlton e Rachel do lado de fora. Deletou o correio de voz e colocou Cait no iPod; ela seria a trilha sonora daquele dia crucial. Levou-a até a segurança mas deixou-a ao passar pela máquina de raios X e recolocou-a antes mesmo de calçar os sapatos. Julian partira daquele terminal com Rachel na lua de mel, mas ele havia sido remodelado desde então, então ele podia marchar bravamente para dentro dele e saber que não despertaria nenhum fantasma na praça de alimentação, no portão. No banheiro dos homens, deu pulinhos em vão, tentando acionar o toalete com sensor de movimento, e depois abanou as mãos ensaboadas para cima e para baixo sob a torneira, só conseguindo arrancar uma ou duas gotas de água de cada vez da torneira com detector de movimento.

Deslizou pelas longas esteiras rolantes do terminal, passando por um espaço onde um homem de negócios gritava obscenidades para um videogame. No final da esteira rolante, dois garotinhos corriam no mesmo lugar contra o sentido da esteira. A distância entre eles chegou ao fim, seus esforços e a imobilidade de Julian atraindo os três uns para os outros até que o garoto mais velho sinalizasse para o irmão mais novo, e eles deram um passo para lados opostos do caminho infinito, ainda correndo contra a maré, e Julian passou entre eles sob a voz de um arauto: "A calçada está chegando ao final. Por favor andem com cuidado."

Incapaz de ficar sentado quieto — perturbado com a perda do cartão-postal e das cenas que construíra ao redor dele, compondo a mais recente revisão da história de amor dos dois, faminto para ver o rosto de Cait mas preocupado em encontrá-la na atmosfera errada — *ah, sim, oi, bom, esta é a banda, e este é Julian, meu, bom, ele faz desenhos em descansos para copos* —, ele examinou uma butique de presentes inúteis, manequins com mamilos em alerta sob camisetas com a estampa da Estátua da Liberdade. Virou de costas e se voltou para a janela imensa que dava para a pista. Um avião distante engolia um avião mais distante ainda, passava por sua traseira, e então Cait O'Dwyer e banda estavam em pé no portão de partida dele.

Indignidades nervosas o tomaram de assalto — palmas das mãos, estômago e boca — como se ele fosse agora forçado a sentir o acúmulo de ansiedade de que fora poupado para cada garota e mulher com quem havia falado desde os 14 anos de idade. Ele sempre supusera que sua resistência natural a esses sintomas residia em um estado de preparo moral que os outros não tinham, mas agora ele se fundia com a butique para adquirir um boné dos Yankees, óculos de sol gigantescos e um agasalho com capuz e os dizeres NEW YORK LOVES LOVERS, depois ficou de tocaia atrás dos manequins excitados, observando enquanto ela e sua banda iam do balcão até as cadeiras acolchoadas — como o sujeito mais normal possível — e chegou a pensar em voltar para casa.

A primeira classe foi chamada, e ela não entrou, então Julian permaneceu encapuzado entre chocolates e táxis xadrez de brinquedo, apertando por entre os dedos a passagem úmida e amarrotada de primeira classe.

A fileira dela foi uma das últimas a embarcar, e, quando deu a ela tempo suficiente para que ela descesse pelo túnel até a Irlanda, emergiu de seu posto quando uma voz amplificada começou a chamar os nomes de passageiros atrasados, o dele primeiro, e ele prosseguiu, cabeça baixa. O piloto, que mexia com controles atrás da porta dobrável, era mais novo que Julian quase uma geração inteira.

Ele desabou, sem vizinhos, no assento da janela. Uma joaninha conseguira se enfiar entre os dois painéis plásticos. Quando a chuva começou a cair, ela abriu seu corpo vermelho-cereja, bateu as asas e vasculhou o perímetro oval em busca de um caminho para sair daquela confusão que ficava cada vez mais escura, as gotas de chuva batendo como explosões.

Logo antes de o assistente fechar a porta da frente, um jovem rapaz negro entrou, sem fôlego e cobrindo a boca. Sentou-se no último assento vazio, à direita de Julian. Tinha um aspecto bagunçado como estava na moda, mas ainda adequado para uma primeira classe melhorada, um ator, quem sabe, mas sua frieza se traía pelo modo como ele desesperadamente pediu um copo com água antes mesmo de se sentar, solicitou-o novamente alguns minutos depois, enquanto ao redor outros passageiros da primeira classe tomavam drinques em copos plásticos, e ele começou a mexer em um tubo de vitaminas antigripais efervescentes preventivas, "feitas especialmente para o viajante aéreo frequente". Incapaz de arriscar uma infecção iminente enquanto a aeromoça demorava com a água, ele desistiu e colocou um dos discos verde-claros direto na boca, onde começou a ferver. Murmurou um "Muito obrigado" quando o copinho chegou alguns segundos mais tarde, e bolhas verde-claras espumaram nos cantos de sua boca.

O avião começou a taxiar, e um pássaro voou ao lado dele, debochando do gigante metálico rígido. A joaninha subitamente parou de se mexer quando a cabine de primeira classe deixou o solo, ainda com o peso da classe turística atrás, e as gotas de chuva em pânico saltaram do avião, e a joaninha, resignada e contemplativa, se desvaneceu, mudando de vermelho para verde. Com uma manipulação hábil de seu bastão mágico, o piloto transformou tudo na Terra em brinquedos, e então jogou um cobertor de cinza sobre seu trabalho, e Julian se recostou, fechando os olhos, esperando o metralhar traseiro dos motores falhando.

— Quer um? — o vizinho lhe ofereceu uma imunidade solúvel em água. — Tem certeza? Você está dentro de uma placa de Petri, mesmo na primeira classe. — Julian declinou, e o rapaz transformou sua poltrona numa cama. Julian ficou pensando em como salvaria o iPod no improvável evento de um pouso na água.

O piloto ofereceu aos passageiros o romance de uma curva fechada, espalhando a luz amarelo-alaranjada pela cabine, da primeira classe até a turística. Ela estava lá atrás, e a mudança de luz prometia mais mudanças por vir, lá ao longe. A joaninha ficou cinza-clara.

Julian abriu o romance de mistério que comprara para fins de camuflagem na butique do aeroporto. Bhunji Zsemko, detetive mongol-montenegrino, se encontrava em Paris, infiltrado na Grande Mesquita à procura de Frinz Tishpa, a filha sequestrada de um chefão da máfia albanesa. (O autor, Homer Weindark, havia exibido seu detetive relutante e disléxico em treze livros até o momento, cada qual se passando em uma capital europeia, explorando a fraqueza do leitor americano por uma *platz*, um *arrondissement*, uma *corrida*.) Zsemko tentou pegar sua arma, mas era tarde demais. O golpe o atingiu atrás da orelha, e ele caiu contra o bidê Philip-Augustus com veios de ouro, Weindark sempre especialista ao mesmo tempo em artigos de luxo europeus e terminologia do submundo, heroína Black Bitch pesada idealmente numa janela *cinquecento* chumbada que dava para o Grand Canal.

Uma suave luz púrpura ainda se agarrava ao céu, o último vestígio de ontem, enquanto eles voavam sobre tempestades sob as quais o Atlântico espreitava. Cait estava a poucas fileiras atrás dele. Esse pensamento o aquecia agora, era reconfortante, e Julian levantou a cabeça de seu livro a tempo de ver uma casca transparente da forma de uma joaninha se vaporizar. Bem lá embaixo, outro avião reluzente cortou uma fatia diagonal no mar de nuvens, uma barbatana de tubarão na imensa, onírica distância.

— Café? — disse um sotaque irlandês cantado, e Julian observou o reflexo na janela preta para se certificar de que era uma aeromoça.

— Por favor — disse o vizinho de Julian.

— Como o senhor vai querer? — ela recitou mecanicamente.

— Da cor da minha pele — disse o homem negro com um sorriso estudado, e a aeromoça se divertiu pela primeira vez naquela noite. Ela acrescentou algumas gotas de leite, examinou seu rosto de modelo, pingou mais algumas gotas, mexeu, examinou a obra.

— Aproveite — ela ronronou.

— Você já usou essa antes — disse Julian, e seu colega de fileira sorriu com a calma sexual do jaguar que Julian costumava sentir. — Eu a roubaria, mas acabaria tomando muito leite.

As luzes se apagaram logo depois do jantar, e abaixo do avião, sob a lua de Debussy e as estrelas correndo para entrar no palco para aquela noite resumida, uma dúzia de pilares prateados ocos de nuvens iluminados como traves de *pinball*, queimados de azul e ouro por instantes alternados, e Julian sentiu que podia atravessar a mão direto por eles. "Você quase não está aqui. Eu posso passar minha mão direto por você." As palavras de Rachel nas suas últimas semanas juntos, apenas importantes em retrospecto, na poltrona 1A num voo noturno para Dublin caçando uma fantasia, mas naquela época apenas uma de muitas coisas que ela disse. "Removido de qualquer risco. Eu vejo você, sabe, decidindo, 'eu nunca vou cometer esse erro. Eu nunca vou cometer esse erro. Eu nunca vou parecer tão burro assim. Nunca vou ofender ninguém assim nem ir longe demais como ele ou ferir os sentimentos de ninguém ou tornar a mim mesmo ou qualquer outra pessoa ridícula. Você não pode levar *isso* ou *aquilo* a sério, são apenas *pessoas*.' Mas você não se lembra do que era antes? Você existia antes de se afastar de tudo. Eu me lembro de você antes. Eu me lembro." Como Rachel tinha razão, e como ele estava disposto a acreditar nela: *esse*, então, era o problema essencial, não a morte de Carlton ou o comportamento dela. O problema era que ele se colocava de algum modo afastado da vida e do risco, tão protegido por educação ou medo que tornava impossível a felicidade dela. Ele podia até ter jurado mudar aquilo em si mesmo, não conseguia se lembrar agora. Mais tarde, num movimento pendular de indecisão, ela retirou cada palavra, expurgou a acusação intrincada da transcrição permanente que fez dele. Mas agora ele jurou novamente mudar. Ele levaria tudo a sério, se comprometeria, se jogaria de cabeça na vida, a começar por Cait.

1B murmurou:

— Na França é permitido, na França — e então acordou com um espasmo, eletrificado. Endireitou a poltrona e saiu do estado de concha. Fechou bem os olhos, depois abriu um bem de leve para olhar o relógio, soltou um palavrão e pegou seu tubo de vitaminas. Apertou o botão de chamada, e o desenho amarelo de uma aeromoça trouxe uma em carne e osso.

— Você acordou para tomar sua vitamina? — Julian perguntou enquanto o homem engolia a poção verde fervilhante de um copinho de plástico, como uma bruxa numa festa de aniversário infantil.

— Quantos anos você tem? — 1B perguntou em resposta. — É mesmo? Eu diria que você era mais velho. De qualquer maneira, você está na zona de estenose espinal e seus primeiros picos de colesterol. Você limpou a primeira janela de câncer de testículo, mas virá outra por aí. Você está quase livre e limpo de esclerose múltipla, mas preste muita atenção a qualquer formigamento nas extremidades por mais dois anos. Você precisa continuar a se desviar das balas. Mas uma delas vai encontrar você. — Ele apagou a luz e voltou a se reclinar, e adormeceu com tanta rapidez que Julian se lembrou da história de seu pai sobre os dorminhocos japoneses.

Julian teria contado o mesmo conto de fadas a Carlton, uma herança de família para eles. Carlton aos 6 ou 7 anos gostaria. Julian havia gostado, corria para a cama para as fantasias improvisadas, o perfil do pai contra a janela cinza, ainda alguma luz atrás dele no verão, o cheiro de pomadas e cerveja, um brontossauro inflável no armário de Julian, e depois um capítulo de uma história predileta, as histórias sem fim que seu pai simplesmente respirava: os reis bons e maus das galinhas, a guerra pelos corações dos rapazes, os abcoiotes do Defghijiklistão, e o longo seriado sobre os dorminhocos do Japão, que colocou Julian para dormir todas as suas noites sem mãe por mais de um ano.

Em uma cidade isolada aos pés das Montanhas Fugu, uma história peculiar levara a uma condição adquirida, e então a seleção natural a havia cimentado no código genético de uma população: as pessoas desse vilarejo dormiam todas por trinta segundos a cada noventa segundos, dia e noite, certinho. Indivíduos variavam: todos dormiam e acordavam de acordo com seus próprios cronogramas imutáveis, e por isso um casamento perfeito era raro. Mas, se um rapaz conhecesse uma moça que dormisse no mesmo momento em que ele dormisse, eles conseguiriam passar muito mais tempo juntos — "três quartos da vida deles, melhor do que o que conseguimos aqui", dizia o pai de Julian, apenas alguns meses depois da morte de sua esposa —, e ele sempre iria querer se casar com ela. E, no entanto, os pais sempre proibiam tais uniões: se o casal dormisse *junto*, quem cuidaria das crianças, que provavelmente dormiriam num horário diferente? Quem as protegeria de ursos?

— Não, nunca, nunca — o pai de uma garota resmungou para o pretendente dela, que viera pedir-lhe a mão. O pai torceu a longa barba grisalha entre os dedos e adormeceu no instante em que sua velha esposa despertou ao seu lado. — O que meu marido disse sobre seu pedido, filho? — ela perguntou.

O jovem pretendente, Toshiro, estava arrasado, e não conseguiu resistir à desonrosa oportunidade que a vida lhe apresentava. Ele respondeu:

— Senhora Yakamoto, seu marido viu o quanto eu amo sua filha, e que bom marido eu darei. Ele deu a bênção. — A sra. Yakamoto sorriu e preparou o chá para uma xícara comemorativa.

Logo, o sr. Yakamoto acordou, renovado, para averiguar que o chá estava sendo servido. Toshiro, as pálpebras tremendo, disse:

— Estimado ancião, sua esposa está feliz por nós, e abençoou nossa união. Ela deseja que o senhor também fique feliz por nós. — E adormeceu.

Ele acordou com o sr. Yakamoto acordado e a esposa dormindo.

— Rapaz, você esqueceu sua honra. Jamais você se casará com nossa filha, e eu contarei a todos os anciões sobre sua maldade. Saia imediatamente — ele disse baixinho, e adormeceu rapidamente. Toshiro se levantou, curvou-se para o homem adormecido e saiu da casa. No jardim, ele levantou a cabeça e olhou para a janela do segundo andar, onde, por trás das cortinas de renda, viu a amada, suas pálpebras começando a fechar, e ele se sentou no caminho de pedra e adormeceu.

— Ele vai encontrar um jeito de casar com ela? — Julian perguntara ao pai, e mais tarde imaginou Carlton lhe perguntando a mesma coisa.

— Não há motivo para imaginar isso — seu pai respondeu, para o próprio bem de Julian. Julian sempre quis responder igual a Carlton, com o mesmo tom de sabedoria cansada. — Amanhã continuamos, rapazinho. Você teve um dia cansativo.

Em episódios posteriores, Toshiro banido saiu da aldeia (aos poucos) e ficou vagando pelo campo japonês, sofrendo crueldades de pessoas que dormiam normalmente no resto do Japão. Ele foi surrado, roubado, tiraram-lhe a roupa, amarraram-no a árvores e cobriram-no de mel; ele acordou para se descobrir vítima de diversas enrascadas das quais precisava escapar em noventa segundos. O pai de Julian estava disposto a torturar sua criação, a usá-lo para provar a resistente e inquestionável maldade da vida — esse era o ponto de vista de Aidan sobre o assunto.

— Ele costumava dizer isso a você quando você era uma *criança sem mãe* — Aidan se espantaria depois. — Não era um homem bom.

O amante exilado foi acolhido por um monge com chapéu cônico e chinelos azuis de pele de coelho, e que lhe ensinou os segredos de sua ordem, permitindo a Toshiro mudar e consolidar seu sono, até que, depois de anos de estudo, ele foi capaz de dormir como um japonês normal. Quando, pela primeira vez, ele dormiu por oito horas e trabalhou nos campos do monge por dezesseis, o monge lhe disse para partir, não havia mais nada para ele aprender.

— Mas eu finalmente esqueci minha tristeza — protestou Toshiro.

— Este é sempre o momento em que a felicidade precisa acabar — disse o monge.

— Mas, mestre, eu sou feliz aqui — insistiu Toshiro.

— Não, você só aprendeu a esconder sua infelicidade e formar sonhos a partir dela em vez disso.

Toshiro, o rosto muito mudado pelos novos hábitos de dormir, retornou à sua aldeia sob nome falso, fingindo dormir por trinta segundos a cada noventa. Ele soube do casamento da amada com um açougueiro malvado, um casamento sem amor, embora com sono completamente fora de sincronia, para agradar aos pais tradicionalistas. O açougueiro também era ladrão. Depois de pesar um pedido, quando seus clientes adormeciam, ele embrulhava um pacote mais leve e cobrava deles o peso que haviam visto antes de perderem a consciência. (Embora — o pai de Julian tinha de lhe dar o devido desconto — alguns de seus clientes muitas vezes pegassem carne da balança eles próprios, escondendo-a nas sacolas quando o açougueiro adormecia.)

O herói vingativo espiava das sombras enquanto o açougueiro brigava com a mulher triste, batia nela até adormecer, então, acordando, esperava-a acordar para poder continuar o espancamento de onde havia parado. Observando por trás de uma carcaça de porco pendurada, Toshiro esperou até o vilão adormecer. Então ele se revelou, beijou a mão da amada e pendurou seu rival pelo casaco num gancho de carne, partindo antes que o açougueiro acordasse, deixando o vilão sentir a presença de um demônio, antes de voltar ao seu esconderijo na floresta, onde teve suas oito horas de sono necessárias.

— Ele vai conquistá-la novamente e ensiná-la a dormir como ele — Julian se lembrou de prever, dorminhoco do mesmo jeito que agora adormecia na 1A.

Certa noite, na floresta, no meio de seu longo sono, Toshiro acordou e descobriu a amada em pé ao lado dele, soluçando silenciosamente. Com grande dificuldade, ao longo de várias noites, ela o havia seguido discretamente até a área de repouso dele, uma etapa da jornada noturna, já que ele era capaz de se mover muito mais rápido.

— Pensei que você estava morto — ela gemeu.

— Não, apenas vagando pelo campo, aprendendo, planejando voltar para você, e agora voltei.

— Não! Não naquela época, eu quis dizer *agora*. Você dormia há *horas*. — Ela falou a última palavra com nojo e seriedade, e então adormeceu. Trinta segundos depois cuspiu novamente a palavra: — Horas!

Ela começou seu lento retorno ao vilarejo e ao açougueiro. Ela despertou noventa vezes no meio do caminho, floresta e riacho, lua e areia, e a cada vez Toshiro declarou o seu amor, pediu a ela que fugissem juntos para se casarem, jurou ensinar a ela o longo sono. Mas a repulsa dela era forte demais, e na nonagésima primeira vez ela acordou sozinha, e agradeceu a sabedoria de seu pai por ter impedido aquele casamento de pesadelo.

— Ela preferiu o *açougueiro*? — o jovem Julian quis saber.

— Nem todo mundo é como você — seu pai explicou, sentado ao lado da cama. — Escute, Julian: amor não é o bastante. Nunca foi. Histórias que afirmam o contrário são mentiras — instruiu gentilmente o homem que ainda sofria com as perdas. — Há sempre algo mais depois do felizes para sempre. ("Ele costumava dizer isso a você? Quando você era criança?", Aidan perguntou mais tarde. "E você acha que aquele sujeito não era um filho da puta doente e triste?" "Claro que sim", Julian respondera. "Isso é fácil. Mas você se recusa a ver o resto do que ele era.")

Assim como todos os seriados noturnos da infância, aquele não teve um final. Ele se desfez, Julian lendo para si mesmo, ou seu pai fazendo dormir conversando sobre jazz ou beisebol, ou apenas um boa-noite gritado das escadas ao lado do estéreo, por entre pomadas, cervejas e desenhos de mulheres infláveis.

Os dorminhocos, o pai de Julian confirmou anos depois num hospital em Ohio, nasceram no hospital japonês onde ele ficara imerso num sono induzido por morfina, incapaz de manter a consciência por longos períodos, incapaz de mergulhar muito fundo no turbulento sono narcótico, enquanto os japoneses reais se mantinham a uma estranha distância, visíveis somente através de janelas sujas de sabão, por trás de ancinhos e folhas, murmurando uns para os outros além da cerca de ferro, no caminho de terra por baixo dos galhos nus das árvores planas e reticuladas.

Julian acordou na escuridão, no começo sem saber ao certo onde estava, sem saber muito bem por quanto tempo dormira. Seu iPod estava morto, então plugou os fones de ouvido ao braço da poltrona. Ouviu os canais de áudio e num instante começou a escutar Cait, cantando para ele mesmo enquanto dormia a quarenta fileiras atrás dele. A paródia corporativa de um DJ a chamava de "anjo irlandês aprisionado no corpo de seus melhores sonhos" e tocou "Bleaker and Obliquer", a canção deles, saboreada na escuridão com olhos de estrelas, um estrobo vermelho em uma das asas em algum lugar atrás dele mantendo o compasso contra o céu de veludo e as zonas de tempo que passavam, e cantando ela o colocou novamente para dormir.

Acordou de novo para a manhã antinatural e o som fervilhante de uma pastilha de vitamina caindo na água.

— Você está com um sério entupimento no seio nasal — relatou 1B. — Devia ver isso. — Do lado de fora, deltas de rio vítreos, como veias cardíacas em um cadáver verde, exibiam sombras de nuvens e do avião. O reflexo da janela no livro de Julian misturava lagos e campos de quadrados verdes com vítimas de assassinato translúcidas e a mesquita de Paris. Mais baixa, a sombra do avião cortava ao meio os carros de Dublin e os pássaros em voo. Faixas de nuvens ainda se agarravam ao avião e fluíam atrás das asas, enquanto, com um gemido e um latido hidráulico, o mundo se tornava real mais uma vez. Julian colocou o capuz e os óculos gigantes estilo supermosca, correu para a porta e se escondeu atrás de carrosséis de bagagem, como Toshiro atrás dos porcos pendurados, olhando para ela e esperando o momento perfeito para os dois.

15

Pousaram no começo da manhã, mas objetos distantes já começavam a ondular. Ele chegou antes dela ao hotel. *Me surpreenda.*

Me surpreenda. Ele não podia ir até ela antes que a turnê tivesse sequer começado, decidiu. Então em Dublin postou no website dela, logo depois que ela os deixou: o endereço de cada loja, pub e velho amigo que ela visitou; a catedral onde ela se sentava na meia-luz do fim de tarde ouvindo o organista ensaiar e animar as estátuas e pilares e vitrais; e até mesmo a delegacia de polícia de onde ela foi tirar seu baterista tarde da noite uma vez — uma natureza-morta dela em movimento, um alô carinhoso, queria-que-estivéssemos-aqui, um hálito de inspiração soprado na orelha dela por uma musa invisível. Traçou as estações da jornada dela num mapa da cidade, desenhou o caminho final dela como uma cobra coleante ornamentada com o rosto dela, adicionou uma maçã reluzente nas mandíbulas abertas da serpente-Cait e um autorretrato, como um dúbio Adão, J.D. de folha de parreira, estendendo hesitante a mão para pegar o fruto tentador, seu próprio pomo de adão bem alto na garganta. Escaneou e enviou-lhe por e-mail do centro comercial Morgan le Fay, mas quando chegou a hora das notas de abertura da turnê dela, seu triunfante retorno à Irlanda, não conseguiu entrar na casa noturna. Ficou andando de um lado para o outro fora do bar porque o lugar estava lotado demais, era comum demais, e o desenho de Adão e Eva já parecia velho. Ele desejara fazer algo para preenchê-los antes que se encontrassem, o perfeito último passo antes que eles se tocassem, algo para substituir o poema e o cartão-postal perdidos, agarrados por

Rachel, mas o novo desenho agora o envergonhava, era apenas uma velha piada. Não havia por que atrasar mais, mas ele voltou ao quarto de hotel, e enquanto ela cantava por toda a cidade ficou ali sentado como a pintura de Merlin amarrado na árvore em cima da TV ou o marlin montado sobre sua cama; ouviu, no trono de viagem de seu iPod, a demo dela, sentia ser um sério concorrente ao posto de homem mais ridículo da Terra, sem nenhum esforço, o mais ridículo da Irlanda.

Seis horas depois, "London", dos Smiths, "London Calling", do Clash, e "Mr. Cab Driver", de Lenny Kravitz, tocaram no iPod até ele adormecer no couro duro do táxi de Londres. Sonhou com Carlton, uma conversa casual, dando conselhos sábios, estalando os dedinhos ao som de seu próprio mini-iPod escarlate. Quando Julian acordou, já não conseguia mais evitá-la. Ela tocava no rádio do táxi. Os detalhes do show de Londres estavam nos cartazes colados na mureta à beira de uma estrada, de onde ela o espiava de vez em quando de trás de um boné de peixeiro grego que cobria um dos olhos. Sua fama se expandia como um tsunami.

E então ela estava na recepção com Ian e a seção rítmica e um gerente de alguma espécie, um *cockney** careca e falador, traduzindo de banda para o *concierge* com uma desnecessidade urgente, caixas de bateria e guitarra empilhadas no veludo rubro do carrinho de bagagem com arcos de latão, o carregador modernoso todo de preto, a moda do atendimento tentando ficar em dia com o estilo boêmio. Não, aqui não, não em um grupo, não de manhã, não num saguão de hotel, não com essa luz, não antes de ele tomar um banho, não sem uma rajada de puro desejo o animando como um órgão em uma igreja vazia, não a não ser que Cait simplesmente fosse até ele como sua mãe foi até seu pai no hospital, indiferente à perna dele.

Julian recuou o máximo que pôde dentro do saguão pequeno e vazio, não conseguiu encontrar a tradicional planta dentro de um vaso para

---

*Natural e residente no East End (distrito de Londres). (N. da E.)

se esconder atrás, e por isso teve que se abaixar atrás de um divã transparente para pegar o chapéu, o capuz e os óculos, e então se escondeu atrás de um pilar espelhado e olhou sem esperanças para as três paredes espelhadas do saguão, a área de elevadores espelhados, os espelhos na mesa da recepção, tentando encontrar algum ângulo no qual não seria projetado sobre as superfícies à frente dela. Entrou em desespero com as infinitas versões invertidas, duplo-invertidas e triplo-invertidas de si mesmo, multiplicando-se em todas as direções.

Um longo tempo depois que o bando dela entrou em dois elevadores espelhados e desapareceu, ele, oficial e com chave, apertou o botão 15 e foi para o fundo. O elevador parou no 12. Ele sabia que devia olhar para baixo imediatamente, o logotipo dos Yankees no seu boné flutuando na penumbra atrás. Ela entrou, roupão atoalhado branco levantado até as orelhas, chinelos com a marca do hotel calçando pés que completavam pernas lisas. O piso de mármore preto espelhado a refletia até os joelhos antes que a visão se derretesse em sugestões quentes e nebulosas. Ela tocou o botão oblongo escrito SPA e não encarou o homem hesitante, mas ficou brincando com sua chave atrás das costas, seu plástico de losango preto com números dourados dançando de uma mão à outra, de um lado para outro, dedo a dedo, de cima para baixo e de baixo para cima, um dígito aqui, invertido ali.

No 13, um garoto americano usando um boné do Boston Red Sox entrou com o pai. O garoto encarou a cabeça de Julian sem dó nem piedade até não conseguir segurar mais:

— Os Yankees *não prestam*. — Seu pai fez shhh, tentou sorrir para o fã de Nova York que encarava teimoso o chão. No 15, as portas se abriram, e Julian não conseguiu se mexer, e ela não olhou para trás mas apenas tocou o botão SPA novamente. Um círculo indicador apagado dizia FIQUE CALMO, O SOCORRO ESTÁ A CAMINHO. Mas ele não se acendeu, e Julian teve medo de gritar por ela ou morder a bochecha por dentro ou se derreter para dentro do espelho negro, deixando uma sombra vaporizada tipo Hiroshima como a única prova de que ele havia existido. Pai e filho saíram no 18. Agora, agora, agora, agora é a hora. Seus lábios não funcionavam mais. Eles sabiam, ainda que ele não soubesse, que seu toque corrompia; ela iria, com as digitais dele fumegantes sobre ela, erodir. Qualquer começo iniciaria o fim, até mesmo roubar um toque leve daquele roupão atoalhado começaria a matá-los, um assassinato ainda que as câmeras nos cantos superiores não registrassem. Ela saiu flutuando na direção do barulho dos aparelhos de exercício e das nuvens de vapor com cheiro de eucalipto, e as portas se fecharam, e Julian desceu o caminho todo de volta ao saguão antes de conseguir voltar ao 15, o cabo de sua mala de rodinhas pingando.

Ele se xingou ao chegar ao quarto, esbofeteou o próprio rosto: quanto da vida ele poderia passar sofrendo? Sofrer não é uma condição estável; ela deve se transformar em algo. Já havia passado da hora de tirar o espinho envenenado da virilha, se livrar do passado que o prendia aproximando-se de novas paisagens. Ele ficou sentado no 1529, a dez metros acima da casa dela em Londres, e se viu fazendo um rapel da cortina até a balaustrada usando lençóis com nós, cortando as pernas no vidro da porta da varanda dela ao entrar quebrando tudo, borrifando sangue, soltando DNA, evidências de fibras, os pedaços de seu coração... E, deixa pra lá, ela não está lá, preciso pegar o elevador de volta para cima, sangrando, chamar uma enfermeira. As zonas de tempo iam e vinham por ele. Ele lutou primeiro para permanecer acordado, e depois para permanecer dormindo, como um açougueiro japonês.

Quanto da vida pode ser passado sofrendo? Ele acordou, saiu vagando em busca de um lugar para comer e ficar de pilequinho e encontrar um novo jeito de encantar, divertir, inspirar, tentar O'Dwyer. Passou por um *playground*. Seu gigantesco navio de madeira — alojado na areia até a metade do casco, com canhões capazes de disparar bolas de tênis em arcos pequenos pouco além da proa, HMS CAPRICHOSO escrito na lateral — estava quase completamente não tripulado na chuva intermitente. No balanço suspenso na proa, uma garota velha demais, de uns 15 anos, se pendurava, parada, tentando recapturar algo que vira ali um dia.

Ele viu Cait cantar naquela noite no Liquide, um lugar maior, uma multidão maior, um ruído maior, Londres na chuva prontinha para ela e, apesar de alguns de seus medos, aceitando-a como um dos seus, não de Dublin ou de Nova York, e os críticos temivelmente entediados de Londres ronronavam e suspiravam todos assanhados, oferecendo as barriguinhas feito cachorrinhos para ela acariciar. Ela nunca cantara de modo tão bonito. O surpreendeu mais uma vez, e ele jurou dar a ela o que precisasse e quisesse, ser quem ela quisesse, e começar o que viesse a seguir, se derreteu por aquela voz, por aquela mulher.

16

Em Paris, ele ainda não pensara na melhor maneira de proceder, embora tivesse decidido que o encontro não poderia acontecer em Paris, quando o *concierge* do l'Étoile Cachée lhe entregou um envelope:

<<AU BOUT DE LA RUE QUINCAMPOIX, CE SOIR>>
Après la foule, toi seule.
Après la fête, ton souffle.
Dans l'ombre, je te trouve.
Après la chaleur de la danse,
Ta main, fraîche et sèche,
Pour prendre et surprendre.
Après le monde et ses monstres,
L'amour, calme, calme, calme.

— Jean Seurat, 1949

Mesmo com um dicionário e seu francês de segundo grau, ele ainda precisou de uma tradução on-line, e então descobriu que ela decidia por eles: Rue Quincampoix, esta noite. Ela decidiu. Ela teve de fazê-lo, e ele não resistiria. Ficou sentado no saguão do hotel traçando o mapa com o dedo.

Seguiu o mapa até a rue Quincampoix, uma alameda medieval tortuosa repleta de néon e galerias de arte, arrogância e irritabilidade. Ele a percorreu de ponta a ponta no calor da tarde para saber onde se posicionar à meia-noite quando ela sairia de mansinho de sua banda e de seus admiradores no Nid d'Araignée e iria até o lugar que havia escolhido. No começo da estrada o poema deles figurava na parede num alto-relevo em bronze.

No final da estrada, ele reparou numa segunda placa: esmalte azul com letras brancas. A coincidência foi bizarra, incômoda, onírica:

ICI A ÉTÉ ASSASSINÉ PAR LES NAZIS
J. DONAHUERE,
LE FRANC-TIREUR ET PARTISAN IRLANDO-FRANÇAIS,
LE 23 AVRIL 1944.
N'OUBLIONS JAMAIS.

Seu francês era bom o bastante. Ficou ali parado, piscando sem parar, a mão semierguida para tocar as palavras meio empoeiradas que ela descobrira para ele. Em que ponta da rua ela o esperava? Ela o mandara para o poema, o momento adequado para os dois? Ou lhe enviara o poema para guiá-lo até ali, para saber do assassinato de um homônimo?

Ele não a ouviria cantar naquela noite, sequer a ouviria no iPod, mas a esperaria sem música, os ouvidos tão famintos por ela quanto o resto de seu corpo. Comeu sozinho e caminhou por uma espiral traçada a partir do alto da rue Quincampoix, passou pelo prédio onde sua mãe crescera, subiu e desceu de barco o negro Sena enquanto Cait fazia serenata para a cidade que conquistara. As luzes do barco de excursão iluminavam as margens de tijolos do rio, e as sombras das árvores magricelas na calçada ao longo do rio se projetavam contra as paredes dos passeios mais elevados, e as sombras dos galhos balouçantes vagavam pelas paredes enquanto o barco puxava as luzes rio abaixo; as árvores viam um filme sobre árvores que podiam se mover.

O caminho que fez por Paris não havia sido inteiramente aleatório. Evitou o pequeno hotel onde ele e Rachel dormiram até tarde por uma semana. Deu as costas quando o barco passou pela Torre Eiffel, e conjugara verbos em voz alta para mascarar a narração pré-gravada em quatro idiomas de qualquer lugar que haviam compartilhado. Paris tinha de ser grande o suficiente para conter duas histórias de amor separadas e não superpostas.

O ideal era eles escolherem um lugar onde não houvesse nenhuma história, e ele chegou a pensar em pular esse compromisso, de algum modo deixando um recado para ela encontrá-lo na desconhecida Bucareste, na intocada Berlim, onde quer que não existissem memórias competitivas, mas ele não tinha energia nem coragem. Pensar em tocá-la estava agora fixado como uma tela sobre tudo o que ele via, comprava, lia, ouvia e provava.

As duas mulheres — uma, fruto de seu passado, a outra, fruto de seu futuro — lutavam numa batalha por Paris. Quando o barco descrevia algo novo para ele — as batalhas de Napoleão, as manipulações de Richelieu, as reações rápidas a uma praga, o palácio queimado por feudos há muito secos e incendiados novamente por uma faísca retórica — ele escutava e tentava absorvê-lo como parte da história dele e de Cait. Quando as luzes levavam seu olho rápido demais para uma ponte muito comprida onde ele havia beijado a esposa, ou para as sombras dos toldos da loja de departamentos onde eles se abrigaram de outra garoa, ele enfiava os fones nos ouvidos como um dos marinheiros de Odisseu e voltava a mente para a rua escolhida por Cait, o poema em bronze.

Voltou cedo para a rue Quincampoix; ela estava provavelmente ainda no palco. A rua sumia abaixo dele em um ângulo obtuso, cortada duas vezes por outras ruas estreitas. Apertada demais para a vida moderna, ela ainda piscava suas reações para o mundo em expansão: GALÉRIE D'ART, DISQUES VINYLES, 24/24 SEXE. Ele tocou a parte inferior da placa deles, o encontro de outra era depois da música e das massas.

Ele percorreu a extensão da rua uma dezena de vezes, imaginando-a cinzenta e imersa em sombras sessenta anos antes, imaginou um filme antigo de si mesmo encontrando um amor há muito perseguido naqueles dias, o frio da mão dela, o calor de sua respiração tão devastador depois do mundo e seus monstros.

Preparou-se para todas as abordagens dela, do norte, pelo poema, ele apanhado de surpresa enquanto ela vinha direto da casa noturna e seu mais recente triunfo, nadando até ele de poça de luz em poça de luz. Ou na interseção, as portas do terraço se abrindo agora, os gritos em árabe, um bar brilhante se abrindo para a rua, com mangueiras de narguilés enfileiradas. Ou pelo sul, a extremidade escura mais próxima do rio, a casa de sexo no cruzamento, ele caminhando em direção a ela, encontrando-se naquele assustador cartão-postal de um ancestral desconhecido, mandado para chegar no momento mais crucial de sua vida, como um aviso ou uma bênção. Ficou preocupado em passar tempo demais em cada ponta e perder a chegada dela, fazendo-a pensar que ele a havia rejeitado, a partida dela.

Ele se comprometeu, sentou-se no bar de narguilés, fumou por uma mangueira trançada as frutas secas e o tabaco, olhando na direção de ambas as extremidades ocultas da rua enquanto o corpulento dono árabe que cheirava a suor e cominho lhe dava boas-vindas calorosas e lhe fazia perguntas sobre Nova York, compartilhava com Julian o segredo de que todos os judeus que trabalhavam no World Trade Center haviam ficado em casa naquela fatídica manhã, avisados por sua autoridade central.

Julian ficou escutando a rua, o soar da joia que seria a voz dela saudando-o *après la foule*, as primeiras palavras deles em pessoa. O calor do verão abria os postigos do terceiro andar, libertava discussões e risadas que caíam nos tijolos em arco e paralelepípedos. Uma prostituta cuja oferta de 1 hora da manhã ele recusara sorridente agora voltava e ficava em pé ao lado dele de qualquer maneira:

— Eu estou entediada e sem vontade de trabalhar, mas preciso parecer ocupada. — Ela o acompanhou por algumas voltas de sua patrulha e traduziu o melhor das vozes de rua para ele, os gritos, gemidos, ameaças e piadas das 2 da manhã. Ela tinha cheiro de um perfume que o remetia a uma namorada da escola de cinema, as modas descendo a ladeira até as prostitutas turcas de Paris, a menos que os orçamentos de estudantes e mulheres das ruas sempre tivessem sido mais ou menos os mesmos. — Ele diz que ela é mentirosa. Ela diz que ele não merece nada tão bom? — ela narrou, então perguntou: — Você não me quer ou não quer ninguém? — mas não estava mais narrando. Reparando a fraqueza que tomara conta da própria voz, ela acrescentou: — Eu tenho amigos de que talvez você goste mais. — *Scooters* passaram ronronando em círculos.

Cait poderia estar atrasada por conta dos fãs ou da imprensa, e ele decidiu continuar esperando, mas chegaria uma hora em que ela não se daria mais ao trabalho de aparecer porque suporia que ele já havia ido embora. E com esse pensamento ele a viu na extremidade sul, ao lado de seu obituário e da casa de sexo. Ele deu uma corridinha, depois passou em disparada pelo velho chinês nos degraus; passou pelo néon quebrado que oferecia um enigmático e vibrante GA; passou pelo cafetão das garotas turcas, um sueco ou alemão, de cabeça quase raspada e com um mapa-múndi do século XVI tatuado nas costas nuas, coletando dinheiro das funcionárias que passavam por ali; passou pelos bares de portas fechadas e luzes apagadas, portas cobertas de pôsteres; e não era Cait, apenas mais uma das trabalhadoras itinerantes de rua que entendeu errado a aproximação ansiosa dele. Ela soltou um palavrão com a súbita parada e a mudança de expressão dele, e cuspiu aos seus pés e fez gestos intrincados para demonstrar a ele o que sentia. Sobre a cabeça de Julian, em uma das aberturas orientais da rua, a cor do céu sofria as primeiras mudanças. Ele oferecera cinco horas em tributo a Cait, sem ser notado e sem nada de mais, e ali na luz o rosto de Cait descascava como pele ressecada, no poste fino de um lampião de rua que hesitava em se apagar.

De volta ao hotel, pediu ao funcionário da recepção noturna do Étoile Cachée para ligar para o quarto dela. Cabelo molhado e penteado para trás, bigodinho fino, cabeça virada para examinar o hóspede com apenas um dos olhos, ele sorriu com ar de condolências.

— Ela deixou o hotel, senhor, com sua *entourage* e minha profunda tristeza.

— E a minha, e a minha — ele disse com a sabedoria mundana cansada de seu pai e um estremecimento que tomou conta de suas mãos e depois de todos os membros, e, quando conseguiu passar o cartão-chave pela porta e chegar ao banheiro, tremia violentamente de febre, dormente ao que parecia, mesmo enquanto passava mal naquele vaso sanitário cujo banheiro tinha um papel de parede com ilustrações de um manual de esgrima do século XVII. Horas mais tarde, naquela mesma manhã, quando sua febre subiu incrivelmente, alguns dos cavalheiros franziam as testas para ele enquanto colocavam e retiravam suas luvas de pelica, somente para, bem devagar, voltar a colocá-las.

17

Ela continuava a dizer a si mesma que devia ter previsto aquilo. Por vários minutos *aquela* foi a extensão do ataque: ela devia ter visto "aquilo" chegando, não parava de pensar, muito embora não existisse "aquilo", a não ser a terrível culpa de que ela devia ter visto que aquilo aconteceria. Ela estava no banheiro uma hora antes de pisar no palco, e ainda permanecia lá cinco minutos antes de pisar no palco, e continuava lá dez minutos depois de pisar no palco. Ian mandou a garota francesa da chapelaria: dedos gentis batendo à porta de madeira do sanitário e "Senhorita? Precisa de algo?" Ela reconstruiu um fac-símile de si mesma no espelho, disse a si mesma que, embora devesse ter visto aquilo chegando, não tinha escolha agora a não ser fingir que nada ocorrera.

Ian esperava do lado de fora, e ela viu seu aspecto refletido nos olhos dele, a pena que ele sentia, a oferta carinhosa de um pouco mais de tempo, e detestou o que viu e o detestou por mostrar-lhe isso.

— Não. Não me toque. Vamos embora. Eu disse *pare*. Não me *toque*. — O pior ainda estava por vir; ela também devia ter visto aquilo chegando; ela cantou pavorosamente, talvez tenha sido a pior performance em dezessete anos cantando ao público. Ela quis morrer, fugir, mudar de nome, cravar as unhas no rosto até ficar irreconhecível. Mas pior ainda — ela também devia ter visto isso chegando —, ninguém se comportou de maneira diferente. A multidão delirou. Os garotos queriam ficar com ela. As garotas dançaram. Sua banda comemorou a conquista da França. Ian sorria feito um palhaço molestador de crianças depois do show e disse:

— Viu? Você foi ótima. Eles adoraram você. — Eles não sabiam a diferença entre ela no seu melhor e no seu pior desempenho, depois que ela se humilhou para eles, engoliu o pânico quente e amargo que a deixara ali, paralisada, no toalete com um buraco no lugar da privada, olhando para os padrões da madeira malcortada no rolo de papel higiênico — os rostos de desdém, armas fantásticas e flores murchas —, só para descobrir que na outra ponta ninguém sequer prestava atenção. Ela só queria voltar para o hotel, dormir até poder fugir daquela cidade horrorosa. Ela não podia ir para a rue Quincampoix, não agora. Se estava no show daquela noite, só ele teria ouvido o que aconteceu, e fugiria dela, não apareceria, ainda que ela se aprumasse. Ele, mais do que ninguém, teria fugido do que ela havia revelado. Ela o perdera, perdera sua única chance de algo valioso e duradouro.

Então foi levada a uma festa onde Ian não a deixou sozinha. Ela dava tapas nos braços para afastar as mãos dele, mas ele era como um inseto, as pernas magricelas de brim dobradas, os dedos adesivos grudados nela, os líquidos espumantes se oferecendo:

— Cait, você precisa conhecer esse cara, Cait, você precisa ver essa vista da janela dos fundos, dá pra ver a Torre Eiffel, Cait, este aqui é o Pierre, saca só: ele foi o *cutman* do marido da Piaf!*

— Curtindo a glória? — Alec Stamford perguntou, tão fora de contexto que no começo ele lembrava um efeito especial vagabundo de filme de baixo orçamento. — "You're the toast of Paree, Marie." Conhece essa canção antiga? — Ela não conhecia, e então ele, imitando *crooner*, cantou uma velha música dos tempos do *vaudeville*. — "*You're the toast of Paree, Marie. You're the talk of la ville./You were once all for me, Marie, but now, ah, c'est la vie.*" — Ele precisava de férias, disse, depois de seu mais recente problema publicitário. — Não sei se você ouviu, mas eu

---

Cutman é a pessoa responsável por tratar os ferimentos de um lutador de boxe entre *rounds* de um combate. A pessoa a quem Ian se refere era o amante da cantora francesa Edith Piaf, o boxeador Marcel Cerdan, que já era casado na época — mas o caso dos dois era conhecido no mundo inteiro. (N. do T.)

fui dispensado com um pedido de desculpas da polícia, mas é claro que *isso* não saiu no jornal. Estou achando que você entende, entre todos aqui nesta sala. Você está entrando no espelho agora, cara Alice. Eu já passei minha temporada por aqui. Começo a achar que serei sua lagarta fumando narguilé, sabia? — Ele colocou a mão na nuca dela, como se fizesse carinho numa criança ou num *poodle*, e disse: — Seu guitarrista é muito bom — como se sua mão tivesse que percorrer o cabelo dela por esse exato motivo. Se ele também não dissesse, quando seu rosto começou a descer na direção do dela: "Você cantou lindamente esta noite", talvez ela defletisse o ataque com mais graça, ou quem sabe até o deixasse beijá-la por um segundo, só porque, quem ia se importar — afinal, ele tentara contratar três profissionais para simulá-la. Mas infelizmente ele tinha que dizer aquilo, e ela virou a cabeça e saiu de lado xingando, chamando-o de sem talento e inútil, fraude, repelente, vazio, detalhando para quem quisesse ouvir as verdadeiras circunstâncias de sua prisão. Ele não merecia isso tudo, mas ela não estava com paciência para admitir isso até afogar todas as lembranças dele, do show, do fim da festa e da rue Quincampoix com um tsunami de Black Guinness, e então ela partiu num trem matutino para Madri, a cabeça no colo de Ian, quando não se curvava sobre o vaso sanitário de metal com a vista dentro dele passando pelos trilhos da ferrovia abaixo.

18

Consoantes incomuns, subvocalizadas e salpicadas com marcas de acentos agudos, zuniam excitadas nas placas de boas-vindas dos aeroportos, eram gritadas estranhamente das vitrines das lojas, um mundo inclinado para fora de seu eixo.

Depois dos dias e do peso perdidos em Paris, o médico indo ao seu quarto, a sujeira e os sonhos, Julian retomou o contato com a turnê dela. Estava determinado a acabar com aquilo e sofrendo de sintomas estranhos. Não conseguia ouvir seu iPod: nenhuma das músicas — nem mesmo as delas — o encantava. Não conseguia dormir pensando nos olhos dela, nos seios, jeans, lábios e garganta, mas também não podia mais conceber como seria um encontro, nem entender o que acontecera em Paris. Pensou em Carlton, o presente que ela lhe dera convidando a lembrança do garoto de volta à sua vida, mas ele também teve períodos de tristeza paralisante, quando não pensou nem um pouco nela e então não quis mais nada com Cait, quando a odiou por ter iniciado nele algo incontrolável.

Ele sabia que não podia continuar assim, vagando pelo limbo de sua própria criação (dividindo o espaço com um bebê morto, exatamente como no limbo de verdade), se aproximando dela numa espiral sem nunca chegar. Ele disse a si mesmo que esperava pela perfeição que ela merecia, mas na verdade ele não fazia nada além de se esconder, em cidade após cidade, e quando a vislumbrou andando em sua direção, sozinha, no salão sombrio do Vânătoarea em Bucareste, pulou para dentro de um armário ao lado de uma pia rachada com um esfregão quebrado em pé ao lado, fechou a porta e viu que já havia outro homem ali. Ele era pálido, magro e de aspecto infeliz, também se escondia dela, mordendo o lábio e apertando as têmporas com os nós dos dedos, prendendo a respiração e rezando para que ela não o visse assim, inclinando-se contra o rosto de Julian do outro lado do espelho.

A tournê foi devagar até seu fim em Budapeste. Ao meio-dia do último dia de concerto, ele ficou deitado na cama no quarto do hotel muito estranho com painéis de madeira, os móveis esparsos e que não combinavam, mas o elegante candelabro e os toques de pelúcia *belle époque* se misturavam ao estilo câmara-de-interrogatório-KGB e uma fina camada de modernos pré-requisitos de redução de expectativas para o viajante a negócios: tomadas para laptops, minigeladeira não muito bem fornida, menu de TV a cabo *pay-per*-punheta. A perfeição existia, ele insistia; ela não ia querer nada menos que a perfeição; perfeição era a única maneira de entrar no futuro deles, a única maneira de atender às necessidades deles, de ser um pai novamente — um pai para a memória de Carlton e um pai para Cait, de certa forma —, a única maneira de merecer o amor dela, de realmente viver de novo. Havia — ele estava perfeitamente certo disso — uma solução *perfeita*, um final perfeito e um começo perfeito, algum evento perfeitamente não testado com mulheres anteriores, perfeitamente livre de Rachel, perfeitamente adequado aos laços químicos entre ele e Cait.

A menos que ele não pudesse ter ambos. A menos que não houvesse solução para o problema matemático de Cait e Carlton, nenhuma geometria que pudesse contê-los aos dois. Ferido, ele saltou da cama para recompor a mente, olhar qualquer coisa que deslocasse seus pensamentos para uma nova trilha. Só havia uma reprodução nas paredes de seu quarto absurdamente decorado, *Danaë*, de Rembrandt: Zeus vinha a ela enquanto ela dormia e a despertava com uma chuva de ouro. E então Julian soube qual era a resposta. A perfeição exigia não que eles pulassem de onde estavam parados, mas dividissem a jornada em etapas suaves: o futuro podia ser criado apenas sonhando com ele primeiro. Somente um deles podia se dar ao luxo de estar desperto naquele primeiro momento. O sono ainda devia aconchegar um deles, filamentos de sonho esticados ao longo do instante para formar uma ponte. Ele iria a ela quando ela dormisse esta noite. Ela despertaria nos braços dele, mas apenas de leve, acordaria de novo depois que ele se fosse, sem saber ao certo se acontecera mesmo, e isso armaria o cenário para Nova York. Talvez houvesse um produto químico para facilitar o evento — para produzir não inconsciência, mas talvez um pequeno foco suave factual? Um lenço encharcado, uma venda aveludada, uma chuva dourada...

Ela estaria inconsciente, pelo menos no começo. Teria sido bom saber húngaro o suficiente para subornar um farmacêutico e pedir um frasco de algo que incentivasse uma leve perda de memória, mas não o esquecimento completo. Mas, como ele não sabia uma palavra do idioma, decidiu esperar no *closet* dela até que ela adormecesse.

Mesmo então, a aquisição da chave do quarto dela — coisa fácil em romances de espionagem — parecia impossível. Varas compridas com ganchos retorcidos na ponta exigiriam uma visita a lojas de especialidades húngaras e um vocabulário especializado de zelador: *fita-crepe, alicates, você-nunca-me-viu-aqui*. Ou um salto olímpico sobre o balcão do zelador. Um uniforme vermelho roubado. Uma autoimolação sensual à velha arrumadeira de buço, retirando a chave-mestra de baixo de seu *dirndl** enquanto passava a mão no traseiro dela, chamando-a de seu bolinho de carne. No fim, ele ficou sentado no saguão, lendo um jornal ao lado de um querubim urinando até a troca de *concierges*, quando o mais jovem, com olhos de padre, com plena consciência da celebridade de Cait e pronto para protegê-la de ameaças, deixou tudo nas mãos capazes de um nonagenário surdo de dedos trêmulos, boca úmida e em perpétuo movimento. A voz de Julian estava firme quando ele disse: — Cinco-zero-seis — e ergueu bem alto as sobrancelhas, como se estivesse acostumado a olhar para a fileira superior de chaves.

---

*Tipo de vestido tradicional que consiste em saia e avental. (*N. da E.*)

Saiu e pegou um táxi. Apontou para a palavra *chaveiro* em seu dicionário inglês-húngaro, e o motorista assentiu e começou a falar em alemão enquanto Julian curvado arrancou a enorme chave que estava no pino de identificação na recepção. Ao chegar, Julian apontou para que ele *esperasse*.

O telefone tocava quando ele entrou correndo no próprio quarto, o clone da chave dela queimando sua coxa, a original já de volta ao gancho alto. Ele se sentou na beira da cama, a chave flamejante agora nas mãos. Não conseguia responder, não poderia se dar ao luxo de falar com ela agora, dar a ela a chance de distraí-lo ou confundi-lo ainda mais. O telefone parou. Um minuto mais tarde voltou a tocar, e ele o pegou antes que o primeiro toque se desvanecesse no ar:

— Você leu sobre esta novidade na última *Neuroscience*? — perguntou Aidan atravessando oceanos. — Suponho que não. Por que você leria algo, afinal? Você tem todas as suas telas. Bem, conecte-se, Cannonball. Hoje. Acabou de subir hoje. Não tem wi-fi? Por que é que você iria a algum lugar assim? Você já devia estar em casa, especialmente depois de ouvir isto. Ok, escute. Como tenho certeza de que você sabe, o perdão foi há muito tempo descoberto, sábia evolução — para o que serve, o que nós ganhamos, como uma certa quantidade disso no grupo leva ao sucesso genético, mas como perdão demais ou de menos leva à extinção, tudo isso. Bem, se você se conectasse agora, leria que conseguiram mapear os circuitos do cérebro responsáveis pelo perdão. Se você pensasse a respeito, saberia que mais cedo ou mais tarde eles o localizariam nos circuitos límbicos frontais, mas ele usa o giro do cíngulo posterior, o giro orbitofrontal, o giro frontal superior esquerdo *e* o pré-cúneo! Como você pode adivinhar, os tamanhos de todas essas estações variam entre indivíduos. Nossa paixão por moralizar é mais uma vez demonstrada como apenas um fetiche pelo tamanho de determinadas áreas pequenas do tecido cerebral de certas pessoas. Mas essa via do perdão, Jules — eles a mapearam de forma tão elegante. Eles conectam você aos sensores e eletrodos, dizem a você que buscam padrões de relaxamento ou algo assim, mas então, quando você está todo acomodado, começam a cometer pequenos erros. Eles erram seu nome. Eles pisam no seu dedão do pé. Eles esbarram ou derramam café em você. E o testador diz: "Opa, desculpe, nossa, me desculpe mesmo." E aí você consegue ver nos *scans*: centésimos de segundo antes que o sujeito diga: "Ah, tudo bem", ou "Não tem problema" — *se* ele disser isso — um pequeno *flash* desce por essa linha, de giro a giro, como lanternas ao longo de colinas antigas sinalizando que a costa está limpa. Incrível, hein? Não deverá demorar até você poder receber uma injeção de hormônio bem nesses pontos, fazer com que eles cresçam um pouquinho e — bingo! — você passa a ser do tipo que perdoa. Julian, está me ouvindo? Em teoria — Julian, escute —, com uma via suficientemente reforçada para a indulgência, você sabe — você está escutando? —, não haveria ato imperdoável. Quando você volta para casa, irmão? As pessoas aqui precisam de você.

— Não sei.

— Tudo bem, vou argumentar do outro lado por você, já que você é preguiçoso demais. Ainda haveria um ato imperdoável. Permanentes. Se alguém precisasse de você, morresse sem você, e você se recusasse a ajudar, isso ainda assim não seria imperdoável?

— Suponho que sim.

— Está na hora de voltar para casa agora; chega de jogos. Você está velho demais para jogos — disse Aidan.

Julian explodiu:

— De todo mundo, você é quem diz isso? Você é que acabou sendo uma criança para sempre e...

— Está na hora de voltar para casa, J. Onde você é necessário.

19

Sob um céu azul-escuro com ilhas-nuvens azul-acinzentadas imóveis, como um mapa antigo esmaecido do Egeu, Cait deu um show numa campina em Margaret Island, a antepenúltima noite de um festival de música que durou uma semana inteira e o final de sua turnê europeia. Fogos de artifício choravam sobre árvores e spas e o Parlamento do outro lado do rio.

— Esta aqui se chama "Servicing All the Blue Men" — ela disse. Julian, assim como na primeira noite em que a vira no Brooklyn, ficou em pé no final da multidão, na borda de um pequeno bosque ao redor do campo aqui e ali, mas naquela noite a chave dela estava na sua mão, e ele iria vê-la enquanto ela dormisse, daria a ela o primeiro gostinho dos dois em um sonho.

— Ela está cantando bem esta noite — uma voz vinda do bosque escuro atrás dele, iluminada brevemente por fogos de artifício azuis e alaranjados filtrados por entre árvores grandes, depois no escuro novamente, apenas uma imagem residual atrás das pálpebras de Julian, uma versão mais pálida de alguém que ele conhecia. — Eu sabia que você era um grande fã, é claro.

— Alec? Alec? O que é que você...

— Mas o negócio dos fãs, Julian — ele tropeçou, mas se apoiou num galho de árvore, que se curvou sob seu peso, e os joelhos dele se curvaram, um de cada vez. As botas de caubói estavam sujas de alguma coisa. — ...e vá por mim, eu já passei por isso, existe uma linha, fina, bonitinha. Cait e eu, nós sabemos lances sobre fãs que talvez alguém como você não saque, comerciais de TV e toda essa parada embelezada. — O céu se abriu com uma explosão e começou a sangrar, dando a Alec um brilho demoníaco, seus olhos inchados semicerrados. Ele estava com a barba por fazer, os braços estendidos à sua frente como um monstro de Frankenstein de ressaca ao dar as costas ao show para encarar o homem mais baixo, para se colocar à força entre Julian e Cait. — Você ama o fã que não conhece, sabia? — Ele colocou as mãos nos ombros de Julian. — Você *detesta* aquele que se apresenta. É como chupar uma jujuba de ácido clorídrico, cara. Uma regra — *clap! clap!* — fizeram suas mãos em frente ao rosto de Julian —, regra inquebrantável, uma lei da física. Você estava em Londres, não estava? Eu vi você no gargarejo. Você acha que ela estava gostando de você ali? As multidões que iam a cada show do Grateful Dead faziam aquele circo emaconhado em vans ripongas — você acha que o Dead *gostava* deles? Eles pegavam o dinheiro dos caras pelo trabalho que dava tocar para eles. Quem avisa amigo é.

Alec tentou se sentar na grama úmida, mas se levantou logo em seguida, dando palmadas nas partes de trás das calças. — Você era fã da Reflex. Provavelmente me seguiu do mesmo jeito. Quero dizer, eu estou vendo o apelo de Cait. Mas eu estou vendo você, e simplesmente não consigo entender... Quero dizer, você só *faz comerciais*, caramba, é algo tão *triste*, sério mesmo.

E, com alarde, o artista sincero, olhos úmidos, estendeu os braços para segurar a cabeça de Julian pelas bochechas. — Eu venho tentando tanto te *avisar* — ele disse. Julian tropeçou para trás, mas Stamford o tinha bem seguro pela nuca, e ele caiu aos pés do pintor. — Ah. Tudo bem, então. Obrigado — Stamford gemeu, enxugando o rosto. — Eu só estou... só estou mesmo... feliz de saber que isso é tudo o que você era. Música ruim, meu rapaz. Só um fã velho sem-vergonha. Eu esperava bem mais de você. — Apertou os olhos com as palmas das mãos. — Cait disse que você era "apenas mais um fã". Eu tentei dizer a ela que você era diferente, mas ela te conhece, sabichão.

Julian recuou de cócoras até ter distância suficiente para ficar em pé, fugir do homem que soluçava, entrar à força na multidão, embora não estivesse sendo perseguido. A massa se fundiu à sua frente e se fechou logo atrás dele novamente, e sob fogos de artifício azuis Cait cantava:

> *All the blue, blue men, clamoring for me, stammering at me, their swallowed cries hammering at me.*
> *"Play that song again", they yammer at me. "The one that helps me see."*

Ele empurrou, foi empurrado, enfrentou uma agressão aqui, uma gargalhada ali, e logo sua camisa estava empapada de álcool, e o delírio extático do evento tomou conta dele num surto, dentro do espaço aberto à força por Stamford. Nadou para diante até conseguir ver o rosto dela acima dele, forçou caminho até a frente até onde pôde, perto dos leões de chácara e cercas de metal, e levou empurrões e pancadas de crianças. Parou, aberto para ela, apresentou-se para sua inspeção, aquela garota lá no palco acima dele, levantou bem a cabeça, mostrando o pescoço para ela.

A turnê obviamente havia cansado Ian mais do que os outros rapazes, Cait pensava. Ele pode não ser talhado para esse tipo de atividade a longo prazo. Seria uma grande decepção. Uma parte tão grande do sucesso dela se devia a ele. Ela não conseguia se imaginar fazendo tudo sem ele, mas precisava mais dele do que o que ele apresentava naquela noite.

— Acorda, punheteiro — ela gritou. Isso deu um pequeno susto nele, mas não o bastante, então ela se espremeu contra suas costas enquanto ele tocava o solo em "Blue Men". Colou a boca no ouvido dele e sussurrou: — Está melhor agora, meu amor, assim é que se faz — e o efeito foi inegável; ela pôde ouvir. Ela o tocou enquanto ele tocava a guitarra. Ela podia ver nos rostos lá embaixo que algo acontecia por sua causa. Ela podia fazer sua música através dele, os seios contra as costas dele, o hálito na nuca dele, os dedos puxando os passadores da calça sem cinto. A força avassaladora de seu solo, aquilo era ela. A resposta do Novo

Baixo a ele, aquilo era ela. A bateria enfurecida, a multidão, a agitação cada vez maior e o aroma discreto da perda de controle da massa que começava a se fazer sentir — tudo isso vinha de dentro dela. — Você me quer, Ian? — ela sussurrou, e seu efeito se espalhou da pele da nuca de Ian até a tensão em sua mão no braço da guitarra, através do cabo até os amplificadores, aos seus pés pisando fundo em um dos pedais, e a guitarra gemeu, e o ar mudou, e a multidão surtou na direção dela novamente, atraída a ela por sua respiração soprada na orelha de Ian, e ela olhou para o mar de rostos e corpos e não distinguiu entre eles, ou não quis, mais do que um explorador de terras distantes se incomodaria em distinguir entre as ondas que o levavam pela noite aveludada até o próximo porto de especiarias.

Mas então os aplausos e os gritos se aquietaram, e Cait O'Dwyer desceu o olhar e captou o olho de Julian Donahue numa noite de setembro em Budapeste, e sorriu para ele com espanto e depois com uma gostosa satisfação.

Ele sentiu o alívio subir pelo rosto e pelo peito porque era assim que ela queria que ele procedesse, talvez ela sempre tivesse desejado desse jeito, enquanto ele ficava quieto lá atrás. Assim que ele foi para a frente de uma multidão e assumiu ser apenas mais um deles, ela sorriu de cima para ele e o aceitou. Ela esperava por esse presente: ele era um fã. Ele iria até ela, nos bastidores, no saguão do hotel, no quarto dela, não importava como ou onde; o que quer que eles fizessem seria exclusivo o bastante. Ele daria a ela sua juventude, as últimas gotas dela ainda existentes para espremer e tudo o que já fora espremido antes. Ele lhe entregaria seu passado, reaproveitado como um flat reformado: os anos antes de conhecê-la seriam dela agora, um refrão pré-verso, seu casamento redefinido como o casamento que dera errado apenas porque não fora com ela. Seu filho foi a dor que só poderia ser trazida para dentro dele com a ajuda dela, uma história para ele contar a ela e ela contar de novo para ele, explicada e bela, e isso amenizaria essa tristeza imensa, espessa, que até então vinha substituindo o sangue em suas veias.

Agora ela sorria para ele, naquele campo verde e preto na Hungria, concordando que o resto seria fácil. Ela riu quando ele foi empurrado e ensopado. Ela o segurou ali embaixo com seus olhos e seu sorriso, e falou no microfone, e ele aceitou seu mais recente presente:

— Esta aqui é nova. Espero que gostem. O que dizer a respeito dela? Vamos, ahn, vamos dizer que é uma canção de amor trepidante. Ela se chama "My Kind of Boy". — Os húngaros traduziram a palavra "trepidante" de todas as maneiras possíveis, e ela cantou para ele, os olhos bem abertos:

Leave it all behind, all the half steps and losses.
Leave them all behind, all your burdens and your crosses.
Come out to meet me, let's try you and me alone.
Or maybe, maybe not, maybe let's keep it to the phone.

Stand outside my door, wait 'til I'm insane.
Make me wait, make me beg, leave me standing in the rain.
Write your name in the fog with your finger.
Tell me how you'll never ever trust a singer.

What am I to do?
What am I to you?
What am I to do with you?
My kind of boy.

Closer now, but keep your distance,
Let them all talk, just don't leave a witness.
Come here, stay, roll over, play.
My kind of boy, my kind of boy.

20

Ele caminhou, depois correu até ela, então, sem o fôlego da juventude, voltou a caminhar, ao longo de ruas lotadas, ao longo do tráfego da beira do rio por dois quilômetros, até o hotel deles entrar e sumir de vista por trás de uma colina com uma estátua alada empoleirada em sua frente como uma lâmpada de parede. Ele bebeu no bar do saguão e esperou, observou o saguão nebuloso por entre portas de vidro por quase duas horas até que a banda entrou ruidosamente com carregadores e *groupies* multinacionais, Cait ao centro, de mãos dadas com o baterista. Um albino com roupas supercoloridas e sapatos rosa-néon perguntou a ela algo em alemão, e ela disse "*Nein*, baby", e todo mundo riu alto demais. Ela anunciou à sua multidão que para ela a noite acabara. Ela rechaçou os argumentos deles balançando a cabeça em negativa até só restarem agradecimentos, recolhidos por ela como uma senhora cansada no jardim.

— Quer beber um pouco? Fazer planos malignos para o futuro? — Ian lhe perguntou.

— Amanhã — ela disse cansada. — Amanhã, coração. — Ela girou sua chave superpesada em dois dedos e chamou um elevador. — Você tocou tão bem em toda essa turnê, Ian. Eu não estaria em lugar nenhum sem você, você sabe — ela disse quando a porta começou a fechar. — Obrigada. Por tudo. — Ian simplesmente assentiu, fez uma cara amargurada para si mesmo na porta de latão fechada e deu as costas.

Julian se obrigou a esperar mais dois minutos e deslizou para fora do saguão enquanto a banda e a multidão ocupavam o bar. Ele não esperaria ela dormir afinal; até mesmo dois minutos era pedir demais. O segundo ponteiro de seu relógio prendia nos pelos de seu braço, e ele apertou o botão para subir. Mas o elevador se recusava a chegar, só se abrindo quando ele se virou na direção das escadas, então o levou de má vontade, mas só um pouco, hesitando sempre que possível, abrindo a porta quase fechada porque achava que ouvira alguém descendo o hall. Ele esperava em cada andar, desejoso de pegar mais passageiros enquanto Julian metia o dedo no botão FECHAR PORTA até imprimir a tradução em braile na sua pele, fazendo dos dedos dominós, e o elevador subiu um pouco, triste, soltando um suspiro hidráulico. No andar dela a porta abriu aos poucos, e então, quando Julian começou a se mover, ela tornou imediatamente a se fechar, e ele foi arrastado de volta para baixo até poder ser capaz de sair à força, apesar dos esforços pegajosos do elevador de mantê-lo naquele abraço. Pegou as escadas, correndo.

Na mão, sua chave, a chave dela, a chave dos dois, e ficou na frente da porta dela até a mão ficar firme. Ele tinha certeza: não tinha forças para calcular a próxima órbita, e tinha certeza: ela não queria que ele fizesse isso. Julian enfiou a chave na fechadura e entrou no quarto de Cait, fechou a porta de Cait, esperou parado e quieto até seus olhos se ajustarem aos claros e escuros de Cait.

As janelas da varanda dela estavam abertas; seus olhos finalmente leram aquele retângulo alto cinza e amarelo, e as cortinas finas de renda balançavam para dentro e para fora do quarto como fantasmas flertando. As luzes na margem do rio vazavam para dentro do quarto, mas ela não estava na varanda, nem na sala de estar, nem no banheiro, nem no quarto. Ela descobrira mais outro movimento do cavalo, dado outro xeque nele, o sorriso no palco significando algo que ele traduzira errado do caitês. Ela podia ver bem mais adiante que ele, e ele estava ficando cansado, cego, velho. A ponte de ferro verde que parecia começar na varanda deles oferecera a ela uma liberdade passageira do outro lado do Danúbio.

Sobre a cama dela estava uma mala aberta, um caixão para um cadáver achatado. Ele tocou o travesseiro dela. Tirou os sapatos e as meias, girou o iPod até a imagem dela ocupar sua tela. Colocou a mala dela no chão, captou o cheiro dela, puxou de volta as cobertas da cama, captou novamente o cheiro dela, mais forte, para afastar o lixo aromático de bebida. Suas calças e cuecas caíram também, e ele ficou deitado por entre os lençóis que tinham o cheiro dela, sua gêmea digital levemente azulada no travesseiro.

21

Cait estava deitada nua na cama dele, no andar de baixo. Ela diria quando ele chegasse até ela:

— Achei que, depois de Paris, você não queria mais saber de mim. Não tenho mais nenhum truque na manga, sabia? — Ou ela diria quando ele a encontrasse lá: — É uma grande noite para você e as cantoras, Julian Donahue. — Ela também preparou argumentos para ele destruir, planejou fazer um teste com ele, e ele teria de responder antes que algo acontecesse: se eu pegar laringite, se eu tiver que me tornar uma veterinária, sobre o que vamos conversar, e você ainda vai me querer? Ou, se eu me tornar famosa, você reclamará se eu fingir para o mundo que estou disponível, ou me obrigará a usar uma aliança e posará ao meu lado para fotos e me fará agradecer a você em caixas de CD? E se dormirmos juntos agora, você ainda vai me dar conselhos ou vai me sabotar, vai ficar com ciúmes de ensaios e apresentadores de *talk shows* que paqueram e quando eu belisco a bunda de Ian no palco, você vai a entregas de prêmios vestido como um pinguim ou vai ficar fazendo beicinho em casa e bebendo? Agora, rápido, sem mencionar música de jeito nenhum, diga-me por que me perseguiu, diga-me que profundidades você viu em mim, mas não mencione música. Existem detalhes que eu deveria provavelmente explicar a meu respeito de uma vez, fatos de que provavelmente você não vai gostar — ou nós temos todo o tempo do mundo?

Ela se sentou, encostou os joelhos no peito, ajeitou os lençóis ao redor, arrumou os cabelos num jeito particular já experimentado e confiável. Apurou o ouvido para tentar escutar passos no hall, mas na terceira vez que passos se aquietaram sem se tornarem uma chave na porta ela se deitou e começou a suspeitar de que ele tencionava deixá-la de lado novamente, ou por medo ou crueldade ou indecisão. Ele dizia não, ainda, não ainda, mandando-a ser paciente mais uma vez, adiando novamente, até que — o quê? Que ela implorasse a ele em público? Fizesse um pedido em pleno palco? Que o chamasse para cantar um pequeno dueto, o arrogante? Ele não havia desistido dela depois de Paris, então por que agora? Ele viu que ela executara até o fim de seu repertório, e a resposta foi não, não foi bom o bastante, ele não vira alguma mítica "parte mais interessante" dela que não fosse música, e a música não foi o bastante. "My Kind of Boy" era uma música horrível, e ela não percebera isso até agora.

Cait ficou deitada ali, ciente de ruídos e da partida prematura da banda para imprensa, rádio e férias em Viena. Encontrou uma camisa dele no *closet*, colocou-a como um roupão junto com chinelos do hotel. Ficou na varanda dele, viu as luzes no rio negro, os carros ocasionais, a fila de motoristas de táxi fumando perto de uma fonte. Ela bem que podia fumar um cigarro. Decepcionada, zangada, ela era pequena, jovem, tediosa e previsível para homens como ele.

Voltou para dentro, acendeu a luz, abriu o laptop dele, a maleta e a mala. Leu a biblioteca do iTunes dele com olho de especialista, mas isso não lhe disse nada que ela já não soubesse ou suspeitasse, exceto talvez um pouco demais do que Ian debochava como "o rock do envelhecimento". Os e-mails dele eram todos de trabalho, e o seu álbum de fotos do computador estava vazio. Ele tinha o Yeats que ela lhe enviara, o marcador de livros com a paisagem de Wicklow que seu bisavô pintara, e um segundo marcador em uma página diferente — um cartão-postal de um casal de velhinhos na Paris dos tempos de guerra, com apenas um ponto de interrogação no lugar do texto. Então havia mais alguém que também lhe perguntava alguma coisa, alguém com um cartão-postal de Nova York.

A maleta dele continha uma pasta de arquivos cheia dela: resenhas, perfis, páginas de web, impressos dos e-mails que ela lhe mandara, o poema de Quincampoix, o convite dela e a lista de hotéis, fotos dela que ele havia tirado e fotos dela que ele havia encontrado. Era uma graça, mas também... qual era a palavra? Ela se imaginou colecionando aquilo tudo sobre outra pessoa, e o imaginou colecionando cada vez mais dados sobre ela, porque, não importava o quanto ele coletasse, sempre faltaria. Talvez quanto mais ele coletasse, mais percebesse que ela não era aquilo que ele esperava.

E então ela descobriu o que faltava da foto que *ela* tinha *dele*, o buraco que ela sentira, uma bolsinha de couro num bolso lateral, tudo ali, um minúsculo álbum de fotos quatro por seis. Com cheiro de couro novo e sem sinais de uso. Trazia na parte de trás o selo gravado com o nome de um fabricante de couro e a palavra FIRENZE. Eles haviam estado em Florença dez dias atrás. O objeto tinha apenas quatro fotos, seis fendas de celofane ainda vazias. A primeira era antiga, o borrão ensolarado dos anos 1960 ou 1970, um homem que era quase certamente o pai de Julian ao lado de uma linda mulher usando um casaco de pele, seu cabelo em forma de colmeia. Todas as outras eram de uma criancinha, primeiro como um bebê sorridente voando imediatamente para fora do alcance de mãos desencorporadas. A seguir, ele estava mais gordo, usando um bonezinho azul. Finalmente ele era beijado numa bochecha por Julian e na outra por uma mulher, cabelos pretos puxados para trás da orelha, dedos com anéis de diamantes fazendo cócegas no queixo duplo do bebê que ria.

O primeiro instinto dela foi de fazer daquilo parte do jogo deles, pegar uma foto dela mesma de dentro da pasta dele, cortá-la para caber ali e enfiá-la naquele álbum para que ele descobrisse, ao chegar em casa, o anúncio dela de onde passara aquela noite, se ele já não soubesse. Mas ela parou. O produto acabado teria sido... qual era a palavra? Fora do tom. Era uma progressão de acorde sem o menor sentido: pais, bebê, bebê mais velho, Cait. Naquela noite, no palco, ela havia se sentido no topo de toda a criação, e agora se sentia como se estivesse estragando algo simplesmente por olhar para aquilo.

Ela ligou para o apartamento dele em Nova York.

— Bom, são cerca de 5 da manhã, eu acho, e não sei onde você está, mas você vai acabar recebendo este recado. Eu estou no seu quarto de hotel em Budapeste, e estou olhando ao redor e talvez vendo coisas, ah, com um pouco mais de clareza. Eu não... nós aparentemente não conseguimos descobrir como fazer isso, é meio uma canção dos Smiths, meio um jantar, meio uma noite muito louca num quarto do hotel Gellért, meio isso e meio aquilo, não é? Não estou somando tudo direito, e estou aqui pensando se não é melhor assim. Não tenho muita certeza. Estou vacilando enquanto digo isso. Eu poderia ser convencida, Julian. Você tem vontade de me convencer? — Ela foi para a varanda vestindo a camisa dele, olhou para o céu que começava a clarear, talvez apenas um truque das luzes da ponte. — Mas se é aqui que a história termina, ela ainda seria uma história muito boa, não seria? Eu sou muitas coisas possíveis, sabia? Acho que sou. Eu meio que tenho orgulho disso, em não me limitar, não ter medo de descobrir. Mas eu não sou, provavelmente, capaz de ser absolutamente *tudo*, se é que você me entende. Existem... nós realmente vamos ao cinema e fazer coisas, e encontrar os... amigos um do outro? Você tem um filho, eu acho, e não é para mim. Eu estou sendo chata? Talvez, talvez isso seja para mim, como é que eu vou saber? Talvez eu seja a tia Cait ou algo assim, e você teria que explicar minha presença a ele ou cancelar o encontro comigo porque o bichinho teve sarampo ou alguma doença. Eu só estou cansada. Sei lá. E eu não sei onde a mulher bonita de cabelo preto fica nisso tudo. Eu acho que você poderia ter que... não, não sei o que você acha que poderia ter que fazer. Você me faz sentir muito desajeitada, meu amigo, e um pouco jovem e imbecil. Estamos indo para Viena por alguns dias. Eu não ficaria surpresa se não ouvisse mais notícias suas. Nem vice-versa, suponho. Nem o oposto. Se eu sei de algo, é que você tem muito mais truques e surpresas do que eu. Suspeito que você tenha uma criatividade infinita, Julian. Então, o que é que vamos ser? Acho que é melhor decidirmos rápido. Não posso mais suportar noites como esta de hoje.

Aidan ficara tomando conta da casa com a maior alegria enquanto o irmão viajava pela Europa e agora simplesmente tentava deixar tudo em melhores condições do que quando o dono partira. Ele havia acabado de limpar a geladeira e o banheiro como um agente sanitário, usando um detergente em pó de altíssimo teor de limpeza pelo qual ele próprio pagara, e agora estava sentado no sofá ouvindo aquela ligação, sabia o que seria melhor para todos, e a deletou.

22

Os olhos de Julian se abriram para o quarto, castanhos com a aproximação da luz do dia, a manhã de seu voo de volta para Nova York. Seu iPod estava descarregado. Lavou o rosto, tentou apagar as ressacas que chegavam, físicas ou não. Vestiu-se, pegou seus pertences, colocou a mala dela no lugar de novo, deixou o quarto dela como havia encontrado, não quis deixar nada de si para trás desta vez, porque a imagem teria sido de um tolo, pela primeira vez, de um velho tolo, andando impotente e implorando por algo que ela não lhe daria, porque, depois daquilo tudo, o que ele teria para *oferecer* a ela, ele exigia de si mesmo, sabendo a resposta triste. Ele estava, após um período de uma vida inteira, falido, do lado de fora da vitrine de uma loja, sem nada para gastar a não ser um pequeno grito de desejo — "Mas eu *quero*" — como se isso contivesse dinheiro ou valor artístico. E ela sabia que não.

Quando abriu a porta dela, um peso rolou para dentro do quarto e pousou perto dos seus pés com um ruído seco, e depois se desdobrou e se levantou para se tornar Ian Richfield, acordando confuso e ainda recendendo a álcool.

— Jesus Cristo — ele disse, olhando para Julian. — Você deve estar brincando comigo. — Ele saiu cambaleando pelo corredor, apertou com força o botão do elevador e encostou a testa na parede com força.

Então Julian pegou as escadas para o próprio quarto para fazer as malas, carregar o iPod e começar a tentar não pensar mais nada a respeito. Sua chave abriu a porta, mas apenas alguns centímetros, até a corrente do lado de dentro deter o movimento.

Cait a havia colocado em cima da hora, e agora estava escondida atrás da porta, semivestida e irritada por ter ficado presa. A mensagem de voz que ela acabara de deixar para ele estava errada. Ela não queria ser convencida. Ela havia acabado com tudo, e sabia disso. Ela não o queria, não queria mais nada daquilo, não seus restos de uma vida vivida sem ela, antes dela, com filho e esposas anteriores, todo aquele passado enorme para ser guardado em algum lugar, ou para ficar pendurado sobre ela, para que ele usasse de comparação, velhas tristezas curvando-se quando ele devia ter estado com ela, todos os pequenos gatilhos dele com os quais ela devia tomar cuidado.

— Escuta, pode me fazer um favor? — ela gritou.
— Qualquer coisa, pode falar, é que eu só...
— Preciso ir embora agora, e gostaria de fazer uma saída educada.
— Não! Não, não... Nós, nós...
— Eu quero.
— Por favor, não. Por favor, não. Por favor. — Ela ficou em silêncio. Ele esperou, esperou, ela ficou em silêncio e a corrente caiu ali. — Tem certeza? — ele perguntou, apertando os olhos, comprimindo tudo em um único instante.
— Tenho. Você pode...?
— Posso.

Ele voltou para as escadas, sentiu as lágrimas queimando o rosto, continuou descendo até os degraus acabarem, abriu a porta que dava no saguão e depois a que levava para a rua e subiu a colina atrás do hotel e viu as planícies de Budapeste se iluminarem em contraste com o rio, como as luzes da casa se acendendo no final de uma peça.

Quando voltou ao quarto, ela o havia saqueado, tirado todas as relíquias que ele tinha dela, deixado para ele apenas os pedaços que não a incluíam. O pequeno álbum de fotos jazia no seu travesseiro perto do cartão-postal de Rachel do velho casal parisiense. Ele pegou sua camisa, levou-a ao rosto, respirou Cait. Sentiu também o cheiro dela na cama, os vestígios da noite que haviam acabado de passar juntos.

OUTONO

The number one I hope to reap
Depends upon the tears you weep, so cry!

The Beautiful South, "Song for Whoever"

1

No longo voo para casa, o cheiro de Cait em sua camisa como as últimas duas folhas enroladas tremendo num galho congelado pelo outono, Julian dormiu até a Europa desaparecer no mar. Quando acordou, o iPod sugeria *Chicago Radio Broadcast, 1959*, de Billie Holiday, e Julian ouviu diversas vezes a voz de sua mãe e a de Billie e o melhor daqueles solos de piano até que a música acabou com um ícone piscando sobre a Groenlândia.

    O nome do pianista Dean Villerman só aparece em algumas enciclopédias de jazz completas tão genealogicamente compulsivas quanto o Livro de Números e em meia dúzia de websites dedicados a outros músicos, até mesmo acompanhantes de obscuras notas de rodapé são favoritos de alguém, e era o caso de Villerman. Ele apareceu em bandas de dança brancas no sul, antes da Segunda Guerra Mundial, um gatinho branco educado para ser físico, e alguns fanáticos por trívia de jazz insistem até hoje que ele desempenhou um papel menor no Projeto Manhattan. Verdade ou não, existe uma fotografia de uma comemoração em Los Alamos depois do primeiro teste de detonação bem-sucedido, e nela Oppenheimer e Leslie Groves brindam com taças de alguma bebida, e estão em pé na frente de um piano vertical tocado por uma figura encurvada que certamente poderia ser a versão mais jovem do homem conhecido por Julian 43 anos mais tarde em sua última performance pública.

    Atômico ou não, em 1941 e 1942 Dean Villerman estava em Manhattan, não no Novo México, e frequentava o Minton's, o Clark

Monroe's e bares semelhantes, ouvindo e vendo os engenheiros estruturais do *bebop* martelarem suas fundações musicais. Desconhecidos como Villerman esperavam pacientemente, com a esperança mas não com a garantia de se sentar, vendo as mãos de Monk enquanto ele calculava o que significava tocar piano *bop*. Os aspirantes estavam dispostos a se humilhar, a ir para uma salinha nos fundos e tocar "Rhythm" em todas as 12 escalas, mudando uma quinta a cada refrão, só para merecer o direito de voltar e esperar um pouco mais, sentados e fumando o quanto fosse necessário para aceitar a temida e desejada chance, convidados já bem depois das 3 da manhã. Monk de pé ao lado, olhando para o teto, enquanto Villerman, por exemplo — cardigã liso, óculos fundo de garrafa, suspensórios —, tocava alguma melodia que Bird dispensou depois de oito compassos como "cafona". Mas o *bebop* não era chinês mandarim ou sequer física de partículas, e Villerman era um músico sério, então acabou descobrindo como, conseguiu se sentar para algumas músicas com Dizzy e Bird e não se sentir um tolo, embora sempre houvesse murmúrios de primeira fila e bastidores que — como um garoto branco — ele podia até imitar, mas, de um jeito profundo e inominável, não conseguia *ser* aquilo ou avançar até aquele ponto.

Quando ele conseguiu, porém, não fez muito com aquilo. Não gravou como líder nem como acompanhante. Depois da guerra lecionou numa escola em New Hampshire — teoria, aulas particulares, apreciação dos clássicos, um pouco de técnica de jazz para as crianças talentosas —, de vez em quando levando o *Yankee Flyer* até a cidade para tocar uma noite ou duas de *standards* tranquilos num restaurante.

Mas Julian conhecia o nome de Villerman — o que implicava o conhecimento muito profundo de um aficionado do jazz — por conta de um único programa de rádio em que Villerman tocara com Billie Holiday, em maio de 1959, uma das últimas aparições públicas dela, e literalmente suas últimas notas cantadas a sobreviver como gravação.

Não se pode comprá-la. O pai de Julian fez essa gravação, ao vivo, em Ohio, colocando um gravador de rolo Magenta-Sonic preto, comprado a grande custo para o evento, na frente do seu hi-fi Fidelio branco e dourado de dois alto-falantes. Ao longo dos anos, Julian transferiu a fita de seu pai para cassete, CD, depois para seu computador e iPod, e ele nunca encontrou nenhuma outra gravação, nem em sites de fãs de Billie nem como relançamento comercial ou nos terabites de áudio e vídeo subidos de todo o mundo para a web. Julian possuía, naquele caso específico, a única gravação da terra de algo importante.

Seu pai adorava aquela fita, não por Billie — ela soava rouca e chapada, e se arrastava atrás da batida como um arado —, mas pelo piano: acordes que combinavam alegria e tristeza em proporções incontáveis e misteriosas, que cavavam uma escultura de toda a vida da cantora como um tributo durante solos e teciam um apoio embaixo dela quando ela cantava e tropeçava, como uma mão embaixo do braço dela, ou um cobertor sobre seu colo. Até mesmo Julian conseguia ouvir, quando menino, que algo raro, quase celestial, acontecera naquela noite no piano. Alguma preciosidade acontecera naquela noite. Algo desceu e tocou o pianista, e a música ecoou sem parar, para fora e cada vez com mais força, "ao vivo do Skyline Lounge, no 38º andar, no topo do Excelsior Hotel de Chicago".

— Dean — o fã fala de músicos pelo primeiro nome quando analisa sua obra —, Dean tocava aquele piano como se soubesse que ela esperava para morrer, e ele lhe dava sua bênção, como se soubesse que aquela ali contava, e dizia que tudo ia ficar bem — o pai de Julian gostava de falar sobre a gravação.

Julian adorava aquele piano quase tanto quanto seu pai, mas gostava da gravação por outro motivo. Ouça-o com cuidado: no meio de "Don't explain", quando você já ajustou suas expectativas sônicas bem para baixo, para os padrões de uma gravação ao vivo em um bar para um rádio, para um gravador de rolo de 1959, e você quase consegue ignorar o sibilar de três gerações de transferências, os íons em movimento de 1978, 1988 e 2003, quando você fecha os olhos e salta o traiçoeiro abismo de polegadas entre o gravador de rolo paleolítico e o hi-fi neolítico, reforça com sua vontade o sinal de rádio febril e irregular tentando atravessar os Grandes Lagos, deixa de lado a qualidade dos microfones no hotel de Chicago, o barulho dos pratos, o burburinho — ah, sim, embora os nostálgicos pelos *zoot suits* e assovios de lobo neguem quando mandam enfurecidos você se calar num *jazz club*, havia burburinho na era de ouro do jazz, mesmo em um dos últimos momentos de uma deusa —, o burburinho do pessoal que jantava e julgava não haver nada que merecesse sua atenção respeitosa na música de fundo para o que era, afinal, a noite de folga deles, a refeição cara, o primeiro ou último encontro, sua vista do rio Chicago, a conversa dramática sobre suas vidas privadas, para a qual aquela cantora moribunda era apenas um acompanhamento leve — se você conseguir ouvir além daquilo tudo e se sentar na mesa da frente e ouvir Billie Holiday e sua banda, então você também terá o choque de ouvir a mãe francesa de Julian entrar na sala de estar e dizer:

— Will, onde você colocou meu livro? O quê? Oh, oh, oh — cada "oh" cada vez mais baixo, murmurando após o terceiro: — Desculpe, meu amor.

Desculpe, meu amor! Sussurrado! Com aquele sotaque! Quando ela era jovem e tinha saúde! Julian nunca vivera naquela casa, nunca vira aquela sala exceto em fotos, e mal conseguia se lembrar dela antes que ela ficasse doente. Aidan relatava que havia um carrinho de bar com lateral de couro vermelho que se iluminava quando era aberto, considerado por ele uma das grandes invenções do homem moderno. Papai se sentava à frente dele, preparando coquetéis obscuros de um livro de receitas (uma capa vermelha e o título simples, em preto, *Standish's*) encostado na prateleira de mármore preto falso do bar. "Desculpe, meu amor": toda vez que ele ouvia aquele tênue sussurro na frente da voz rachada de Billie cantando "You're all my joy and pain", Julian podia imaginar o pedido do pai, de olhos arregalados, por silêncio para salvar a gravação, e Billie Holiday mais uma vez lutando com sua mãe pela atenção de Will, sua mãe sabendo que podia recuar e vencer, novamente, todas as vezes, a velha Billie derrotada por um sussurrado e vitorioso "Desculpe, meu amor".

Para Julian, que nunca aprendera o nome de todos aqueles bemóis e sustenidos, meramente os sentia como alavancas emocionais, a música de Villerman trazia a própria ideia de uma linha do horizonte, de uma cantora vestida de lamê morrendo poucas semanas depois, de um homem aleijado na frente de seu hi-fi, sua esposa francesa e o filho prodígio de 4 anos e o cheiro de ar de fim de primavera dentro de uma casinha vermelha atulhada de brinquedos infláveis e desenhos de ratos de sindicato, um carrinho de bar iluminado, toda a vida familiar de Julian, só que sem Julian.

O piano de Dean Villerman naquela noite em Chicago acompanhou a mãe de Julian pisando mansinho de sala em sala com suas meias, e não havia jeito de dizer se uma taça qualquer batendo pertencia à sua mãe, a alguém jantando no *lounge* do Skyline, ou se à própria Lady Day. Não havia jeito de dizer de quem era aquele drinque no seu iPod, nem nos alto-falantes da sala de estar de Julian, ligados ao seu computador, sempre que ele batia com o gelo no seu próprio copo, sob fotos de sua mãe e de seu pai na parede, e de Holiday, e da foto de uma garota irlandesa descendo para o metrô com um homem subindo com manequins e, enfiado no canto da moldura, o cartão-postal do velho casal parisiense. Mas, apesar de tudo isso, existia aquele milagre do piano: aquele piano distante e incomparável, com décadas de idade, sonicamente velado e só de vez em quando claro, como um vislumbre de inimaginável beleza sobre uma rodovia de quatro pistas à noite.

E, em 1988, menos de uma semana depois de Julian se mudar para Nova York para pegar o primeiro trabalho em comerciais, por uma coincidência reluzente (caminhando num dia quente de outubro com Aidan pelo Central Park, o som do jazz tocando numa rádio AM vindo de um cobertor sobre a grama, o calendário de eventos lido no tom barítono monocórdio, "esta noite no Quaver", o nome escrito ou lido erradamente como "Dan Villerman"), ele soube que o pianista ainda vivia. Aidan declinou sem hesitação: "Tenho negócios pessoais urgentes." Então Julian foi sozinho.

O Quaver era uma casa pequena, que em breve fecharia as portas permanentemente na última reacomodação do jazz no fundo arenoso da economia da vida noturna, e naquela noite, quando Julian chegou, o salão estava quase vazio. Villerman já tocava, embora à primeira, e à quarta vista, ele pudesse passar por um mendigo um pouco mais bem-arrumado ou afinador de piano na melhor das hipóteses. Mas o som era inconfundível, aquela mesma transformação mágica do piano — naquele caso um piano vertical velho — num dispositivo alquímico de memória, iluminação, e até de incenso. Villerman tocava sem levantar a cabeça do teclado, sem dar atenção para as três mesas da frente, com fãs de verdade, que estavam mesmo ouvindo. Alunos de internato? Fanáticos com boa memória? Parentes?

Villerman tocava sem parar, ligando uma canção na outra como guirlandas. Às vezes Julian tinha a impressão de que ele estava apenas tocando acordes e escalas, antigos exercícios, mas com tamanho sentimento que Julian mal sabia para onde olhar ou o que fazer com as mãos, sentiu que as perguntas da garçonete sobre bebidas estavam se tornando intrusivas de um modo herege, um desrespeito para com um eclipse solar ou o último e inútil conselho de guerra de uma tribo condenada. Villerman era mitologicamente velho — tão velho, pequeno e magro —, mas com um estômago distendido ameaçando arrebentar os botões inferiores de uma camisa xadrez. Ele se curvava para a frente, como se fosse puxado pelos suspensórios pretos gastos com clipes de prata presos às calças de lã (e com cinto), ou pelo peso dos bifocais de idoso, grossos em sua armação antiquada, provocando uma louca refração em qualquer ângulo que Julian ocasionalmente vislumbrasse através deles, quando a cabeça de Villerman se levantava e se virava ligeiramente para a esquerda. Era uma fria noite de outubro, e, quando a porta se abriu, Julian ouviu e depois sentiu o vento e o cheiro da estação moribunda, mas o velho não reagia às rajadas de ar nem aos aplausos tão escassos que mais pareciam pedrinhas batendo numa janela, que logo pararam aliviados com a óbvia indiferença dele. Ele só parou de tocar — e apenas com a mão direita — nos momentos certos, executados como se fossem compostos e ensaiados bem no começo, deixando acordes obscuros ou linhas de baixo ao comando do salão enquanto ele bebia do copo de uísque com soda mantido sempre cheio ao seu lado, um líquido claro fornecido pela única garçonete de uma coqueteleira de aço manchado, amassado, com metade do logo de uma marca velha de gim, que não era produzido há décadas.

Villerman era uma espécie particular de bêbado em estado permanente, bem entrado na sexta década de seu hábito e modos. Ele se reduzira a uma equação: entra álcool e sai música de piano. Estava tocando quando Julian entrou, e ainda tocava três horas depois, quando Julian era literalmente o único cliente a permanecer no salão. Não fez intervalos, e evocava a possibilidade de um cateter de jazz ou de um sistema perfeitamente sem dejetos.

O pianista, de lado para o salão, parecia se afastar de todas as direções, olhos abaixados, curvando-se para o piano à sua frente mas também se afastando das mesas, encolhendo as pernas. Quanto mais se enterrava no piano, mais doce era o ruído, como se ele estivesse lentamente se dando de comer a um leão cantante, e assim aplacando sua fúria. Ele não falava com a plateia, nem se dava conta daquelas três mesas que estavam ficando vazias de seus últimos fãs na terra, e tampouco olhava para qualquer pessoa além da garçonete. "Obrigado, querida", ele falava alto toda vez que ela reenchia o copo quase vazio, e outra melodia serena e adorável fluía de suas mãos e se envolvia ao redor de Julian nas sombras perto do muro de tijolos expostos sob o espelho esfumado com o logotipo dourado descascado daquele mesmo gim extinto, "Sorry, my heart" sussurrando seu acompanhamento de sereia para o rio perpétuo da música, enquanto Villerman continuava bêbado e Julian começava a ficar bêbado e a garçonete — destinada a uma dourada e simbólica anonimidade e juventude permanente nesta história — aceitou o convite de Julian para se sentar com ele e ficar bêbada também, embora ela não gostasse "no fundo dessas coisas de jazz, pra ser honesta, eu meio que prefiro música normal".

Curvado, contorcido, recuando para dentro de limitações cada vez menores, o velho tocou até 4 da manhã. Só parou então porque o barman pediu. Duas ou três pessoas haviam chegado e saído entre 1 e 4 horas, mas às 4, só Julian e o pessoal da casa ainda estavam lá.

— Agora chega, meu camarada — o bartender gritou para o palco, e imediatamente, no meio de um compasso, as mãos de Dean caíram do piano e se enterraram debaixo de suas coxas. Ele ficou sentado, assentindo para o teclado, como se concordando com ele. — Muito bom — disse o barman. Villerman se levantou e, não surpreendentemente, balançou um pouco; ele havia ficado sentado num banco de madeira se embebedando por sete horas. Instintivamente, treinado por uma infância com um homem sem equilíbrio, Julian avançou e pegou o pianista quando ele cambaleou para frente.

— Ah, sim, obrigado — ele murmurou educado, ainda sem olhar para cima, quando Julian o colocou numa cadeira perto da porta. — É muita gentileza sua. Às vezes eu caio.

O cachê de Villerman pelo trabalho — descontando seus drinques — o deixaram devendo uma conta de US$ 27. Estendeu a mão para pegar a carteira, presa a ele por uma corrente fina. Julian o deteve e fez questão de pegar o próprio dinheiro, fresquinho do seu primeiro trabalho e desesperado para retribuir ao homem o serviço prestado à sua família.

— Ah, isso é muito depressivo — grunhiu o bartender, com rabo de cavalo e bigode de jogador de críquete. — Eu cubro a despesa. Por favor, é só... Boa-noite, tchau-tchau.

Villerman era de algum modo menor em pé do que sentado.

— Obrigado, obrigado, é muita gentileza sua — ele disse com a extrema educação de certos bêbados enquanto Julian e sua garçonete o acompanhavam até o lado de fora, sem ter discutido isso mas com tudo muito claro.

Quando o pai de Julian recebeu o diagnóstico do câncer que o mataria com uma rapidez vulgar, Aidan respondeu com um dilúvio de seus próprios sintomas, alguns suficientemente convincentes para que ele mesmo acabasse cercado por aparelhos de ressonância magnética e tomografia computadorizada. Ele tinha feridas abertas que não reagiam a tratamentos e uma paciência tão curta que não reagia a críticas. Suas tribulações acabaram subitamente, antes da morte do pai, no tubo da ressonância, quando os ímãs da máquina gritaram o nome da mãe deles ao se entrechocarem, e Aidan chorou com essa epifania mística, naquele espaço branco apertado, com o *pam* sendo gritado para ele, e ele foi sacudido por soluços enquanto uma voz russa desencarnada repetia: "O senhor precisa ficar parado ou os resultados não sairão corretos." Depois disso, Aidan foi curado de suas doenças por um autodescrito "psicólogo caçador de ambulâncias" que deixava cartão nos pronto-socorros e com residentes, e até esperava do lado de fora dos consultórios de médicos procurando uma espécie particular de expressão decepcionada nos rostos de pacientes que saíam.

Julian, por contraste, embora muito mais próximo do pai, passara relativamente incólume pela notícia de sua doença. Ele simplesmente dizia a si mesmo que tudo era parte da vida, parte integrante da própria emigração para Nova York (efetuada com o lembrete de seu próprio pai de que "entramos neste mundo sozinhos, gritando, e saímos sozinhos"). Triste, sim, obviamente muito triste, ele amava o pai, mas, enquanto

Aidan viajava pelos estágios terminais de seu distúrbio, e o pai deles entrava em seus próprios estágios terminais, Julian, às 4 da manhã, cinco horas antes da hora em que deveria entrar no avião para Ohio para visitá-lo, descia a Broadway com uma garçonete-paquera, cada um dos dois apoiando um braço de um velho músico de jazz que andava arrastando os pés, como uma criança, enrolado no casaco de marinheiro preto de Julian, porque Villerman disse que perdera o próprio casaco em New Hampshire. O pianista também confessou timidamente que não tinha onde ficar antes do trem das 11 da manhã de volta para a escola, ao norte da cidade. Ele havia tocado de modo tão incessante, em parte, para preencher o tempo até o trem, imaginando que, se não parasse de tocar, não o chutariam para fora. Com o homenzinho engolido pelo casaco maior do que ele, matando tempo antes de voltar "para a escola", um braço no de Julian e um no da garçonete, eles compunham um retrato distorcido de uma jovem família, mais ainda quando todos terminaram no apartamento da garçonete observando o pianista lutando contra o sono, sentando-se no sofá-cama dela enquanto o dia chegava, não com o sol alto, mas com uma mudança na cor das sombras lançada na parede de tijolos a alguns metros em frente a única janela dela.

Villerman não se lembrava de nenhum trabalho de rádio com Billie Holiday. Ele riu da ideia de que algum dia tivesse chegado a uma altura daquelas.

— Eu sou mais um amador, Henry — ele disse a Julian depois de acordar, os olhos ainda sonolentos e animados através dos vidros à prova de som de seus óculos. Julian sorriu carinhosamente com a modéstia brincalhona e perguntou se ele havia tocado muitas vezes com Billie. Villerman piscou, embora as pálpebras superiores (acima da bifurcação bifocal) e as pálpebras inferiores (abaixo dela) tivessem de cobrir vastas distâncias magnificadas para se encontrarem. — Estou lhe dizendo, garoto, eu nunca toquei com Billie Holliday. Nunca toquei com nenhuma grande estrela assim.

Julian tinha levado consigo o recém-transferido CD e seu CD player portátil de um dia de idade, e colocou os fones de ouvido nas orelhas grandes e peludas de Villerman. Ele instantaneamente se tornou apenas um velho bêbado desorientado e atordoado com a tecnologia da era espacial, mas no fim acabou escutando, semidesperto, ao piano que o pai de Julian (e Julian) tinha em alta estima sobre todos os outros pianos de jazz da História, sobre Peterson, Tatum, Monk, Hancock, Frishberg ou Strazzeri.

— Quem está ao piano? — perguntou Villerman, puxando os fios da cabeça depois de um ou dois minutos. — Você tem café, minha querida? Ou gim? — perguntou à garçonete.

— É o senhor — insistiu Julian.

— Não, eu jamais conseguiria tocar assim. Esse aí é o Jimmy Rowles.

Julian colocou o disco na última faixa e, quase empurrando o velho de volta para o sofá, afastando gentilmente suas mãos resistentes, colocou os fones de volta.

— Só escute. — E Julian ficou vendo o rosto velho quando, ele sabia, o homem ouviu Billie Holiday apresentar a banda, encerrando com "E nosso amigo, o sr. Dean Viller — *aham* — ao piano." — Ela não disse o nome dele direito em 1959; ele provavelmente fora um substituto de última hora que ela não tivera escolha a não ser aceitar porque Mal Waldron ou Hank Jones ou, sim, Jimmy Rowles estava doente, mas o som dela errando o nome dele, em 1988, foi suficiente para sacudir e soltar alguma lembrança dos bancos lamacentos da memória arenosa de Villerman. Sua boca se abriu, e ele olhou para cima, caído no sofá, e seu rosto se contorceu, os músculos do lábio inferior lutando uns contra os outros.

— Ela — ele disse. — Isso é um disco? — ele gritou, ajustando o volume da voz para a música que apenas ele podia ouvir. Julian tirou os fones dos ouvido e perguntou:

— O senhor morava em Chicago em 1959?

— Acho que devo ter morado — ele respondeu. — Posso ouvir isso tudo de novo? — Com os olhos fechados (ele ocasionalmente gritava alguma coisa), Dean Villerman escutou toda uma hora esquecida de sua vida de trinta anos antes. A aventura sexual de Julian para aquela manhã foi adiada indefinidamente, pois a garçonete dormiu na outra ponta do sofá onde estava o convidado mais idoso, e Julian se sentou na única cadeira — roubada do Quaver, mas camuflada com uma almofada de pele de leopardo — vendo o rosto de Dean reagir à música.

— Quem disse "Sorry, my heart"? — ele gritava inevitavelmente —, ou eu sonhei isso?

Mais tarde naquele mesmo dia, o beijo cansado e divertido da garçonete na sua porta ainda uma lembrança palpável, comestível, Julian recontou a aventura daquela manhã, levando ele próprio o grande pianista até seu trem antes de pegar um táxi até o aeroporto La Guardia e voar para o leito de hospital do pai. Ele enfiou os mesmos fones nos ouvidos de Will, colados a uma cabeça que rapidamente perdia sua forma.

Seu pai — reduzido, reduzindo-se — retirou um dos plugues, adquirindo o aspecto de uma versão esquelética de agente do Serviço Secreto.

— Isso foi apenas ontem. — Ele sorriu, e então virou para o lado e vomitou violentamente. — Desculpe.

— Tudo bem. Pode ficar com os fones.

— Não precisarei deles no lugar para onde estou indo. Me disseram que o sistema de som de lá é maravilhoso. Me fale do Dean. Você consegue dizer só de olhar para ele? Ele parece o sujeito que tocava daquele jeito?

— Nem para ele próprio — disse Julian. — Não sobrou muito dele.

— Eu sei como é.

— O senhor costumava dizer que Dean tocava como se desse a Billie sua bênção, dizendo a ela que tudo ia ficar bem.

— É. — Seu pai fechou os olhos e apurou os ouvidos, e foi como se estivesse dormindo, até que perguntou: — Você consegue acreditar na sua mãe? Ela simplesmente andou pela casa durante metade da transmissão.

— É, pai, sabe, vai ficar tudo — disse Julian, se engasgando um pouco — bem, quero dizer.

— Eu sei. Você também vai. As coisas ficam bem, a maior parte do tempo.

Seu pai consumia um esquadrão da morte de analgésicos com reputações ferozes, mas ele os rejeitava como "ambiciosos porém ineficientes". Mas eles conseguiram desativar sua digestão, a não ser por, depois de vários dias de inação concreta, um festival de sons e cheiros que o entretinha e desafiava qualquer um presente a não comentar. "Ruídos impossíveis para um humano", ele se vangloriava, e Julian ouviu o suficiente na última semana de vida do pai para concordar: motores de avião a jato, o choro gaguejado repetitivo de uma criança soluçando, o barulho distante de fogo de metralhadora a várias cidades de distância, a respiração ofegante de um pássaro moribundo. "Estou virando um inflável defeituoso", seu pai disse. "E uma daquelas camas infláveis japonesas. Lembra delas?" A essa altura a voz já estava praticamente inaudível, bem mais difícil de ouvir do que seus outros ruídos, e ele adormecia com frequência, por muito mais tempo, cochilos menos perturbados.

Os cheiros que ele produzia eram igualmente improváveis e até mesmo mais engraçados para ele à medida que tentava encontrar os nomes certos para fazer o filho chorão rir: ovos mexidos queimados, extrato de baunilha fermentado, cordite, lágrimas de febre do feno.

— Está sentindo esse cheiro? — ele perguntou. — Consegue sentir? Eu estou ficando maluco ou isso é cheiro de...?

— Framboesas mofadas? — arriscou Julian, rindo e chorando.

— *Exa*tamente. Como pode um humano que não come nada produzir isso? Será que eu consigo apenas pensar neles e depois peidá-los? Que processo fantástico — ele disse, honestamente maravilhado pela comicidade de sua morte, antes de adormecer, a realização viva daquela história para dormir que ele inventara em outro hospital.

Julian vagou pelo lugar, viu a divisão se ampliar entre os doentes e os sãos. Naqueles sete dias vendo seu pai morrer (Aidan nos últimos dois), com o outono de Ohio envernizando as árvores, Julian abria o discman e alternava os vinte CDs que havia levado consigo, sempre voltando a Billie Holiday e Dean Villerman e "Sorry, my heart", enxugando as lágrimas para poder apresentar ao pai moribundo as faces secas que ele tinha certeza de que o velho preferia.

— Desculpe por tudo — foram as últimas palavras do pai.
— Tudo o quê? — perguntou Julian.

2

Voltando ao Brooklyn, colocou *Chicago Radio Broadcast, 1959*, nos alto-falantes, desfez as malas e tentou ficar acordado, para se recalibrar. Tentou contar a si mesmo a versão final da história entre ele e Cait mais uma vez, mas não tinha nada para mostrar, estava furioso com Cait por tudo o que ela lhe roubara, furioso porque não teria o próprio filho ao lado quando ele estivesse num leito de hospital, furioso com Carlton por tê-lo traído.

Adormeceu às 7 daquela noite, e Cait o procurou novamente. As mãos dela, aquelas mãos longas nas quais ele havia reparado meses antes como evidência de sua determinada especificidade, tocaram seu rosto, traçaram velhas e novas linhas em sua pele, as dobras de sua carne sobre sua estrutura oca, e ela beijou as pálpebras dele e grunhiu:

— Estive esperando em *sua* cama a noite toda. — As próprias pálpebras dela estavam molhadas, e ele estava tão grato a ela por ter vindo lhe dizer adeus no hospital, se despedir dele. — O sistema de som vai ser muito bom — ela disse. Afastou os cabelos do rosto e encostou seus lábios nos dele com tanta leveza que ele pôde sentir o ar se comprimindo entre eles. — Todas as mulheres que você já conheceu — ela disse, mas o sotaque irlandês desaparecera, e ele respondeu:

— Eu sei. — Eles se deitaram um ao lado do outro, a mão dele deslizou pelo violão curvilíneo do quadril dela, as chamas brilhando vermelhas, aquecendo a face de Julian.

— Desculpe, meu coração — ela disse, e seu rosto ficou quente, quente

Ele abriu os olhos para encarar o sol quente de setembro espiando pelo lado da moldura da janela; os galhos não eram altos o bastante para proteger mais o sono perturbado. Abriu os olhos e sentiu uma felicidade que sempre havia existido, a de despertar para o toque dela, e ele amou aquele espaço naquele dia, aquela janelinha de casa de bonecas, aquela última inalação de ar antes que o pequenino som igual ao de uma bolha estourando acabasse com o silêncio e provocasse o momento imóvel, quando os primeiros gorgolejos intrigados surgiriam do berço de Carlton.

3

Não conseguiu evitar. Passava cada vez mais horas no parque de cachorros dela, caso Lars exigisse uma visita de manhã, de tarde, à meia-noite. No começo ele parou para pensar em sua dignidade e ofereceu serviços de passeio de cachorros aos vizinhos, afirmou que estava pensando em comprar um imóvel na região, e assim passou vários dias no começo do outono observando, bem até depois de escurecer, a imobilidade de dois *spaniels* gordos, os ataques de um lulu-da-pomerânia com maus bofes e um rosnado que mais parecia uma motosserra, e um labrador preto supostamente treinando para se tornar um cão-guia, mas que se jogava de costas para um carinho na barriga com tanta promiscuidade para qualquer pedestre que seu futuro dono cego seria diariamente atirado ao chão como um voluntário numa aula de judô.

Em uma semana, Julian já não se incomodava mais com as barbas, só ficava ali sentado, às vezes com um livro mas sempre com o iPod, e com o olhar dos donos de cachorros que achavam observadores sem cães algo fora do normal. Ele tocava e tocava na cabeça o que diria se ela viesse, como ela explicaria as semanas de silêncio, como ele havia interpretado erradamente o ato final dela. Mas ela não veio, e ele ficou sentado ali durante toda aquela estação, os erros e as ilusões ficando mais claros no ar límpido.

Outubro, como de costume, produziu mais ofertas de produtoras do que ele conseguia dar conta. Ajustou o preço de acordo. Ele fez uma social, com amigos e para fins profissionais, bebendo com clientes e agências conforme necessário. Maile apresentou sua demissão com certo olhar carinhoso, disse que ficaria e ajudaria a entrevistar candidatos em potencial, permaneceu ali depois que ele lhe agradeceu e disse que entendia perfeitamente a necessidade dela de seguir em frente e avançar. Ela ficou ali; ele deveria dizer algo mais, mas não sentiu o menor desejo de descobrir o que era. Contratou um garoto de 23 anos para preencher a vaga.

Julian não conseguia ficar sentado no escritório quando não havia nada para fazer, e ele e o iPod pegavam o trem de volta para o Brooklyn, saltavam algumas paradas antes e iam até o parque de cachorros. Cait nunca estava lá, e às vezes ele não se importava, e uma vez ele nem sequer reparou que ela não estava lá até chegar a hora de ir embora.

Num amanhecer de novembro, Julian deu de cara com um bassê sentado num banco no Passeio, olhando para Manhattan. Alguns corredores com toucas de inverno e calças de lycra passaram por ele, mas ninguém parecia estar com o cachorro de corpo comprido e orelhas grandes caídas. Ele estava sentado no banco, olhando o céu clarear sobre o East River, vendo a cidade acordar para o dia. A algum sinal que escapou a Julian, o cão começou a latir para as torres, chamando Nova York às falas. Julian percebeu que era exatamente assim que ele se comportava: achar que sua voz importava, feliz em imaginar que dominava o mundo ao redor, nunca reparando que o mundo funcionava com ou sem seus uivos. Ele se tornara, em algum ponto, uma pessoa ridícula, embora não pudesse dizer exatamente quando isso acontecera.

Ele tinha a própria versão de "Sorry, my heart", percebeu ao se sentar ao lado do cão bassê cantor e olhar Manhattan acendendo as luzes aos latidos do cão. Rachel lhe havia deixado aquela mensagem de voz: "Você parece um adolescente, J.", com Cait cantando ao fundo. Ao contrário de seu pai, Julian a perdera, deletara aquela única gravação na Terra de algo importante, enquanto ele usava as duas pernas para correr atrás de impossibilidades. Seu pai teria tido vergonha dele. "Cannonball, estar deprimido é um saco para todo mundo ao redor. Tente se lembrar disso. Espero que você se lembre de mim como um sujeito perneta que não era um saco."

4

Julian se sentou no banco de madeira ao redor do carvalho, onde um dia se sentara e gravara Cait enquanto ela cantava para si mesma. Novamente, ela não estava lá nem em nenhum outro lugar, a não ser on-line (onde seu site anunciava um novo guitarrista, e uma revista de celebridades exibia uma foto dela jantando com um homem e a legenda apontando-o, improvavelmente, como um detetive da polícia de Nova York). Não importava: a busca por ela esvaziara algo dentro dele. Reparou, por instinto, que ela não estava lá, mas ele não ia mais ao parque de cachorros por ela, nem sequer levantava a cabeça quando o portão se abria no canto de sua visão. Colocou o iPod em modo *shuffle*, e por isso raramente a ouvia, embora a única vez em que "Coward, Coward" tocou ele, por instinto, esperou ouvir a voz de Rachel troçando dele com carinho.

A essa altura ele já conhecia alguns dos cães pelo nome, e as personalidades dos donos também. Naquela noite uma jovem que por alguns dias havia aparentado uma cara de angustiada reclamou amargamente que outros cães estavam pegando o crocodilo de brinquedo do seu *pit bull*, e, quando os outros donos riram da reclamação dela, ela se sentou e explodiu em lágrimas. Julian a consolou, se apresentou, deu uma coçadinha atrás das orelhas do *pit* tímido e pegou o brinquedo dele para ela. "Calma, vai ficar tudo bem", ele disse, provavelmente a coisa certa a dizer, independentemente do que a estivesse perturbando.

Pensava nos cachorros no fim de cada dia de trabalho como seu melhor entretenimento, tentava não marcar reuniões mais para o fim do dia porque, especialmente com os dias ficando menores, o parque esvaziava mais cedo a cada noite. Naquela noite Lyle, o *chihuahua* priápico, se enterrou em folhas mortas e atacou sexualmente cadelas que passavam, irrompendo numa explosão de folhas marrons, latindo como um alarme de carro, pulando para agarrar uma perna, contra a qual girava e grunhia, o membro vermelho reluzente subitamente com a metade do tamanho de seu corpo, como o batom de uma giganta. As senhoras cadelas, indiferentes aos avanços dele, ou o sacudiam para se livrarem ou ficavam paradas imperturbáveis enquanto ele se satisfazia nos tornozelos delas, a língua uma faixa oval de salmão defumado pendendo da boca. O dono de Lyle, um carinha moderno com casaco de marinheiro e chapéu mole de feltro que era dono de um bar da região, ria toda vez que alguma dona de cadela irritada gritava "Saia!" e acrescentava: "Você a ouviu, Ly. Saia, rapaz!"

Assim como Lyle, Julian tivera uma vida repleta de mulheres, embora nenhuma lhe viesse à mente a não ser uma esposa com a qual ele fracassara, e uma cantora irlandesa feita de vapor. Ele tivera sucesso num campo pelo qual não sentia paixão mas cuja perda não sofria. Seu maior e mais puro amor havia sobrevivido apenas por um piscar de olhos e terminado em — ele parou mas depois completou o pensamento, supôs que essa palavra desgastada era, no caso de Carlton, legítima — tragédia. E em breve algo iria mudar, e algum outro fato ocorreria que ele mais tarde veria como significativo para a sua história de vida perpetuamente reescrita. E ele coletaria mais eventos, pessoas e memórias e esclareceria velhos pensamentos e explicaria a si mesmo o que havia acontecido, e assim por diante. Nada disso fazia sentido, ele pensou, mas *essa* expressão desgastada não era, como ele percebeu, tão amarga na língua dele. Havia coisas piores que essa falta de sentido.

Um *beagle* deixou cair uma bola aos seus pés, mas voltou a agarrá-la e sumiu de vista assim que Julian se curvou para pegá-la. Julian voltou a se sentar e o *beagle* deixou a bola cair de novo para ele — *lento demais, otário!* Julian fez uma busca rápida pelas 8.146 músicas, para cima e para baixo, para encontrar o eco audível daquela sensação — o cheiro de folhas, o *chihuahua* tesudo, o *beagle* provocador, a falta de sentido aceitável —, e o melhor que seu iPod conseguia oferecer era uma velha canção da Reflex que ele esquecera de deletar, "I Could Sure Do Without This", mas não soava da mesma maneira como ele se lembrava. Era a ideia apavorada que um jovem de 25 anos tinha da meia-idade e não se sustentava como música nem como filosofia, aqui do outro lado disso tudo. Ele tirou os plugues dos buracos da sua cabeça.

O som predominante a cair numa espiral para o vácuo que a tudo sugava era a via expressa que formava uma das marginais do parque. Sob esse som, um latido ou outro, claro, gente gritando com os cachorros. Sob isso, um ou dois pássaros, cujas espécies ele sequer conseguiria começar a adivinhar quais seriam, um esquilo nervoso muito acima de sua cabeça, uma folha ou graveto aos seus pés, o resmungo do banco e do próprio corpo, o gemido semelhante à tira de borracha de um joelho, o estalo abafado de um maxilar, um estômago resmungando. Mas sob isso vagava algo vaporoso e ainda mais difícil de captar. Não estava na mente de Julian, nem era algum sintoma como zumbido; ele não conseguia ouvir aquilo melhor tapando os ouvidos. Vinha de fora do seu corpo, e quase não era perceptível. Quando fechava os olhos, ouvia-a mais claramente; ela corria, rugia silenciosamente e depois desaparecia, e virava a cabeça devagar em busca desse som como se ele fosse as orelhas de coelho de uma televisão antiga, até encontrá-la novamente, o desabar diagonal de dominós da espuma do mar iluminada pelo luar, ou átomos se entrechocando uns com os outros como dados jogados por um jogador ansioso, seu próprio nome sussurrado mas num tom de algo menor do que afeição, o eco mas não o original de algum terrível choque de expansão, os gemidos cada vez mais próximos, sem origem definida, de uma noite apavorante na infância, quando a falta de sono e o pesadelo se misturam.

E então ele desapareceu, e Julian não conseguiu encontrá-lo novamente. Abriu os olhos, e o último cão havia sido conduzido para fora do parque, e o que restava da luz acabara, e ele estava sozinho no frio e na neblina, o relógio digital laranja no alto do prédio das Testemunhas de Jeová surpreendendo-o com a hora avançada, e ele imaginou como poderia ser uma outra vida com Rachel, nas manhãs, ou num domingo, ou quando ambos saíssem para trabalhar, ou quando ele deixasse o escritório sabendo que voltaria para casa e para ela, e se perguntou se fracassaria com ela novamente.

5

Eles encontraram uma casa mais longe de Manhattan, descendo quase uns três quilômetros pela Henry Street, com um jardim de verdade nos fundos, e Rachel aprendeu jardinagem, embora não tão bem assim. Quando ela lavava pratos, admirava as vinhas que serpenteavam janela adentro, como pestanas sobre olhos estreitos.

Ela faz a mesa para o convidado regular dos jantares de quarta — Aidan, arrogante e faminto, curvado sobre a sopa. A última luz da janela. As velas. O bassê preto, resgatado do lago (a sugestão de Rachel para um terceiro encontro), roncando sobre o tapetinho azul. O novo álbum de fotos em cima da prateleira com a coleção reunificada. O retrato emoldurado na parede de sua antiga família, Carlton com seu bonezinho de CARA DURÃO. O cartão-postal que ela lhe enviara da Paris ocupada no quadro de avisos da cozinha. Os materiais da agência de adoção espetados lá também. Julian servindo vinho e diminuindo a música de violoncelo com o controle remoto na outra mão.

Cinco horas depois, a luz azul e branca do monitor do computador. Ele veste calças de pijama listradas, os pelos grisalhos no peito em porcentagem aumentada, e na prateleira sobre o computador o exemplar mais antigo da seleta de Yeats, que Rachel lhe havia comprado anos antes. Ele olha de esguelha para a esquerda, na direção do corredor mal-iluminado onde somente as pernas de Rachel ficam visíveis na cama, os lençóis ligeiramente azulados pelo computador refletindo a foto de família. Seu indicador impaciente bate no mouse preguiçoso muito depois que a página deveria ter carregado, e finalmente ela se completa, um quadrado descentralizado de cada vez, e ele clica em <u>Novas canções</u>, o pop apressado dos fones de ouvido no conector, alguns segundos ouvindo apenas o som de sua língua e de sua respiração, e então:

How much of our history
And how much of your mystery
Should I figure now was just for laughs?

I can't say it wasn't fun,
Won't say you were just anyone.
But I suppose the moment's past.

And what's a moment anyhow?
My foolish fan, my miscarried plan,
My definitively married man.

— Você vem para cama, amor?

♪

Este livro foi impresso nas oficinas da
Distribuidora Record de Serviços de Imprensa S.A
Rua Argentina, 171 – Rio de Janeiro, RJ
para a Editora José Olympio Ltda.
em novembro de 2011

*

79º aniversário desta Casa de livros, fundada em 29.11.1931